Rebekka Jost

In der Dämmerung
Band I
Éirí na gealaí
(Rising of the moon)

Historischer Roman

2025

Klappentext

Irland 1848.
Die Insel erlebt die furchtbarste Hungersnot ihrer Geschichte,
die das Land für immer verändern wird. Doch sie wird auch
die Iren verändern, die - jeder auf seine Weise - ums
Überleben kämpfen.

An einem verhangenen, regnerischen Tag im Juni besteigen
die Schwestern Madeleine und Isabella eines der zahlreichen
Segelschiffe, die zu dieser Zeit in die neue Welt aufbrechen.
Auch der Arzt Laurence Huton ist auf dem Weg zu diesem
Schiff, um seine Heimat für immer zu verlassen.

Wie es dazu kam, davon handeln die ersten drei Bände von "In
der Dämmerung".

In der Dämmerung I Rising of the moon
In der Dämmerung II Against the famine and the crown
In der Dämmerung III Island of sorrows

Historischer Roman

Rebekka Jost

In der Dämmerung
Band I
Éirí na gealaí
(Rising of the moon)

Historischer Roman

Bibliographische Information der Deutschen Nationalbibliothek:

Die Deutsche Nationalbibliothek verzeichnet diese Publikation in der Deutschen Nationalbibliographie; detaillierte bibliographische Daten sind im Internet über http://dnb.d.de abrufbar.

Verlag: BoD · Books on Demand GmbH, In de Tarpen 42, 22848 Norderstedt, bod@bod.de
Druck: Libri Plureos GmbH, Friedensallee 273, 22763 Hamburg

1. Auflage 2025
ISBN: 978-3-7693-6840-6

Personenliste:

Mr. Jules Dubois
Mrs. Mary Dubois
Isabella Dubois
Madeleine Dubois
Adrian Carter, Bekannter und Geschäftspartner von Mr. Dubois
Miss Coughlan, Haushälterin
Margret, Köchin
Miss Leahy
Grace, Stubenmädchen
Mr. Sheehan, Gärtner
Dr. Baker
Dr. Fitzgerald, Klavierlehrer
Lord John Huton
Lady Catherine Huton
John Huton
Jacob Huton
Laurence Huton
Eliza Huton
Lady Elizabeth Huton
Alexander Huton
Lord Thomas Thornton
Lady Joana Thornton
Lydia Thornton
Lord Albert Cartwrite
Elionora Cartwrite
Tom Cartwrite
Henry Cartwrite
Cara Cartwrite
Andrew Cahill, Lehrer von Isabella und Madeleine
William (Will) Cahill, Bruder von A. Cahill
Jane Cahill, Schwester von A. und E. Cahill
Mr. Warner, William Cahills Vorgesetzter
Kate, Bedienstete im Hause Cahill
Taghd Brennan (gesprochen: Tige)
Caoimhe Brennan (gesprochen: Kiewa
Daoiri O´Monroe, Freund von Taghd Brennen

Stammbaum der Dubois´am Ende des Romans!

The rising of the moon (altes irisches Volkslied)

"And come tell me Sean O'Farrell, tell me why you hurry so
Hush a bhuachaill, hush and listen and his cheeks were all
aglow
I bear orders from the captain, get you ready quick and soon
For the pikes must be together at the rising of the moon
At the rising of the moon, at the rising of the moon
For the pikes must be together at the rising of the moon
And come tell me Sean O'Farrell, where the gathering is to be
At the old spot by the river quite well known to you and me
One more word for signal token, whistle out the marching tune
With your pike upon your shoulder at the rising of the moon
At the rising of the moon, at the rising of the moon
With your pike upon your shoulder at the rising of the moon
Out from many a mud walled cabin eyes were watching through
the night
Many a manly heart was beating for the blessed morning's light
Murmurs ran along the valley to the banshee's lonely croon
And a thousand pikes were flashing by the rising of the moon
By the rising of the moon, by the rising of the moon
And a thousand pikes were flashing by the rising of the moon
All along that singing river, that black mass of men was seen
High above their shining weapons flew their own beloved green
Death to every foe and traitor, whistle out the marching tune
And hoorah me boys for freedom 'tis the rising of the moon
'Tis the rising of the moon, 'tis the rising of the moon
And hoorah me boys for freedom 'tis the rising of the moon"
Gesungen unter anderem von: Luke Kerry, The Dubliners, The Clancy
Brothers und The High Kings.

I.

Cove bei Cork, 3. Juni 1848

Der Himmel war nicht zu sehen und ganz Irland schien in dichtes Grau gehüllt zu sein.

Wie schon fast den ganzen frühen Sommer über verdeckte auch an diesem 3. Juni 1848 ein dichter Nebel die Sicht und legte sich bedrückend über die Landschaft. Ein kühler Windhauch machte die Iren frösteln.

Soweit der Blick reichte, lagen die Wiesen und Hügel, die Weiden und Felder des County Cork im Wasser.

Auf vielen Weiden war bereits Vieh ersoffen.

Im Hafenstädtchen Cove, unweit von Cork, fegte eine beißende Brise, salzig und scharf, über die anlegenden Ufer. Sie zerrte an den durchweichten Kleidern der Anwesenden, fuhr in die Krägen, Hemdsärmel.

Auf dem matschigen Steinboden nahe der Anlegestellen tummelte sich ein heilloses Gewirr von Mensch und Last.

Sie riefen, lachten, schrien durcheinander.

Männer eilten geschäftig umher, rücksichtslos mit den Ellenbogen Raum schaffend, um ihre dringenden Anliegen zu erledigen. Jeder schien überzeugt, dass seine Angelegenheit die wichtigste sei.

Frauen, die, zumeist durch ihre Garderobe, ihre verhärmten Gesichter und ihre abgemagerten Gestalten äußerste Armut be-

7

zeugend, darum bemüht waren, in dem Durcheinander den Überblick zu behalten, ihr weniges Hab und Gut und ihre Kinder nicht aus den Augen zu verlieren. Die meisten hielten ein weinendes Bündel im Arm.

Kinder, die durch das Geschehen um sie herum, durch die allgemeine Aufregung und Anspannung, die wie ein drohendes Gewitter über dem Hafen lag, teils verschüchtert, teils in helle Aufregung versetzt waren und somit noch mehr zu dem Durcheinander beitrugen.

Familien, die sich bemühten, sich nicht aus den Augen zu verlieren.

Alleinreisende kämpften und drängten sich dazwischen wie verloren durch das Gewirr und Arbeiter schoben sich unter alles durchdringendem Stimmeinsatz mit Lasten und Karren zwischen den Reisenden hindurch.

Alles übertönend mit ihrem Kreischen, kreisten die Möwen über dieser Szene.

Es war eine Szenerie, wie sie sie noch nie gesehen, noch nie erlebt hatte. Dieser Tag in Cove, durchweicht vom Regen und verdunkelt durch Nebel, spiegelte jene Not und Verzweiflung wieder, die Irland in diesem Jahr 1848 unerbittlich im Griff hielt. Die Große Hungersnot ließ keinen ruhigen Augenblick zu – jeder Augenblick war ein Kampf ums Durchkommen, ein Wirrwarr des Überlebens für all diese Menschen.

„Komm doch, Maddie!", erreichte sie kaum die ängstliche Stimme ihrer Schwester, wie ein leises Flüstern inmitten des ohrenbetäubenden Tumults.

Madeleine musste sich zwingen, weiterzulaufen, anstatt stehenzubleiben, um das schiere Ausmaß der Szenerie in sich aufzunehmen. Es war schwer, sich dem Drang zu widersetzen, den chaotischen Anblick in Ruhe zu durchdringen.

„Isabella!", rief sie und griff nach dem Arm ihrer Schwester, die hastig vor ihr her eilte. Sie wollte sie unbedingt zum Halten bewegen. „Isabella, hast du jemals so viele Menschen gesehen? Sieh doch nur! Wo kommen sie alle her? Wollen sie alle auf das Schiff?"

„Ich hoffe nicht! Bleibe bitte dicht bei mir, wir werden uns sonst gewiss verlieren!" Isabella ergriff Madeleine nun fest bei der Hand und zog sie entschlossen weiter durch die drängenden Menschenmassen.

Madeleine stolperte hinter ihrer größeren Schwester her, ihre Augen unaufhörlich umherblickend. Die Gesichter, in elende Sorgenfalten gelegt, erzählten Bände des Leids und der drängenden Not, die alle hierhergetrieben hatte. Der Lärm des Marktes verschmolz mit dem gleichmäßigen Tosen der Wellen und dem Heulen des Windes zu einem aberwitzigen Tumult.

Madeleine, gerade sechzehn Jahre alt, stand überwältigt im Gewühl und wusste nicht, was sie erwartete. Alles, was sie über dieses seltsame Abenteuer wusste, hatte sie nur aus den Berichten ihres Vaters gehört. Ständig tauchten neue Gestalten in der Menge auf – hier ein strenger Soldat in Uniform, dort ein laut rufender Markthändler.

Unter den flatternden Segeln der Schiffe, die im Wasser schwankten, herrschte reges Treiben. Matrosen und Schiffsleute brüllten, schleuderten Waren über die Planken, kletterten wendig in die Masten und gaben den letzten Planken einen öligen Glanz. Madeleine folgte ihrer Schwester Isabella und Mr. Carter, dem Geschäftspartner ihres Vaters, der sie zum Schiff geleiten sollte, während sie sich den Anlegestellen Stück für Stück näherten. Plötzlich öffnete sich eine Gruppe von Menschen vor ihnen, und der Blick auf das Schiff, das sie suchen sollten, tat sich vor ihnen auf.

„Ist sie das? Ist das die 'Joy of Erin'?", rief Madeleine aufgeregt ihrem Begleiter zu.

Mr. Carter blieb abrupt stehen, zog seine Taschenuhr hervor und klappte sie mit einer schnellen Bewegung auf. „Noch eine Stunde bis sie ablegt. Es wird Zeit, dass Sie an Bord gehen!" Seine Stimme kämpfte gegen den allgemeinen Lärm an.

Madeleine starrte ehrfürchtig auf das Schiff, dessen Größe ihre Vorstellungskraft bei weitem übertraf. Es maß etwa 80 Yards[1] in der Länge und bestimmt 11 bis 12 Yards in der Breite. Wenn ihr Vater von einem Vollschiff sprach, das rund

---

[1] Yard = 0,9144 Meter. Alte Maßeinheit.

1000 Tonnen Last aufnehmen konnte, hatte sie sich das grob vorstellen können. Aber nun, im Angesicht dieser schwimmenden Festung, wurde ihr bewusst, welche schiere Größe das bedeutete. Dass solch ein Schiff unter so viel Gewicht nicht einfach versank, war ihr ein Rätsel.

Die drei Masten trugen weiße Segel, die im Wind flatterten, noch nicht vollständig gehisst. Matrosen balancierten in luftiger Höhe, während das Schiff schwer auf den aufgewühlten Wogen schaukelte. Ihr Vater hatte ihr erklärt, dass im untersten Deck der Laderaum lag, während die meisten Passagiere im Zwischendeck untergebracht würden. Nur wenige, wohlhabendere Mitfahrende hätten das Privileg, im Kajütsdeck zu reisen – so auch sie. All das hatte Vater ihr erklärt.

Für Momente vergaß sie beim Anblick des Schiffes das Menschengewirr um sich herum, die Strapazen, die Aufregung und die Sorgen darüber, was sie erwartete.

Doch schnell besann sie sich des Bevorstehenden:

Da sollte sie hinauf?

Voller Zweifel musterte sie das Deck.

Nein, das wollte sie ganz und gar nicht!

Wie sollte sie Wochen in dem Rumpf dieses Schiffes überstehen?

Von einer Stadt namens Hamburg aus, fuhr seit dem letzten Jahr ein mit Dampf betriebenes Postschiff von Deutschland nach Amerika und zurück, hatte Vater erzählt - die „Washington" - sie benötigte nur 18 Tage für die Überfahrt, war aber zur Sicherheit ebenfalls mit Segeln ausgestattet.

Dieses Schiff hingegen würde einige Wochen brauchen, je nach Wind.

Madeleine rechnete also damit, etwa 6-8 Wochen an Bord verbringen zu müssen. Jedenfalls hatte Vater ihr versichert, dass es gewiss nicht mehr als acht Wochen dauern würde, bis sie New York erreicht haben würden.

Dann spürte Madeleine wieder diese aufregende Ungewissheit darüber, was sie in ihrem neuen Leben erwarten würde. Sie fühlte sich hin und her gerissen zwischen Angst und Neugier. Alles war so fremd, so bedrohlich, doch zugleich lockte der Ge-

10

danke an das Unbekannte, das Abenteuer, das vor ihr lag. Es war ein wankendes Tauziehen ihrer Gefühle, und sie wusste, dass es ohnehin kein Zurück gab. Sie war nun auf dieser Reise, ob sie wollte oder nicht.

„Gott, sei Dank, dass ich Isabella bei mir habe", dachte sie, während ihr Blick zu ihrer älteren Schwester wanderte. Solange sie zusammen waren, würden sie es schon irgendwie überstehen. Sie mussten es einfach. Diese Gewissheit gab ihr ein wenig Trost inmitten des Chaos.

Sie ließen das Gepäck kurz zu Boden sinken, um ihre Finger wieder zu spüren und Atem zu holen. Die Lasten, die sie getragen hatten, waren schwer, doch nichts im Vergleich zu den inneren Lasten, die diese Reise mit sich brachte. Mr. Carter, der sie bis hierher begleitet hatte, trat vor und erklärte, dass er sie nun nicht weiter begleiten würde.

Madeleine und Isabella warfen sich einen raschen Blick zu, nahmen die Besitztümer, die bislang Mr. Carter getragen hatte, und trugen sie nun selbst. Beide Mädchen hatten ihre eigenen Koffer, die sie sorgfältig gepackt hatten. Sie enthielten das Nötigste an Garderobe, denn den Großteil ihrer Kleidung hatten sie zurücklassen müssen. Zusätzlich trug jede einen Beutel mit den Dingen, die sie während der Fahrt benötigen würden, damit die Koffer verschlossen bleiben konnten. Es fühlte sich seltsam an, all diese bescheidenen Habseligkeiten in so greifbarer Nähe zu haben, während ihr altes Leben bereits jenseits der Reichweite lag.

Eine zusätzliche Kiste mit Nahrungsmitteln teilten sie sich. Auf Getreide, Brot, Käse, Pökelfleisch, Nüsse, Rosinen und wenigstens etwas frisches Wasser hatte Margret bestanden. Zudem hatte sie für jede der beiden ein Stück Kochschinken eingepackt.

Madeleine hatte wenig Verständnis für die überflüssigen Pfunde, die sie nun gleich auf das Schiff schleppen mussten, weil Vater versichert hatte, dass die Verköstigung im Preis der Kajütsklassetickets inbegriffen war. Wenn es wenigstens Früchtebrote oder die herrlichen kleinen Kuchen mit den bunten Zuckerperlen gewesen wären, die Margret so vortrefflich herzustellen wusste.

Zumindest hatte sie Madeleine die Zubereitung gelehrt, sodass sie sich und Isabella diese Köstlichkeiten nach der Ankunft selber würde zubereiten können.

„Sie müssen jetzt das Schiff besteigen." Mr. Carter wies auf die Gangway, auf welcher die Menschen an Bord drängten.

Madeleine atmete tief durch und befahl sich zur Ruhe.

Sie ergriff ihr Gepäck und einen Henkel der Kiste und nahm die Tickets entgegen, die ihr Mr. Carter entgegenhielt. Bislang hatte sie sie noch nicht gesehen oder in Händen gehalten. Dies nun erstmals zu tun, vermittelte ihr, wie wirklich und wie nahe nun die Abreise bevorstand ...

Sie schloss fest die Finger darum, um sie ja nicht zu verlieren, denn es gab kein Zurück und reihte sich mit Isabella in der Schlange vor der Gangway ein.

Nun ging es nur Schritt für Schritt weiter. Als sie sich noch einmal nach Mr. Carter umdrehte, war dieser zu ihrer Überraschung bereits verschwunden.

Sie wandte sich zu Isabella und beobachtete die große Schwester, die vollauf mit dem Vorankommen auf die Gangway befasst war.

Isabella stand kurz vor ihrem achtzehnten Geburtstag, und sie war etwas größer als Madeleine. Ihr hochgestecktes Haar war beinahe vollkommen bedeckt von ihrem Hut. Lediglich einige Korkenzieherlöckchen lugten darunter hervor.

Ihr dunkelgrünes Wollkleid hatte Miss Leahy eigens für diese Reise angefertigt. Es war schlicht und einfach gehalten, wies keinerlei Verzierungen auf - abgesehen von dem weißen Spitzenkragen unmittelbar unter Isabellas Kinn. Nun trug sie jedoch ein schwarzes Cape darüber, das sie vor der eindringenden Nässe des Regenschleiers schützen sollte, der ganz Cork umhüllte.

In dem straff geschnürten Korsett und der voluminösen Krinoline machte Isabella eine vortreffliche Figur, nur dass man dies jetzt unter dem Cape nicht sehen konnte.

Madeleine trug ebenfalls ein wollenes Reisekostüm. Ihres hingegen war in einem dunklen Blau gehalten, ebenfalls mit einem weißen Spitzenkragen. Ihr Capote bedeckte weniger von ihrem Haar, dadurch war ihr Haar aber auch mehr dem Regen ausgesetzt. Ihr ebenfalls dunkelblaues Cape war bereits durchweicht vom Regen. Ihr Korsett machte ihr das Atmen schwer, wobei sie durch die Eile, in der sie die Strecke von Dr. Bakers Kutsche zum Hafen zurückgelegt hatten und durch die Aufregung doch mehr Luft benötigte als üblich, und die Krinoline und die übrigen Unterröcke hatten ihr das Vorankommen zusätzlich erschwert.

Nun allerdings kam sie allmählich wieder zu Atem, während es Schritt für Schritt weiterging, der Regen indes verstärkte sich und schlug mit zunehmender Heftigkeit auf die Deckel ihrer Kisten und Koffer. Die Schlange rückte langsam vor, und jeder Schritt brachte Madeleine ein Stück näher zum Schiff und weiter weg von der Sicherheit des Bodens unter ihren Füßen. Der Wind trug das Krachen und Ächzen der Seile und Holzplanken über das Wasser und wehte Madeleine die salzige Luft ins Gesicht.

In jenem Augenblick drehte sich Isabella zu ihr um. „Da bist du", war alles, was sie sagte.

Madeleine betrachtete das Gesicht ihrer älteren Schwester und stellte fest, wie unglücklich Isabella aussah. Es durchfuhr sie, wie tief der Schmerz ihrer Schwester sein musste. Nun, Isabella war gewiss noch unglücklicher als Madeleine selbst. Eigentlich wusste Madeleine gar nicht, wie sich Isabellas Kummer anfühlen musste. Diese tiefe Traurigkeit, die ihre Schwester durchlebte, trennte sie auf eine Weise voneinander, wie nichts zuvor es jemals getan hatte.

Madeleine hoffte aufrichtig, dass sich Isabellas Traurigkeit mit jeder zurückgelegten See-Meile allmählich auflösen würde. Die letzten Wochen waren entsetzlich gewesen, eine Zeit voller Beklemmung und Enttäuschung. „Wie hatte alles nur so kommen können?", dachte sie voll Wehmut.

Dieser Heiratsantrag – darin war Madeleine sich sicher – hatte alles ins Rollen gebracht. Es war die einzige Erklärung, die sie finden konnte. Isabella hatte so lange auf diesen Antrag gehofft, weil sie sich wünschte, das Elternhaus zu verlassen und einen eigenen Hausstand zu gründen. Es sollte ihre Chance sein, ihr eigenes Leben zu beginnen, und doch ...

Mit der Reaktion Vaters hatte niemand gerechnet.

Nun standen sie gemeinsam auf der Schwelle zu einer völlig neuen Welt - getrennt von allem Vertrauten und in einer Situation, in der sie allein auf sich gestellt waren.

Just spürte sie wieder diesen Anflug von Hoffnung, von Erleichterung, von Erwartung über das Neue, was auf sie zukommen würde ...

Dieser kleine Funken Optimismus, der in ihr aufstieg, konnte nur auf die furchtbaren letzten Wochen zurückzuführen sein - auf ihren sehnlichen Wunsch, es möge alles wieder erträglicher werden.

Dann hob sie den Fuß und setzte den ersten Schritt auf die wackelige, knarrende Holzbrücke, die zum Schiff führte. Ihr Herz begann schneller zu schlagen, als sie das unbeständige Holz unter den weichen, vom Matsch durchweichten Sohlen ihrer Schuhe spürte. Die Menschen hinter ihr stießen und drängten ungeduldig nach vorne, was Madeleine das Gefühl gab, erdrückt zu werden.

Unter ihr sah sie das Wasser zwischen Schiff und Ufer schwappen. Es war eine dunkelgraue, hässliche, bedrohliche Brühe, die das Unwägbare und Fremde dieser Reise symbolisierte. Schritt für Schritt bewegten sie sich vorwärts. Schließlich erreichten sie das Deck und wurden von einem Matrosen in Empfang genommen, dem sie ihre Tickets hinhielten.

„Runter, Zwischendeck!" Er deutete in eine Richtung, in der sich wohl eine Treppe befand. Isabella und Madeleine sahen sich verständnislos an. Sie starrten auf die Tickets. Da stand es. Schwarz auf weiß: Zwischendeck.

„Weitergehen!", bellte der Matrose sie an, und die Schwestern traten zur Seite. Ein Gefühl der Verzweiflung überkam Madeleine. Wie konnte das sein? Vater hatte ihnen doch Kajütsklassetickets versprochen. Was sollten sie nun tun?

Isabella rannen Tränen die Wangen hinab. „Es tut mir leid ...", flüsterte sie kaum hörbar und hielt sich die Hände vors Gesicht.

Laurence Huton schritt zügig voran durch das Gewirr von Menschen.

Linker Hand hielt er seinen Koffer, die Rechte umschloss fest seinen Medizinerkoffer.

Diese Koffer enthielten sein ganzes Hab und Gut, alles was ihm wert und teuer war.

Er hatte die zum Hafen hin abfallenden Straßen an den Hängen, an denen sich die bunten Häuser reihten, deren Farben bei diesem Wetter nur grau und trüb erschienen, verlassen und näherte sich nun seinem Ziel.

Der Kalabreser mit der breiten Krempe hielt mit Mühe und Not die Nässe ab.

Sein schwarzer, neuer Mantel war bereits vom Regen durchweicht, und er spürte die Nässe unlängst durch die Ärmel seines Gehrockes, der Twine, dringen.

Wenigstens sein Hemd war noch als weitestgehend trocken zu bezeichnen. Er konnte nur hoffen, dass dies so bleiben würde, da er sich unschöne Flecken auf dem neu angefertigten Stück nicht erlauben wollte, da selbst die Schleifenkravatte eine solche Unansehnlichkeit nicht ausgleichen konnte. Auch der Saum seiner langen Hosen war durchnässt und gab bereits Feuchtig-keit an seine Strümpfe ab. Alles in allem hatte er begonnen zu frösteln.

Er beschleunigte seine Schritte. Es war auch höchste Zeit; nur mehr dreißig Minuten, bis das Schiff auslaufen würde. Schon aus der Ferne konnte er erblicken, wie es im Hafen lag, von den unruhigen Wogen hin und her geschaukelt. Drei weitere Schiffe lagen im Hafen. Sie wurden soeben mit Getreidesäcken beladen. Welch Irrsinn!

Die Menschen, die mit ihm aus Irland aufbrachen, hatten inzwischen offenbar begriffen, was ihnen hier noch bevorstünde. Keine Rettung war in Sicht, keine helfende Hand reichte sich ihnen entgegen. Die einzig verbleibende Handlung war die der Flucht in die Ungewissheit. Wie viele würden ihnen noch folgen? Sie alle taten wohl daran, diesen Weg zu beschreiten. Mochte die Zukunft in der neuen Welt auch noch so ungewiss sein. Hier verreckten sie am Straßenrand, während sie auf ihre

Arbeitsgenehmigungen warteten. Sie verhungerten, während das Getreide nach England verschifft wurde.

Er würde mit ihnen gehen, obwohl ihm das Hungern bislang erspart geblieben war. Nichts hielt ihn hier länger.

Eliza nahm er im Gedenken mit sich, seine wenigen guten Freunde ließ er guten Gewissens zurück.

Er wollte da sein, wo man ihn brauchte, wo die Zukunft offen war und nicht von Konventionen festgelegt wurde, auf die schon die Vorgenerationen keinen Einfluss zu haben vorgaben.

Ihn lockte es, das Ungewisse, eine neue Welt.

Was die anderen Auswanderer hier im Hafen vermutlich alle fürchteten, gab ihm neue Kraft nach diesen entsetzlichen letzten Wochen, die er am liebsten für immer verdrängen und vergessen wollte. Wenn er diesen Entschluss doch nur eher gefasst hätte ... nein. Auch daran durfte er in diesem Augenblick nicht denken. Er musste diesen Schritt nun gehen. Und er spürte, dass Eliza ihn geleitete.

Schon hatte er die Gangway erreicht. Hier musste eben noch großes Gedränge geherrscht haben, doch nun waren die meisten bereits an Bord. Er passierte die Gangway und zeigte sein Ticket vor. Zwischendeck. Was sonst. Wozu auch nur einen Penny mehr ausgeben als notwendig?

Er wusste genau, wo seine Hilfe vonnöten sein würde. Was ihn an jenem fremden Ort erwarten mochte, war ihm noch verborgen, doch konnte es unmöglich schlimmer sein als die elenden Zustände der Slums, deren trostlose Realität ihm inzwischen nur allzu vertraut war. Diejenigen, die ihn für vernarrt hielten, ließen ihn kalt; Stokes jedoch schien Gefallen an seinem Unternehmen zu finden, und mit kaum mehr anderen hatte er sein Vorhaben geteilt.

Noch einmal, ein flüchtiger Blick zurück auf Cove – es sollte sein letzter sein. Wenngleich es nicht Irland war, welches er zu verlassen wünschte, sondern England. Gewisslich würde er nie mehr hierher zurückkehren.

II.

„Geh mein Kind, suche dir ein eigenes Königreich, das deiner
würdig ist.
Makedonien ist nicht groß genug für dich."
(Plutarch, Alexander 6.)

Bei Caherdaniel, Irland, August 1847

Als William Cahill den Strand erreicht hatte und unter größter Anspannung seiner Sehkraft über den Sandstreifen zum
Wasser starrte, konnte er ihre schemenhaften Gestalten im
Mondlicht erkennen.

Es sind mindestens zehn Männer, schoss es ihm durch den
Kopf. Da verdunkelte sich plötzlich alles und er hatte Mühe,
sich zu orientieren. Verdammt.

Er musste unbedingt näher heran. Aber zunächst galt es, abzuwarten, bis der Mond wieder hinter der Wolke hervor kam.
Andererseits würden sie ihn dann auch leichter entdecken.

Mit einem Mal erreichten ihn vom Wind herübergetragene
obszöne Wortfetzen. Sie fluchten über die Dunkelheit. Es war
das Vokabular der niedersten Gasse Dublins, was ihm ein
Grinsen der Schadenfreude entlockte.

Dann wurde es wieder heller. Einige Yards vor ihm standen
vereinzelte Sträucher, an deren Geäst der Wind zerrte. Ein Blick
zum Himmel verriet ihm, dass in Kürze wieder Dunkelheit
herrschen würde. Er würde den Moment abpassen. Es war ein
gutes Stück über Sand und er musste sich beeilen. Er versuchte
sich genau Entfernung und Strecke einzuprägen. Sein Herz
schlug doch zu schnell. Ein erwachsener Mann, Detective einer

Sondereinheit der Royal Irish Constabulary! Und doch Herzrasen wie ein Schuljunge beim Äpfelsteh... jetzt galt es! Los! Er duckte sich in dem Moment, als der Mond wieder hinter einer Wolke verschwand und sprang auf den Sand herab. Er strauchelte leicht, dann rannte er los, so schnell er konnte. So leise er konnte. Noch ein Stück. Jetzt musste er die Büsche doch erreicht haben? Er konnte nur hoffen, dass die Richtung stimmte. Der Wind schlug ihm entgegen und der Sand erschwerte jeden Schritt. Dann spürte er das Gestrüpp. Er hatte es genau getroffen.

Schnell warf er sich zu Boden und versuchte, seinen Atem zu drosseln. Unsinnig, besonders leise sein zu wollen. Da vorne und gegen den Wind, der vom Meer herüberwehte und vor allem unter der schweren Arbeit, unter großer Eile würden sie ihn auch nicht hören, wenn er sich mit jemandem unterhielte. Jedoch musste er zunächst wieder zu Atem kommen.

Von seiner Position aus blickte er über die Dünen und erkannte die Männer nun deutlicher. Ihre dunklen Schattengestalten hoben sich vor dem mondbeschienenen Meer ab.

„Macht schneller! Los jetzt!", wiederholten sie miteinander in jener grobschlächtigen Weise, die seine Verachtung weiter anheizte. Elf Männer, ganz genau; er sah, wie sie schwerfällige Kisten aus dem Boot zogen, Mühsal gezeichnet in jeder Bewegung. Wieder schob sich eine Wolke vor den Mond und verdunkelte das verbrecherische Treiben am Strand. Wieder musste er ausharren und konnte er nur sein Herz pochen hören. Offenbar ein letzter Nachhall des schnellen Laufes über den Sand. Dann tauchten die Männer wieder im Mondlicht auf.

„Mach schneller! Los jetzt!"

Sie trugen die Kisten über den Strand, ein Stück entfernt an ihm vorbei. Hinten, wo der Strand endete, waren ebenfalls Männer. Sie verluden die Kisten vermutlich auf einen Pferdewagen und brachten sie fort. Drecksschmuggler! Dieses Pack. Doch gewiss waren es nur Handlanger. Die Hintermänner machten sich hier nicht die Hände ...

„Da bewegt sich was!"

Er fuhr aus seinen Beobachtungen auf. William hielt den

Atem an, schmiegte sich tiefer in das bodennahe Dickicht.

Einer der Leute deutete in seine Richtung.

Er hatte sich nicht bewegt. Das Gestrüpp, das Gestrüpp musste sich bewegt und den Kerl alarmiert haben.

„Das sind nur die Sträucher!", rief ein anderer.

„Ja, genau, das sind nur die Sträucher!", hörte William sich selbst murmeln. „Macht nur weiter ... Ihr seid doch viel zu einfältig ..." Er machte intuitiv eine Bewegung zurück. Doch jetzt im Mondlicht vermochte er sich nicht zurückzuziehen. Er konnte nur hoffen, dass sie nicht herüber kommen und nachsehen würden.

„Das Zeug steht hier überall rum. Lasst uns weiter machen. Ich will nach Hause!", rief eine der Gestalten.

„Meine ich auch. Pack die Kiste mit an. Wir müssen hier fertig werden, sonst haben wir tatsächlich bald Gaffer!"

„Ich sehe lieber nach." Der Kerl ließ sich nicht beschwatzen. Er machte einige beunruhigende, aber wenig zielstrebige Schritte auf William zu. Feigling, schoss es William durch den Kopf. Fast musste er lachen über diesen Kerl. Wollte seinen Leuten demonstrieren, wie mutig er war und bei dem Gedanken, dass da einer im Gestrüpp hocken könnte verließ ihn seine Verwegenheit. So waren sie, die Iren. Don´t wet your pretty cheaks with tears[2]. Er grinste unwillkürlich. Nur in der Horde konnten sie den Anschein erwecken, Schneid zu besitzen, aber waren sie auf sich gestellt, dann taugten sie nur noch zum Buckeln. Er schnaubte abfällig. Doch ganz ungefährlich war seine Situation nicht. Wenn dieser Schwachkopf näher kam, würde es ziemlich ungemütlich werden. Verflucht ... er kam näher. Jetzt war William nicht mehr zum Lachen zumute.

„Mann, lass gut sein, da is nix. Das ist nur die Angst vor deiner Alten, wenn du wieder nach Sonnenuntergang nach Hause kommst, die dir die Sinne trübt!" Einer der Männer schien jedenfalls lieber die Arbeit zügig zu Ende bringen zu wollen. Doch auch er klang nun wenig überzeugt.

Der Wichtigtuer kam nun bedrohlich nahe. Gleich würde William sein Gesicht sehen können. Ein unbändiger Drang

---

[2] Benetze deine hübschen Wangen nicht mit Tränen.

wollte ihn veranlassen, augenblicklich aufzuspringen und die Flucht zu suchen. Doch der Mann wirkte kräftig. Er hätte ihn schnell eingeholt. Oder sollte er die Flucht nach vorne wagen und den Kerl zu Boden werfen, bevor er das Weite suchte?

Zur Hölle! Jetzt musste William etwas einfallen ... etwas grandioses oder es ...

„Ist da was?", gellte es vom Wasser herüber.

Der Mann reagierte nun nicht mehr auf seine Komplizen. Er war ganz mit der Situation befasst.

Da erkannte William tatsächlich bereits seine Gesichtszüge. Hervorstehende Wangenknochen, struppiges Haar, Mitte vierzig, oder älter? Oder jünger? So genau war das nicht zu sagen. Die Iren alterten schnell, ein bulliger Typ ... Tu was! William suchte drängend nach einem Ausweg.

August 1847, Adhmaid House nahe Shanagarry, County Cork, Irland

Andrew Cahill verlagerte sein Gewicht von einem Bein auf das andere und zupfte mit geübter Hand die Ärmel seines tadellos sitzenden schwarzen Gehrocks zurecht. Dabei prüfte er sorgsam die Knopfreihe seiner feinen Weste aus festem Wollstoff, die sich geschmeidig über dem makellos weißen Hemd spannte. Seine dunklen Hosen, dezent gestreift und perfekt gebügelt, schmeichelten seiner stattlichen Figur. Die polierten schwarzen Schuhe glänzten im einfallenden Licht wie Ebenholz.

Mit einer bewussten Bewegung fuhr er sich über das Gesicht, welches von ordentlich zur Seite gekämmtem Haar gerahmt wurde, das seine hohe Stirn frei ließ. Andrew verstand die Kunst der Haarpflege, und die sorgfältigen Locken über seinen Ohren zeigten seine Bemühungen, ein respektables Äußeres zu wahren. Seine Side-Whiskers, denen er große Sorgfalt widmete, verliehen ihm eine würdige Aura, wie es sich für einen Mann seines Standes, einen Lehrer, geziemte. Sein akkurat getrimmter Schnurrbart war frei von jeglicher Eitelkeit oder extrava-

20

ganten Zwirl; er war ein Mann der Einfachheit und des Ernstes. Das restliche Gesicht war glattrasiert und vermittelte eine Ruhe und Ernsthaftigkeit, die er sich bewusst aneignete.

Obwohl Andrew bereits ein Jahrzehnt seines Lebens dem ehrenvollen Beruf des Lehrers gewidmet hatte, erfüllte ihn die Erwartung, sich einer neuen Familie, deren Töchter seiner Obhut anvertraut würden, vorzustellen, mit nervöser Aufregung, die er kaum verbergen konnte. Er wusste nur zu gut, dass der erste Eindruck von größter Bedeutung war. Diese ersten Momente konnten über Monate und Wochen hinweg das Bild bestimmen, das man von ihm haben würde. Man vermag zu sagen, was man wollte, der erste Eindruck prägte die Beziehung in einer Weise, die nur mit großem Aufwand und über lange Zeit hinweg zu ändern war. Oft entschied er für alle Zeit.

Er verscheuchte solche wenig förderlichen Gedanken und konzentrierte sich auf die bevorstehende Aufgabe. Es galt, sich von seiner besten Seite zu zeigen und den Ansprüchen der neuen Arbeitgeberin gerecht zu werden. Ein tiefes Atmen und ein innerliches Sammeln halfen ihm, die nötige Ruhe zu finden. So bereit, schritt Andrew zur Tür, an der in Kürze sein neues Kapitel beginnen würde.

Er wollte sich zwingen, sich auf die Einrichtung des Saales, in welchem er sich nun befand zu konzentrieren.

Grün gemusterte Tapeten, blank poliertes Parkett, alles machte den Eindruck, vollkommener Reinlichkeit und Ordnung. Sicher wachte eine penible Haushälterin auf die einwandfreie Ausführung der Hausarbeiten. Da wurden am Morgen, bevor die Herrschaften erwachten, die Dienstmädchen durch die Flure, Säle und Räume gescheucht und es durfte kein Staubkorn, keine Falte, keine Ungenauigkeit übersehen werden. Nun, darauf konnte er sich einstellen. Kurz ertappte er sich bei der Feststellung, dass ihn der Anblick langweilte, dann jedoch obsiegte sein Verstand. Alles war exakt so, wie es sich gehörte. Hier herrschte strikte Ordnung. Sein Blick schweifte weiter, aus dem großzügigen Fenster hinaus in den Garten. Doch anders, als er es erwartet hatte, blieb sein Blick nicht an gerade geschnittenen Hecken, kurzem Rasen und sauber angelegten Ro-

senbeeten hängen, sondern nur auf den ersten Blick erschien
der Garten gepflegt. Bei genauem Hinsehen offenbarte er in
jeder Ecke die Schludrigkeit des Gärtners. Andrew verwirrte
diese Erkenntis. Sie passte nicht zu dem Bild, dass das Innere
des Hauses abgab. Sie passte nicht zu dem Eindruck, den er
ansonsten hatte.

Da öffnete sich eine der Türen.

„Sie werden gebeten einzutreten.“ Das Mädchen in der
schlichten Uniform blickte zu Boden und ließ ihn passieren.

Er trat mit großen, schweren Schritten durch die Tür und
verschaffte sich zügig einen Überblick über den Raum in den
er getreten war.

Rot gemusterte Tapeten, Möbel aus Mahagoniholz mit Intar-
sien, ein schwerer Teppich auf blank poliertem Parkett, Ge-
mälde in Überlebensgröße mit landschaftlichen Motiven.
Schwere rubinrote Gardinen umrahmten die Fenster.

Vor dem Sekretär, der den Mittelpunkt des Raumes bildete,
hob sich eine schlanke, hohe Gestalt ab. Das musste die Hausherrin sein. Mary Dubois. Sie trug ein hochgeschlossenes, mit
Bändern verziertes, violett weißes Kleid, bestehend aus mindestens zehn Volants, so genau konnte er das nicht sagen, weil
er sich nicht dabei erwischen lassen wollte, dass er die Volants
seiner künftigen Arbeitgeberin zählte. Die Pagodenärmel wurden nach unten hin weiter und in der Armbeuge von breiten
Schleifen geschmückt. Die Unterarme, die zwei Volants freiga-
ben, wurden von mit Spitzen verzierten, weißen Unterärmeln
bedeckt. Ein eleganter Hut bedeckte das Haar der Dame und
rahmte zugleich ihr sehr feines Gesicht.

„Guten Tag, Mr. Cahill, willkommen in meinem Hause. Hatten Sie eine angenehme Anreise?“, fragte sie in leisem aber
bestimmtem Ton.

Er erwiderte ihre Begrüßung und ließ sich, wie geheißen auf
einem Stuhl nahe des Sekretärs nieder.

Sie setzte sich ihm gegenüber. „Mr. Dubois lässt seine Ent-
schuldigung übermitteln. Er weilt derzeit außer Hauses, wird jedoch zu gegebener Stunde Ihre Bekanntschaft machen und Sie
mit gebührendem Respekt willkommen heißen. Haben Sie das

Zeugnis Ihrer letzten Anstellung bei sich? Ihre Referenzen habe ich sorgfältig geprüft und werde Ihnen diese sogleich zurückgeben. Sie sind, wie ich feststellen konnte, von einwandfreiem und untadelhaftem Charakter. Sollte es Ihnen genehm sein, wird Grace Ihnen alsbald die verschiedenen Räumlichkeiten zeigen. Nachdem Sie in etwa einer Stunde Ihre Anreise überstanden und eine angemessene Mahlzeit zu sich genommen haben, wird es mir eine Freude sein, Ihnen meine Töchter vorzustellen." Bei diesen Worten griff sie nach einem kleinen, eleganten Glöckchen und betätigte es mit leichter Hand. Fast augenblicklich öffnete sich die Tür, durch welche Andrew hereingetreten war, von Neuem.

Das Mädchen erschien.

Andrew Cahill hatte nicht den Eindruck, dass eine Erwiderung seinerseits erforderlich, ja erwünscht war. Er brauchte lediglich seine Zustimmung bekunden und alles geschah, wie angekündigt. Er deutete eine Verbeugung in Richtung der Hausherrin an und folgte Grace aus dem Raum.

„Ihre Räume befinden sich im Ostflügel. Dort ist auch das Personal untergebracht. Sie beziehen die Räume im ersten Stock. Dort werden Ihnen keine niederen Bediensteten begegnen. Lediglich Miss Coughlan, die Haushälterin, bewohnt diese Etage, wobei der Durchgang zu den Räumen von Miss Coughlan selbstverständlich verschlossen ist."

Andrew Cahill folgte dem Mädchen und betrat schließlich einen hübschen kleinen Raum, an den sich, der Anzahl der Türen nach zu schließen, mindestens zwei weitere Räume anschlossen. Das Bett stand mitten im Raum. Ein Schrank, ein Tisch ...

„Ihr Arbeitsraum befindet sich hinter der linken Tür. Rechts befindet sich ein Waschraum. Ich werde Ihnen gleich eine Erfrischung bringen. Haben Sie noch Wünsche?"

Andrew verneinte und schloss hinter dem Mädchen die Zimmertür.

Er holte tief Luft.

Die erste Begegnung war überstanden.

Erleichtert ließ er sich auf das Bett fallen und streckte sich aus. Nun würde er noch die Töchter kennenlernen. Und den Herrn des Hauses.

Es war ein unprätentiöser Neubeginn im Hause Dubois.

Er hatte sich mit seinen wenigen Habseligkeiten in seinem neu zugewiesenen Heim mit Bedacht und einer gewissen Bescheidenheit eingerichtet. Er widmete sich seinen Pflichten als Hauslehrer der Töchter mit jener Sorgfalt und Hingabe, die er für angemessen erachtete. In den Stunden, da er sich von seinen Aufgaben frei machen konnte, begab er sich stets nach Cork, einem tristen und wenig einladenden Städtchen. Dort besuchte er Jane, die in einem kleinen, eigens angemieteten Stadthaus in der Shandon Street, nahe der ehrwürdigen St. Anne's Church, lebte.

Während er gemächlich an den drei mannshohen, von schweren, dunklen Brokatvorhängen eingefassten Fenstern an der Außenwand auf und ab schritt, die Hände am Rücken gefaltet, blickte er vom einen zum anderen Mädchen.

Sie saßen an dem großen, spiegelblank polierten Teakholztisch, jede in ihre Arbeit vertieft. Die eine mit dunklem, die andere mit hellem Haar. Die eine ruhig und bedächtig, schweigsam und ernst, die andere noch mehr Kind als junge Dame. Und dies, obwohl zwischen ihnen kaum mehr als zwei Jahre Altersunterschied lagen.

„Miss Madeleine, ist Ihnen das Buch zu schwer verständlich oder zu langweilig?"

Sie sah wie ertappt, den Blick aus dem Fenster unterbrechend, zu ihm hinüber. „Verzeihen Sie, ich war nur einen Augenblick abgelenkt. Die Geschichte Alexander des Großen kann gewiss nicht als langweilig bezeichnet werden."

„Dann müssen Sie sich durch den Text mühen?" Er wusste selbstverständlich, dass dies nicht der Fall sein konnte. Er war gewiss kein großer Menschenkenner, aber seine Schüler wusste er stets einzuordnen, und diese Mädchen waren alles andere als begriffsstutzig.

„Es kommt mir, offen gestanden, gelegentlich zu abenteuerlich vor, was dieser Mann durchgestanden haben soll." Madeleine blickte ihn vorsichtig an, als sei sie sich seiner Reaktion auf ihren Zweifel an dem historischen Werk über Alexander den Großen nicht sicher.

"Zweifeln Sie dieses historische Werk an, oder bezieht sich Ihr Zweifel auf die Möglichkeit, solche Abenteuer als Mensch bestehen zu können?" Er sah das Mädchen forschend an.

Sie schien zu überlegen. Schließlich sagte sie: „Möglicherweise beides gleichermaßen ... Plutarch mag ein Historiker sein, wenn er als solcher bezeichnet wird, dennoch erscheint es mir, als wolle er viel mehr mit seinen Schriften ausdrücken, nicht nur geschichtliche Ereignisse wiedergeben. Aber zugleich kann ich schwerlich glauben, dass einem Menschen all dies in seinem kurzen Leben widerfahren kann und er solche Abenteuer bestehen kann. Im Alter von nur 32 Jahren das Perserreich zu unterwerfen, Herrscher über die Welt zu werden, neue Gebiete zu erkunden ..." Sie hielt unvermittelt inne, als behalte sie eine weitere Anmerkung lieber doch für sich.

Andrew betrachtete die jungen Damen vor ihm mit wohlwollender Zufriedenheit. „In der Tat, Sie haben nicht unrecht, wenn Sie annehmen, dass Plutarchs Absicht über das bloße Aufzeichnen historischer Ereignisse hinausging. Ich habe Ihnen nicht ohne Grund das Vorwort vorenthalten. Doch was war sein eigentlicher Beweggrund? Was meinen Sie?"

Miss Isabella, die ältere der beiden Schwestern, hob ebenfalls den Blick und wartete, ebenso interessiert wie aufmerksam, auf die Antwort ihrer Schwester. Die jüngere Schwester zögerte, nachdenklich, wohl aus Furcht, etwas Unpassendes zu sagen.

Andrew erkannte jedoch die Aufgeschlossenheit und den wachen Geist der älteren Schwester. Er sah darin eine Gelegenheit, ihren scharfsinnigen Verstand zu fördern. „Miss Isabella, möchten Sie uns Ihre Gedanken zu diesem Thema mitteilen?", fragte er sie in freundlichem Ton.

Miss Isabella antwortete ohne Zögern: „Mein Eindruck ist, dass Plutarch die Berühmtheiten in seinen Schriften als exemplarische Gestalten darstellt. Er möchte vermitteln: Handelt nach ihrem Vorbild oder meidet ihr Verhalten – er nutzt sie als moralische Leitbilder."

In diesem Augenblick klopfte es leise an die Tür.

„Ja bitte?" Er warf einen raschen Blick auf die Uhr auf dem Kaminsims. Es war Zeit für die Mädchen und ihn, sich frischzumachen und für das Dinner anzukleiden.

Madeleine betrat mit einem Gefühl der Erleichterung ihr Schlafgemach und schloss aufatmend die Tür hinter sich. Sie ließ sich rasch auf ihrem Lieblingsplatz am Fenster nieder.

Die Sonne war beinahe untergegangen. Der Horizont war bereits in rosa Töne getaucht, die blauen Wolken davor sahen aus wie ein Gebirge, dass sich vor dem Sonnenuntergang erhob, alles war in ein abendliches Licht getaucht. Leicht wippten die Blätter der Sträucher und Bäume in dem weitläufigen Park, der sich unter ihrem Fenster ausbreitete, im milden Abendwind.

Sie zog die metallenen Halterungen mit einem quietschenden Geräusch zur Seite und stieß die Fensterflügel weit auf. Leicht knarrten die Fassungen in den Rahmen. Sie genoss die frische salzige Brise, die von der See herüber wehte und nun in ihr Zimmer drang.

Wie gut dies tat. Seit dem Frühstück hatte sie die Stunden fast ausschließlich mit Lernen zugebracht. Es hatte lediglich eine Mittagspause von zwei Stunden gegeben. Sie war erschöpft von den langen Stunden, die sie über den Büchern gesessen hatte. Das Korsett engte sie nach solch einem Tag besonders ein. Über Stunden hatte sie so aufrecht gesessen, wie sie es vermochte, nun schmerzte ihr Rücken. Sie hatte den ganzen Tag über kaum ihre Beine bewegen können. Sie ließ sich in die Lehne sinken und schloss die Augen, als sich ihr Rücken löste.

Hier war niemand, der sie hätte korrigieren können. Wäre das Dinner nicht so nahe herangerückt, so hätte sie wohl ihr enges Mieder und das Korsett abgestreift und sich erschöpft auf ihr Bett fallen lassen.

Am Dienstag verlangte ihre Mutter ihnen immer die meisten Lernstunden ab, im festen Glauben, dass dieser Wochentag in besonderer Weise zum Lernen geeignet sei. Doch am Dienstag gab es nur zwei Dinge, die Erleichterung schafften: Ein halbstündiges Ausruhen oder ein belebender Ausritt mit Aodhán, um die vielen Stunden des stillen Sitzens auszugleichen.

Morgen jedoch würden sie und ihre Schwester Isabella bereits um vier Uhr nachmittags von ihren Studienpflichten entbunden sein. Dann würde nur noch Dr. Fitzgerald erscheinen, um sie am Piano zu unterrichten, eine Stunde, die ihr keinerlei Mühe bereitete. Im Gegenteil, diese Unterrichtsstunde zählte zu ihren liebsten. Insbesondere in den letzten Tagen, am Sonntag und an diesem Dienstag, hatte sie viel Zeit am Pianoforte verbracht und „Die Abendempfindung" von Wolfgang Amadeus Mozart geübt. Zwar spielte sie Mozarts Werke sehr gerne, doch es war Johann Sebastian Bach, dessen Kompositionen sie noch mehr in ihren Bann zogen.

Die Übungen aus dem „Wohltemperierten Klavier" schätzte sie besonders, ebenso wie die melodischen Kirchenlieder, die Dr. Fitzgerald oft erwähnte. Er hatte ihr die Schönheit der Hallen von Kirchen beschrieben, wo diese Lieder in vollendeter Klangpracht widerhallten. Madeleine hatte bisher noch nie einer Messe beigewohnt, auch war sie niemals in einer Kirche gewesen, doch sie hegte den Wunsch, irgendwann einmal das Erlebnis zu haben, die erhabenen Lieder von Bach in solch einer Umgebung zu hören.

Noch mehr als Bach begeisterten sie die Lieder des deutschen Komponisten Franz Schubert, von dem sie bereits einige Stücke spielen gelernt hatte. Dr. Fitzgerald lud in regelmäßigen Abständen bekannte Sänger ein, die zu Madeleines Spiel sangen – diese Momente waren für sie die wunderbarsten.

Auch das Violinespiel wurde Madeleine und Isabella beigebracht, und auch dies war eine Quelle der Freude für Madeleine. Insgesamt fiel ihr das Lernen nicht schwer. Doch das Stillsitzen – endlose Stunden mit Büchern vor sich, während die Minuten zäh und unbeweglich verstrichen.

Das Reiten bereitete ihr stets eine ganz besondere Freude. Selbst das einfache Kochen in der Küche bei Margret ging ihr leicht von der Hand und bot ihr eine willkommene Abwechslung. Obwohl ihre Mutter der Meinung war, dass diese Tätigkeit einer Dame nicht ziemte, und es ihr missfiel, dass Madeleine so viel Zeit in der Küche verbrachte.

Alexander ... mit 32 Jahren Herrscher über die damals bekannte Welt!

Und sie? Sie hatte in der halben Zeit noch nicht einmal ihr
Elternhaus verlassen, abgesehen von einigen wenigen Besuchen
in Cork bei der Schneiderin. Sie war ausschließlich umgeben
von ihrer Familie, ihren Bediensteten und den Lehrern, die sie
unterrichteten.

Und was würde noch auf sie zukommen? Sie würde heiraten
und eine Familie gründen, in wenigen Jahren. Sie würde ihre
Bediensteten anweisen, würde ihre Kinder großziehen und die
Pflege des Anwesens überwachen.

Wie anders musste das Leben Alexanders des Großen gewesen sein, wie anders war er geartet, solch monumentale
Abenteuer zu bestehen! Diese Gedanken hatten sie während
der Vormittagsstunden eingenommen. Doch zum Glück vermochte sie, solche Ideen und Träumereien vorsichtig vor der
Welt zu verbergen. Solche Gedanken waren nichts, was sie einem Lehrer gegenüber aussprechen wollte.

Isabella ging leichten Schrittes durch die Korridore des Hauses. Das Gehen war herrlich, nach den langen Stunden des Ar-
beitens im Sitzen. Ihre Beine bewegten sich fast von allein.

Doch es war nicht nur das, was sie beinahe hüpfen machte. Es
war ein Gefühl, dass sie nicht oft verspürte, es war ein Ge-fühl
von Fröhlichkeit. Sie führte es auf die Unterrichtsstunde
zurück. Mr. Cahill, schien mit ihrer Antwort sehr zufrieden gewesen zu sein.

Ihr gefiel er. Er hatte eine angenehme Art zu unterrichten.

Anders als sein Vorgänger schien er es zu mögen, wenn sie
und Madeleine sich Gedanken machten. Über Gedichte, über
die Natur, über die Historie. Er forderte sie zu Überlegungen
geradezu heraus. Dabei hatte sie tatsächlich manchesmal das
Gefühl, als könne sie seinen Gedanken sehr gut folgen und als
könne sie mit ihren Gedanken das Gespräch in die eine oder
andere Richtung lenken. Dieses Gefühl war wunderbar. Ihr
machte der Unterricht große Freude. Das war bislang nicht der
Fall gewesen. Bisher war ihr das nicht so klar ins Bewusstsein

28

gedrungen, weil sie die Lernstunden nicht anders gekannt hatte, doch mit diesem Lehrer war es etwas anderes.

Er ermahnte auch Madeleine nicht stets, wie es Mr. Farrell getan hatte. Isabella bemerkte in diesem Augenblick, wie ungern sie an Mr. Farrell zurückdachte. Er hatte Madeleine beinahe schon den Eindruck vermittelt, sie sei eine unbegabte Schülerin, lediglich da sie derart von Lebendigkeit war. Dies verübelte Isabella ihm zutiefst.

Unwillkürlich und fast ohne es zu bemerken, war sie durch die Korridore des Anwesens bis zu den Gemächern ihrer Mutter gelangt. Sie wünschte sich, ihrer Mutter mitzuteilen, wie wunderbar sie es fand, diesen neuen Lehrer zu haben. Doch würde diese jetzt Zeit für sie haben? So kurz vor dem Dinner? Sie wollte es versuchen. Mit gebührendem Respekt und einer Spur von Zaghaftigkeit klopfte sie an die massive Tür.

„Wer klopft da?", erklang eine gedämpfte Stimme aus dem Inneren.

„Mutter, ich bin es, Isabella, darf ich eintreten? Ich habe etwas mit dir zu besprechen!", rief sie mit einer Spur von Überschwang im Ton, der ihren Worten eine gewisse Dringlichkeit verlieh.

Einen Moment lang lag eine erwartungsschwere Stille in der Luft, dann vernahm Isabella die Stimme ihrer Mutter: „Isabella, dies ist wahrlich nicht der rechte Moment. Ich befinde mich in den Vorbereitungen für das Dinner. Gönne es mir, dass du mir zu einem späteren Zeitpunkt davon berichtest"

Die Worte trafen Isabella wie ein kalter Windstoß, der ihre fröhliche Gesinnung augenblicklich erstarren ließ. Sie spürte, wie die freudige Stimmung aus ihrem Inneren wich und einer bedrückten Schwere Platz machte. Ihre Fröhlichkeit war wie davon geweht.

So würde sie sich ebenfalls bereitmachen, um zumindest rechtzeitig beim Abendessen zu sein.

Das abendliche Dinner wurde stets im roten Salon serviert. Hierzu hatten sich alle Familienmitglieder um 18:30 Uhr einzufinden.

An diesem Abend war es Madeleine, die, wie so oft, als Erste in den Salon trat. Ihr Hunger zu dieser Stunde war in gleichem Maße regelmäßig wie der präzise Takt der alten Pendeluhr, die den Raum zierte und mit ihrem Schall belebte.

Sie schritt gemächlich an dem voluminösen Mahagonitisch entlang, der diesen Raum füllte, und ließ ihre Finger über die filigranen Schnitzereien gleiten, die die edle Tischplatte schmückten. Wie jeden Abend konnte sie auch heute kein einziges, winziges Staubkorn entdecken. Grace machte ihre Arbeit wahrlich gründlich. Mrs. Coughlan überwachte selbstverständlich jeden Handgriff, doch Madeleine hatte auch noch niemals wahrgenommen, dass Grace jemals eine Arbeit nachlässig verrichtet hätte, wenn Mrs. Coughlan sie nicht beobachtete.

Madeleine konnte sich nur schwerlich vorstellen, solch eine monoton wiederkehrende Arbeit Tag für Tag und Jahr für Jahr mit der gleichen Sorgfalt zu verrichten. Glücklicherweise würde ihr dies Schicksal erspart bleiben. Wie ihre Mutter würde sie dereinst als Dame des Hauses fungieren und mit der gebotenen Autorität Haushaltsdinge überwachen. Jedoch musste eine solche genauestens die Abläufe im Hause bis ins Detail kennen und überwachen, hörte sie in Gedanken ihre Mutter sagen.

Noch jedoch lag ein weiter Weg vor ihr, da sie, erst vierzehnjährig, vorerst keine eigene Haushaltspflicht zu führen haben würde. Zunächst würde Isabella verheiratet werden, die mit ihren sechzehn Jahren bereits ein heiratsfähiges Alter erreicht hatte.

Isabella war stets makellos in ihrer Haltung gewesen und würde die Rolle als Hausherrin mühelos auszufüllen wissen – so dachte Madeleine, die ihresgleichen bewunderte. Trotz dieser Reife hatte Isabella keinerlei Eile, vor den Altar zu treten, wie Madeleine wohl wusste, da Isabella ihr dies anvertraut hatte.

Isabella vertraute ihr alles an. So wie sie ihr alles anvertraute. Beinahe alles. Ob Isabella ihr auch nur beinahe alles anvertraute? Nein, Isabella hatte keine Geheimnisse, welche Geheimnisse sollte sie schon haben.

Just in diesem Moment öffnete sich die Tür, und Mrs. Dubois betrat den Raum. Dies riss Madeleine unvermittelt aus ihren

30

Gedanken.

Die Tür war noch nicht geschlossen, als auch schon die Gouvernante Melissa und Elizabeth brachte und sich nahezu gleichzeitig Isabella einfand.

Mrs. Dubois ließ alle Platz nehmen und das Essen wurde aufgetragen. Hierfür war Grace zuständig.

Es gab im Hause Dubois nur Mrs. Coughlan, die Haushälterin, die die übrigen Bediensteten unterwies, die Köchin Margret, das Kindermädchen Miss Leahy, Grace und den Gärtner Sheehan.

An den Waschtagen kamen stets zwei Frauen aus der näheren Umgebung, und für spezielle Aufgaben, vor allem fürs Holzsägen und Hacken kamen einmal die Woche zwei Burschen, die Sheehan näher kannte und die auf diese Weise für ihre Familien etwas dazu verdienten.

„Vater wird erst spät zurückkehren. Wir speisen heute ohne ihn", stellte Mrs. Dubois klar und verwendete nur einen Augenblick darauf, ihre jüngste Tochter Elizabeth mit einem strengen Blick zu bedenken, der dem ungeduldigen Hin- und Herrutschen auf dem rotgepolsterten Lehnstuhl geschuldet war. „Auch eine achtjährige Dame kann ruhig abwarten, bis das Dinner beginnt."
Elizabeth nickte und bemühte sich sichtlich um Contenance.
Madeleine blickte ihre kleine Schwester liebevoll an. Sie war immer noch das Baby in ihren Augen. Doch ihre Mutter duldete keine Ausnahmen. Jeder, der im roten Salon zu speisen wünschte, hatte dieselben Regeln zu befolgen. Ansonsten konnte die Mahlzeit in der Küche bei Margret eingenommen werden. Jedoch wünschte dies keine der Duboischen Töchter. Die Mahlzeiten stellten die wenigen Momente dar, in denen die Familie sich zusammenfand.

„Isabella, mein Kind, welchen Eindruck hat Mr. Cahill auf dich hinterlassen?", erkundigte sich Mrs. Dubois in einem ernsten, doch forschenden Ton.

„Der Unterricht mit Mr. Cahill ist überaus anregend. Seine Methodik, uns zahlreiche Fragen zu den besprochenen Themen zu stellen, erleichtert mir das Lernen ungemein", erwiderte Isabella.

Mrs. Dubois ließ diese Worte unkommentiert an sich vorbeiziehen und wandte sich sodann an ihre zweitälteste Tochter: „Madeleine, wie würdest du den Unterricht bei Mr. Cahill beschreiben?"

„Die Stunden verfliegen regelrecht, und es fällt mir leichter, die erlernten Inhalte im Gedächtnis zu behalten", antwortete Madeleine. Erst als sie diese Worte aussprach, wurde ihr vollumfänglich bewusst, wie treffend diese Beobachtung, die ihr zuvor nicht bewusst gewesen war, war.

„Mr. Cahill tut sich zudem durch seine Freundlichkeit hervor, weit mehr als es Mr. Farrell je vermochte!", fügte Isabella eilig hinzu und konnte eine gewisse Begeisterung in ihrer Stimme nicht verbergen.

Madeleine blickte verwundert zu ihrer Schwester hinüber. Es war höchst ungewöhnlich, dass Isabella sich ungefragt äußerte, insbesondere gegenüber ihrer Mutter.

„Isabella!" Mrs. Dubois Tonfall war unverkennbar tadelnd, wobei keinerlei Dankbarkeit für Isabellas Zwischenspiel anklingend zu spüren war.

Weiteres fügte Mrs. Dubois nicht hinzu – es war auch kaum nötig. Ihre knappe Reaktion genügte, um die angemessene Stille zu etablieren.

Sogleich senkte Isabella ihren Blick und musterte die Hände in ihrem Schoß.

Die verbleibende Zeit des Dinners verbrachten die Anwesenden in schweigsamer Zurückhaltung. Die Atmosphäre war von einer Schwere durchzogen, die dafür sorgte, dass selbst das leise Klirren des Bestecks wie ein störender Klang in der erhabenen Stille widerhallte und die Worte und inneren Empfindungen niemanden zu verlassen wagten.

Isabella rang mit all ihrer Kraft, die aufsteigenden Tränen zurückzuhalten. Sie hatte sich bereits von der Schlafzimmertür ihrer Mutter abweisen lassen müssen. Nun, hier am Tisch, hatte sie den festen Willen, ihrer Mutter zu berichten, wie es ihr erging; wie erleichtert sie doch gewesen war, dass der alte

Lehrmeister durch einen anderen ersetzt worden war, der Madeleine mit weit mehr Güte begegnete.

Das Senken des Hauptes machte es nicht eben leichter, die Tränen zurückzuhalten. Sie musste sich beherrschen. Wenigstens vor ihren kleinen Schwestern. Das sollte ihr nicht wieder passieren. Allzu große Freude konnte zu unbeherrschter Sentimentalität führen. Dann fiel einem die Selbstbeherrschung bedeutend schwerer. Somit konzentrierte sie sich auf das Ein- und Ausatmen, doch das machte es auch nicht besser. Zwanghaft lenkte sie ihre Gedanken auf das Mahl vor ihr, auf das beständige Ticken der ehrwürdigen Standuhr, und auf das leise Klappern von Besteck und Geschirr. Endlich gelang es ihr, ihre Gedanken auf andere, belanglose Dinge zu richten und die innere Ruhe wieder zu finden. Nach einigen Augenblicken vermochte sie schließlich, ihr Haupt leicht zu erheben und mit einem zaghaften Lächeln die Runde zu mustern.

Da waren Melissas samtbraune Augen, die stets nach Isabellas Blick suchten. Mit größtmöglicher Freude lächelte sie ihrer Schwester zu. Melissa erwiderte dieses Lächeln mit kindlicher Unbeschwertheit. Elizabeth war tief versunken in der Beschäftigung, ein Stück Gemüse aufzuspießen, während Madeleine ihr ebenfalls lächelnd zusah. Jedoch wagte Isabella keinen Blick gen ihrer Mutter zu richten.

Nach dem Essen verabschiedeten sich alle voneinander.

Mrs. Dubois zog sich zurück und Miss Leahy kam, um Melissa und Elizabeth abzuholen, doch Isabella erklärte ihr, sie dürfe sich nun auch zurückziehen, sie würde die Schwestern zu Bett bringen.

„Ich werde euch später gute Nacht wünschen", verkündete Madeleine den Schwestern leise. „Doch zuvor muss ich mich nochmals hinüber in den Pferdestall begeben."

„Tue dies, doch sei achtsam und reite mit Bedacht; die Dämmerung bricht bereits herein." Isabella war wohl bewusst, was Madeleine bezweckte. Wenngleich sie selbst dem Reiten weniger zugetan war als ihre Schwester, erfreute sie sich stets an Madeleines Ausgelassenheit, die mit deren Rückkehr von jedem Ausritt einherging.

„Mr. Sheehan wird sicher mit mir reiten." Mit diesen Worten entschwand Madeleine.

Isabella war sich im Klaren darüber, dass Madeleine ihr Dinnerkleid gegen ein praktisches Reitkostüm eintauschen müsste, bevor sie sich in den Stall begab.

„Danke, dass du uns zu Bett bringst, Isabella!" Elizabeth hielt mit glücklichem Gesichtsausdruck die Hand der großen Schwester und hüpfte leicht auf und ab.

„Schhhh", machte Isabella. Sie wollte keinen weiteren Unmut verursachen, indem sie den Mädchen gestattete, nach dem Dinner zu laut zu sein. „Ich werde euch beim Umkleiden und Waschen helfen und dann werde ich euch eine Geschichte erzählen. Was meint ihr: Die Geschichte vom Bär oder die Geschichte vom Hirsch?"

Beide Mädchen hatten sie erwartungsvoll angesehen, nun mussten sie kichern. „Aber Isa, das ist doch die gleiche Geschichte!"

Isabella lächelte geheimnisvoll. „Nun denn, so sollte die Wahl nicht schwer fallen!"

Madeleine trat hinaus in die aufkommende Dämmerung. Der Abend legte sich bereits schwer über das Anwesen, und es schien, als würde die Dunkelheit mit jedem Augenblick dichter und tiefer. Ein kühler Windhauch, der die Frische des Meeres in sich trug, strich über das Land, und kaum hatte sie die schwere Tür hinter sich geschlossen, umfingen sie sofort die wohlvertrauten abendlichen Geräusche.

Sie hegte eine tiefe Zuneigung für diesen Zeitpunkt des Tages und das vielstimmige Konzert der zirpenden Grillen. Ferne bellte ein Hund, und das sanfte Rascheln der Blätter in den Bäumen vermischte sich harmonisch mit den anderen Geräuschen

Ihr Reitkleid, das sie für ihren Ausflug gewählt hatte, war zum Gehen zu lang, sodass sie den Saum leicht anheben musste. Das Kleid saß bequem, da sie es nur lose geschnürt hatte. Die Enge der Korsagen war ihr stets zuwider, und wann immer es möglich war, mied sie das enge Schnüren. Ihre Mutter durfte dies jedoch nicht bemerken. Wenn sie dereinst heiratete, konnte sie sich das feste Schnüren noch immer angewöhnen.

Der Kies knirschte leicht unter ihren Stiefeln, als sie zum Stall eilte. Sie konnte es kaum erwarten, bei Aodhán zu sein.

Als sie die Stalltür öffnete, knarrte diese leise. Dann nahm sie den Geruch von Heu und Stroh und von Pferden wahr. Im Stall war es wärmer als draußen. Leises Wiehern zeigte an, dass die Pferde ihre Anwesenheit bemerkt hatten.

„Miss Madeleine, so lassen Sie sich doch helfen!" Sheehan war plötzlich hinter ihr erschienen und half ihr nun, die schwere Tür weiter aufzuschieben.

„Vielen Dank, Sheehan. Werden Sie mich auf meinem Ausritt begleiten?" Sie sah den Gärtner freundlich an. Cillian Sheehan war ein feiner Kerl. Gerade fünfzehn Jahre alt, hatte er vor einem Jahr die Arbeit seines Vaters übernommen, als dieser plötzlich schwer erkrankt war und nicht mehr im Garten arbeiten konnte.

Er war hochgewachsen, wie es nicht selten bei denjenigen vorkam, die sich hauptsächlich von der Kartoffel ernährten. Doch trotz seiner schmalen Gestalt besaß er eine beträchtliche Kraft. Scheu, hingegen, vor harter Arbeit war ihm fremd. Im Gegenteil, er schien seine anstrengenden Tätigkeiten mit einer Art von stiller Befriedigung auszuführen. Seine Haut, der Witterung beständig ausgesetzt, war bereits lederartig beschaffen. Das Haar, in wilder Unordnung von seiner Stirn abstehend, hatte eine Farbe, die schwerlich zu beschreiben war. Im Reiten glich er Attila, dem König der Hunnen, so sicher und furchtlos vermochte er ein Pferd zu beherrschen.

In diesem Jahr, in dem sie die Freuden zahlreicher abendlicher Ausritte mit ihm geteilt hatte, hatte Madeleine selbst ihre Reitfähigkeiten beträchtlich zu steigern vermocht.

„Selbstverständlich, Miss Madeleine", sprach er mit der für ihn typischen Gelassenheit und dem Hauch eines Lächelns, das seinen Augen zu entspringen schien, während seine Mundpartie vielmehr gelassen wirkte.

Sheehan und sie waren ein eingespieltes Reitduo. Jeder kannte seine Handgriffe und in kürzester Zeit waren Aodhán und Cathal gesattelt und gehalftert. Die längste Zeit dieser wenigen Minuten hatte Madeleine damit vergeudet, zu entscheiden, ob sie anstandshalber den Damensattel, oder aus pragmatischen Erwägungen heraus den Herrensattel wählen sollte.

Ihr Kleid hatte sie bereits im Anschluss an den dritten Ausritt mit dem jungen Sheehan in mühsamer Handarbeit heimlich zurecht geschnitten und umgenäht, sodass man auf den ersten, zweiten und auch dritten Blick nicht zu erkennen vermochte, dass man es nun mühelos auch im Herrensattel tragen konnte.

In Sheehan hatte sie einen treuen und verlässlichen Verbündeten gefunden. Sie brauchte nicht zu fürchten, dass er ihr Vertrauen missbrauchte oder sie verriete. Für ihn stellte es ein ungemein wertvolles Privileg dar, die Möglichkeit zu haben, während ihrer Ausritte ein edles Ross wie Cathal zu reiten.

Madeleines Vater, stets von einer tiefen Leidenschaft für Pferde erfüllt, hatte einst vier prachtvolle Tiere aus einem der renommiertesten Gestüte der Region erworben. Im Gegensatz dazu war Callum, das Pferd, das er und sein Vater hielten, ein betagter Klepper von wenig Glanz.

Wie so oft hatte Madeleine auch dieses Mal den Herrensattel gewählt, welcher ihr eine größere Beweglichkeit auf dem Pferderücken ermöglichte und sie besser in die Lage versetzte, ihren treuen Aodhán zu führen.

Mit geschicktem Handgriff brachten sie die Pferde aus dem Stall und saßen nach wenigen Augenblicken auf. Die Strecke gen Meer war Madeleines liebste Route. Sie führte zunächst durch ein schattiges Waldstück und durch ein kleineres Moor.

„Die Sonne wird bald am Horizont verschwunden sein!", rief Madeleine Sheehan zu.

Er wusste, was sie damit sagen wollte. „Wenn Sie galoppieren wollen, dann sollten wir das jetzt tun. Auf dem Rückweg ist es zu dunkel!", erwiderte er deshalb ohne Umschweife.

Als Madeleine zurückkehrte, war sie vollkommen erschöpft, und gleichermaßen wohlauf. Sie kleidete sich um, so schnell es ihr gelingen mochte, wusch sich den Staub aus dem Gesicht und eilte zu dem Schlafraum ihrer kleinen Schwestern.

Beide waren bereits eingeschlafen.

Isabella saß noch bei ihnen.

Eine Kerze tauchte den Raum in gedämpftes, flackerndes Licht und man hörte nur den ruhigen Atem der schlafenden Mädchen.

Madeleine gesellte sich schweigend dazu. Es war ein Moment von vollkommener Ruhe und Abwesenheit jeglicher Anspannung. Niemand hegte Erwartungen an sie, und es gab nichts, dem sie Beachtung schenken mussten. Es herrschten einfach nur Stille und Frieden.

Alsbald verließ sie gemeinsam mit Isabella den Raum, während sich Miss Leahy mit einer Stickerei zu den Mädchen setzte.

Isabella begleitete Madeleine in ihr Schlafgemach. Auch Isabellas Lieblingsplatz war der Stuhl am Fenster. Sie nutzte die Gelegenheit, sich dort niederzulassen, während die Nacht nun gänzlich hereingebrochen war und die Dunkelheit das Fenster ganz erfüllte.

„Ich werde dein Haar kämmen!", bemerkte Madeleine, immer noch beschwingt von dem wunderbaren Ausritt und der Ruhe des Kinderzimmers.

Isabella antwortete nicht, und so begann Madeleine behutsam, das Haar ihrer Schwester zu lösen und zog sodann den Elfenbeinkamm behutsam durch das weiche Haar.

„Ich wünschte, dass mir bald ein Antrag gemacht wird", brach Isabella unvermittelt das Schweigen.

Madeleine hielt erschrocken inne. Der dunkle, ernste Klang von Isabellas Stimme ließ die Wirklichkeit mit einem jähen Ruck wiederkehren. Es fühlte sich an wie ein plötzliches Aufschlagen auf hartem Boden.

„Doch dann wirst du uns verlassen. Und du wirst deinen Zukünftigen zu jenem Zeitpunkt noch in keiner Weise kennen!", erwiderte Madeleine ernst.

„Das ist mir einerlei. So ist es eben. Ich werde ihn kennenlernen, entweder während der Verlobungszeit oder erst nach unserer Hochzeit", antwortete Isabella flüsternd.

III.

„... Und unterm grimmen schwarzen Wind,
der weht von linker Hand,
wird unser Mut wie´n alter Baum
im schwarzen Wind geknickt ...“

Aus „Red Hanrahans Gesang von Irland“ von William Butler
Yeats)

Cork, Irland, September 1847

Detective William Cahill betrat den großen dunklen Raum
mit den vertäfelten Wänden.

Mr. Warner saß an seinem voluminösen Mahagonischreibtisch und erhob sich nun.

„Cahill, nehmen Sie Platz", sprach er mit Nachdruck in der
Stimme. „Ich wünsche einen kurzen, aber durchaus umfassen-
den Bericht. Was haben Sie seit unserem letzten Gespräch in
Erfahrung gebracht?“

William ließ sich seinem Vorgesetzten gegenüber nieder. Der
reichlich verzierte Stuhl konnte nicht eben als bequem bezeichnet werden und eine bequeme Haltung war in solch einer
formellen Umgebung ohnehin nicht angemessen. William, der
diese Augenblicke in keiner Weise schätzte, saß steif und ange-
spannt vor dem gealterten Warner, dessen Manieren ebenfalls
starre Relikte vergangener Zeiten waren. Mit Bedacht bemühte

er sich, einen untadeligen Eindruck zu hinterlassen.

Immerhin vermochte er nun, von ersten Erfolgen zu berichten. „Ich bin einer Schmugglerbande auf die Spur gekommen", hob er an, bedacht jedes seiner Worte setzend. „Ich habe mich an deren Fersen geheftet. Hier in Irland scheint mir der Schmuggel ein weit größeres Problem zu sein, als ich bislang angenommen hatte."

Mit jedem Wort wurde ihm gegenwärtiger, dass Warner nicht so reagierte, wie er es erwartet und gleichermaßen erhofft hatte.

Der Blick, den Warner ihm zuwarf, war alles andere als erstaunt und interessiert. Vielmehr verdunkelten sich seine Augen, und die Falten seiner Stirn vertieften sich merklich. William konnte den tiefen Atemzug seines Vorgesetzten deutlich vernehmen.

„Können Sie das bitte näher ausführen? Inwieweit stellt das Verfolgen von Schmugglern einen Fortschritt bei Ihren Ermittlungen dar?", fragte Warner mit einer Stimme, die schwerlich unhöflicher hätte klingen können.

Williams Gedanken wirbelten rasend. Wie konnte es durchaus nicht als Fortschritt angesehen werden, einer Schmugglerbande auf den Fersen zu sein? Es überstieg seine Vorstellungskraft, dass Warner dies anders bewerten konnte.

Er hatte wohl einen Moment zu lange überlegt, denn Warner fühlte sich offenbar genötigt, weiterzusprechen. „Würden Sie mir bitte noch einmal erklären, wie Sie Ihren Auftrag verstanden haben?" Die schneidende Schärfe in seiner Stimme ließ Williams Herz schneller schlagen.

In diesem Augenblick bestand für William kein Zweifel mehr daran, dass ihm Ärger bevorstand. Warner würde keineswegs auch nur annähernd erfreut sein, wenn er nähere Ausführungen zu seinen Ermittlungen der letzten Wochen machte. Allerdings bliebe ihm nichts anderes übrig, als seinen Vorgesetzten über alles genauestens in Kenntnis zu setzen und damit dessen Unmut auf sich zu ziehen.

Zugleich wurde ihm bewusst, dass er einem fatalen Fehler aufgesessen war. Wie konnte er nur so ein Narr sein. Wie hatte er nur denken können, er verhalte sich auftragsgemäß, indem er dieser Bande nachstellte. In seinen Gedanken echote die schmerzliche Erkenntnis, dass er sehr wohl gewusst hatte, dass dies nicht sein ursprünglicher Auftrag war. Doch der Mangel an entsprechenden Anhaltspunkten, um nach umstürzlerischen Bestrebungen zu forschen, hatte ihn dazu verleitet, den einfacheren Weg zu wählen – den Pfad hin zu den Schmugglern. Diesem Umstand geschuldet, hatte er sein wahres Ziel aus den Augen verloren. Und genau damit würde er nun den unvermeidlichen Zorn seines Vorgesetzten auf sich ziehen. Ihm blieb kein anderer Ausweg als die Flucht nach vorn. Er musste Warner davon überzeugen, dass die Verfolgung der Schmuggler in engem Zusammenhang mit dem Aufdecken von Umsturzbestrebungen unter der irischen Bevölkerung stand, denn genau dies erwartete Warner von ihm: Die Aufdeckung umstürzlerischer Machenschaften.

Doch würde Warner sich davon blenden lassen? Zweifel keimten in William auf, während er sich rasch ausmalte, wie er die Verbindung zwischen den Schmugglern und den möglichen Umsturzplänen konstruieren könnte. Diese verdammten Schmuggler. Es war zu leicht gewesen, ihnen auf die Spur zu kommen. Und dann war da noch dieser verfluchte Mistkerl am Strand. Hatte der ihm nicht schon genug Ärger eingebracht?

Das Gefühl, unfähig zu sein, kroch wie ein Geschwür in ihm hoch. Er durfte nicht zulassen, dass der Zweifel an seinen Fähigkeiten als Detective weiter an ihm nagte.

Wie sollte er jemals nach London zurückkehren können. Wie sollte er diesem elenden Kaff wieder entkommen, wenn er nicht wenigstens einen nennenswerten Erfolg vorweisen konnte. Wenn er doch verdammt nochmal einen Plan hätte, wie man an jene Leute herankam, die einen Umsturz planten.

William saß da und konnte nicht umhin, von düsteren Gedanken heimgesucht zu werden. An diesem verfluchten Ort, dachte er, schmiedete wahrscheinlich keiner der Einheimischen dergleichen Pläne. Sie alle schienen ihm viel zu simpel gestrickt, zu einfältig und begrenzt, um Umsturzgedanken zu kultivieren. Der stechende Gedanke durchfuhr ihn, dass er wo-

möglich sein restliches Leben hier in Cork verbringen müsste –
fernab von der Zivilisation und der Welt, die er kannte und
schätzte.

Diese Haltung gegenüber den Einheimischen, die er als nichts
weiter als primitive Geschöpfe betrachtete, die von der Hand in
den Mund lebten und deren Dasein einzig und allein durch
die Unterstützung der Briten gesichert war, erfüllte ihn mit einer tiefen Abscheu. Ihre Mentalität, so empfand er, war geprägt
von Faulheit und Unvermögen, und ihre einzige Lebensphilo-
sophie schien sich auf „I'm always drinkin' when I'm thinkin'[3]“
zu beschränken. Diese Worte verabscheute er, genau wie er das
Volk verabscheute, das sie sprach. Sie erschienen ihm wie Ka-
ninchen in einer übervölkerten Höhle, ohne den Verstand,
sich selbst zu ernähren, stattdessen stets abhängig von der
Barmherzigkeit und der großzügigen Unterstützung der britischen Krone.

Der Gedanke an ihre fortwährende Vermehrung, an diese un-
endlichen Ranken, die sich immer weiter ausbreiteten, beunruhigte ihn zutiefst. Ja, er war gewiss nicht der Einzige, den dies
beunruhigte. Das Gespenst der demografischen Veränderungen trieb vielen im britischen Establishment Sorgenfalten auf
die Stirn.

Doch in diesem Augenblick wusste William, dass sein Überleben und seine Rückkehr zum Licht der britischen Hauptstadt
davon abhingen, dass er über seine Vorurteile hinaus sehen
konnte. Er musste sich konzentrieren, seine Aufgabe nicht aus
den Augen verlieren und jeglichen persönlichen Missmut zur
Seite schieben. Die Strenge und Unparteilichkeit seiner Pflicht
als Ermittler mussten über seine eigenen Gefühle triumphieren. Dies war der einzige Weg, wie er seine Ehre retten und seinem Vorgesetzten gerecht werden konnte.

„Nun, ich sehe, von Ihnen kommen heute keine weiteren
Ausführungen. So erwarte ich jedoch, dass sie mir wenigstens
im Detail berichten, was sie seit der letzten Unterredung unternommen haben und was sich seither ereignet hat. Jetzt.“

William atmete tief durch. „Sir“, begann er mit festerer Stim-

---

[3] Ich trinke immer wenn ich nachdenke.

me, als ihm tatsächlich zumute war. „Ich bitte nochmals um Ihre Nachsicht. Es gibt tatsächlich eine Verzahnung zwischen den Schmugglern und den umstürzlerischen Bestrebungen. Unter den Untersuchungen zeigte sich, dass die Schmuggler nicht nur gewöhnliche Waren verschieben, sondern auch Waffen und Gelder, die für Aufrührer bestimmt sind.“

Warner verzog kaum das Gesicht, doch seine Augen verengten sich. „Fahren Sie fort, Cahill.“

William, ermutigt durch das Fehlen einer sofortigen scharfen Erwiderung, sprach weiter. „Eine Struktur, die zur Unterstützung dieser verbrecherischen Aktivitäten dient, ist durchaus in der Lage, auch politische Ziele zu verfolgen. Die Bandenmitglieder haben vielfältige Verbindungen und agieren nicht ausschließlich aus Profitgier. Es scheint, dass sie ein Element innerhalb der breiteren Landschaft der Unruhe sind. Wenn wir die Schmuggler zerschlagen, könnten wir wertvolle Informationen über die Drahtzieher eines möglichen Aufstands gewinnen.“

Warner hörte aufmerksam zu, sein Gesicht unleserlich. „Nun gut. Und wie gedenken Sie, weiter zu verfahren?“

William setzte seine Erzählung fort, indem er die jüngsten Geschehnisse darlegte und schloss mit einer dramatischen Schilderung, wie er nur knapp einer Entdeckung durch einen der Schmuggler entkommen war. Eine Wolke hatte im letzten Moment den Mond verdeckt, wodurch ihm die Dunkelheit zum Verbündeten wurde und er durch einen präzise platzierten Schlag in die Magengrube des Mannes die Flucht antreten konnte.

„Cahill, es wäre eine Unwahrheit zu behaupten, Ihre Handlungen hätten mich überzeugt oder beeindruckt. Zudem kann ich nicht sagen, dass Ihre Vorgehensweise meinen Erwartungen an Ihre ermittlerischen Fähigkeiten entsprochen hat. Doch gänzlich sträubt es sich in mir, erneut bekräftigen zu müssen, worin Ihre Pflicht besteht und welches der Zweck Ihres Tuns ist. Eines jedoch will ich an dieser Stelle kategorisch festhalten: Mein Verständnis ist zwar weitreichend, oh ja, durchaus. Auch wenn Sie dies möglicherweise anders beurteilen mögen. Doch hier endet meine Nachsicht: Wenn meinen Männer nicht die nötige Ernsthaftigkeit innewohnt und sie das Gewicht und die Dringlichkeit der Aufgabe, unsere erhabene Königin zu schützen, nicht erfassen."

Warner verstummte, die entstandene Stille lenkte Williams Blick auf das Porträt Ihrer Majestät, das ehrwürdig hinter Warner seinen wohlverdienten Platz an der Wand zierte. Es war ein anmutiges Abbild der jungen Königin Victoria.

William empfand eine tiefe innere Zerrissenheit.

Warner hielt inne, bevor er mit gesteigerter Intensität fortfuhr: "Sie werden jetzt mein Haus verlassen und Ihre Strategie überdenken. In vier Wochen erwarte ich Ihren erneuten Besuch, wobei Sie dann auf erfolgreich erzielte Resultate verweisen sollten." Seine Augen verharrten mit einer festen Entschlossenheit auf William. Sein Blick ließ erkennen, dass er keiner Antwort harrte. „Einen Rat möchte ich Ihnen noch in einfachen, jedoch nachdrücklichen Worten mit auf den Weg geben: Schmuggelaktivitäten werden von gesetzestreuen Bürgern als höchst verwerflich verurteilt, während dieselben Handlungen von weniger gesetzestreuen Individuen als Versuch betrachtet werden, sich gegen die aus ihrer Sicht ungerechte Obrigkeit aufzulehnen. Wenn die Polizei den Schmuggel verfolgt und gelegentlich Erfolge verbuchen kann, dann sind die gesetzestreuen Bürger zufrieden gestellt. Doch für solche geringfügigen Erfolge benötigen wir keine hochdotierten Ermittler; es genügt, zuweilen einen kleinen Handlanger dingfest zu machen und dies publikumswirksam in der örtlichen Presse zu verkünden. Sollte die Polizei jedoch im Augenblick keinen bedeutsamen Erfolg erzielen, empfinden die untreuen Bürger dies als Triumph ihres Widerstands, der jegliche weiterreichenden Formen des Ungehorsams gegenüber Gesetz und Monarchie entbehrlich macht. So wird die öffentliche Sicherheit hinlänglich gewährleistet. Tatsächlich erfüllt die Polizei hiermit ihren Zweck. Kurzum: Lassen Sie sie schmuggeln, so tun sie nichts worum wir uns Sorgen machen müssen. Weitaus bedrohlicher sind jedoch Pläne und Durchführungen von Aufständen oder Attentaten gegen unsere britischen Politiker oder, noch schlimmer, gegen das Königshaus, insbesondere gegen unsere erlauchte Königin. Momentan herrscht eine weitreichende Hungersnot. Zwar haben sie nunmehr verstanden, dass es keine Nahrung gibt, doch für manchen ist der Hunger noch nicht so groß, dass er ihn von törichten Aktionen abhalten würde. Auch dieses Jahr wird die Ernte voraussichtlich verdorben sein oder völlig ausfallen. Zudem wird die Politik unserer Regierung von den Wenigsten der Iren gebilligt oder gar verstanden. Unter solchen Bedingungen entfalten sich Aufstände wie Unkraut und müssen bereits im Keim erstickt werden. Wir könnten diesen Schmuggler, der Ihnen Unannehmlichkeiten bereitete, einem intensiven Verhör unterziehen, sodass er die strenge Hand der Obrigkeit zu spüren bekommt, doch außer dieser Handlung ist hier für Sie und mich nichts weiter zu verrichten. Haben wir uns klar verständigt?"

Als William ins Freie trat, schäumte er vor Zorn über sich selbst und vor Wut auf die Iren.

Das Wetter war bereits herbstlich, wenngleich es erst August war, doch der Wind hatte bereits viele Blätter von den Zweigen geweht und diese klebten nun am Boden, der vom Regen aufgeweicht war. Die Kufen der Kutschen hatten tiefe Furchen zurückgelassen, die einen leicht ins Straucheln geraten ließen, und die Hinterlassenschaften der Pferde, die sich mit dem Matsch auf den Straßen vermengt hatten, drohten einem die Hosenbeine zu ruinieren. William musste gut achtgeben, um wohlbehalten durch diesen Schlamm zu gelangen.

Heute mochte es recht warm sein, doch morgen würde wahrscheinlich wieder Regen fallen und der irische Wind aufkommen, welchen William verabscheute.

Dagegen war das Wetter in London wunderbar. In London konnte man sich allerdings auch bei weniger angenehmem Wetter sehr passabel die Zeit vertreiben. Doch hier, an diesem entlegenen Flecken Erde? Was vermochte ein Mann seines Kalibers hier schon zu tun? Obgleich hier mehrere zehntausend Seelen wohnten, war das gesellschaftliche Leben auf eine Weise rückständig, die ihm erbärmlich schien. Möglicherweise würde sich dies ändern, sobald die Universität ihre Pforten eröffnet hätte. Doch dies lag noch mindestens ein Jahr in der Zukunft, und so lange wollte er unter keinen Umständen mehr hier verweilen. Er schnaubte verächtlich.

Seine einzig wahre Heimat, war London. Dort, in den belebten Straßen und den eleganten Salons, konnte man tatsächlich von einem erfüllten Leben sprechen. Hier in Cork jedoch teilte er eine schlichte Unterkunft mit seiner Schwester Jane. Im Übrigen war der Aufenthalt in Cork als erbärmlich zu bezeichnen.

Immerhin war Jane mit ihm hier.

Vielleicht würde Andrew ihnen heute einen Besuch abstatten; dieser schien sich hier in Cork gut eingelebt zu haben, im Gegensatz zu William. Doch Andrew war eben auch schon ein älterer Herr, dem das gesetzte Leben von fünfunddreißig Jahren eine gewisse Genugtuung verlieh, die William in seinen jugendlichen dreißig Jahren noch lange nicht zu empfinden gedachte. Es schien gewiss, dass Andrew bald sesshaft werden würde und eine Familie gründete – ein Gedanke, der William vollends fern lag.

William hing vielmehr an den Freuden langer Nächte, an Bällen und Soireen der oberen Gesellschaftsschichten. Am ausgelassensten konnte man sich unter den Sprösslingen der Abgeordneten, den einflussreichen Politikern und den wohlhabenden Handelsleuten vergnügen. Diese verstanden es, die Vorzüge guter Getränke, ausgelassener Feste und vielfältiger Vergnügungen zu würdigen.

Insbesondere nach ihrer Rückkehr aus den Übersee-Kolonien brachten manche seiner Freunde großartige Geschichten mit, sowie meisterlich gebrannten Alkohol und Erzählungen von Abenteuern, die sowohl bezauberten als auch nachdenklich stimmten. Warum, so stellte sich William oftmals die Frage, war er nicht in eine Handelsfamilie hineingeboren worden, um selbst Abenteuer in den Kolonien zu erleben? Dort, in jenen fernen Landen, gab es Mädchen, von einer Exotik, die selbst die prächtigsten Zusammenkünfte Londons nicht zu bieten vermochten. Dort konnte man auf wilde Tiere jagen, Wesen, die er nie mit eigenen Augen gesehen hatte, abgesehen von einem flüchtigen Blick in den schlecht duftenden Ecken der Zoos.

In den Kolonien gab es darüber hinaus die edelsten Branntweine, die köstlichsten Speisen; man konnte durch den Handel mit Gewürzen oder Tabak wahre Vermögen anhäufen.

Dann brauchte man sich auch nicht in ein Kaff wie Cork versetzen lassen, um irgendwelchem Gesindel auf die Schliche zu kommen.

Doch was halfs? Ihm musste nun endlich in den Sinn kommen, wie er einen Erfolg erzielen konnte. Und diesem Mistkerl würde er auch zeigen, was passierte, wenn man Detective William Cahill Ärger bereitete. Wenn der nicht noch in andere Geschäfte verwickelt war, würde es ihn wundern. Möglicherweise würde der ihn auf die richtige Spur bringen, wenn er sich weiter an dessen Fersen heftete. William zuckte unwillkürlich zusammen. Das war es! Wie war ihm dieser Gedanke mit einem Mal in den Sinn gekommen? Und warum in Gottes Namen war er ihm nicht bereits viel früher eingefallen? Es war doch durchaus möglich und alles andere als abwegig. Das konnte ein Ansatzpunkt sein. Ihn zu finden würde nicht schwer werden, er konnte sich viel zu gut an seine hässliche, irische Visage erinnern. Nun, irgendwo musste er schließlich ansetzen.

Er hatte sich innerlich so in Rage geredet, dass er kaum merkte, wie er bereits das kleine Stadthaus nahe der St. Anne Church erreicht hatte. Die Tür wurde ihm von Kate geöffnet, die ihm zuvorkommend den Mantel abnahm.

„Ist meine Schwester zugegen?“

„Miss Jane hat sich verabschiedet, um die Schneiderei Darrow aufzusuchen. Sie beabsichtigte, um sechzehn Uhr zurückzukehren. Darf ich Ihnen einen Tee servieren?“

„Ich ziehe einen Cognac vor. Danke.“

„Sehr wohl, Sir.“ Kate knickste ehrerbietig und eilte davon.

William sah ihr nach. In der Tat mochte Kate eine ansehnliche Erscheinung sein, doch mit Dienstboten sich einzulassen, widerstrebte ihm zutiefst, wenn es nicht unbedingt sein musste. Sie waren unter seinem Stand und konnten einem leicht einigen Ärger machen, wenn sie dann zum Beispiel plötzlich Forderungen stellten oder sich zu viel darauf einbildeten.

Er warf einen Blick auf seine Taschenuhr: Es war genau 16:15 Uhr. Jane müsste also bald eintreffen. Er setzte sich in den Lehnstuhl am Kamin und ließ seine Gedanken kurz schweifen, als er plötzlich das Geräusch eines Schlüssels im Schloss vernahm. Die Tür öffnete sich und Jane trat mit einem Lächeln auf den Lippen ein.

„Will, du bist bereits zurück?", rief sie mit hörbarer Freude.

„Ja, so scheint es." Seine Antwort blieb kurz angebunden, seine Finger trommelten ungeduldig auf das Polster an der Außenseite des Lehnstuhles.

„Ich werde mich kurz frischmachen, dann setze ich mich zu dir." Sie hatte ihre Handschuhe auf dem Tisch an der Tür abgelegt und lief nun flugs die Treppe hinauf in den ersten Stock, in dem sich die Schlafsäle befanden.

William warf erneut einen forschenden Blick auf die Uhr und fragte sich, wo sein erbetener Cognac bliebe. Genau in diesem Moment erschien die treue Kate, eine edel verzierte Karaffe und ein Glas auf einem Tablett balancierend. Sie stellte diese diskret und mit einem tiefen Knicks vor ihm auf den Tisch.

„Danke, das war's für den Augenblick." kündigte er an und beobachtete, wie sie aus dem Zimmer entschwand. Dann schenkte er sich einen großzügigen Schluck der kostbaren, bernsteinfarbenen Flüssigkeit ein.

„Andrew hat angekündigt, uns gegen 17:00 Uhr einen Besuch abzustatten." Jane war genauso schnell die Treppe hinuntergelaufen, wie sie sie zuvor hinaufgelaufen war.

Es war offensichtlich, dass sie ihre Frisur wieder in Ordnung gebracht hatte, und in dem fliederfarbenen Kreppkleid präsentierte sie sich in einer Anmut, die selbst dem kritischsten Blick standgehalten hätte.

William musste unwillkürlich zugeben, dass seine Schwester in ihrer Aufmachung umwerfend aussah, doch dies berührte ihn wenig, schließlich war sie seine kleine Schwester. Jane, auf ihre besondere Art, schien seine Gedanken erraten zu haben

Jedenfalls lachte sie hell auf und strubbelte ihm durchs Haar.

Diese vertraute Geste war ihr allein vorbehalten.

„Und das ist nicht mein neues Kleid. Dies solltest du erst einmal sehen. Es wird das perfekte Gewand für die Feier bei den Coles am kommenden Samstag sein. Im Übrigen habe ich dir etwas mitgebracht!" Jane hatte sich aufgeschwungen und griff nun nach etwas auf der Marmorplatte über dem Kamin. Sie reichte es William herüber.

William nahm stirnrunzelnd zur Kenntnis, dass es sich um eine Zeitschrift handelte, nahm diese entgegen und las den Namen des Blattes. „„The Nation." Das ist doch nichts für uns, das ist ein Blatt für die Einheimischen. Weshalb sollte uns kümmern, was die Iren lesen?"

„Lieber Will, du bist es doch, der nach Anhaltspunkten für aufrührerische Bestrebungen sucht."

„Liebe Jane, es ist sehr freundlich von dir, mich zu unterstützen, wenn du allerdings einen Blick in die Zeitungen der letzten Tage geworfen haben solltest, dann dürftest du gelesen haben, dass die Hungersnot beendet ist ..." William erschrak über seinen harschen Tonfall und brach im Satz ab.

Jane blickte ihm in tiefster Betroffenheit in die Augen, ohne die geringste Bewegung zu verraten.

„Verzeih, Jane, es war keineswegs mein Ansinnen, grob zu dir zu sein. Mein Zorn über die ganze Affäre hat lediglich die Oberhand gewonnen. Warner verlangt von mir, dass ich ihm Aufständische und Meuchelmörder liefere, bevor überhaupt etwas geschehen ist. Doch diese Iren scheinen mir zu einfältig und von der Naivität behaftet, zudem zu sehr dem Whiskey verfallen, um jemals ernsthaft für ihre eigenen Belange einzutreten. Noch dazu ist die Hungersnot überwunden, jener Umstand, der einst ihren Unmut geschürt hat."

„Denkst du das wirklich?" Jane schien sich inzwischen von ihrem ersten Schrecken erholt zu haben. Der Blick, den sie ihm zuwarf, war voller Ungläubigkeit.

„Was willst du genau erfragen? Was ich tatsächlich denke?"

„Glaubst du ihnen? Glaubst du wahrhaftig, dass die Hungersnot vorüber ist?"

William war keineswegs gewillt, den Anschein zu erwecken, als habe er nicht eingehend über die Sachlage nachgedacht. Er räusperte sich bedächtig. „Nun, lass es mich so formulieren: Entweder ist es wahr, was man uns berichtet, und die Hungersnot ist überwunden, dann gibt es keinen Grund mehr für Aufbegehren, oder es ist unwahr, doch diese einfältigen Gemüter werden dies nicht durchdringen und haben ebenfalls keinen Grund zur Rebellion.“

„William, es hungern doch Menschen!“

Nun fixierte William Jane mit einem überraschten Blick. Diese Jane, die doch ihre Abende und Nächte auf den glanzvollen Festen und unterhaltsamen Soireen verbrachte. Sie, mit der er die exzellentesten Gesellschaftsbälle gefeiert hatte, die es verstand, die Herren der feinsten Kreise geschickt um den Finger zu wickeln, und von der er glaubte, dass sie ihre Tage ausschließlich mit der Vorbereitung dieser rauschvollen Abende oder der eigenen Aufhübschung für selbige verbrachte, machte sich tatsächliche Gedanken über solch ernste Angelegenheiten?

Er konnte nicht umhin, anerkennen zu müssen, dass sie vollkommen im Recht war. Denn wahrlich, sie hungerten nicht nur – sie verendeten elendig, während sie auf die Genehmigungen zur Aufnahme jedweder zugewiesenen Arbeit warteten. Und warum sollte es sie in irgendeiner Weise beeindrucken, was die Regierung in London verkündete oder was in den Blättern stand? Womöglich entflammte es ihren Unmut nur noch mehr, wenn von dort behauptet wurde, es herrschte keine Notlage mehr, gerade in diesen Tagen vor der Erntezeit, während ihre Kinder jämmerlich zugrunde gingen.

„Danke, Jane,“ sprach er schließlich. Weiter sagte er nichts.

Er begann die Zeitung durchzublättern. „Einstellung der Kreditvergabe an Suppenküchen!“, las er laut vor. „Das wird ihren Unmut nicht eben besänftigen!“

Jane lächelte lediglich, als ob sie in ihrem Inneren längst die Wahrheit erkannt hätte, die ihm erst nunmehr bewusst wurde.

In diesem Augenblick wurde der Türklopfer betätigt.

Beide schreckten auf.

Kate erschien und öffnete.

Jane und William sahen gespannt in Richtung Eingangstür.

„Mr. Cahill lässt sich ankündigen“, erklärte Kate.

„Andrew!" William erhob sich und warf die Zeitung beiseite. "Andrew, komm herein und setz dich zu uns!"

Andrew Cahill betrat die Halle und reichte seinem Bruder die Hand.

Jane hieß ihren Bruder ebenfalls willkommen.

Während er sich von Kate seinen Mantel abnehmen ließ wandte sich Andrew Cahill seiner Schwester zu. „Jane, ich wollte dich um einen Gefallen bitten."

Adhmaid House nahe Shannagarry, County Cork, Irland, September 1847

„Madeleine, du musst sorgfältiger sein. Und auf der linken Seite hast du zuviel Haar genommen, auf der rechten Seite zu wenig." Isabellas tadelnder Blick erreichte Madeleine durch den Spiegel.

Diese mühte sich ab, Isabellas Haar zu einer kunstvollen Frisur zu stecken, was ihr bislang nur selten gelungen war. „Doch bei solch geringem Unterschied wird es hinterher doch kaum erkennbar sein", verteidigte sie sich.

„Oh doch, das wird es sicherlich, und du wirst dich ärgern, es nicht von Anfang an ordentlich gemacht zu haben."

Madeleine stieß unwillig einen tiefen Atemzug aus und ließ das Haar durch ihre Finger gleiten. Dieses Gefühl liebte sie – es war tausendmal schöner als das endlose Flechten und Stecknadeln stecken.

Isabella lachte. Und auch dieses Geräusch war tausendmal angenehmer als das ungeduldige Tadeln und Korrigieren.

Isabellas Haar war dunkel, seidig und glänzte wie Kastanien im Herbstlicht, welches mühsam durch die Fenster fiel und den Raum zu erhellen suchte. Doch die Schwestern hatten es noch nicht für nötig befunden, die Kerzen zu entzünden.

„Warum tragen wir das Haar nicht einfach offen?" Madeleine ließ ihre Finger durch Isabellas glänzendes Haar gleiten.

„Was hast du nur immer für Einfälle! Aber angenehmer ist es allemal, da gebe ich dir recht."

50

Madeleine wandte sich bereits ab. Etwas anderes hatte ihre Aufmerksamkeit auf sich gelenkt.

Sie tat die wenigen Schritte ans Westfenster und blickte hinaus. Es nieselte, die Sonne zog sich beinahe zusehends zurück. „Jemand ist den Weg entlang geschritten! Vielleicht war es Vater!“, rief sie hoffnungsfroh.

Isabella schien dieser Gedanke nicht so froh zu stimmen wie ihre Schwester. „Nun, wenn er es war, werden wir ihn vermutlich beim Dinner sehen“, stellte sie lediglich fest.

„Wenn er es war, will ich ihn begrüßen. Er war lange fort!“ Madeleine lief zur Tür und öffnete sie schwungvoll.

Madeleine freute sich sehr ihren Vater wiederzusehen und Vater würde sich gewiss ebenfalls freuen, sie zu sehen. Sie wünschte inständig, dass er es gewesen war, den sie aus dem Augenwinkel entdeckt hatte und wollte sogleich nachschauen.

Doch Isabella rief sie zurück. „Mein Haar! So kann ich doch nicht zum Dinner gehen!“

Madeleine fühlte sich hin und her gerissen. Kurz haderte sie in der Tür, was sie tun sollte.

Isabella lachte mit einem Mal. „Nun, lauf schon, ich werde hiermit auch allein fertig!“ Sie scheuchte Madeleine mit einer Handbewegung hinaus.

Madeleine war erleichtert. Sie dankte Isabella und verschwand durch die Tür. Auf dem Korridor wandte sie sich nach links Richtung Treppe. Die Hand am Geländer sprang sie die Stufen hinab. Doch unten war niemand zu sehen, außer Grace. Sie schien sich erschreckt zu haben, als Madeleine hinabgesprungen gekommen war.

„Haben Sie jemanden eingelassen?“ Madeleine bemühte sich, damenhaft zum Stehen zu kommen und ruhig zu sprechen.

Grace atmete offensichtlich erleichtert durch. „Ja, Miss Madeleine, Mr. Dubois ist soeben nach Hause gekommen. Er befindet sich im Salon.“ Sie knickste.

„Vielen Dank.“ Madeleine hätte vor Freude in die Luft springen können, doch sie bewahrte die Contenance und bewegte sich langsam und andächtig in Richtung Salon. Dort angelangt, klopfte sie leise an die Tür.

„Ja bitte?“, hörte sie Vaters Stimme.

Sie öffnete die Tür und trat ein.

Da stand er in seinem Gehrock, Weste, weißem Hemd und Hosen in dezentem Grau. Sein fragender Blick verriet, dass er vermutlich Grace erwartet hatte, die ihn fragen würde, ob er ein wärmendes Getränk wünsche.

Als er Madeleine sah, hellte sich sein Blick ein wenig auf und er lächelte. „Madeleine!“

„Soll ich Grace schicken, einen Tee zu bringen?"

„Ich werde mich setzen und eine Pfeife rauchen. Nimm es mir nicht übel, wenn ich ein wenig Ruhe benötige. Wir sehen uns schließlich in einer guten Stunde beim Dinner.“

Auch ihre Enttäuschung verstand sie gut zu verbergen. „Selbstverständlich“, erwiderte sie schlicht. Sie rang sich ein Lächeln ab und verließ den Salon.

Draußen verharrte sie einen Augenblick und fragte sich, wohin sie sich nun wenden sollte. Die Freude, ihren Vater wiederzusehen wich einem Gefühl tiefster Leere. Da stand sie nun, unschlüssig, was sie mit der verbleibenden Stunde bis zum Dinner anfangen sollte.

Ein Blick aus einem der Fenster am Ende des Korridors verriet ihr, dass es nun nicht mehr nieselte, sondern regnete und dass die Sonne kaum noch Licht zur Erde sandte. Gewiss war es zudem kühl und windig. Vom Meer kam bei solchem Wetter im September gerne ein unangenehmer Wind herüber geweht. Dennoch. Sie sehnte sich nach Aodhán und danach, zu reiten. Sie würde ihn besuchen. Wenigstens seine Wärme spüren, seinen heißen Atem am Hals fühlen, wenn sie ihn umarmte.

Sie warf sich lediglich einen wärmenden Umhang über und machte sich auf den unbehaglichen Weg zum Stall.

Draußen wehte ihr der Wind sofort den Regen ins Gesicht. Er drang durch ihren Umhang und machte sie frösteln.

Schnell lief sie den Weg entlang zu den Stallungen.

Dort angelangt warf sie sich gegen die schwere, mit Eisen beschlagene Holztür und zwängte sich durch den schmalen Spalt, der sich auftat.

Drinnen wurde sie sogleich umhüllt, von der Wärme der Tiere und dem Geruch frischen Strohs und Heus.

Aodhán wieherte. Er hörte sie stets kommen und wie immer war ihr, als habe er bereits auf sie gewartet.

Sie trat zu ihm hin.

Er reckte ihr den Hals entgegen und ließ sich umarmen.

Jules Dubois hielt das Schwefelhölzchen an die Pfeife und sog behutsam ein, um sie zum Brennen zu bringen. Als sie Feuer gefangen hatte, warf er das Hölzchen in den Kamin und lehnte sich schwerfällig im Sessel zurück. Der schwere, süßliche und herrliche Geruch des Tabaks begann sich um ihn herum auszubreiten. Dies allein machte das Pfeiferauchen schon zu einem unverzichtbaren Genuss.

Für einen kurzen Augenblick dachte er an seine Tochter zurück. Sie war zweifellos ein gutes Kind. Ihre Freude über seine Anwesenheit war stets aufrichtig und rührend. Von all seinen Töchtern schien sie die Einzige zu sein, die ihn mit solcher Herzlichkeit empfing. Sollte ihn das bekümmern? Nein, gewiss nicht.

Er sorgte für ihre materielle Sicherheit, und Mary kümmerte sich um die Erziehung. Genau genommen empfand er es sogar als belastend, dass Madeleine offenbar so viel von ihm erwartete. Natürlich bedeutete sie ihm etwas, doch dies wusste er mehr in seinem Verstand als dass er es empfand.

Seine Gedanken waren übervoll mit anderen, dringlicheren Angelegenheiten. Schon der Gedanke daran, sich auf ein Gespräch mit Madeleine einzulassen und ihr seine Aufmerksamkeit zu schenken, erschien ihm als eine kaum zu bewältigende Anstrengung. Doch ungeachtet dessen hing sie beharrlich an ihm, gleichviel, wie gering seine Aufmerksamkeit auch war.

Eines Tages, so dachte er, würde sie alt genug sein, um seine Haltung zu verstehen, und dann könnten sie gewiss ein vernunftbasiertes Verhältnis pflegen. Zu jener Zeit würde er schließlich auch die Muße finden, sie in ihrem eigenen Heim zu besuchen, ein Glas Wein mit seinem Schwiegersohn zu genießen und seinen Enkeln beim Spielen zuzusehen.

Doch gegenwärtig war es ihm schlichtweg unmöglich, ihr

mehr Zeit und Kraft zu widmen als er es soeben getan hatte.

Und so schweiften seine Gedanken zurück zu den anderen drängenden Themen, und sein Blick verdunkelte sich erneut, während der kurze Moment der Helligkeit, den Madeleines Anwesenheit gebracht hatte, verblasste.

Sein Blick schweifte zum Tisch hinüber. Dort, wenngleich er sie nicht sehen konnte, lag der Stapel Briefe, den er dort abgelegt hatte. Noch waren sie ungeöffnet, jedoch wusste er genau, welche Inhalte sie bargen.

Im Anschluss an das Dinner würde er sich bei einem Glas Old Bushmills den Schreiben widmen müssen. Darum führte kein Weg vorbei.

Alles wäre ohnehin vergebens, wenn es ihm nicht gelang, endlich einen lohnenden Handel abzuschließen. Die letzten Geschäfte hatten weitaus weniger eingebracht als erhofft und, wider Erwarten, auch keine neuen Verbindungen geknüpft, die fruchtbarer gewesen wären. Er hatte lange inständig gehofft, dass es lediglich eine Frage der Zeit sei, bis die langjährige Partnerschaft mit Adrian Carter zu gewinnbringenden Beziehungen und Handelsgeschäften führte. Er hatte sich immer wieder mit kleineren Abschlüssen zufrieden gegeben, in der Absicht, dass ihr gegenseitiges Vertrauen sich dergestalt festigen würde, dass Carter ihm größere und lukrativere Geschäfte verschaffte.

Sollte sich jedoch bald keine Wendung ergeben, würde es nicht genügen, den Wohlstand der Familie nur ein wenig einzuschränken – vielmehr drohte ihnen der völlige Ruin.

Er stieß die Luft hart durch die Nase aus und lehnte den Kopf zurück. Die Pfeife war am Ende und das Dinner wartete.

Grace öffnete die Türe leise und trat in das gedämpfte Licht der Kammer. „Verzeihen Sie die Unterbrechung, Mylady. Mr. Cahill, der verehrte Lehrer, wünscht eine Unterredung mit Ihnen."

„Ist's so, so sei ihm gestattet, einzutreten, wenn er ein Anliegen vorzubringen wünscht."

„Gewiss, Mylady." Grace wandte sich um und sprach: „Mr. Cahill, bitte, treten Sie näher."

Andrew Cahill betrat das Zimmer. Das spärliche Licht, welches zu dieser Stunde noch durch die Fenster drang, hüllte den Raum in schummrige Töne.

Mrs. Dubois schien die Dunkelheit nicht zu stören, ihm schien, als habe sie die Zeit soeben am Fenster verweilend verbracht.

"Sie wollten mich sprechen? Was ist Ihr Anliegen?" Mrs. Dubois schien keine Zeit zu Verschwenden zu haben.

"Es betrifft ihre Tochter, Miss Isabella."

Mrs. Dubois schien durchaus verblüfft zu sein; augenscheinlich hatte sie erwartet, es dürfe um Miss Madeleine gehen, aber sie ließ ihn fortfahren.

"Verstehen Sie mich bitte nicht falsch, Ihre Tochter ist in der Tat eine herausragende Schülerin und zeigt keinerlei Grund zur Beanstandung. Jedoch hege ich bestimmte Besorgnisse hinsichtlich Miss Isabella."

"Könnten Sie dies bitte näher erläutern? Ich bin bislang nicht imstande, Ihren Bedenken zu folgen."

"Gewiss ... Die Sache verhält sich so, dass Miss Isabella mir, wie soll ich sagen ... sie erscheint mir nicht so heiter und unbeschwert zu sein, wie es in ihrem jungen Alter zu erwarten wäre."

"Wie darf ich dies verstehen?"

Andrew schwankte zwischen dem Mut zur Offenheit und dem verlockenden Wunsch, sich angesichts des resoluten Tones der Hausherrin augenblicklich zurückzuziehen. "Es ist wohl so", begann er zögernd. "Es geht um ihre augenscheinliche Melancholie, die sie nicht abzuschütteln vermag."

Andrew beobachtete nach dieser Bemerkung Mrs. Dubois, die offensichtlich in keiner Weise erwartet hatte, was er aussprach, wenngleich sie ihre vollkommene Beherrschung zu erhalten verstand.

"Es ist nicht etwa so", setzte sie zu einer Erwiderung an, "dass Ihr Vorgänger nicht auch etwas an meinen Töchtern auszusetzen wusste. Allerdings war es vielmehr so, dass dieser sich beklagte, Miss Madeleine sei zu lebhaft und lebensfroh. Eine Klage über die zurückhaltende Art meiner älteren Tochter habe ich hingegen noch nicht anhören müssen. Sie verzeihen also, wenn ich Mühe habe, Ihnen zu folgen?"

Andrew Cahill war sich der Tatsache sehr bewusst, dass es nicht zu den Gepflogenheiten einer Dame von hohem Stande, wie es Mrs. Dubois zweifelsohne war, gehörte, die Ansichten eines Lehrers hinsichtlich ihrer Töchter wohlwollend anzunehmen. Doch in diesem besonderen Fall erschien es ihm so, als habe Mrs. Dubois wirklich nicht verstanden, welche Botschaft er ihr übermitteln wollte. Es lag offenbar außerhalb ihres Vorstellungsvermögens, dass ihre Tochter nicht nur wohlerzogen sein könnte, sondern möglicherweise auch unglücklich.

Mrs. Dubois schien das zurückgezogene Wesen ihrer Tochter als eine löbliche und ehrenhafte Eigenschaft zu erachten, ein Zeichen des Anstandes und der Contenance, wie es in der feinen Gesellschaft geschätzt wurde.

"Bitte fahren Sie fort, Mr. Cahill", forderte Mrs. Dubois erneut, diesmal mit einem Hauch gedämpfter Neugier, doch ohne die Strenge in ihrem Blick zu mildern.

"Wohl denn", begann Andrew mit bedächtiger Stimme. "Miss Isabella zeigt in ihrem Benehmen und ihrer Aufmerksamkeit im Unterricht keinerlei Fehltritt. Doch es ist ihre stille Melancholie, die mich beunruhigt, eine Zärtlichkeit im Auge, die sich nicht in die muntere Unbekümmertheit ihres Alters fügt. Es scheint mir, als trüge sie eine Last, die ihr junges Gemüt drückt."

Mrs. Dubois' Augen verengten sich leicht, doch ob aus Sorge oder aus Unwillen, war nicht zu sagen. "Sind Sie gewiss, dass es nicht eine Laune des Kindes ist, die sich geben mag?", fragte sie mit einer leichten Anspannung in der Stimme, wohl mehr anstandshalber denn aus wahrer Sorge.

Andrew Cahill wurde in diesem Moment bewusst, dass er anders vorgehen musste, wenn seine Mission nicht nur der vermutlich einmalige, hoffnungslose Versuch eines wohlmeinenden Lehrers bleiben, sondern von Erfolg gekrönt sein sollte.

"Ich möchte mich anders ausdrücken. Ich denke, Ihre Tochter bedarf aufgrund ihres Alters der Gesellschaft von Mädchen ihres Alters, die außerhalb der häuslichen Familie stehen. Vielleicht mit entfernteren Verwandten oder mit Freunden der Familie. Menschen, mit denen sie etwa das Theater oder die Oper besuchen kann, und mit denen sie Unterhaltungen führen kann, die ihren Interessen und ihrem Alter entsprechen."

Mrs. Dubois sah ihn einen Augenblick schweigend an. Dann erwiderte sie: "Ihre Ehrlichkeit weiß ich zu schätzen. Ich werde dieses Anliegen mit Mr. Dubois erörtern."

"Sehr verbunden", erwiderte Andrew Cahill, während er leicht die Neigung des Hauptes andeutete und sich der Tür zuwandte .

Draußen atmete er tief durch. Er konnte schwerlich sagen, ob ihm seine Aufrichtigkeit zum Vorteil oder zum Nachteil gereichen würde.

Mrs. Dubois hatte sich nicht in die Karten blicken lassen, hinsichtlich der Frage, wie sie seinen Vorstoß bewertete, und worüber genau sie mit ihrem Mann sprechen würde hatte sie im Grunde auch nicht zu erkennen gegeben. Womöglich musste er sich eine neue Arbeitsstelle suchen. Nein, diesen Gedanken schob er schnellstens beiseite.

Er hatte im Vorhinein gewusst, dass es waghalsig war, diesen Punkt anzusprechen, aber seine Prinzipien hatten es ihm unmöglich gemacht zu schweigen und er würde mit den Konsequenzen besser leben können, als weiterhin untätig zu bleiben und zuzusehen, wie sich dieses Mädchen von Tag zu Tag quälte.

Cork, Irland, September 1847

Draußen mochte es kühl sein und der stetige Nieselregen durchnässte die Kleider bis auf die Haut, jedoch die Luft war weitaus frsicher und freier. Drinnen stand die vergiftete Stimmung geradezu im Raum, als könne man sie greifen. Taghd Brennan ließ sich müde auf die alte Holzbank vor der knarrenden Eingangstür nieder, stützte die Ellenbogen schwer auf die Knie und beugte sich vornüber.

Das armselige Haus hinter ihm, von Wind und Wetter durchlöchert, war wahrlich nichts, was ihm Heimat bedeuten konnte. Es gehörte nicht ihm, noch seiner Caoimhe. Nein, dies war das mitleidige Almosen, das Caoimhes Schwester ihnen verschafft hatte, nachdem sie das Heim, das einst ihr Eigen gewesen war, hatten einbüßen müssen. Ein Haus verloren, mit Tränen bezahlt, und nun lebten sie in dieser Bruchbude, dankbar und doch so tief betrübt.

Ach, sein eigenes Haus, das hatte er geliebt mit ganzer Seele. In jeder freien Stunde, die ihm die harte Feldarbeit gelassen hatte, hatte er daran gewerkelt. Die undichten Stellen im Dach hatte er mit Sorgfalt ausgebessert, und im Herbst, kurz vor dem Einsetzen des grimmigen irischen Windes, hatte er alle Fugen und Ritzen gestopft.

Den kleinen Garten hatte er umsorgt, wann immer er am Abend von den Feldern heimkehrte. Sie besaßen nicht viel Land, gerade genug, um davon leben zu können. Die Kartoffel, die sie pflanzten, sicherte die Pacht, und war zugleich ihre tägliche Nahrung. Darüber hinaus zogen sie etwas Gemüse und Kräuter im Garten, und die drei Apfelbäume trugen jedes Jahr ausreichend Früchte, um sie bis zum nächsten Jahr zu versorgen.

Doch als im letzten Herbst die Ernte ausgefallen war, hatte Lord Tallinshire kein Erbarmen gekannt und sie davon gejagt wie lästige Fliegen. Seitdem war es für Taghd eine mühselige Plackerei, die wenigen Münzen zu verdienen, welche nötig waren, um die Miete für die armselige Hütte und das Notwendigste an Essen zu zahlen. Nur Gelegenheitsarbeiten fanden sich hier und da, mal als Tagelöhner, mal als Helfer auf den benachbarten Höfen, doch das war kein Vergleich zu dem Stolz und der Selbständigkeit, die ihnen ihr eigenes Stückchen Land einst gegeben hatte.

Taghd war erschöpft und hungerte, und doch fanden sich auch in den Läden kaum noch erschwingliche Lebensmittel. Das wenige Geld, das sie noch besaßen, genügte nicht einmal für Mehl, das nun zu unerschwinglichen Preisen gehandelt wurde.

Caoimhe hatte aus den Überbleibseln vom Vortag einen Eintopf zusammengebraut, der erbärmlich geschmeckt hatte. Aber was war ihr anderes übrig geblieben.

Das Gebräu hatte vor allem aus Wasser und etwas Gemüse bestanden, eine säuerliche, rauchige und wässrige Pampe. Das konnte niemanden sättigen, geschweige denn einen Mann, der schwer arbeitete.

Seine Kräfte waren nahezu erschöpft. Seine Hosen hingen lose an seinen mageren Beinen und der Mantel, der nun viel zu lang war, zeigte, wie sehr er abgemagert war, da es nichts mehr gab, um das er sich hätte spannen können.

Wenn die Miete entrichtet war, blieb fast nichts mehr übrig. Andererseits durften sie nicht riskieren, dieses erbärmliche Haus zu verlieren. Wohin sollten sie dann noch gehen?

Doch das Unerträglichste war die gereizte Stimmung im Haus. Die Kinder quengelten und waren unruhig, Caoimhe war gereizt und ungeduldig, und er selbst so erschöpft und so verflucht hungrig. Allein beim Gedanken daran krampfte sich sein Magen schmerzhaft zusammen und er spürte die Schwäche in jeder Faser seines Körpers.

Nun, hungrig waren sie wohl alle. Doch er musste die Kraft aufbringen, um Geld zu verdienen. Und wenn er dann heimkehrte, schlugen ihm Missmut und Ärger entgegen, als läge es allein in seiner Macht, etwas zu ändern! Ach, könnte er doch nur, doch wer sonst, wenn nicht er?

Dabei hatte er doch bereits alles versucht. Sah Caoimhe das überhaupt? Dieser vorwurfsvolle Blick, den sie ihm zuschleuderte, war kaum noch zu ertragen. Als wäre es ihm leicht, Tag für Tag heimzukommen und die hungrigen Augen seiner Kinder zu sehen, denen vermutlich längst der Respekt vor ihm fehlte. Ach, sie alle wussten nicht, welche Mühen er auf sich genommen hatte, um ihr Elend abzuwenden.

Es graute ihm davor, wie er Nächte am Strand verbracht hatte, um heimlich geschmuggeltes Gut für die Leute von Daoiri an Land zu bringen. Und es hatte nicht einmal geholfen! Diese Erkenntnis schmerzte ihn umso mehr, weil Daoiri ihm diese Arbeit besorgt hatte, um ihm zu helfen. Daoiri O´Monroe war einer seiner ältsten Freunde. Taghd rieb sich gequält die

Augen. Noch vor einem Jahr hätte er sich als einen frommen Katholiken bezeichnet.

Das war für immer vorbei.

Er stützte den Kopf in seine Hände und ließ die Schultern nach vorne sacken. Lange würde er all das nicht mehr ertragen.

Nicht erst einmal hatte er sich bei dem Gedanken ertappt, einfach zu gehen und nicht wieder heimzukehren.

Doch dieser Gedanke, kaum gedacht, beschämte ihn und das wiederum beruhigte ihn etwas. Solches würde er nicht übers Herz bringen. Er konnte Caoimhe nicht im Stich lassen und auch nicht die Kinder.

Bis zu diesen verfluchten Ernteausfällen war alles in Ordnung gewesen. In Saus und Braus hatten sie nie gelebt, doch er hatte zumindest alle Mäuler stopfen können und manches Mal war auch für Caoimhe eine kleine Besonderheit drin gewesen. Eine Süßigkeit hier oder ein Sträußchen Blumen dort. Einmal hatte er ihr eine fein verzierte Decke erstanden. Und er hatte im Pub mit den anderen sitzen können, sich den ein oder anderen Schluck Gebranntes oder Bier zu leisten.

All dies schien eine Ewigkeit her zu sein. Damals wäre ihm nie der Gedanke gekommen, er könne alles verlieren. Es war ihm nicht bewusst gewesen, an welch dünnem Faden alles gehangen hatte. Dieser Gedanke war unerträglich. Verflucht, sehnte er sich nach diesen alten Zeiten. Er fühlte, wie ihm die Tränen aufstiegen und schluckte hart dagegen an. Reiß dich zusammen, Mann, fuhr es ihm noch rechtzeitig durch den Kopf. Er wischte sich grob über die Augen, das Gesicht, bis hinunter zum Hals. Das holte ihn in die Wirklichkeit zurück. Dann stand er abrupt auf und griff in seine Hosentasche. Die wenigen Münzen darin sollten genügen, um die alten Zeiten wenigstens für diesen Abend zurückzuholen. Bier war billiger als die wichtigen Lebensmittel, die sie sich sowieso nicht leisten konnten. Wenn er nicht den Verstand verlieren wollte, war dies der beste Weg.

Als er schon recht weit vorangeschritten war, hörte er hinter sich die Tür aufgehen und die Stimme von Caoimhe. Doch er drehte sich nicht um. Er würde ihr keine Rechenschaft ablegen. Er wollte nichts hören und niemanden sehen, vor allem nicht sie, die ihm Tag für Tag vor Augen führte, welch ein erbärmlicher Versager er war. Wenngleich sie das gewiss nicht wollte. Doch er las es in ihren Augen. Denselben Augen, die ihn einmal so glücklich angesehen hatten. Vor langer Zeit.

Während er sich den dritten Cognac genehmigte, stellte William fest, dass er seine innere Unruhe hier drinnen am Kamin in ihrem Stadthaus nicht mehr aushalten konnte. Daran konnte auch der Cognac nichts ändern, der aber immerhin gut tat.

Ein Blick aus dem Fenster ließ ihn Nieselregen erkennen. Nun, das passte immerhin zu seiner Stimmung. Er warf sich seinen Mantel über und setzte seinen Hut auf. So verließ er das Haus.

Draußen trieb der Wind einige herbstliche Blätter vor sich her, während die übrigen im Matsch festhingen und die Straße stellenweise gefährlich glitschig machten.

William erschien es, als befände er sich im tiefsten November.

Gewiss war es andernorts noch spätsommerlich, hüllte das herbstliche Sommerlicht alles in bunte, warme Farben.

Doch hier in Irland peitschte einem der ewige Wind nur Kälte und Nässe ins Gesicht und alle Herbsttöne waren bis zur Unkenntlichkeit unter Matsch und Dreck begraben.

Er vergrub seine Hände tief in die Manteltaschen und entschied, jetzt und hier, draußen in Wind und Wetter, noch einmal über sein weiteres Vorgehen nachzudenken. Vielleicht würde ihm hier die Eingebung kommen, auf die er seit Tagen hoffnungslos gewartet hatte. Nur wohin sollte er sich wenden?

Er entschied sich, auf den Lee zuzusteuern, an der St. Anne´s Church mit ihrer rund drei Yards langen Wetterfahne in Form eines Lachses entlang.

Er spazierte gerne auf den zahlreichen Brücken über den Lee. Von dort genoss er den Blick in das Wasser, die Wasserbewegungen, die Spiegelungen von Himmel und Wolken, wobei er an einem Tag wie diesem wohl nur die braune Brühe eines Flusses unter diesiegem Himmel zu sehen bekäme. Doch auch die Tropfen, die auf die Oberfläche klatschten und diese brachen, hatten etwas Faszinierendes an sich, wenngleich er das niemandem gegenüber zugeben würde, da es etwas außerordentlich Infantiles hatte.

Und anschließend würde er den Weg Richtung Cork City Goal nehmen. Der Anblick würde ihm besonders gut tun, an einem Tag wie diesem. Irgendwie musste es ihm gelingen, diesen Kerl ausfindig zu machen und eben dorthin zu bringen, ins Cork City Goal.

William verbrachte eine ganze Weile am Geländer einer der Brücken über dem Lee. Der Regen hatte längst seinen Mantel durchweicht und war ihm sogar in den Kragen gedrungen. Dennoch wollte ihm nichts einfallen, wie er diesen Mann ausfindig machen konnte.

So ging er doch schließlich weiter den Weg Richtung City Goal.

Unweit des Fitzgerald Parks jedoch wurde es ihm schließlich zu kalt in den nassen Kleidern. In einem der Pubs, die hier zum Verweilen einluden, konnte er sich aufwärmen. Er überlegte nicht lange, sondern steuerte den Nächstbesten an.

Die einbrechende Nacht hatte Cork bereits in Dunkelheit getaucht, als er, gefoltert von der klirrenden Kälte, keinen anderen Ausweg sah, als in eines dieser heruntergekommenen Pubs einzutreten. Eine wahre Zuflucht der Barbarei, dachte er bei sich selbst, als die Tür hinter ihm ins Schloss fiel und er von einer Woge übelriechender Wärme empfangen wurde. Der Raum, verraucht und stickig, schien von geschmackloser Fröhlichkeit geradezu zu bersten. Kaum zu glauben, dass diese irischen Müller und Bauern sich an solch einfacher Gemütlichkeit ergötzen konnten.

Seine Augen brauchten eine Weile, um sich an das dämmrige Licht zu gewöhnen. Der Anblick war alles andere als einladend: grobschlächtige und heruntergekommene Gestalten, die sich über glanzlose Holztische beugten, laut polternd und lachend, mit kruden Gebärden und lärmendem Gegröle. Kaum mehr als eine Bande trinkfreudigen Packs, ohne jeglichen Sinn für Anstand und Stil.

Widerwillig trat er zum Tresen, wo ein rundlicher, ungepflegter Mann hinter dem Schank stand und sich wichtig nahm. Der Wirt war gerade dabei, mit einem schmuddeligen Tuch einige Gläser abzutrocknen und auf einem Tablett zu drapieren. Mit einem übertriebenen Schwung nahm er eine Flasche hiesigen Whiskeys und füllte die Gläser, bevor er mit einem unnötig lauten Pfiff eine Gruppe halbwüchsiger Männer herbeirief. In dieser Gesellschaft war wahrlich niemand seines Intellekts wegen, fiel William bitter auf.

Die Männer, grob und plump, drängten heran und der Wirt, in den besten Bauerngesten, stellte ihnen das Tablett hin, sodass der Whiskey fast kippte. Das gröhlende Lachen und ihre ungehobelte Art, Dank zu äußern, ließ William nur umso mehr am Verstand dieser Leute zweifeln.

„Sláinte[4]!“, rief einer von ihnen, als könnte dieses primitive Wort ihre unappetitliche Versammlung aufwerten. Die anderen folgten wie Schafe und hoben die Gläser zu ihrem tristen Trinkspruch. Welch ein Lärm.

Der Wirt wandte sich danach ihm zu, mit einem übertriebenen Lächeln auf den Lippen: „Hey Mann, so allein unterwegs bei dem Wetter? Kommst wohl von der Arbeit, was?“ Das Grinsen des Mannes entblößte eine fehlende obere Zahnreihe.

William fragte sich unwillkürlich, wie dieser Kerl durch die Zähne gepfiffen hatte.

William schätzte es gar nicht, auf Privatangelegenheiten angesprochen zu werden, doch der Anblick dieses zahnlosen Grinsens, das den alten Wirt aussehen ließ, als handele es sich um einen Schuljungen, ließ ihn seine mieserable Laune etwas vergessen und er ertappte sich beim Grinsen. So nickte er nur, während er versuchte, mit einem Blick zu erfassen, ob hinter dem Tresen Cognac zu finden war. Er würde sich eher die Zunge abbeißen, als Whiskey zu trinken wie diese Iren.

„Und was darf's für dich sein, Sir?“

William konnte kaum seine Verachtung verbergen, als er erwiderte: „Einen Brandy, wenn ihr so etwas hier überhaupt

---

[4] „Sláinte“ (ausgesprochen: slawn-cha) bedeutet wörtlich „Gesundheit“. Es wird oft als Trinkspruch verwendet.

führt."

„Cognac ist aus." Der Zahnlose blickte ihn mit schräg geleg-
tem Kopf an, als warte er nun darauf, dass William sich doch
für Whiskey entschied. Dies würde nicht geschehen.

Nach einem Moment des Zögerns und inneren Widerstands
entschied er sich schließlich, wenn auch widerwillig: „Dann
nehme ich Bier."

„All right."

Ein kurzer Blick auf das Glas dunklen Bieres und William
Cahill spürte, wie der kalte Zorn in ihm aufkochte. Doch in
diesem Moment, als er sich in der Schänke umsah, stockte ihm
der Atem. Genau gegenüber stand er – der Kerl vom Strand.
William hegte keinerlei Zweifel, dass er es war. Diese Visage
würde er bei Nacht im Mondschein erkennen. Dort sogar vermutlich am allerbesten.

Seine Hand ballte sich unbewusst um das Bierglas, als er den
Mann musterte. Ein irischer Taugenichts, wie er im Buche
stand. Groß, breitschultrig, doch abgemagert. Dunkles, unge-
pflegtes Haar, ein hageres Gesicht mit einer gebogenen Nase,
die sicherlich ein paar Mal gebrochen worden war. Und natürlich, er trank Whiskey, wie es sich für so einen Iren gehörte.

William fühlte, wie eine Welle der Schadenfreude in ihm
aufstieg. Endlich hatte er diesen Kerl wiedergefunden, der ihm
am Strand begegnet war. Es war eine glückliche Schicksalsfü-
gung, ohne Frage. William sah, wie der Mann Anstalten machte zu gehen, und ihm war sofort klar, dass er jetzt handeln
musste. Diese Möglichkeit durfte ihm auf keinen Fall
entgehen.

Mit einem tiefen Atemzug und schnellen, festen Schritten
drängte er sich durch die dichten Reihen der Tische und Stühle auf den Mann zu. Der Lärm der Schänke um ihn herum ver-
klang zu einem fernen Murmeln, seine Aufmerksamkeit war
einzig auf den Mann mit dem Whiskey gerichtet. Er darf jetzt
nicht entwischen, dachte er, während sein Puls in die Höhe
schnellte. Der Kerl würde noch sehen, mit wem er es zu tun
hatte. So elegant wie er konnte, schlängelte sich William an
den Männern vorbei, die ihn von dem Kerl trennten, um sich

ihm kurzerhand in den Weg zu stellen. Dabei hatte er keine Zeit gehabt, sich zu überlegen, was er überhaupt zu sagen gedachte. Doch das Schicksal hatte andere Pläne für William Cahill. Kaum hatte er den Mann erreicht, stolperte er über einen unachtsam ausgestreckten Fuß und sein Bier ergoss sich über den Mantel des Iren. Der Kerl, dessen Gesicht augenblicklich vor Zorn errötete, packte William am Kragen und zog ihn unsanft hoch. „Mann, was treibst du da?", fauchte er mit einer Stimme, die vor Wut bebte.

William, überrumpelt und unvorbereitet, stotterte unbeholfen: „Entschuldigen Sie, das war keine Absicht!"

Das Gelächter der Umstehenden klang wie Hohn in seinen Ohren. Er fühlte sich wie ein zur Schau Gestellter.

Er holte tief Luft und kämpfte darum, seine Fassung zurückzugewinnen. Mit einem schnellen Ruck befreite er sich aus dem Griff des Mannes und zischte, während er wieder festen Boden unter den Füßen spürte: „Das trocknet wieder, doch mein Bier bekomme ich nicht zurück!"

Jeder in der Schänke konnte sehen, dass er sich rächen wollte, doch William musste sich auf seine eigentliche Mission besinnen. Es war keine Zeit für einen offenen Tumult. Es galt nun, das Ruder herumreißen und den Mistkerl in ein Gespräch verstricken. William nahm einen tiefen Atemzug und bemühte sich um einen versöhnlichen Ton, so ruhig wie ihm möglich war. „Ich mache Ihnen einen Vorschlag", begann er und setzte eine entschuldigende Miene auf. „Ich lade Sie zu einem Bier ein, und wir vergessen die Sache."

Der Ire, sichtlich zornig, kniff die Augen zu schmalen Schlitzen zusammen und musterte William misstrauisch. „Ich wollte eigentlich gehen."

„Warum das denn? Haben Sie überhaupt schon etwas getrunken?"

„Meine Fr... ich habe Verpflichtungen, die können nicht warten."

William musste sich ein Grinsen verkneifen. Er wusste genau, weshalb er nicht verheiratet war. Doch hier musste er diplomatisch vorgehen. „Nun, Sie werden doch mein Angebot zur Wiedergutmachung nicht ausschlagen?" Er sah den Kerl so gewinnend an, wie es ihm gelingen wollte. „Ein Bier wird ihre Verpflichtungen höchstens um zehn Minuten verzögern." William sah bereits vor der Antwort seines Gegenübers, dass er ihn überredet hatte.

Die Umstehenden verfolgten die Szene noch immer und die Spannung in der Luft war spürbar. Schließlich lockerte sich die finstere Miene des Mannes ein wenig. „Aye", sagte er schließlich mit rauer Stimme. „Ein Bier könnte ich jetzt brauchen."

Der Wirt, der das Geschehen still begleitet hatte, nickte nur und begann, zwei frische Biere zu zapfen. William frohlockte innerlich. Die Gelegenheit war da; nun musste er nur darauf hoffen, die richtigen Fragen zu stellen und Antworten zu bekommen, die ihm weiterhelfen würden. Er stellte sich vor. Das war der entscheidende Moment. Nun würde er seinen Namen erfahren.

„Brennan, Taghd Brennan."

Adhmaid House nahe Shannagarry, County Cork, Irland, September 1847

Wenn das Licht erloschen war und vollkommene Ruhe herrschte, erschien es ihr beinahe, als existiere die Fensterscheibe gar nicht. Sie sah die schwarzen Zweige sich vor dem dunklen Hintergrund im Wind bewegen und glaubte beinahe den Wind selbst zu spüren. So konnte der ganze Abend vergehen. Sie stand einfach da und blickte in die Nacht. Dabei empfand sie zumeist Gleichgültigkeit.

Heute jedoch wartete sie. Sie wartete auf Jules.

Die Worte des Lehrers hatten ein Gefühl von innerer Unruhe verursacht. Und sie wusste tief im Innern, dass es stimmte und dass sie dieses Gefühl schon viel eher hätte empfinden müssen. Doch es war nicht an sie heran gedrungen. Bis zu dem Gespräch am Nachmittag.

Ihre älteren Töchter waren beinahe heiratsfähig. Die Jüngeren waren versorgt durch das Kindermädchen und Isabella. Das

66

war ihr richtig und gut erschienen.

Isabella suchte gelegentlich ihre Nähe. Dies war ihr durchaus bewusst. Jedoch sie hatte ihr nichts zu sagen. Auch empfand sie diese Aufdringlichkeit als Last.

Isabella und Madeleine waren zu Damen herangewachsen.

Melissa und Elizabeth würden sich ebenso hervorragend entwickeln. Das Kindermädchen machte ihre Sache gut. Sie selbst hatte Miss Leahy ausgewählt. Sie hatte das ganze Personal ausgewählt und eingestellt. Dabei hatte sie ein glückliches Händchen gehabt. Sie überwachte das Personal und versicherte sich kontinuierlich, dass alle Aufgaben zuverlässig erfüllt wurden und die Mädchen sich gut entwickelten.

Doch wahrlich, der Lehrer hatte sie in Unruhe versetzt, ließ er sie doch in Zweifel verfallen, ob denn wirklich alles seinen rechten Gang nahm. Hierüber verlangte es sie mit Jules zu sprechen.

Doch war sie denn nicht zu einer vorbildlichen jungen Dame herangewachsen? Ihr Wesen zeichnete sich aus durch tadellose Erziehung, vorbildliche Ordnung, gewissenhafte Pflichterfüllung und zufriedenstellende Leistungen in ihren Studien. Mit größter Fürsorglichkeit widmete sie sich ihren Schwestern. Wie könnte hierin ein Fehl zu erkennen sein?

Unvermutet drangen längst vergangene Bilder in ihre Gedanken - Bilder, die lange in den Schatten des Vergessens geruht hatten. Plötzlich sah sie die kleine Isabella vor ihrem inneren Auge, und es ergriff sie ein Gefühl, so tief in ihr verborgen, dass sie es völlig vergessen hatte.

Isabella war ein überaus anziehendes Kind, und Ihre Affektion zu ihr in jener Zeit schier grenzenlos. Das war eine andere Zeit, ein anderes Leben gewesen. Sie war damals so jung, erfüllt von Hoffnungen und Erwartungen, die mit der Zeit still dahinschwanden. Die Last der Erziehung hatte sie schlussendlich auf die Schultern von Miss Leahy gelegt, deren beruhigende Gegenwart den Kindern eine Friedfertigkeit schenkte, wie sie selbst sie ihnen nie hatte vermitteln können.

Miss Leahy vermochte es von Anfang an einen wohltuenden Einfluss auf die Mädchen auszuüben. Und nun ... nun harrte sie ungeduldig der Heimkehr von Jules ...

Doch was könnte er in dieser Angelegenheit wohl äußern?

Was erhoffte sie überhaupt von ihm?

Er hatte sich während der gesamten Zeit merklich aus den Angelegenheiten der Erziehung herausgehalten.

Warum sehnte sie nunmehr seine Rückkehr und das ange-
strebte Gespräch regelrecht herbei? Mit einem Mal kam sie sich
töricht vor.

Sie sollte stattdessen mit Miss Leahy sprechen. Sie um ihre
Einschätzung bitten. Sie spürte, wie die innere Unruhe abflau-
te und erlosch, während sie dem Impuls mit Jules zu sprechen
den Rücken kehrte und sich entschied, sich an Miss Leahy zu
wenden. In diesem Moment vernahm sie die Stimme ihres Gatten auf dem Korridor. Er war zurückgekehrt.

Woher, wusste sie nicht. Von geschäftlichen Unterredungen
womöglich. Möglicherweise hatte er einen Handelspartner getroffen und irgendein Geschäft abgewickelt. Als er auf Höhe
ihres Zimmers war, schien er stehen zu bleiben. Sie hörte sein
Pochen an der Tür.

„Mary?"

Sie zögerte ob sie antworten sollte.

Der Klang seiner Stimme ließ darauf schließen, dass er bei guter Laune war, etwas, das sie in der Tat überraschte. Doch
widerstand sie dem Drang, ihn hereinzubitten und schwieg.

Nach einer Weile hörte sie ihn sich entfernen, und eine unergründliche Traurigkeit machte sich in ihr breit. Schnell ver-
bannte sie diese unerwünschte Empfindung in die tiefsten
Winkel ihres Herzen, und wandte ihren Blick wieder hin zu
den Zweigen, die sanft im lauen Nachtwinde schwankten. Am
kommenden Morgen würde sie Miss Leahy um ein vertrauliches Gespräch bitten.

Tallwood Manor, nahe Haverhill, unweit von London

Während er lang ausgestreckt im Grase lag, schien die milde
Septembersonne ihm ins Gesicht. Zufrieden blinzelte er in das

warme Licht und spürte die Festigkeit des Bodens durch die weiche Grasdecke hindurch. Er war wieder im Hause seiner Kindheit, nahe Haverhill und Halstead. Hier hatte er so oft verweilt. Zumeist in Gesellschaft von Eliza. Dies war ihr geheimer Ort gewesen. Vom Haus aus konnte man sie hier nicht entdecken und so hatte es bei ihnen gelegen, wieder zum Vorschein zu kommen, wenn sie es wollten.

Unter der wärmenden Sonne und dem sanften Rauschen der Bäume im seichten Wind, fanden seine Gedanken rasch den Weg zurück in jene unbeschwerten Augenblicke, die von kindlicher Freude und geschwisterlicher Vertrautheit erfüllt waren. Es war ihre unsichtbare Welt der Freiheit und des Spiels, weit entfernt von den strengen Blicken der Erwachsenen und den Verpflichtungen des Alltags, ein Reich voller Geheimnisse und stiller Übereinkünfte, wo die Zeit stillzustehen schien und jeder Moment ein kostbarer Schatz war.

Hier, auf diesem Flecken Erde, der so reich an Erinnerungen und jugendlichen Träumen war, verspürte er eine tiefe Ruhe.

Heute war Laurence allein an ihrem Lieblingsort. Eliza war in London und hatte geschrieben, dass sie frühestens morgen zurück sein würde. Was sie wohl dort trieb? Er würde sie ausfragen, sobald sie unter vier Augen waren. Sie hatten sich so lange nicht gesehen. Er konnte es kaum erwarten, dass sie endlich zurückkehrte. Schließlich war sie die Einzige, die sich mit ihm freute, dass es ihm geglückt war. Fünf Jahre anstrengenden Studiums, zunächst in London, dann in Dublin am Royal College of Surgeons. Die Promotion, ein Unterfangen, das ihm all seine Kräfte abverlangt hatte, bildete den Höhepunkt seines akademischen Lernens und daran anschließend eineinhalb Jahre in Paris an der École de Santé, wo er praktische Erfahrung gesammelt hatte.

Nun war er nach langen Monaten der Abwesenheit auf das Gut seiner Eltern zurückgekehrt. Zuletzt hatte er seine Eltern zu Weihnachten 1846 besucht und zu diesem Anlass auch Eliza wiedergesehen. Seine Eltern zeigten sich freilich erfreut über seine Rückkehr und seine Mutter hatte sogar eine gewisse Freude für seine Erfolge gezeigt, doch war sie nicht von gleichem

Verständnis und Enthusiasmus erfüllt wie Eliza. Sie erkannte wohl, dass es ein beschwerliches Unterfangen gewesen war, das Examen zu bestehen, und dass er sich fünf lange Jahre hindurch für sein Ziel unermüdlich angestrengt hatte. Jedoch mangelte es ihr am Verstehen des tieferen Beweggrundes und der wahren Zielrichtung seines Strebens. In ihren Augen erschien dies als vergeudete Zeit und als eine Mühe, die er sich hätte ersparen können. Denn nach ihrer Auffassung gab es keinerlei schlüssigen Grund, warum der Sohn eines Marquess diesen ungewöhnlichen und aus ihrer Sicht wenig notwendigen Weg beschreiten sollte.

Wie der Marquess selbst hierüber dachte, die Gedanken daran ersparte er sich lieber.

Genauso wenig Verständnis konnten seine Eltern dafür aufbringen, dass er im Anschluss an dieses Studium auch noch so lange Zeit in Paris gelebt hatte. Ihnen war nicht begreiflich zu machen, dass dieser Aufenthalt für seinen beruflichen Werdegang unerlässlich war.

Zeit seines Lebens würde er eine ansehnliche jährliche Summe empfangen, unter der stillschweigenden Übereinkunft, sich von den Geschäften seines Bruders fernzuhalten, die Familie vor jedem Makel und Unheil zu bewahren und sein Leben nach Belieben und mit allen erdenklichen Annehmlichkeiten zu gestalten.

So würden sie bei jenem Dinner, das ihm zu Ehren mit den Verwandten und Freunden der Familie abgehalten werden würde wohlweislich darüber freuen, dass er nach langer Abwesenheit aus Paris zurückgekehrt war, sie würden jedoch tunlichst vermeiden, ein Wort darüber zu verlieren, welcher Sache seine Abwesenheit gedient hatte.

Damit konnte er sich abfinden. Er rechnete es seinen Eltern, insbesondere dem Marquess, hoch an, dass sie ihm seinen Herzenswunsch erfüllt und ihm gestattet hatten, jene akademischen Studien zu verfolgen, die ihnen völlig unverständlich und höchst unangemessen erschienen waren. Dies war eine bedeutende Zugabe von seiten seiner Eltern. Er erwartete nicht, dass sie seine Entscheidung guthießen, und auch keinen Beifall erhoffte er sich.

Sein größter Wunsch war in Erfüllung gegangen, sein Traum hatte sich verwirklicht. Er hatte sein Studium erfolgreich abgeschlossen und durfte nun als Arzt praktizieren. Doch es war nicht allein das; Dublin hielt bereits ein überaus verlockendes Angebot für ihn bereit, ein Angebot, das zu verwerfen nahezu unmöglich schien. Nichts anderes zählte mehr und sobald Eliza eintreffen würde, würde sie sein Glück und seine Freude mit ihm teilen.

Adhmaid House, nahe Shannagarry, County Cork, Irland

Miss Leahy verharrte einen Augenblick in schweigendem Sinnen, bevor sie in ihrer gewohnt gelassenen Manier antwortete, dass es ihr keineswegs völlig ungereimt erscheine, dass Miss Isabella in der Tat einer gewissen Melancholie anheimgefallen sei.

„Doch, was könnte es Ihrer Meinung nach sein, das Miss Isabella so in Traurigkeit versetzt?", fragte Mary Dubois.

Miss Leahy zögerte einen Augenblick, bevor sie sprach. „Nun, Mr. Cahill hat angeregt, Miss Isabella in die Gesellschaft einzuführen oder doch zumindest in den vertrauten Umgang mit Altersgenossinnen zu bringen. Dies erscheint mir als ein vortrefflicher Gedanke. Ein Versuch solches würde wohl erweisen, ob es zu einer erfreulichen Aufheiterung führt."

Kurz erschien es Mary Dubois sonderbar, dass Miss Leahy so zögerlich geantwortet hatte, doch sie verdrängte diesen Gedanken rasch. „Ich will offen zu Ihnen sein. Ich habe Schwierigkeiten mir vorzustellen, wer als Umgang für Miss Isabella in Betracht käme. Wie Sie wissen, haben wir keine Verwandten und auch sonst wenig Umgang mit anderen Familien in der Gegend."

Wieder schien es Mrs. Dubois als zögere Miss Leahy. Gewiss musste auch sie zunächst überlegen, wie man nun vorgehen konnte.

„Möglicherweise sind dem Lehrer Familien bekannt mit Töchtern in Miss Isabellas Alter, mit denen sie bekannt gemacht werden könnte.“

Dieser Gedanke schien Mary Dubois von keinem sonderlich praktischen Nutzwert, doch vermochte auch sie keinen geeigneteren Vorschlag zu unterbreiten.

Ihr wurde schlagartig bewusst, sie war genau auf jenen Punkt gestoßen, den sie am wenigsten hatte treffen wollen, ein Gedankenschattenspiel, welches sie gehütet und doch zu vermeiden gesucht hatte: die unentrinnende Hoffnungslosigkeit ihrer derzeitigen Verfassung, der sie nicht gewillt war, sich zu ergeben. Es war, wie es war. Es gab keine Familien in ihrem umliegenden Kreise, deren Umgang für ihre Töchter von Würde und Nutzen sein könnte.

So sollten die Mädchen weiterhin gezwungen bleiben, in ihrer eigenen Gesellschaft Trost und Unterhaltung zu suchen. Weder ein Gespräch mit Jules noch irgendeine wohlmeinende Beratung vermochten daran etwas zu ändern. Und um der Zukunft willen, wie lange dieses unbefriedigende Dasein fortbestehen könnte und was daraus erwachsen sollte, darüber entschied sie, sei es weiser, nicht zu sinnieren.

IV.

„Noch waltet nur das Schweigen
im Tal und überall;
auf frisch betauten Zweigen
singt nur die Nachtigall.“

August Heinrich Hoffmann von Fallersleben

Adhmaid House, County Cork, Irland

Das Wetter erlaubte es an diesem Sonnabend, dass Andrew Cahill in den weitläufigen Gärten der Dubois verweilte, um dort die Unterrichtsstunden der kommenden Woche vorzubereiten. Diese Gelegenheit wollte er sich keinesfalls entgehen lassen. Wer wusste schon, wie sich das Wetter in den kommenden Tagen entwickeln würde und bald würde der Herbst den Sommer unwiederbringlich ablösen. Er griff sich also kurzerhand seine Unterlagen und seine Schreibutensilien und stattete Margret einen Besuch ab, um sie um ein Lunchpaket zu bitten. Es war sein freier Tag, er würde solange unter freiem Himmel bleiben, wie das Wetter hielt.

Nur wenige Minuten später verließ er das stattliche Anwesen und trat ins Freie. Die Sonne wärmte angenehm durch den groben Stoff seiner schlichten Lehrerkleider und sein Hut würde unerlässlich sein, um ihm etwas Schatten zu spenden, wenn er draußen arbeitete.

Er ließ seinen Blick umherschweifen. Zu nahe am Haupthause wollte er sich nicht aufhalten, da er jedwede Störung vermeiden wollte, und der weitläufige Park bot Raum genug, um sich ungestört seiner Beschäftigung hinzugeben. So schlug er den Kiesweg ein, der ihn geradewegs gen Osten führte.

Als er an den Ställen vorbeikam, vernahm er die Stimmen des Gärtners und Miss Madeleines. Es war ihm bereits aufgefallen, dass Miss Madeleine jede freie Minute außerhalb des Hauses verbrachte und eine besondere Vorliebe für die Gesellschaft der Pferde hegte.

Als er um die nächste Ecke spaziert war, konnte er sie erblicken. Miss Madeleine hielt ein Pferd am Halfter, Mr. Sheehan befand sich in luftiger Höhe auf dem Stalldach und schien dort einzelne Holzlatten auszubessern. Dies erklärte auch ihr lautes Rufen. Offensichtlich sah Miss Madeleine dem Gärtner beim Arbeiten zu und leistete ihm Gesellschaft. Andrew verdrängte den Gedanken daran, dass dies höchst unziemlich war für eine Dame ihres Standes und zog grüßend seinen Hut

Sie winkte ihm, wie ihm schien, unbefangen zu. Er kam nicht umhin festzustellen, dass sie trotz ihres unschicklichen Verhaltens ein ausgesprochen einnehmendes Wesen hatte, das es ihm schwer machte, tadelnd über sie zu richten.

Als er wiederum um eine Ecke gebogen war, erschien es ihm bereits, als befinde er sich allein im Park. Doch kaum hatte er die große Eiche passiert, drangen Kinderstimmen zu ihm herüber.

Das Kindermädchen war ihm im Haus begegnet. Sie war vollauf beschäftigt gewesen gemeinsam mit Grace die Kinderzimmer herzurichten. Doch unbeaufsichtigt hielten sich die kleinen Mädchen gewiss nicht im Garten auf. Nein, selbstverständlich nicht. Miss Isabella war bei ihnen. Sie hatte sich auf einer Decke ins Gras gesetzt und beobachtete ihre Schwestern beim Murmelspiel. Er zog den Hut und deutete eine Verbeugung an, als Miss Isabella ihm zunickte.

„Wo finde ich denn hier einen Ort, an dem ich arbeiten kann?“, rief er ihr zu.

Sie schien einen Augenblick zu überlegen, bevor ein Lächeln

ihre Züge erhellte. „Es gibt da einen stillen Platz weiter hinten, bei den Rhododendren. Dort steht auch eine Bank. Ich zeige Ihnen den Weg." Mit unverkennbarer Eleganz erhob sie sich und glättete ihre fliederfarbenen Röcke. „Kommt ihr mit uns?", wandte sie sich sodann an ihre Schwestern.

Diese blickten mit neugierigen Augen von ihrem Spiel auf und folgten dem Blick Miss Isabellas zum Lehrer hin. Während Miss Isabella mit gemessenen Schritten auf ihn zutrat, rannten die Mädchen lachend an ihr vorbei, eilig dem Ziel entgegen. Ihre fröhlichen Stimmen glichen denen der Vögel über ihnen in den Wipfeln der Bäume. Es war ein durch und durch wunderbarer Tag.

„Sie verbringen viel Zeit mit ihren Schwestern, Miss Isabella. Es ist Ihnen anzusehen, dass es Ihnen Freude bereitet." Er fühlte sich mit einem Mal beschwingt und spürte, wie seine soeben noch vollkommen präsenten Absichten, sich an die Arbeit zu begeben, von dem Wunsch nach einem kurzen und - außerhalb des Unterrichts unbefangenen - Gespräch verdrängt wurden.

„Sie finden solch einen Gefallen an dem schönen Wetter. Ich wollte sie daran teilhaben lassen und habe sie zu einem kleinen Ausflug mitgenommen."

„Nun, wer weiß schon, wie lange sich der Sommer noch hält. Wir wären töricht, wenn wir einen solchen Tag in der Stube verbrächten", pflichtete er ihr bei. „Noch ist es kaum vorstellbar, aber in wenigen Tagen oder Wochen werden sich die Vögel aufmachen zu ihrem Flug gen Süden, während um uns herum das Laub der Bäume weht und wir unsere Mäntel zusammen zurren müssen, um Wind und Regen fern zu halten."

Sie sah ihn an, als folge sie seinen Gedanken. Dann stieß sie beinahe unwillig aus: „Nein, das will ich mir auch noch gar nicht vorstellen. Heute ist Sommer", schüttelte sie die Bilder kurzerhand von sich.

„Es ist ein Tag, an welchem man Freunde treffen möchte, um im Londoner Hyde Park zu flanieren."

Plötzlich spiegelte ihr Blick Interesse. „Tun Sie das gerne? Sie kommen aus London, nicht wahr?"

Er war überrascht von ihrer Reaktion und spürte mit einem

Mal, dass er sich gerne von ihr dazu hinreißen lassen wollte, von sich selbst zu erzählen, was er sonst strikt unterließ gegenüber seinen Schülern. Sie brauchten Vorbilder und Anführer, keine Kameraden oder Gleichgesinnten. „Ja, ganz recht. Ich komme aus London. Kennen Sie es? Sind Sie schon einmal dort gewesen?"

Ihr Blick verriet alles und nichts. Er konnte zunächst nicht deuten, ob er Zorn, Traurigkeit oder Lachen ausdrückte. Sie fing sich jedoch augenblicklich und offenbarte: „Nein, ich bin bisher noch nicht gereist."

Er konnte nicht anders, er musste dies aufgreifen. Sein Blick war auf den Boden gerichtet als er vorsichtig fragte: „Sie würden gerne einmal reisen, ist es nicht so?"

Sie zögerte mit der Antwort. „Vermutlich würde ich das, ja, doch genau vermag ich es nicht zu bestimmen. Ich habe es schließlich noch nie getan."

In diesem Moment erreichten sie den angestrebten Ort. Es war an dem Rufen der kleinen Mädchen, sie seien angekommen, nicht zu überhören.

Er sah sich um. Es war ein herrlicher Ort. Er würde auf der Bank halbschattig sitzen mit dem Blick gen Norden, so dass er nicht geblendet würde. Die Zweige der Rhododendren wogten sacht im leichten Windhauch sodass Schattenspiele entstanden. Es gab also Bewegung ohne Ablenkung. Hier würde er hervorragend arbeiten können. "Vielen Dank Miss Isabella, genau solch einen Platz habe ich gesucht."

Sie schien etwas unschlüssig, ob sie nun umkehren sollte oder ob das Gespräch noch nicht beendet sei. Wie eine Schülerin, die im Ungewissen darüber ist, was der Lehrer von ihr erwartet, ging es ihm durch den Kopf. Ja, so war es wohl tatsächlich. Es mochte für sie undenkbar sein, dass er etwas anderes als ihr Lehrer sein könnte. Genau so sollte es ja auch sein. Und dennoch mischte sich ein leiser Anflug von Bedauern in seine Überlegungen.

Er, der betagte Lehrer. Sein Bruder würde sich in solch einer Situation gewiss anders gebärden. Spürte er etwa Neid? Miss Isabella war zweifellos eine Schönheit, doch blieb sie ein Kind.

76

William war jünger als er, aber er war auch ein anderer Mensch. Mit Jugend und Charme gesegnet, trat William stets mit einer Leichtigkeit auf, die ihm selbst stets fremd geblieben war.

William hätte diese Situation zweifellos mit einer Mischung aus unbeschwerter Eleganz und charmantem Witz gemeistert, wohingegen er selbst sich immer wieder an die Reserviertheit seines Lehrberufes gebunden fühlte.

In dem Moment kam ihm seine Mission wieder in den Sinn. Er musste es wagen, es anzusprechen. Diese Gelegenheit würde sich nicht so bald wieder ergeben und so weit er das beurteilen konnte, war seit seinem Gespräch mit der Hausherrin nichts weiter in die Wege geleitet worden. Noch bevor sie sich abwendete und entfernte sprach er es aus: „Reisen ist eine schöne Sache, wenn man Menschen besuchen kann, an denen einem etwas liegt, wenn man Orte besuchen kann, die eine Bedeutung haben. Menschen und Orte, mit denen man verbunden ist", griff er das Gespräch wieder auf.

Ihr Blick richtete sich augenblicklich zu Boden. „Gewiss."

„Als ich in ihrem Alter war, habe ich mich mit Freunden im Hyde Park verabredet, wir haben unsere Zeit miteinander verbracht, unbeschwerte Stunden, doch manchmal haben wir auch ernsthafte Gespräche geführt, wir haben diskutiert und gestritten." Er setzte eine Pause. Dann führte er vorsichtiger fort. "Ich sehe Sie niemals Freunde treffen. Ich habe mich bereits gefragt, woran das liegt. Nun gut, wir befinden uns nicht inmitten Londons, doch auch Cork ist voll von jungen Menschen ..."

"Unsere Familie pflegt wenige Kontakte in Cork. Vater ist der Überzeugung, dass wir hier alles Erforderliche besitzen, um unser Wohlergehen zu sichern."

Es schien Andrew jedoch, dass die Antwort seines Gegenübers wenig überzeugend klang, gleichsam einem wohl vorbereiteten Vortrag. In der Tat, es erschien ihm, als unterhielten die Dubois keinerlei Beziehungen, weder in Cork noch irgendwo sonst. Dies wäre freilich eine bemerkenswerte Eigenart, betrachtete er den Beruf des Hausherrn; denn welch ein Kaufmann vermochte sein Geschäft ohne ein weitreichendes Netz von Kontakten florieren lassen? Doch dieser Gedanke sollte ihn bei diesem Gespräch nicht weiterbringen. „Doch Sie, Sie sind jung! Alle jungen Damen und Herren meines Bekanntenkreises, schätzen es über alle Maßen, den Umgang mit Freunden und Verwandten, selbst jenen aus der Ferne, zu pflegen."

„Entferntere Verwandte haben wir nicht. Jedenfalls nicht, soweit es mir bekannt ist. Doch ich halte Sie von der Arbeit ab. Ich werde mich mit meinen Schwestern zurückziehen und sie dazu anhalten, diesen Platz weiträumig zu umkreisen, wenn sie spielen." Sie deutete einen Knicks an und wandte sich ihren Schwestern zu.

Das Gespräch war unverkennbar beendet.

„Haben Sie vielen Dank." Er zog seinen Hut und verbeugte sich.

Während die drei hinter der nächsten Biegung zwischen Hortensien und Kastanienbäumen verschwanden nahm er seinen Hut ab und setzte sich auf die Bank.

Es schien ihm fast so, als sei er allein auf der Welt. Doch allein hätte er diesen verschwiegenen Ort wohl nie entdeckt. Diejenige jedoch, die ihn hierhin geführt hatte, war entschlossen, ihre Gedanken nicht preiszugeben, obgleich er sich fragte, ob sie sich eine Vertraute wünschte, mit der sie ihre Freuden und Sorgen teilen konnte. Sie führte klaglos das Leben, das ihre Eltern für sie bestimmt hatten, ganz so, als wäre es ihr eigener Wille.

Dennoch erkannte er die Wahrheit, ihr stilles Leiden war ihm unübersehbar. Ein feines Gespür für ihre innere Not war ihm augenscheinlich doch zueigen. Vermutlich gerade genug, um mit unbezweifelbarem Nachdruck zu behaupten, dass Miss Isabella dringlich einer Freundin bedurfte. Nicht einer Schwester, sondern einer Gefährtin. Doch er bezweifelte, dass sie sich selbst diese Sehnsucht einzugestehen vermochte.

Welche Zukunftsvisionen hatten die Dubois für ihre Töchter gehegt? War es ihr Plan, dass diese gänzlich ohne Bekanntschaften verblieben und niemals heirateten? Warum verkehrten hier keine Freunde, Bekannten oder Verwandten?

78

Das Anwesen selbst, geschmackvoll und nobel – wenngleich ein wenig überwuchert – war bewohnt von tadellosen und wohlhabenden Besitzern, soweit er dies beurteilen konnte, und einer Schar von Töchtern in jedem Lebensalter.

Wo waren die jungen Herren, die sich in einem solchen Haus üblicherweise die Klinke in die Hand gaben?

Es konnte nicht an ihrer Religion liegen. Die Hugenotten waren in Irland bestens integriert und hatten ihren Platz in der Gesellschaft inne. Besonders in Cork.

Warum also wurden diese Mädchen nicht in die Gesellschaft eingeführt und auf Bälle und zu festlichen Anlässen geladen?

Stattdessen umgab sich die eine ausschließlich mit ihren jüngeren Schwestern, und die andere vertrieb sich Einsamkeit und Langeweile damit, alles zu lernen, was eine junge Dame niemals brauchen würde. Sie musste inzwischen eine hervorragende Köchin sein, soviel Zeit, wie sie bei der Köchin verbrachte. Sie war zweifellos eine vorbildliche Reiterin und verfügte vermutlich über sämtliche handwerklichen Fertigkeiten, über die auch der Gärtner verfügte, soviel Zeit, wie sie in den Ställen und auf dem Anwesen unter freiem Himmel, ausschließlich in seiner Gesellschaft verbrachte.

Dies schienen weder der Hausherr noch die Hausherrin jemals zu bemerken. Dabei war ihnen die Ausbildung ihrer Töchter offenbar das Wichtigste. Dem wurde über die Maßen viel Aufmerksamkeit gewidmet. Doch wofür?

Sollten sie dereinst studieren? Wohl kaum. Auf solch abwegige Gedanken kamen nur die wenigsten und sehr modernen Zeitgeister, jedoch keinesfalls Familien, die etwas auf sich hielten.

Es war ihm alles einfach unerklärlich.

Doch nun würde er endlich beginnen müssen, sich seiner Arbeit zu widmen. Jeden anderen Gedanken musste er für diesen Augenblick verschieben.

Cork, Irland

Zur selben Zeit, nur wenige Meilen entfernt hatte William Cahill das schöne Wetter genutzt, einen Barbier aufzusuchen und anschließend kurzerhand entschieden, auch seinem Schneider einen Besuch abzustatten. Er konnte neue Hosen gut gebrauchen. Nun verließ er zufrieden die Schneiderei und wandte sich gen Westen, zurück nach Hause in die Shandon Street. Sicher war auch Jane längst heimgekehrt. Er wollte sich beeilen, einen kleinen Lunch nehmen und noch etwas Zeit bei einem Cognac auf dem bequemen Korbsessel im Garten verbringen, bevor der Abend hereinbrach.

Am Abend war er mit Brennan verabredet. Sie wollten sich im Pub treffen. Anschließend würde er es eilig haben, zur Party bei Cole zu gelangen. Doch hatte er Jane versprochen, sie zu begleiten. Ein Blick auf die Uhr verscheuchte jeden Zweifel. Die Nachmittagszeit war längst angebrochen. Er ließ die Uhr zurück in seine Westentasche gleiten und beschleunigte seinen Gang.

Zuhause angekommen empfing Jane ihn offenbar bester Laune. „Du begleitest mich doch am frühen Abend zu Mary-Ann? Sie hat uns eingeladen, auf einen Wein hereinzukommen bevor wir zu Cole fahren", rief sie sichtlich vergnügt. Sie schwirrte wie ein Schmetterling um ihn herum. „Sie hat mir irgendwelche Neuigkeiten zu berichten. Ich wette, James hat ihr einen Antrag gemacht!"

„Es tut mir leid, Jane, doch dies wird nicht möglich sein! Ich habe eine Verabredung im Fitzgerald Park."

Sie blickte ihn offensichtlich erstaunt an. „Nun ..."

„Keine Sorge, zu Cole begleite ich dich, das habe ich schließlich zugesagt. Doch Mary-Ann wirst du allein besuchen müssen. Ich kann dich dorthin geleiten und später wieder abholen." Er setzte seinen Hut ab und warf ihn über den Hutständer an der Tür.

Sie sah ihn strahlend an, musterte ihn von oben bis unten. „Nun, es ist wohl auch besser, wenn du nicht mit zu Mary-Ann kommst, du siehst ja verboten gut aus. Sonst überlegt es sich die Gute noch anders und erteilt dem armen James eine Abfuhr."

„Ich habe das schöne Wetter genutzt, einige Dinge in der Stadt zu erledigen. Hier in Irland muss man ja jeden Tag nutzen, an dem einem nicht ein grauenhafter Wind und ein grässlicher Regen um die Ohren fegen. Beim Barbier war ich ebenfalls. Doch Anny soll in Gottes Namen ihren James heiraten. Bei mir wird sie vergeblich auf einen Antrag warten. Lass ihr diesbezüglich keinerlei Zweifel!"

„Um so besser. Wir wollen ja auch nicht, dass der liebe Will sesshaft wird. Was soll dann schließlich aus mir werden? Ich bin viel zu jung zum heiraten!"

„Na, meine beste Jane, so jung bist du gar nicht mehr!" Er zwinkerte ihr zu, während er seinen Kopf zur Küchentür hineinstreckte. „Ist noch ein Lunch zu bekommen?", rief er. Es war unklar, wen er meinte. Kate oder Jane?

Jane schien auf seine Stichelei nicht eingehen zu wollen. Stattdessen verlautbarte sie: „Kate habe ich heute Nachmittag frei gegeben. Sie wird dir nicht antworten. Doch wenn du einen Blick zum Küchentisch wirfst, wirst du sehen, dass wir dir alles stehen lassen haben, was du benötigst. Gurken-Sandwiches, dazu Käse, Äpfel und Birnen und etwas Pastete."

„Einen Tee könnte ich gut vertragen." Er konnte sich diesen kleinen Seitenhieb einfach nicht verkneifen. Dabei kannte er ihre Erwiderung, bevor sie sie ausgesprochen hatte. Zudem war er in keiner Weise jedwedem Tee zugetan.

„Bei mir bekommst du keinen Tee, lieber Bruder, ich dachte, dies hätte ich bereits unmissverständlich zum Ausdruck gebracht."

„Erkläre es mir doch nochmal, liebe Schwester!", zog er sie auf.

„Dir mag es gleichgültig sein, so magst du als ein Ignorant durchs Leben gehen. Ich jedoch bin das nicht. Deswegen werde ich es einem Großteil der britischen Damengesellschaft gleichtun und großmütig auf Tee verzichten, bis sich die Arbeitsbedingungen auf den Teeplantagen verbessert haben."

„Ach Jane, du läufst gegen Windmühlen an."

„Vielleicht, vielleicht auch nicht", erwiderte sie schnippisch. „Mit wem bist du übrigens verabredet? Kenne ich sie?"

Er lachte auf. „Schön wäre es. Nein, es handelt sich um ein geschäftliches Treffen. Ich habe den Mann ausfindig gemacht, mit dem ich in der Nacht am Strand eine „Auseinandersetzung" hatte."

Jane sah offensichtlich überrascht und interessiert auf. „Oh, das hast du noch gar nicht mitgeteilt! Konnte dir die Zeitung weiterhelfen, die ich dir besorgt habe? Oder wie hast du das angestellt?"

Wenngleich das schöne Geschlecht William manches Mal vor Rätsel gestellt hatte, hatte er doch eine entscheidende Einsicht gewonnen: Aufrichtigkeit war bei Frauen selten die beste Politik. Denn ungeachtet dessen, was sie behaupten mochten, wollten sie ihr Bild von einem Mann in keiner Weise durch die düsteren Schatten seiner Schwächen getrübt wissen.

Jedoch war es durchweg förderlich für jedwede Beziehung zu einer Dame, wenn man sich der kräftigen Farben der Phantasie bediente — noch besser, wenn man ihre eigene Phantasie wirkungsvoll ins Spiel brachte — um die Dinge in einem zur Gänze vorteilhafteren Licht zu malen. Hierbei durfte man gewiss nicht von Schwindeleien sprechen. Vielmehr handelte es sich um ein unverzichtbares Mittel zur Vermeidung unnötiger Komplikationen.

Dies galt ebenso für die eigene Schwester. Besonders bei seiner jüngeren Schwester hätte sich William keinen Gefallen getan, wenn er an jener unerschütterlichen Vorstellung des großen Bruders gerüttelt hätte, indem er auf überflüssig genaue Schilderungen beharrte, die ihn möglicherweise als durch und durch ehrlich, jedoch ebenso als einfältigen Tölpel erscheinen ließen.

„Als Detective verfüge ich über bestimmte Mittel und Wege, die Identität von Personen zu enthüllen, deren Erwähnung meinerseits jedoch strengstens untersagt ist. Daher bedauere ich sehr, dir keine genaueren Auskünfte erteilen zu können. Nichtsdestoweniger möchte ich meinem herzlichen Dank über dein liebenswürdiges Bemühen, mir behilflich zu sein, Aus-

82

druck verleihen.“

Ihr Blick hingegen blieb ihm weiterhin ein Rätsel. Doch da
das Gespräch sich nun in eine andere Richtung lenkte, vermutete er, dass seine Antwort für sie hinreichend befriedigend
gewesen war.

Dublin, Irland

Die wochenlange Anspannung war von ihm abgefallen, wie
ein klammer, kalter Mantel und nun hüllte ihn die Erleichterung und Vorfreude, die ihn überkommen hatte, in ein Gefühl, wie es sonst nur die warme Julisonne vermochte. Fast
spürte er seine Freude körperlich.

Ihm schien, als wäre der Tag heller als die vergangenen, als sei
das Licht klarer und die Luft wärmer. Das Leben kehrte zurück
in seine Knochen und Nerven und er verspürte einen regel-
rechtenTatendrang.

Nun spürte er wieder, wie sehr er den Aufenthalt in dieser
Stadt genoss. Glasgow, Manchester und Liverpool mochten
Dublin an Handel, Gewerbe und Reichtum überbieten, indes
die Größe und besonders die Architektur Dublins waren zweifellos beeindruckend zu nennen. Auf etwa vier englischen Qua-
dratmeilen lebten etwa 300. 000 Einwohner in weit mehr als
20.000 Häusern. Dabei waren die Straßen breit angelegt, sodass die Stadt einen großen und weiten Eindruck machte. Die
größten Straßen öffneten sich auf weite Squares, gesäumt von
wunderschönen, leuchtenden Gebäuden und Kirchen. Besonders schätzte er den Fitzwilliam- und den Rutland-Square,
sowie Stephen´s Green, wenngleich auch der Marrions Square
und der Mountjoy Square einiges an Sehenswürdigkeiten zu
bieten hatten. Es war kaum zu glauben, dass diese Stadt einmal
in Sümpfen und Morast zu ersticken drohte und es des besonderen Einsatzes Ihrer Majestät Queen Elizabeth´ bedurft hatte,
sie zu retten.

Jules störte sich wenig an den vielen Herumlungernden zu
beiden Seiten des Liffey. Sie gehörten zum Stadtbild, ebenso

wie das geschäftige Treiben auf den Booten und Seglern auf dem Fluss.

So war es ihm lange nicht ergangen. Gewiss trug auch das herrliche Wetter dieses Tages dazu bei, doch vor allem war seine veränderte Stimmung auf den Abschluss eines mehr als lukrativen Geschäfts zurückzuführen.

Dies hatte er Adrian Carter in seinen kühnsten Träumen nicht zugetraut: Dass er über solcherlei Kontakte verfügte und dass er ihm ein solches Geschäft würde vermitteln können.

Wenn er diesen Handel erfolgreich abgeschlossen haben würde, so würde er für lange Zeit von der lästigen Drangsal seiner Gläubiger befreit sein, welche ihm zuweilen gleich Vipern im Nacken gesessen hatten. Nun, sie taten dies zwar auch in diesem Augenblick noch, doch verloren diese Bedrängnisse schlagartig ihren bedrohlichen Charakter.

Endlich hatten ihn die unzähligen, wenig erträglichen Geschäfte mit mäßig bedeutenden Leuten zu einem Handel geführt, der alle Mühen und Sorgen der letzten Wochen und Monate vergessen machen würde und der weitere Geschäfte von ähnlicher Bedeutung in Aussicht stellte. Wäre er noch heute der gläubige Protestant von einst gewesen, hätte er Gott gedankt, dass er die Verbindung zu Adrian Carter, über all die Jahre hinweg aufrecht erhalten hatte.

Nun, in Angelegenheiten von solch gewichtiger und eklatanter Bedeutung waren vertrauensvolle Beziehungen unverzichtbar, und Carter, mit seiner, wie Jules Dubois schon manches Mal bemerkt hatte, schwer nachzuverfolgenden Biographie und seinem unnachahmlichen Charme, Menschen für sich zu gewinnen, verkörperte den idealen Partner für solch delikate Unternehmungen. Es war nun geradezu unvorstellbar, dass er jemals an Carters Zuverlässigkeit gezweifelt hatte. In der Tat waren es Carters geschickte Hand und sein scharfsinniger Verstand, die die essentiellen Verbindungen knüpften und festigten, auf die Jules Dubois angewiesen war. Jene Fähigkeiten fanden sowohl in den erlesenen Salons Londons als auch in den verschwiegensten Kreisen Anklang.

Für den Freigeist Jules Dubois, der darauf bedacht sein musste, dass seine Neigung auch zu unkonventionelleren Geschäften nicht nach außen schien, erachtete er gesetzliche Vorschriften doch nicht selten als Hindernisse einer ökonomisch klugen Geschäftswelt, war die Verbindung zu Adrian Carter von nicht unerheblichem Reiz. Dubois, der den monetären Verheißungen durchaus eine gewisse Priorität vor nicht verständlichen gesetzlichen Beschränkungen einräumte, sah in Carter einen Gleichgesinnten – einen Mann, der seinen eigenen rebellischen Geist teilte und darüber hinaus die erforderlichen Verbindungen zu knüpfen und zu stärken wusste. Daher gebührte Carter seine höchste Bewunderung und sein aufrichtiges Vertrauen für dessen verwegene Ambitionen. Carter war jene unverzichtbare Stütze, der Dubois bedurfte. Und ihr beider Können, Vertrauen zu erwecken und die Geschäfte weitblickend zu lenken, sollte ihnen nun endlich zu umfassendem Erfolg und Wohlstand verhelfen.

Es drängte ihn nicht wenig, augenblicklich alles in die Wege zu leiten und zu veranlassen, was zu veranlassen war.

Am Freitag war er in aller Frühe aufgebrochen, nachdem ihn am Donnerstagabend Carters Schreiben erreicht hatte, das die Einladung nach Dublin enthielt.

Sein Versuch, Mary über diese erfreuliche Entwicklung in Kenntnis zu setzen, war bedauerlicherweise fehlgeschlagen. Sie hatte sich offenbar bereits zur Ruhe gelegt, als er an ihre Tür geklopft hatte. Nun würde er ihr ein Präsent aus Dublin mitbringen, um sie an diesem wunderbaren Ereignis teilhaben zu lassen. Er kam abrupt zum Stehen, ließ eine Kutsche passieren. Das Hufgeklapper auf dem Kopfsteinpflaster wurde vom Schnauben der Tiere begleitet. Dann überquerte er die Straße und strebte geradewegs dem Juwelier Maison entgegen. Vor der Tür verharrte er kurz. Wie viele Jahre war es her, dass er dieses Geschäft zuletzt aufgesucht hatte? Damals waren sie so jung gewesen. Und doch hatten sie genau gewusst, was sie taten, als sie sich für einander entschieden. Gegen allen Widerstand, gegen alle Vernunft. Die Jahre waren verronnen und das anfängliche Glück war oft auf die Probe gestellt und manches Mal erschüttert worden. Zu Beginn ihres gemeinsamen Lebens hatten sie alles geteilt ... verflucht, war das lange her! - Zuletzt hatten sie kaum mehr ein Wort ausgetauscht. Die Sorgen waren erdrückend geworden. Doch es konnte nicht zu spät sein, jetzt, wo sich alles zum Guten wendete. Gewiss würde auch sie begreifen, dass nun eine neue Zeit anbrechen konnte, wenn sie nur wollten. Er trat ein, - ein Glöckchen schellte - und sah sich um. Hinter dem Verkaufstresen stand ein alter Mann mit Monokel. Der Alte grüßte und sah Jules fragend an.

„Ich suche ein besonderes Geschenk für meine Gattin", erklärte er, während er näher trat.

Tallwood Manor, nahe Haverhill, England

Die große Standuhr verkündete den Schlag der fünften Stunde des Nachmittags.

Der Speisesaal erstrahlte in hellstem Glanz und war erfüllt von einer fast sakralen Helligkeit. Punkt halb sieben in der Abendstunde sollte die Vorspeise gereicht werden. Zwei junge, geschäftige Diener schwärmten um den prächtigen Tafeltisch in einer Weise, die an emsige Fliegen erinnerte, wobei sie stets den besonnenen Weisungen des Ersten Dieners Folge leisteten.

In jener feierlichen Stunde bereitete sich das Haus des Marquess durch meisterliche Hand geführter Dienerschaft, auf das abendliche Gastmahl vor.

An jenem Abend versammelte sich im Hause der Hutons eine illustre Runde, zu der neben dem ehrenwerten Lord John und seiner Gattin Lady Catherine Huton, sowie ihren Söhnen Master John, Master Jacob und Master Laurence, auch die mittlerweile hochbetagte, doch immer noch würdevoll strahlende Mutter des Hausherrn, Lady Elizabeth Huton und ihr dritter Sohn, Alexander Huton zählten, - der zweite Sohn war bereits früh verstorben, der vierte nicht gesellschaftsfähig, weil schwachsinnig, und somit dauerhaft auf eine Aufsichtsperson angewiesen, über ihn sprach man nicht -, Daneben wurden weitere acht Gäste erwartet, deren bevorstehende Ankunft mit angemessener Vorfreude und ebenso angemessenen Vorbereitun-

86

gen bedacht wurde.

Der erste Diener achtete peinlich auf jedes Detail. Keine noch so kleine Schlamperei entging seinem geschulten Auge.

Hier parierten die Jüngeren perfekt, gelästert wurde später auf der Kammer. Der Butler wusste auch dies. Sie waren einfach noch zu jung, zu unerfahren, um den Nutzen seiner gründlichen Ausbildung zu erkennen.

Er hatte sich mit vielen jungen Dienern und Butleranwärtern herumgeschlagen. Auch sie würden entweder seine Schule durchlaufen oder das Haus schnell wieder verlassen und dort hingeraten, wo sie hingehörten. In Vergessenheit.

Eine Viertelstunde später erschien dem Ersten endlich alles hinreichend exquisit. Er veranlasste die Diener den Speisesaal zu verlassen und folgte ihnen sodann.

Seine folgende Aufgabe bestand darin, die Gäste in Empfang zu nehmen. Die Dienerschaft kannte die Abläufe. Er erwartete, dass alles reibungslos verlief.

Ein Blick in Küche und Bedienstetenaufenthaltsraum bestätigte ihm das rege Treiben. Die Köchin war in heller Aufregung, wie stets, wenn Gäste angekündigt waren.

Wie eine Furie scheuchte sie die beiden Küchenmädchen herum und wie ein Feldwebel befahl sie der übrigen Dienerschaft, was jeder Einzelne zu tun hatte.

Die Haushälterin, Mrs. Mirror wies nun die Zofen und anderen weiblichen Bediensteten an, sich für den Empfang herzurichten.

Jene Bediensteten, die einem Mitglied der verehrten Familie zugeordnet waren, gingen bereits seit geraumer Zeit emsig ihrer jeweiligen Aufgabe nach und widmeten sich mit äußerster Hingabe den Bedürfnissen ihres Herrn oder ihrer Herrin. Die Präparierung und Erfüllung aller erdenklichen Wünsche diente nicht nur dem hochgeschätzten Komfort und der Bequemlichkeit der noblen Anvertrauten, sondern spiegelte ebenso die unverbrüchliche Loyalität und die Sorgfalt der Dienerschaft wider, welche sich unermüdlich für das Wohl und Ansehen des Hau-ses einsetzte.

Um halb sechs, als sich die langen Schatten des Nachmittags sanft über das weitläufige Anwesen zogen, standen sämtliche Bediensteten pflichtbewusst und aufrecht auf ihren zugewiesenen Positionen. Gegen Viertel vor sechs erwartete man die ersten Ankömmlinge der Abendgesellschaft, wenngleich solche Präzision im Eintreffen der hochgestellten Gäste stets von einer gewissen Ungewissheit begleitet war.

Jedoch, wie durch das Schicksal selbst beschleunigt, fuhr um fünf Minuten nach der halben Stunde, die prachtvolle Kutsche der ehrenwerten Lady Elizabeth Huton bereits würdevoll vor dem stattlichen Anwesen vor. Ihre rechtzeitige Ankunft, das Sinnbild ihrer beständigen Disziplin und Vornehmheit, welche das Haus seit Generationen beherrschte, stimmte dieses noch inniger auf den bevorstehenden Abend ein.

Der Erste Diener, in seiner makellosen Livree, ließ seinen scharfen Blick flugs und unerbittlich die Reihe der Bediensteten entlang schweifen. Alles befand sich in musterhafter Ordnung, so wie es die Konvention und der Stolz dieses erhabenen Hauses verlangten.

Zufriedenheit durchdrang sein Gemüt, doch eine leichte Unruhe blieb bestehen – die stille Sorge, ob der Ablauf des Abends ohne peinliche Zwischenfälle vollführt würde, begleitete ihn wie stets. Diese innere Spannung war ihm so eigen, dass es nicht unbeachtet vom Personal blieb. Hinter vorgehaltener Hand wagten sie zu scherzen, er würde vermutlich selbst bei seiner eigenen Beerdigung darauf bedacht sein, dass alles reibungslos verlaufe.

Dass ihm diese spöttischen Bemerkungen bekannt waren, verstand sich von selbst. Doch trug er sie mit einer stillen Würde, wissend, dass die Wahrung des Flusses des Geschehens zur ehrenvollen Aufgabe eines jeden Ersten Dieners gehörte.

Sie hatten keinerlei Vorstellung davon, welche gewaltige Verantwortung auf den Schultern des Ersten Dieners lastete. Nichts Geringeres als das Ansehen der erlauchten Familie ruhte in seinen Händen.

Nun öffnete Percy, mit bedächtigem Anstand, die Tür und ließ die illustre Versammlung hervortreten. Der Marquess,

Lord John Huton, war in ein tiefgehendes Gespräch mit seinem ältesten Sohn, Master John, vertieft, während Lady Catherine Huton sich inmitten ihrer anderen Söhne, Master Jacob und Master Laurence, aufhielt.

Gleichzeitig trat der zuverlässige Jack zum Portal der Kutsche und öffnete es mit großer Ehrerbietung. Sodann neigte er sich galant, um Lady Elizabeth Huton die Hand zu reichen und sie aus dem engen, unbequemen Gefährt zu geleiten. Angesichts des fortgeschrittenen Alters der ehrwürdigen Dame nahm dieser Akt berechtigterweise einige Zeit in Anspruch, um ihr Sicherheit und Beistand zu gewährleisten.

Geduldig und mit einer vornehmen Gelassenheit verharrte die versammelte Gesellschaft im erquickenden Septemberwetter vor dem prächtig herausgeputzten Familiensitz der Hutons, während die ehrwürdige alte Dame sich Schritt für Schritt aus der Kutsche bemühte. Das Strahlen der spätsommerlichen Abendsonne verlieh dem Augenblick eine fast malerische Anmut.

Ihr Sohn, Alexander Huton, dem keine solchen Beschwernisse des Alters zugesetzt hatten, benötigte bei weitem weniger Zeit. Mit einer anmutigen und geschmeidigen Bewegung passierte er die enge Tür der Kutsche und setzte gekonnt und in bemerkenswerter Eleganz auf dem Kopfsteinpflaster auf. Sein agi-les Auftreten kontrastierte mit dem bedachtsamen Voranschrei-ten seiner Mutter, und beide Darbietungen ergänzten auf ihre Weise die Erhabenheit des Augenblicks.

Laurence Herz machte unweigerlich einen kleinen Hüpfer vor Freude, als er den Bruder seines Vaters erblickte. Anders als alle anderen Gästen hatte er dessen Besuch mit aufrichtig freudiger Erwartung entgegen gesehen.

Mit einem strahlenden Lächeln, welches unverkennbar seine vorzügliche Laune widerspiegelte, wandte sich Lord Alexander zunächst an seine Schwägerin, dann an seinen älteren Bruder und danach, in wohl sortierter Reihenfolge, die Hand reichend den versammelten Anwesenden zu. Bei Laurence verweilte seine Aufmerksamkeit länger als bei den Übrigen, indem er ihm brüderlich auf die Schulter klopfte und mit unverkennbarem Frohsinn sprach: „Mein Lieber, ich erwarte von dir, dass du mir in aller Ausführlichkeit die Einzelheiten deines großartigen Triumphes später im vertraulichen Gespräch erörterst."

Dabei funkelten seine Augen vergnügt. Laurence wusste diese Geste außerordentlich zu schätzen und verspürte einen Anflug von Stolz und Glück. Onkel Alexander war in der Tat ein Unikum und unterschied sich auf angenehme Weise von der restlichen Familie.

Während sich Lady Catherine Huton um ihre Schwiegermutter kümmerte, bat der Marquess seinen Bruder ins Haus. Die jüngere Generation der Hutons tat es den Bediensteten gleich und blieb im Hof stehen.

„Es wird Tom nicht gefallen, dass Eliza noch nicht wieder im Hause ist." Jacob Huton zupfte sich die Ärmel zurecht und trat von einem Bein aufs andere.

„Jedoch dieser Umstand der lieben Lydia eine heimliche Freude bereiten", entgegnete John Huton, seine Augen zu schmalen Schlitzen verengend, wobei seine Brüder, die ihn gut kannten, das verhaltene Schmunzeln ohne Mühe zu deuten vermochten.

„Und du, Laurence, scheinst wohl Caras baldiges Erscheinen kaum erwarten zu können?", raunte John leise zu seinem Bruder, während die gespitzten Ohren der Dienerschaft keinem der Brüder entgingen.

In diesem Moment fuhr die nächste Kutsche vor.

Es waren die Thorntons. Lady Joana war die Schwester der Lady Huton. Sie reiste in Gesellschaft ihres Gatten Lord Thomas Thornton, Earl of Lendaware und ihrer gemeinsamen Tochter Lydia an.

„Liebe Lydia, hattet ihr eine angenehme Anreise?" Laurence Huton half der siebzehnjährigen Cousine aus dem Wagen.

Sie kam auf dem Boden zum Stehen und holte tief Luft. „Wunderbares Wetter habt ihr hier!" Sie blickte ihn mit offenen fröhlichen Augen an.

In diesem Augenblick bemerkten sie, dass auch bereits die dritte Kutsche heranrollte.

Lydia schien nun keine Augen mehr für ihren Cousin zu haben. Gebannt folgten ihre Augen dem Vierspänner. Der Marquess und seine Gattin traten heraus und begrüßten Lady Joana und den Earl.

Die Pferde hielten auf den Pfiff des Kutschers hin an und ein jüngerer Diener öffnete die Tür des Gefährts. Tom Cartwrite verließ zuerst den Wagen. Hinter ihm folgte zunächst seine Schwester Cara, dann ihr Bruder Henry und schließlich Lord Albert Cartwrite, Earl of Humshire und Lady Elionora. Sie waren enge Freunde der Hutons und die Paten von Laurence, sodass sie unverzichtbar waren an einem Tag wie diesem.

„Eliza ist gar nicht zugegen am heutigen Abend?“, wandte sich Tom Cartwrite John Huton zu. Das Bedauern schwang unüberhörbar in seiner Stimme.

„Sie wird morgen im Verlaufe des Vormittags erwartet,“ mischte sich Jacob dazwischen und hakte Tom Cartwrite freundschaftlich unter. „Du wirst wohl heute Abend mit mir Vorlieb nehmen? Wir haben uns vieles zu erzählen, solange wie du fort warst.“

„Mich interessiert ebenfalls, was du zu berichten hast, Tom“, wandte sich John Huton Tom Cartwrite zu, nachdem er sich zuvor in aller Höflichkeit dem Empfang der anderen Gäste gewidmet hatte.

Tom entzog auf geschickte Weise seinen Arm dem Arm von Jacob und wandte sich mit einer gewissen Bestimmtheit Master John zu. „Nach dem Dinner werden wir wohl Gelegenheit haben, uns in aller Ruhe zu unterhalten?“, fragte er, und ein verschwörerisches Zwinkern begleitete seine Worte.

John klopfte ihm freundschaftlich auf die Schulter und versicherte: „Sei dir gewiss, hierfür werde ich sorgen.“

Laurence sah seinen Bruder Jacob etwas unschlüssig abseits stehen und warf einen Blick auf seine Taschenuhr. „Es wäre ratsam, dass wir hineingehen, bevor wir den gesamten Zeitplan durcheinanderbringen“, bemerkte er mit einem Anflug von Besorgnis. Auch Cara schien sich etwas verloren zu fühlen, daher bot Laurence ihr galant seinen Arm an. „Darf ich bitten?“

Mit einem freundlichen Lächeln hakte sie sich unter und folgte ihm, die Treppenstufen zum Haupteingang des prächtigen

Herrenhauses empor.

Als der Moment gekommen war, das Dinner zu beginnen, fanden sie sich dennoch eine Viertelstunde später als vorgesehen ein, weil die Gäste recht spät eingetroffen waren und noch Zeit benötigt hatten, um sich zu erfrischen und um sich für das Dinner umzukleiden.

Es gab keine feste Sitzordnung, da diese Familien des Öfteren geladen waren und sich stets in gleicher Weise um den Tisch fanden.

Master Tom Cartwrite allerdings sah sich diesmal etwas unschlüssig um. Offensichtlich verwirrte ihn, dass Miss Eliza nicht zugegen war. Dies schien ihm das gewohnte Arrangement durcheinanderzubringen.

Jacob Huton bemerkte dessen Unentschlossenheit und löste die verlegene Situation mit einer kameradschaftlichen Geste, indem er ihm auf die Schulter klopfte. „Setz dich hier zu mir, mein lieber Tom. Ich brenne darauf, deinen Bericht zu hören!“

Toms Blick richtete sich indes auf John. Der jedoch wurde von Lydia in Anspruch genommen.

Zu Toms augenscheinlicher Erleichterung nahm John Huton an seiner Linken Platz, während sich Jacob zu seiner Rechten niederließ.

Laurence beobachtete die Gäste, wie sie sich nun allesamt setzten.

Lydia, an diesem Abend ganz in violett mit weißer Spitze, das schwarze Haar hochgesteckt und mit silbernen Spangen geschmückt, nahm links von John Platz und Henry wählte ihre andere Seite.

Henry und John glichen sich äußerlich fast wie Brüder, so frappierend ähnlich waren sie sich. Beide hochgewachsen und von stattlicher Erscheinung, trugen sie dunkles, gelocktes Haar mit nicht zu bändigenden Side-Whiskers. Nur war John erkennbar älter. Innerlich hingegen konnten sie sich nicht unähnlicher sein.

Henry wirkte gedanklich abwesend. Er lächelte kaum merklich und befand sich vermutlich in Gedanken weit weg. Womöglich komponierte er soeben eine Arie oder er entwarf innerlich ein Ölgemälde von einem der Eindrücke, die er auf der Anreise gewonnen hatte. Laurence konnte sein Innenleben beim besten Willen nicht deuten. Er konnte nur mutmaßen, anhand der Dinge, die er von Henry wusste und die ihn in den Augen der meisten dieser Runde zu einem Sonderling machten. Neben ihm ließ er sich gerne nieder.

Cara wusste selbstverständlich, dass erwartet wurde, dass sie neben Laurence Platz nahm. So kam denn auch für sie ganz offensichtlich nichts anderes in Betracht.

Sie hatte weit helleres Haar als ihre Brüder und war auch nicht so hochgewachsen wie diese. Ihr Kleid, ein dezentes Grün akzentuiert mit schwarzer Spitze, stand ihr vortrefflich.

Laurence konnte gar nicht umhin, sie als hübsch zu bezeichnen. Seit Kindertagen war ihr Anblick ihm vertraut, ebenso wie ihr Wesen. Sie würde in der Zukunft eine vorbildliche Hausherrin abgeben, dessen war er sich sicher. Ihre Bescheidenheit, ihre Zurückhaltung und eine entschlossene Bestimmtheit sowie ein tiefes Traditionsbewusstsein zeichneten sie aus.

Laurence hatte sie gern. Er bewunderte die Anmut, mit der sie bereits jetzt die Rolle ausfüllte, die ihr von jeher zugedacht war. In vermutlich weniger als einem Jahr würden sie heiraten. Dies war seit ihrer Kindheit so beschlossen. Und doch erschien ihm die Vorstellung noch immer unwirklich. Eine offizielle Verlobung war bislang nicht verkündet worden.

Vermutlich jedoch würden der Marquess und Lord Albert diesen Abend dazu nutzen, verbindliche Abmachungen zu treffen und ihn sowie Cara im Verlauf des morgigen Tages darüber in Kenntnis setzen. Bis dahin nahm sich Laurence vor, dieser Angelegenheit keine weiteren Gedanken zu widmen.

Onkel Alexander ließ sich neben Jacob nieder. Laurence wusste, dass Alexander Jacob gern hatte. Alexander hatte ihn diesbezüglich einmal ins Vertrauen gezogen. Jacob erinnere ihn an seinen verstorbenen Bruder Jonathan. Sie hätten sich sehr nahe gestanden. So hatte er es Laurence vor einigen Jahren anvertraut und er, Laurence, hatte nicht gewagt weiter nachzufragen, da ihm diese Geschichte überaus delikat erschien und er es überdies nicht gewohnt war, über derart persönliche Dinge zu sprechen. Dabei hatte es ihn brennend interessiert, inwiefern sich Jonathan und Jacob ähnelten und warum Jonathan so früh verstorben war.

Es war ohnehin das einzige Mal gewesen, dass in seinem Beisein über seinen verstorbenen Onkel Jonathan gesprochen worden war.

Später hatte er immer wieder darüber nachgedacht, wie töricht er gewesen war, nicht weiter zu fragen. Denn es hatte sich nie wieder eine solche Gelegenheit ergeben. Obgleich er es wagen konnte, zu behaupten, ein ausgezeichnetes Verhältnis zu seinem Onkel Alexander zu haben.

Ihm war schließlich auch der schreckliche Gedanke in den Sinn gekommen, Alexander könnte sein Schweigen als Gleichgültigkeit gedeutet haben oder weit schlimmer, als Versuch ihm zu verstehen zu geben, dass er darüber nichts hören wolle.

Insbesondere seit seiner Rückkehr ins elterliche Anwesen nach ausgedehnten Aufenthalten an der Universität, und ganz besonders seit seiner letzten Heimkehr, wurde ihm immer augenfälliger, dass Jacob in der Gegenwart seines Vaters und seines Bruders litt. Als er nun erneut über all dies sinnierte, verspürte er ein immer drängenderes Bedürfnis, seinen Onkel noch einmal in ein vertrauliches Gespräch über diese Angelegenheiten zu verwickeln. Wenn er nur wüsste, wie er dies geschickt arrangieren könnte. Es war ihm ein untrügliches Gefühl, gleichsam ein Flüstern seines inneren Gewissens, dass Antworten dort verborgen lagen, die er nun dringlichst erlangen wollte.

Laurences Großmutter väterlicherseits, Lady Elizabeth Huton nahm Platz zu Alexanders rechter Seite, wohl, weil sie nun die Freude hatte, zwischen ihren Söhnen platziert zu sein, denn Laurence Vater, Lord John hatte auf dem Stuhl rechts von Lady Elizabeth seinen Stammsitz.

Als Laurence den Marquess betrachtete, während dieser sich, - unterstützt durch seinen Butler -, niederließ, bemerkte er mit einigem Erstaunen, wie sehr das Alter an diesem nagte.

Das glatte, zum Seitenscheitel gekämmte Haar, der sorgfältig gezwirbelte Schnauzbart und der kurz gehaltene Bart waren nicht mehr nur leicht ergraut, sondern zeigten sich nun gänzlich silbern. Die Furchen im Gesicht waren tiefer geworden und seine Augen strahlten eine bemerkenswerte Müdigkeit aus. Auch war der einst stattliche Lord nunmehr von schmaler Gestalt.

Es erstaunte Laurence, wie all diese Veränderungen ihm bisher entgangen sein konnten, hatte er den Marquess doch stets als kraftvoll und eindrucksvoll wahrgenommen. Doch nun offenbarte sich ihm ein Bild des Voranschreitens der Zeit, welches er nicht länger ignorieren konnte.

Laurence erschrak fast, als er feststellte, dass der Marquess ein alter Mann geworden war, dem es ganz offensichtlich Mühe bereitete, sich auf dem Stuhl des Hausherrn niederzulassen.

War er so lange fort gewesen? Es waren letztlich ganze sechs Jahre des Studiums verstrichen und in dieser Zeit hatte er offenbar den Kopf voll anderer Dinge gehabt und nicht bemerkt, wie sehr auf Tallwood Manor die Zeit vorangeschritten war und Veränderungen gebracht hatte.

Er löste seinen Blick vom Marquess und verfolgte mit seiner Aufmerksamkeit die Anwesenden, während sie nacheinander ihre Plätze einnahmen. An der anderen Seite des Lords nahm Lady Catherine, Laurences Mutter, Platz.

Obwohl er sich unsicher war, ob er es überhaupt feststellen wollte, konnte Laurence es nicht unterlassen, auch seine Mutter mit prüfendem Blick zu mustern, ob sie ebenso gealtert erschien wie sein Vater. Zwar war ihr Gesicht nicht mehr das einer jungen Frau, doch sie schien ihm bei weitem nicht so alt, wie der Marquess.

Diese Beobachtung erleichterte Laurence merklich.

Neben Lady Catherine setzte sich Lord Thomas Thornton. Der Umgang der beiden miteinander ließ keinen Zweifel daran aufkommen, dass sie langjährige Freunde waren. Lord Thornton war so alt wie der Marquess, doch im Gegensatz zu diesem wirkte er zwar nicht kräftig dafür jedoch durchaus zäh.

Neben ihr ließ sich Joana nieder, die Gattin von Lord Thornton, welche ihrer Schwester Lady Catherine überaus ähnelte.

Doch Joana legte entschieden größeren Wert darauf, stets die neueste Mode zu tragen, während Lady Catherine sich eher an bewährten und klassischen Stilrichtungen orientierte, wie sie zu sagen beliebte.

Neben Laurence Tante setzte sich Lady Elionora, seine Patin, und daneben deren Gatte, Lord Albert Cartwrite. So war der Kreis geschlossen.

„Meine lieben Freunde, es stimmt mich überaus froh, euch alle an meiner festlich gedeckten Tafel willkommen heißen zu dürfen, um mit euch auf die Heimkehr meines jüngsten Sohnes Laurence anzustoßen. Wir hoffen, ihn nun wieder öfter in unserer Mitte zu sehen“, begrüßte Lord Huton alle Anwesenden und hob sein Glas den Gästen entgegen.

Die anderen taten es ihm gleich, sodann wurde das Dinner eröffnet.

Dann wandte sich sein Vater Tom Cartwrite zu. „Tom, wie ich höre, bist du soeben zurückgekehrt, nachdem du Shanghai bereist hast?“

„In der Tat. Mein Onkel George hat die Freundlichkeit besessen, mich ihn begleiten zu lassen. Er fährt die Handelsroute London Shanghai und zurück.“ Tom nahm einen Schluck Wein.

„Außerordentlich bemerkenswert, mein Junge. Lass uns doch teilhaben an deinen Reiseerlebnissen. Wie verhält es sich in Shanghai. Ist es jene fremdartige Welt, wie man sagt?“ Die Reise von Tom Cartwrite schien die Neugierde des Marquess entfacht zu haben.

Laurence hörte ebenfalls interessiert zu. Er konnte nicht leugnen, dass er nicht selbst nur zu gerne einmal ferne Länder würde bereisen wollen.

„Ich habe mir wahrlich die Mühe gemacht, den gesamten Ablauf des Überseehandels bis ins kleinste Detail zu ergründen und es war überaus aufschlussreich, die komplexen Mechanismen desselben näher zu betrachten. Die Handelsrouten, die unsere stolzen Schiffe von London über das Kap der Guten Hoffnung bis zu den Küsten von Shanghai führen, sind wahrhaft beeindruckend. Es ist geradezu inspirierend zu sehen, wie durch solche Unternehmungen Wohlstand und Wachstum gedeihen können. Die Vielfalt der Handelsgüter, von prächtiger Rohseide über Tee bis hin zu den kostbarsten Gewürzen, zeigt uns doch deutlich, welch enormes Potential in diesen Märkten schlummert. Es ist nur klug, diese Chancen zu erkennen und entsprechend zu nutzen. Ein durchdachtes Investment zur rechten Zeit könnte unser Vermögen fraglos ins Unerhörte steigern. Die Gelegenheit, ein solch lukratives Unterfangen zu fördern, ist fürwahr nicht alltäglich. An dieser Stelle bleibt somit nur anzumerken, dass diese Auslandsreisen nicht nur durch ihre Exotik faszinieren, sondern auch durch ihren unermesslichen wirtschaftlichen Ertrag, den sie mit sich bringen. Es wäre ungebührlich, diese goldene Gelegenheit aus den Händen gleiten zu lassen, wenn doch offensichtlich die Früchte unseres Handels bereit sind, in reichem Maße geerntet zu werden. In Anbetracht dieser Aussichten lohnt es, darüber nachzudenken, wie diese Chancen zu unserem Vorteil genutzt werden kann. Die Seefahrt birgt in sich ein Vermögen an Möglichkeiten." Tom bekräftigte seine Worte mit einem entschiedenen Nicken „Und so möchte ich Euch versichern, dass die Seefahrt in der Tat nichts weniger als eine strahlende Goldgrube ist. Die Schätze der Welt liegen bereit, und wir, als Söhne des Empires, sind dazu bestimmt, diese Fülle zu nutzen, hat es doch vor uns keiner getan."

Lord Cartwrite richtete seinen stolzen Blick auf seinen Sohn.

„Doch wie ist die Stadt? Hast du auch das umliegende Land bereist?", fragte Laurence.

„Shanghai selbst ist weit weniger reizvoll, als man es sich vielleicht vorstellt. Dort herrscht ein ständiges und unerträgliches Durcheinander, begleitet von einer allgegenwärtigen Schmutzigkeit. Die dortige Sprache – ein wahrlich fremdartiger und störender Klang, den ich niemandem ans Herz legen möchte. Es ist in der Tat ratsam, möglichst unter seinesgleichen zu verweilen und sich nicht allzu sehr auf die einheimische Lebensweise einzulassen.", führte Tom aus.

„Nun, wenn wir Briten erst einmal länger dort gewesen sein werden, werden sich die Verhältnisse dort sicherlich zum Besseren wenden." Lord Cartwrite blickte guten Mutes in die Runde.

„Gewiss, doch dies wird seine Zeit brauchen. Rom ist auch nicht an einem Tage erbaut worden", fügte Lady Cartwrite hinzu, mit einem warmherzigen Lächeln ihren Sohn bedenkend. „Doch bin ich vor allem erleichtert, dass er nun wieder wohlbehalten unter uns weilt, und den mannigfaltigen Gefahren jener fernen Länder glücklich entkommen ist. Es wird berichtet, dass dort wahrlich schreckliche Infektionskrankheiten und Seuchen grassieren. Der allgegenwärtige Schmutz, die mangelhafte Hygiene – ich wage mir kaum auszumalen, welchen Gefahren er ausgesetzt war. Doch, wie es heißt hat eine Mutter ab einem bestimmten Alter ihrer Söhne nicht mehr viel zu sagen in ihren Angelegenheiten." Ihr Blick wanderte durch die Runde, wohl in der Hoffnung auf solidarische Anteilnahme.

„Durchaus, die Jungen wollen ihre eigenen Erfahrungen machen. So ist das nun einmal", seufzte Lord Thornton mit einem Anflug von Melancholie. „Und wenn unsere geliebte Königin nun die ganze Welt zu erobern wünscht, dann wollen unsere jungen Herren es ihr gleichtun. So ist der Lauf der Dinge. Jede Generation hat ihre Zeit, meine Lieben."

„Es geht nicht nur uns so, die halbe Welt ist auf den Beinen. Was denkt ihr, mit wie vielen Briten ich auf der Reise Bekanntschaft gemacht habe. Shanghai ist voll von Ausländern aus den verschiedensten Nationen. Man kann mit Fug und Recht behaupten, dass die Welt sich bereits gewandelt hat ." Tom nahm erneut einen Schluck Wein.

Laurence erschien es, als habe die Reise Tom mutiger und freier gemacht, gegenüber seinem Vater und auch gegenüber dem Marquess zu sprechen, als Laurence es bisher an Tom wahrgenommen hatte. Doch womöglich war Tom auch nur älter geworden. Er war schließlich bereits älter als Laurence. Laurence würde am 15. Oktober seinen 24. Geburtstag begehen. Tom war bereits vor drei Monaten 27 Jahre alt geworden. Möglicherweise war er der Rolle des Sohnes schlicht entwachsen.

Lord Cartwrite hingegen erschien Laurence, als gestehe er seinem Sohn längst weit mehr Freiheiten zu, als hielte er die Zügel weit lockerer, als noch beim letzten Zusammentreffen der Hutons mit den Cartwrites.

Nun, in Bälde würde der Übergang der Geschäfte des Lords auf seinen Sohn anstehen. Womöglich begannen sich die Cartwrites bereits auf diese neuen Verhältnisse einzustellen.

Hinsichtlich seines eigenen Vaters hatte er seit seiner Heimkehr gleichwohl den Eindruck, dass dieser die Geschäfte ebenfalls stärker und in die Hände von John legte. Auch John war bereits 27 Jahre alt. Es mochte sich wohl nicht mehr um Jahre, sondern vielmehr um Monate handeln, bis sich in beiden Familien einiges geändert haben würde.

„Da muss ich Tom beipflichten. Als jemand, der ebenfalls viel in der Welt herumkommt, kann ich nur bestätigen, dass wir nicht von einsamen Seefahrern sprechen, die in ferne Länder kommen und dort als erste Briten Land betreten. Überall auf der Welt finden sich zahlreiche Briten, Deutsche, Franzosen, Spanier und Amerikaner", mischte sich nun Alexander ein.

Nun war es an Lady Elizabeth Huton ihren Sohn eines stolzen Blickes zu würdigen.

"Unsere Königin tut recht daran, Märkte an sich zu ziehen und zu beherrschen, um Großbritannien seinen rechtmäßigen Platz in der Welt zu sichern. Damit trägt sie auch die Zivilisation in die Welt. Alle profitieren davon! Ihr macht euch kein Bild, wie es außerhalb Europas zugeht. Wie im Tiergarten!", fuhr Tom Cartwrite fort.

Laurence hätte gerne mehr über Shanghai erfahren, jedoch bemerkte er, dass es sinnlos war, Tom dahingehend weiter zu befragen. Tom hatte unmissverständlich offenbart, dass sein Interesse dem Überseehandel galt und nicht fernen Ländern. Alles was er weiter berichten würde, wäre für Laurence unergiebig.

Laurence war darauf gefasst gewesen, dass man nicht über sein bestandenes Examen sprechen würde, doch hätte er gerne zumindest einem anderen geistreicheren Gesprächsstoff während des Dinners beigewohnt.

Im Grunde jedoch beeinträchtigte all dies sein Befinden nicht wesentlich. Er freute sich, nach langer Zeit all jene um sich zu haben, die ihn von Kindheit an begleitet hatten, wobei er besonders die Anwesenheit seines Onkels Alexander genoss, und immer wieder kam ihm der erfreuliche Umstand in den Sinn, dass er nur noch diese eine Nacht abwarten musste, bis endlich Eliza eintreffen würde. Was ihn besonders froh stimmte, war, dass das einzige Gefühl, dass Laurence in diesem Moment seinem Vater gegenüber empfand, Dankbarkeit war.

Dass in dieser Familie vornehmlich über Belangloses gesprochen wurde, schien seit je her so gewesen zu sein und Laurence konnte damit leben, weil sein größter Wunsch erfüllt worden war.

Dennoch huschten seine Gedanken immer wieder fort zu Eliza und zu der leisen Hoffnung, seinen Onkel Alexander in einem günstigen Moment erwischen zu können, um das Gespräch von einst doch noch einmal aufgreifen zu können.

Fitzgerald Park, Cork, Irland

Die Sonne war längst untergegangen. Die Dämmerung hatte sich in Dunkelheit verwandelt. Und es war merklich abgekühlt.

William Cahill zog den Mantel enger um sich und schritt mit großen Schritten voran.

Es war gegen 19:00 Uhr als er den Pub betrat. Auch nach längerem Umherschweifenlassen seines Blickes konnte er jedoch Brennan nicht entdecken. Sollte der etwa nicht erscheinen? Sofort breitete sich Unruhe in ihm aus.

Er entschied sich, einen Cognac zu bestellen und noch zu warten, Möglicherweise war Brennan verhindert und verspätete sich lediglich.

Als er jedoch sein Glas geleert hatte, konnte er seine Beunruhigung nicht mehr ignorieren. Die Zeit verrann und er hatte schließlich Jane versprochen, sie zu Cole zu begleiten. Und mit jeder Minute, die verstrich, wurde es unwahrscheinlicher, dass Brennan sich überhaupt noch einfinden würde. Sollte er jedoch nicht auftauchen, stellte dies William ganz ohne Zweifel vor eine Krisis monumentalen Ausmaßes. Brennan war seine

einzige Spur und damit seine einzige Hoffnung, in absehbarer
Zeit einen Erfolg vorweisen zu können. Wenn er nicht erschien, hätte William keinen Begriff davon, wie er weiter vorgehen sollte.

Er sinnierte soeben darüber, ob er einen weiteren Cognac bestellen sollte oder nicht, und ob er noch weiter ausharren sollte, während sich das Missbehagen in ihm immer mehr zu einem glühenden Zorn wandelte.

„Dieser verdammte Narr! Ein feiger Lump, ohne auch nur
einen Funken von Ehre oder Anstand. Einer, der nie etwas
zustande gebracht hat im Leben!“, fluchte William Cahill
innerlich.

Nein, er hatte genug. Zeit, aufzubrechen. Mit einem letzten
abschätzenden Blick über die versammelte, durch Tabakrauch
verschleierte Menge, griff er zornig nach seinem Mantel und
marschierte auf die Tür zu. Er schlug sie mit einem heftigen
Stoß auf und, so wie das Schicksal es wollte, prallte er frontal
mit dem gerade hereinstürmenden Brennan zusammen.

„Cahill, Sie wollen schon gehen?“, rief Taghd Brennan aus,
nachdem er sich schneller von dem Zusammenstoß erholt hatte
als William. Der hatte Brennans Schulter mit ziemlicher
Wucht gegen die Brust gerammt bekommen und brauchte einen Moment länger, um Luft zu holen und sich zu sammeln.
„Ich dachte, Sie würden gar nicht mehr auftauchen!“, stammelte William, zu seinem eigenen Missfallen, in einer recht
unbeholfenen Art.

„Bedaure, aber ich konnte nicht früher fort. Meine Frau
bedurfte meiner Hilfe. Eines unserer Kinder ist krank geworden, und ich musste die Nachbarin holen. Sie kennt sich aus
mit der Pflege von Kranken.“

In der Dämmerung des Pubs, durchzogen vom Duft des Torf-
rauchs und des feuchten Mists der Straße, der mit Brennan in
den Raum gelangt war, herrschte für einen Augenblick
Schweigen.

Ohne indes darüber nachgedacht zu haben, ob er es tatsächlich empfand, bekundete William seine Anteilnahme. Seinen
Zorn empfand er mit einem Mal nicht mehr. Das Einzige was

nun zählte war, dass der Kerl erschienen war. Williams Bemühungen waren nicht umsonst gewesen, sein Plan nicht etwa gescheitert, sondern er konnte ihn weiterverfolgen. „Ich habe mir schon gedacht, dass etwas ernstliches dazwischen gekommen sein muss", log er nun mit sorgfältiger Berechnung.

„Sagen Sie, haben Sie Kinder? Es is' wahr, schwere Zeiten machen uns große Sorgen um die Kleinen. Wär' alles nur für uns alleine, wäre es nicht so arg", sprach Taghd mit einem bedrückten Gesicht.

Lächerlich, dachte William, wie kann ein gestandener Mann so ein leidiges Aussehen haben?

Doch Kinder und Sorgen anderer Leute scherten William in keiner Weise. Wer hatte schließlich keine Sorgen? Alle hatten Sorgen im Jahre des Herrn neunzehnhundertachtundvierzig! Zudem war es spät und ihm blieben nur noch Augenblicke, um sein Gegenüber auszuhorchen. „Kommen Sie, setzen wir uns, das bringt Sie vielleicht auf andere Gedanken. Was trinken Sie? Ich werde mir einen Cognac bestellen." So klopfte William Taghd auf die Schulter und lenkte ihn in die Ecke, aus welcher er eben erst gekommen war.

Taghd Brennan ließ sich lenken. "Ein Bier möcht' ich", sagte er schlicht. Seine Augen schauten in eine Ferne, die kaum in diesem Raum zu finden war. Er nahm einen ersten Schluck, als ob er seine Sorgen darin ertränken wolle.

„Und sonst, was macht die Arbeit?", versuchte William das Thema zu wechseln.

Mit einer schweren Stimme antwortete Taghd: „Schlecht wie überall. Arbeit is' rar wie guter Whiskey. Und Sie, was treiben Sie so?", Taghd war hier und doch nicht hier – seine Gedanken wanderten vielleicht zu seinen Sorgen, seinen Kindern oder der Zukunft Irlands.

Ihm war bereits beim Aussprechen bewusst geworden, dass das angeschlagene Thema nicht klug gewählt gewesen war. Zum einen, war es deshalb nicht klug gewählt gewesen, weil William wusste, dass die Arbeit in diesen Zeiten für die meisten ein blutrotes Kapitel war, immer knapp, immer schwer zu finden. Zum anderen hatte er selbst mit dieser Frage die Frage nach seiner eigenen Tätigkeit aufgeworfen.

Einer glücklichen Fügung gleich hatte er sich vorsorglich auf diese Frage vorbereitet. "Ich bin nur zu Gast hier in Cork, ich stamme aus Dublin ..."

„Dublin?" Brennan sah ihn mit misstrauischem Blick an. „Ich hätte schwören können, Sie haben einen britischen Akzent!"

William schluckte. „Nun ja, gewiss, diesen vermag ich nicht zu verbergen. Ich bin in London aufgewachsen, doch nur aus jenem Grunde, dass meine irischen Eltern früh verstarben und ein entfernter Verwandter die Güte hatte, mich aufzunehmen. Ich kehrte, so bald es mir möglich war, zurück nach Dublin um dort zu leben, wo meine Eltern starben. Ich bin Bäcker. Mir gehört die Bäckerei Howards in Dublin." William wusste, dass er hoch pokerte. Wenn Brennan Dublin kannte, wusste er vermutlich, dass es dort keine Bäckerei Howards gab. Andererseits hätte es ihn überrascht, wenn dieser einfältige Kerl jemals außerhalb Corks gewesen wäre.

„In Dublin bin ich noch nicht gewesen. Wir in Cork kommen nicht viel herum in der Welt."

„Das kann ich mir denken", sagte William Cahill, das Unbehagen über die Situation mühsam verbergend. „Zumal in diesen Zeiten. Viele haben das Land verlassen, um ihr Glück in Amerika zu suchen. Die Kartoffeln verfaulen im Boden, und die Mieten steigen ins Unermessliche."

Taghd nickte langsam. „Ja, die Zeiten sind düster.

William hörte nur halbherzig zu und blickte unruhig zur Tür. Er dachte daran, wie er ihre nächtliche Fahrt zu Coles Feier vorbereiten wollte. Dieses Geplänkel ermüdete ihn.

„Ich verstehe, dass die Not überall in Irland groß ist", begann William, wobei er den Versuch wagte, das Gespräch in eine lebendigere Richtung zu lenken. „Doch es gibt doch noch Hoffnung. Männer wie O´Connell kämpfen für unser Land wie er es tat. Glauben Sie nicht, diese Kämpfe bringen uns die Freiheit?"

Taghd sah William ernst an. „Wir einfachen Menschen kämpfen jeden Tag unseren eigenen Kampf. Große Männer wie O'Connell mögen Reden halten und Pläne schmieden, doch wir, die wir unsere Familien ernähren müssen, sehen das anders. Der Hunger und die Armut lassen nicht viel Raum für große Träume."

Diese Antwort war ganz und gar nicht das, was William hatte hören wollen. So schnell würde er indes nicht aufgeben. „Es muss Sie doch vor Zorn auf die Briten kochen lassen."

Brennan sah ihn mit einem skeptischen Ausdruck im Gesicht an. Er wirkte nach wie vor unnahbar. „Das nützt ja doch nichts. Man muss eben tun was man kann", erwiderte er ausweichend, hatte jedoch, wohl unbedacht, William eine Vorlage geliefert, weiter zu bohren.

„Ganz recht, Taghd", begann William erneut, der die Gelegenheit nicht verstreichen zu lassen gedachte. „Doch wenn man immer nur das tut, was man kann, ohne an Mehr zu denken, bleibt man gefangen in dem Elend, das uns die Briten auferlegen."

Taghd seufzte schwer und legte seine Hand auf den Tisch „Aye, das mag sein. Doch wenn der Hunger das Haus heimsucht und die Kinder mit leerem Magen schlafen gehen, da zählt kein großes Geschwätz. Dann geht's nur noch darum, wie man den nächsten Tag übersteht."

William ließ nicht locker, auch wenn er spürte, dass Taghd eigentlich zu müde war, um diese Diskussion weiterzuführen. „Hören Sie zu, mein Freund", begann er leise, als er sich näher zu Taghd beugte. „Ein guter Freund ist unlängst derart verzweifelt. Seine Familie leidet Hunger, und er hat sich nun dem Gesetz widersetzt. Ich versteh's, wahrlich, mich wundert es gar nicht." William schaute Taghd scharf ins Gesicht, suchte nach irgendeinem Anzeichen, dass er ihm Glauben schenkte. Und da war es – ein kleines Zeichen von Interesse. „Wahrhaftig, ich hätte das nie von ihm erwartet, doch wie soll man's ihm verdenken? Armut lässt einen Dinge tun, die sonst nicht in Frage kämen."

Taghd nickte langsam, die Sorge übertrug sich auf seine Züge. Er starrte nachdenklich in sein Bierglas, und William konnte sein aufkeimendes Verständnis spüren.

William konnte sich ein Grinsen kaum verbeißen, denn er

wusste, er hatte Taghds Interesse geweckt. "When you´re drinking, you´re always thinking[5]", dachte er bei sich. Doch er straffte sich und setzte so ernst wie möglich fort: „Dabei bin ich ein treuer und gewissenhafter Kirchgänger, das können sie mir glauben! Es war auch für mich kaum mehr mit anzusehen, wie es ihnen ergangen ist. Martha, seine Frau ist im Sommer verstorben.“

Als William diese Worte gesprochen hatte, blickte Taghd Brennan ihn kurz wie aufgeschreckt an.

„Und wissen Sie, was ich zu ihm gesagt habe", fuhr William eilig fort, "als er mir anvertraute, dass ein Bekannter von ihm ihm angeboten habe, dass er seine Misere abmildern könne, indem er nachts mithalf, bei einer geheimen Sache Kisten zu verladen, deren Inhalt ihn nicht weiter interessieren sollte?“

Brennan blickte ihn nun mit einem Blick an, der durchaus als interessiert bezeichnet werden konnte.

„Ich sagte ihm: Du wärst töricht, wenn du es nicht tätest. Durchaus, dies habe ich gesagt. Ein Dummkopf wäre er! Du kannst ein solches Angebot nicht ausschlagen, wenn deine Familie am verhungern ist. Und noch was habe ich gesagt!“

„Hm?“

William erschien sein Gegenüber wie ein Fisch im Netz. „Ich sagte ihm, es ist eine verfluchte Schande, dass dieser Hoffnungsschimmer nicht kommen konnte, solange die gute Martha noch unter uns weilte. Jetzt muss er allein seine fünf Kinder durchbringen.“

Brennan seufzte. „Ja, es ist schwer, in solchen Zeiten, wenn man Frau und Kinder versorgen muss.“

„ der Herr sei gelobt, dass es euer Familie nicht gar so übel geht, dass ihr gezwungen wäret, das Allerschlimmste zu tun.“ William musterte Brennan mit einem scharfen Blick. Würde er nun endlich auf den Köder anspringen? Die Zeit verrann, und es war nicht leicht, Mitleid zu heucheln und solche Geschichten zu ersinnen. Im Grunde schrieb er diese ganze Misere der Unfähigkeit der Iren zu, ihre Angelegenheiten zu meistern. Zudem wanderten seine Gedanken nun zu der bevorstehenden

---

[5] Wenn man trinkt, denkt man immer nach.

Feier bei Cole. Für eine allzu lange Zeit hatte er sich gewissenhaft seinen Verpflichtungen gewidmet und dabei die Freuden des geselligen Beisammenseins sträflich vernachlässigt. Vielleicht würde er dort ein fröhliches Mädchen treffen, das ihm ein Lächeln auf die Lippen zaubern könnte. Sonst würde er sich schließlich doch noch irgendwann mit Kate einlassen müssen und in jene unwillkommene Verlegenheit wollte er sich nicht begeben.

Brennan jedoch erwiderte zunächst gar nichts. Er blickte nur in sein Bier, dann zu William und wieder ins Glas.

William zerbrach sich den Kopf, ob er weitersprechen oder abwarten sollte. Was war wohl das Klügste?

„Wär' schön, wenn ich das so sagen könnte", sprach Brennan schließlich. „Ich kann wohl ehrlich sein zu Ihnen, wenn Sie mir auch derart heikle Dinge anvertrauen."

William hatte also richtig entschieden, abzuwarten. Innerlich triumphierte er, ließ es sich aber nicht anmerken.

„Es hat mich viel Überwindung gekostet, das können Sie mir glauben, doch ich hatte keine Wahl. Ein guter Freund hat mich überzeugt. Die brauchten noch Männer, damit die Sache reibungslos über die Bühne gehen konnte ..." Brennan stockte und nahm hastig einen Schluck. William hatte das deutliche Gefühl, dass Brennan ihm beinahe noch mehr erzählt hätte, dass da noch etwas war, was er im letzten Moment zurückgehalten hatte. Er musste daran kommen.

„Nur, wissen Sie", fuhr William fort, „eigentlich müsste man etwas tun, was wirklich einen Unterschied macht. Das hier – das ist doch nur ein Tropfen auf den heißen Stein. Man müsste etwas machen, was die ganze Situation ändert." Er sprach diese Worte mit gespieltem Verständnis und fixierte Brennan mit einem durchdringenden Blick.

Brennan atmete scharf aus, blieb jedoch stumm. Die Flamme der kleinen Kerze auf dem Tisch flackerte, als ein weiterer Besucher den Pub betrat und ein Windstoß durch die Tür drang.

„Man müsste etwas tun, right?" William hob die Stimme, um seinem scheinbaren Zorn Ausdruck zu verleihen. „Es ist eine Ungerechtigkeit, dass diese Lumpen von Briten hier schalten

106

und walten können, wie es ihnen passt, unsere Rechte mit Füßen treten und wir können nichts dagegen tun! Aber die wissen, wie sie jeden Widerstand im Keim ersticken können und wir Iren lassen es mit uns machen. Tag für Tag, Jahr für Jahr…“

Brennan schien zu überlegen, eine düstere Wolke legte sich über seine Stirn.

„Ach, es nützt ja doch alles nichts“, versuchte William ihm listig auf die Sprünge zu helfen. „Es finden sich nicht genug mutige Männer, die sich zusammen tun und etwas verändern.“ William stellte sein Glas etwas zu heftig auf den Tisch, sodass es schepperte und überschwappte. Er schaute in das Glas und gab seinem Gegenüber die Zeit, über seine Worte zu grübeln.

Doch plötzlich stand Brennan auf. "Ich muss jetzt gehen. Wenn Sie möchten, können wir uns gerne wieder auf ein Bier treffen. Wie sieht es nächsten Freitag aus? Gleiche Zeit, doch an einem anderen Ort. Ich würde Ihnen gerne das Mutton Lane Inn zeigen. Wenn Sie nicht von hier sind, dann kennen Sie den Laden wahrscheinlich nicht."

William konnte den Zorn erneut in sich aufsteigen fühlen. Dieser Narr. Er wollte einfach nicht mit der Sprache herausrücken. Es wäre sinnlos, weiter zu drängen. William wusste, er musste vorsichtig sein und Brennan erst einmal vertrauen fassen lassen. Etwas Geduld und vorgetäuschtes Verständnis schienen nun der beste Weg zu sein. "Natürlich, ich habe Sie viel zu lange aufgehalten. Nächsten Freitag passt es mir gut. The Mutton Lane Inn, gleiche Zeit." Er wog jedes seiner Worte sorgfältig ab, denn er wusste, dass in diesen unerfreulichen Zeiten Vertrauen schwer zu erlangen, dafür jedoch leicht zu verlieren war. Die Iren gaben allzu viel auf ihre vermeintlichen Freiheiten und Misstrauen war eine lästige Begleiterscheinung.

V.

Cork

Als sie gemeinsam den gewaltigen, hell erleuchteten Ballsaal betraten - William musste selbstverständlich zurücktreten und ihr den Vortritt lassen, weil sie wegen ihrer Rockweite nicht nebeneinander den Türrahmen passieren konnten - richteten sich alle Blicke auf Jane Cahill.

Sie war von unverkennbarem Feinsinn in der Wahrnehmung der vorherrschenden Modetrends und war nicht selten den übrigen Damen einen bedeutenden Schritt voraus. So hatte sie sich eine Krinoline anfertigen lassen, die den Umfang ihres Rocksaumes stolze neun Yards messen ließ. Sie schätzte besonders die Crinolisation von Kaschmir[6]. Ihr Unterkleid bestand zunächst aus einem Flanellunterrock, darunter sodann prachtvoll verzierte lange Beinkleider, welche mit edlem Spitzenbesatz versehen waren. Jene wurden durch einen Perkalunterrock gestützt, welcher durch eingearbeitete Seile seinen Halt fand. Überdies wurde ein sorgfältig gefalztes Rosshaarrad getragen. Über diesem trug sie einen gestärkten Musselin-Jupon und erst darüber das Kleid. So bildete das Kleid ein perfektes Rund. William war hierüber selbstverständlich genauestens im Bilde, da er die opulenten Ausgaben für diese kostbaren Stücke genehmigt hatte. Sie gehörten zu jenen seltenen Aufwendungen,

[6]Hierbei handelt es sich um einen Veredelungsprozess. Der Begriff "Crinolisation" leitet sich von "Crinoline" ab, einem steifen Stoff, der im 19. Jh häufig verwendet wurde, um Kleidungsstücken Form zu geben. Bei der Crinolisation von Kaschmir wird die Faser so behandelt, dass sie steifer und voluminöser wird, was zu einem luxuriöseren und haltbareren Stoff führt. Dieser Prozess kann chemische Behandlungen und spezielle Webtechniken umfassen, um das gewünschte Ergebnis zu erzielen.

die er seinem Bruder Andrew nicht eigens zu erläutern hatte, da selbiger gegen die modischen Extravaganzen von Jane stets eine bemerkenswerte Milde walten ließ. Die Last, die Jane mit ihrem Kleid tragen musste, schränkte sie zwar einigermaßen in ihrer Beweglichkeit ein, doch die Gewissheit, so sämtliche Blicke auf sich zu ziehen, machte diesen Nachteil bedeutlungslos. Diesen Gedankengang hatte sie auf ihrer halbstündigen Kutschfahrt mit William geteilt.

Diese Unterhaltung führte William unweigerlich zu der Betrachtung, dass es eine feine Kunst war, sich trotz der strengen Einhaltung der dezenten Modediktate, denen die Herren unterworfen waren, dennoch von der allgemeinen Menge abzuheben. Zu diesem Zwecke bedurfte es zweifelsohne der Dienste eines meisterhaften Schneiders und einer Auswahl besonderer Accessoires, um die elegante Erscheinung mit einem Hauch von erlesener Individualität zu versehen. Und William legte größten Wert darauf, durch seinen Stil hervorzustechen und auch neben seiner Schwester nicht zu verblassen. Für den heutigen Abend hatte er sorgsam seinen edelsten Frack gewählt. Hinsichtlich der Wahl der Hosen brauchte er nicht etwa lange zu überlegen denn die Zeiten, in denen die Herren die langgestreckten Hosen mit Steg der vergangenen Jahre trugen, waren längst vorüber. Manche Gentlemen waren bereits dazu übergangen, Hosen zu favorisieren, welche an den Knöcheln eng anlagen, jedoch an den Hüften eine großzügige Weite gewährten. Gleichwohl war es verfrüht zu behaupten, dass dieser Stil zu voller Akzeptanz gelangt wäre. Es konnte nach wie vor als modisches Wagnis bezeichnet werden, solche Hosen zu tragen. Dies indessen entsprang genau jener Kühnheit, die William dazu anregte, sich ebensolche Kreationen vorzüglicher Schneiderkunst fertigen zu lassen und bei bedeutenden Anlässen zur Schau zu tragen – so auch an diesem Abend.

Seine Kleidung, dem allgemeinen Sittengepräge der Vornehmheit folgend, war in tiefem Schwarz gehalten, doch verlieh eine Weste aus festem grünem Stoff, besetzt mit äußerst exquisiten goldenen Knöpfen, seiner Erscheinung eine markante Finesse. Als er hinter Jane den Saal betrat, wanderte sein Blick forschend durch die Räumlichkeit. Gewiss waren noch nicht alle geladenen Gäste eingetroffen. Coles Gesellschaften genossen in der Regel eine hohe Wertschätzung und waren deutlich besser besucht, doch es war die Gewohnheit vieler, erst zu einer fortgeschritteneren Stunde zu erscheinen.

Auch Jane blickte sich um. Einige bekannte Gesichter konnte sie sogleich ausmachen. Lady Porter, auf jeder Feier zugegen, war umringt von Personen, deren Bekanntschaft Jane noch nicht gemacht hatte. Lady Porter musste mindestens hundert Jahre alt sein, meinte Jane, indes wurde sie dennoch unaufhörlich von jungen Kavalieren umschwärmt, gleich den Fliegen um den Festbraten. Ihr wahres Alter schien einem wahrhaft unlösbaren Rätsel zu gleichen. Wohl mochte sie an die vierzig oder fünfzig Jahre zählen, doch dies tat ihrer Anziehungskraft keinen Abbruch. Wo Geld war, scharten sich auch die Bewerber und man musste ihr lassen, dass sie darüber hinaus durchaus auch eine ausgezeichnete Unterhalterin war und so hatte es sich auch Jane bereits öfter gegönnt, in ihrer Nähe zu verweilen, um ihren wahrhaft fesselnden Erzählungen zu lauschen. Auch war es nicht selten, dass die Kavaliere, die Lady Porter bis zu Janes Erscheinen umgarnt hatten, sichtlich an Interesse an Jane gewannen, wenn diese auf den Plan trat. So hielt sich Janes Eifersucht gegen Lady Porter durchaus in bescheidenen Grenzen, auch wenn sie im Allgemeinen nicht sonderlich zu schätzen wusste, wenn anderen Damen mehr Aufmerksamkeit zuteil wurde als ihr selbst. Just in diesem Moment brachen alle Lady Porter Umkreisenden in schallendes Gelächter aus.

Weiter links entdeckte Jane Adrian Carter. Dessen Bekanntschaft hatte sie auf der letzten Feier bei Cole gemacht. Sie erkannte ihn sogleich wieder. An jenem Abend, so musste sie gestehen, hatte er durchaus einen umwerfenden ersten Eindruck bei ihr hinterlassen. Jane war gerade dabei gewesen, sich einer Unterhaltung über die neueste Theateraufführung zu widmen, als er ihr ins Auge gefallen war. Er hatte sich im Verlaufe des Abends – so musste sie unumwunden einräumen – als kluger Redner und meisterlicher Erzähler erwiesen und einen faszinierenden Mix aus scharfem Verstand und reizvollem Humor präsentiert. Jener Abend war ihr in Erinnerungs geblieben, da er erfüllt war von seiner amüsanten Philosophie und dem Tausch von geistreichen Bemerkungen. Ein Vergnügen, dass sich Jane nicht oft bot anlässlich der Gesellschaften, die sie besuchte. Er hatte Jane mühelos durch eine Vielzahl von Themenbereichen, von den Werken Byrons zu den gegenwärtigen politischen Strömungen geführt, und Wissen mit Unterhaltung zu verbinden gewusst. Obwohl er 36 Jahre zählte, strahlte er eine jugendliche Begeisterung aus, die ihn schwerlich älter erscheinen ließ. Seine grünen Augen funkelten lebhaft, während er sprach, und Jane konnte nicht anders, als sich von seiner Art und Weise hinreißen zu lassen. In seinem Wesen lag eine nahezu magnetische Anziehungskraft.

Nun, erneut in diesem prachtvollen Ambiente, verknüpfte sie seine Erscheinung mit jener charmanten Erinnerung und verspürte eine leise Freude. Er sah auch in diesem Augenblick blendend aus. trug er einen maßgeschneiderten Frack aus tiefschwarzem Stoff, dessen Satinrevers im Schein der Kronleuchter schimmerten. Der Frack saß perfekt auf seiner schlanken Figur und betonte die breiten Schultern.

Unter dem Frack trug er eine tadellos gestärkte, weiße Leinenweste, fein bestickt und mit dezenten, silbernen Knöpfen versehen, die bei jeder Bewegung leicht funkelten. Seine seidene Halsbinde, kunstvoll zu einem klassischen Knoten gebunden, war von einem satten elfenbeinfarbenen Ton und harmonierte vollkommen mit der Weste. Eine elegante Krawattennadel, verziert mit einem kleinen Perlmuttstück, hielt die Binde an Ort und Stelle.

Das Hemd, selbstverständlich aus feinstem Leinen, schimmerte reinweiß und schloss mit hochstehenden, akkuraten Kragenenden, die seine kräftigen, stilsicher nach hinten frisierten, dunklen Haarsträhnen einrahmten. Er trug eine schmale, schwarze Hose, die in elegante, glänzende Schnallenschuhe mündete.

Während sie ihn betrachtete, ertappte sie sich bei dem Gedanken, dass Carter in seinem Auftreten hinreißend und zugleich leicht und nonchalant erschien. Die Hingabe zum Detail in seiner Garderobe gepaart mit seiner inneren Gelassenheit und jugendhaften Lebendigkeit waren duchaus geeignet dazu, ihn als einen Mann zu präsentieren, der das Spiel der Gesellschaft mühelos beherrschte und doch tiefere Geheimnisse verbarg.

Was Janes Stimmung jäh trübte, war der Anblick der Dame, in deren Gesellschaft sich Adrian Carter befand. Auch diese Schöne schmückte sich mit einer Eleganz, die Jane nicht entgehen konnte. Jane war diese Dame gänzlich unbekannt. Jedoch sollte dies sie keineswegs davon abhalten, Adrian Carter auf charmante Weise zu begrüßen. Es würde sich nun offenbaren, inwieweit sein Gedächtnis imstande war, jenen vergangenen Abend bei den Coles zu erinnern, wenn ihm zugleich eine bildschöne Fremde am Arm hing.

„Du entschuldigst mich, Will? Ich möchte jemanden begrüßen." Sie löste sich vom Arm ihres Bruders und schlenderte, bekannten Gesichtern freundlich zunickend, durch die Umstehenden auf Carter zu. Williams Antwort hatte sie nicht mehr vernommen.

Als sie vor ihm zu Stehen kam, entfaltete sie kunstvoll ihren zierlichen Fächer und hielt ihn sich, leicht fächelnd, schräg vor das Gesicht. Er war noch gänzlich auf seine Begleiterin fokussiert, als das Schicksal - oder vielmehr Janes sorgfältig geplantes Manöver - seinen Lauf nahm. Mit einer meisterlich inszenierten Unbeholfenheit stolperte sie und stieß sanft an seinen Arm. Adrian Carter schreckte auf, und in jenem Augenblick trafen sich ihre Blicke.

„Mr. Carter!", rief sie mit gespielter Überraschung in ihrer Stimme. „Nun wäre ich beinahe an Ihnen vorbeigegangen, ohne Sie zu bemerken. Entschuldigen Sie bitte vielmals meine Unachtsamkeit."

Ihr kokettes Lächeln strahlte fast unmerklich eine feine Ironie aus - ein subtiler Hinweis darauf, dass dieses Treffen keineswegs so zufällig war, wie es den äußeren Anschein machte.

„Miss Cahill, fast wären Sie gefallen! Jane, meine ich, wir hatten uns doch bereits bei den Vornamen angesprochen?!" Sein

112

Blick verriet ihr eine aufrichtige Freude und eine unverhohlene Überraschung, die ihm keine Zeit ließ, sich zu verstellen.

„Richtig, Adrian, wie geht es Ihnen?", erwiderte Jane mit einem hinreißenden Lächeln.

„Sehr gut, es geht mir sehr gut, wie geht es Ihnen?" Er sprach mit einer Wärme in der Stimme, die Jane entzückte.

„Ganz hervorragend, wenn ich nicht gerade fliege!"

Er lachte. „Darf ich Sie einander vorstellen? Das ist Jane Cahill, wir haben vor wenigen Wochen unsere Bekanntschaft gemacht. Jane, das ist Henrietta Baronin von Wittenstein, meine Cousine aus Deutschland."

„Sehr erfreut."

Jane gefiel der Klang ihres fremdländischen Akzents.

„Besuchen Sie Adrian in London?", wandte sich Jane an die Baronin.

„Meine Tante und mein Onkel, Adrians Eltern haben mich eingeladen, den Herbst in Dublin in ihrem Haus zu verbringen", erklärte Henrietta Baronin von Wittenstein.

Jane konnte nicht umhin, festzustellen, dass sie wirklich hinreißend anmutete bei dem Versuch, die englische Aussprache möglichst präzise zu treffen. Ihr Charme ließ Adrian, den Jane bis zu diesem Moment als äußerst anziehend empfunden hatte, geradezu verblassen.

„Und so kam es mir in den Sinn, meine teure Cousine würde sicherlich nicht den gesamten Herbst in der tristen Gesellschaft meiner Eltern verbringen wollen, sondern ihre Zeit lieber unter anregender und angenehmer Gesellschaft zubringen. Demzufolge entschloss ich mich, sie kurzerhand auf eine kurze Reise nach der bezaubernden Stadt Cork zu entführen", verkündete Adrian Carter mit einem Lächeln.

„Das war in der Tat ein vortrefflicher Einfall, Adrian!" sprach Jane belustigt. Daraufhin wandte sie sich der ehrwürdigen Baronin zu. „Hat er Ihnen denn die erlauchten Gäste des heutigen Abends bereits vorgestellt?"

„Nun ... wir sind soeben erst eingetroffen ...", erwiderte Adrian Carter entschuldigend, offensichtlich in der Hoffnung, ihm würde seine Unzulänglichkeit nachgesehen werden.

„Wenn es Ihnen genehm ist, könnten wir uns gerne beim Vornamen nennen. Ich versichere Ihnen, ich bin weit weniger förmlich, als man es den Deutschen im Allgemeinen nachsagt,“ sprach die Baronin von Wittenstein mit einem wohlwollenden Lächeln an Jane gewandt, wenngleich dieses Lächeln in Janes Augen durchaus noch recht steif anmutete.

„Mit größtem Vergnügen, liebe Henrietta!“ Jane ergriff sanft den Arm der Baronin und wandte sich mit einem verschmitzten Blick an Adrian. „Sie werden uns sicherlich entschuldigen, Adrian. Ich muss dringend Versäumtes nachholen. Ihre arme Cousine muss wissen, mit wem sie es hier zu tun hat – wer wohlweislich zu meiden ist und wen es sich lohnt, näher kennenzulernen.“

Mit diesen Worten begann Jane, Adrian Carter zurücklassend, die Baronin durch die prächtigen Räumlichkeiten zu geleiten und ihr flüsternd und mit einem Hauch von Vertraulichkeit all die wissenswerten Details über die Anwesenden zu vermitteln, auf dass sie sich bald sicher in der Gesellschaft bewegen könnte.

„Nun, Carter!“, vernahm jener plötzlich eine Stimme hinter sich. Als er sich umwandte, sah er sich Janes Bruder William gegenüber, der ihm freundschaftlich die Hand auf die Schulter legte. „Da verstehe einer die Weiber.“

„Es sei mir fern, Ihnen zu nahe zu treten, lieber Cahill“, sprach Adrian Carter mit einem Unterton, der sein Amüsement verriet, „doch muss ich gestehen, dass Ihre Schwester Jane einen in ganz besonderem Maße vor Rätsel stellt!“

„Sei´s drum, mein Bester“, erwiderte William mit einem verschmitzten Zwinkern. „Hier gibt es zahlreiche hinreißende Damen, die darauf warten, unsere Bekanntschaft zu machen. Ich begleite Sie nur zu gerne auf einer Erkundungstour, um zu sehen, was diese illustre Feier noch zu bieten hat. Diese beiden Damen werden Sie wohl so bald nicht wiedersehen.“

„Dann sollten wir uns zunächst ein erfrischendes Getränk besorgen. Anschließend könnten auch wir einen Rundgang durch die Säle machen.“

Sie waren gerade wenige Schritte gegangen, als William sie erblickte. Sie entsprach genau seinem Ideal einer unwiderstehlichen Schönheit. Sie hatte dunkles, lockiges Haar und eine zierliche Statur. Ihr Gesicht war weich und zugleich ernsthaft. Sie mochte an die dreißig Jahre zählen, war also gewiss nicht mehr jugendhaft, doch war sie eine Ebenbild dessen, was er als vollkommen bezeichnete. Da stand sie und blickte sich wie verloren um, wie ihm schien. Er kam unvermittelt zu stehen und sein Blick blieb an ihr haften. Sie sah in eine andere Richtung, sodass er ihr nicht aufgefallen sein konnte.

„Kennst du sie? Wer ist diese Dame?", fragte er Adrian Carter, der nun ebenfalls stehen geblieben war und zu ihr hinsah.

„Dies ist Lady Cecilia Pershville, sie ist die Gemahlin des Viscount of Wightswerth, welcher in entfernten Verwandtschaftsverhältnissen zum Gastgeber steht. Sie leben, soweit ich unterrichtet bin, überwiegend in Cambridge auf einem stattlichen Landsitz."

Das Wort verheiratet ließ bei William Cahill ambivalente Gefühle aufkommen. Einerseits stellte es ihn vor gewisse Herausforderungen, die ohne Zweifel bedacht werden mussten; andererseits faszinierte ihn gerade der Reiz, einer verheirateten Dame den Hof zu machen. Dies war für ihn weder eine unbekannte Unternehmung noch wäre es das erste Mal, dass er in solch einer delikaten Angelegenheit erfolgreich gewesen wäre.

Einen kurzen Augenblick zögerte William noch. „Ist Ihnen auch zufällig bekannt, ob der Viscount selbst heute anwesend ist?", fragte er schließlich.

„Zweifellos", erwiderte Adrian Carter mit nonchalanter Gelassenheit. „Womöglich hat er sie nur kurz aus den Augen gelassen."

„Wie konnte er nur?!", murmelte William in spöttischem Ton, mehr zu sich selbst als zu seinem Begleiter sprechend. „Sie werden mir sicherlich für einen Augenblick Nachsicht gewähren? Wenn Sie ein wenig Geduld aufbringen, bin ich vielleicht bald zurück." Mit diesen Worten steuerte William direkt auf die Dame zu, die Carter als Lady Cecilia Pershville bezeichnet hatte. Seine Augen schweiften vorsichtig umher, ob nicht doch ir-

gendwo der Viscount in der Nähe wäre. Diese Vorsichtsmaßnahme war ihm dadurch erschwert, dass er keine Vorstellung
hatte, wie dieser aussehen mochte. So blieb ihm nichts anderes
übrig, als zu hoffen, dass die Luft rein sei, während er zu ihr
hin trat. Zudem blieb ihm nichts anderes übrig, als zu hoffen,
dass Adrian Carter ihm den richtigen Namen genannt hatte.

„Lady Cecilia Pershville, welch eine unaussprechliche Freude,
Sie erneut zu sehen!" sprach William mit höfischer Gewandt-
heit, während er sich ehrerbietig verneigte und galant seine
Hand darbot, auf dass sie ihm die ihre zum Kuss reiche.

Sie schenkte ihm einen überraschten Blick, der freilich Zweifel an ihrer Erinnerung erkennen ließ.

William, der darauf bedacht war, Enttäuschung zu simulieren,
setzte hinzu: „William Cahill ...", als sei es ihm gänzlich unverständlich, weshalb ihr sein Name nicht sofort gegenwärtig sei.
Dann, in einem Tonfall des tiefsten Verständnisses, fügte er
hinzu: „Nun, es ist tatsächlich schon eine Weile her, dass wir
einander vorgestellt wurden und es war an einem gänzlich
anderen Ort."

Sein Ansatz mochte unoriginell und vielleicht sogar ein wenig
abgedroschen erscheinen, doch Williams Erfahrung lehrte ihn,
dass es bei solcher Annäherung weniger auf außergewöhnliche
Einfälle als vielmehr auf das feine Gespür für die Gemütslage
der Dame und ein genau dosiertes Maß an Dreistigkeit ankam.
Insofern erprobte er erneut seine altbewährte Taktik und bemerkte schon bald, dass auch in diesem Falle seine Methode
von Erfolg gekrönt sein würde. Lady Cecilia's anfänglicher
Zweifel schien zu weichen – und ein verheißungsvoller Beginn
erschien ihm greifbar.

Als der Viscount, etwa anderthalb Stunden später, wieder den
Platz an der Seite seiner Gemahling einnahm, entzog es sich
seiner Aufmerksamkeit gänzlich, dass diese sich in Gedanken
weit entfernt von seiner Gegenwart befand.

Lange war's her, dass der Viscount ihr schmeichelnde Kom-
plimente in einer Weise gemacht hatte, die sie so in Verlegenheit gebracht hatten wie jene des charmanten Mr. Cahill.

Noch immer vermochte sie sich nicht zu entsinnen, wann er ihr zum ersten Male vorgestellt worden war - indes, dies schien von geringer Bedeutung. Stattdessen nahm andererlei Überlegung sie in Beschlag: Sie verspürte den verbotenen Wunsch, jenem Herrn abermals zu begegnen. Nicht unbeabsichtigt hatte sie ihn wissen lassen, dass die wenigen Tage, welche ihr Aufenthalt in Cork noch währen sollte, von ihr zum morgendlichen Promenieren im winterlichen Fitzgerald Park genutzt werden würden.

Tallwood Manor, bei Haverhill, England

Als Laurence erwachte, verspürte er noch keinerlei Drang, die Augen zu öffnen. Draußen war es bereits nicht mehr ganz dunkel. All zu viel Zeit würde er nicht haben, den Tagesbeginn hinauszuzögern, doch einige Minuten wollte er sich stehlen.

Um 8:30 Uhr starteten die Kutschen zur Messe. Es war keine Frage, dass sie dort alle gemeinsam hinfahren würden, einerlei wie spät es am Abend zuvor geworden war, und es war spät geworden.

Er drehte sich auf die andere Seite und hielt die Augen geschlossen. Er zog die Decke fest um sich. Der Raum war ungemütlich kalt.

Er dachte an den gestrigen Abend zurück. Alexander hatte von seiner letzten Seefahrt berichtet und schließlich von seiner Ägyptenreise.

Alexanders Interesse galt den Ländern und den Menschen dort, der Schönheit und Vielfalt der Bauwerke sowie dem lebhaften Treiben in den schmalen Gassen und auf belebten Marktplätzen. Auch gesellschaftliche Veranstaltungen, die unterschiedlichen Sitten und Gebräuche, die er genau beobachtete zogen stets seine Aufmerksamkeit auf sich. In seiner Gesellschaft verstrichen die Stunden unbemerkt, da er die Zuhörerschaft meisterhaft mit seinen Erzählungen unterhielt.

Die Berichte seines weitgereisten Onkels hatten Laurence weit mehr in den Bann gezogen, als das, was Tom zu berichten wusste. Andere mochten Alexander als einen Lebemann bezeichnen, für Laurence hingegen personifizierte Alexander eine ungebändigte Freiheit und für diese bewunderte er ihn, wie er sich einmal mehr hatte eingestehen müssen.

Nachdem Laurence Vater, Alexanders Bruder John, die Nachfolge als Lord angetreten hatte, war Alexander schließlich nicht viel geblieben, als sich nach eigenen Geschäften umzusehen. Nach Laurence Verständnis hätte er es schlechter treffen können. Er hatte sein Erbe in die Seefahrt gesteckt, hatte dort beträchtliche Gewinne gemacht und sich auf ferne Reisen begeben. Er hatte überall auf dem Erdball Länder und Städte bereist und Orte und Sonderbarkeiten gesehen, um die Laurence ihn nur beneiden konnte. Obgleich sich Alexander immer aus allen Fragen herausgehalten und sich damit auch jeder Verantwortlichkeit entzogen hatte, wusste Laurence niemanden, der ihm dies übel nahm. Das mochte wohl an seinem vereinnahmenden Wesen liegen. Er besaß die seltene Gabe, die Menschen in seinen Bann zu ziehen. Alexander wurde immer gerne empfangen und seine Abwesenheit empfand jeder als bedauerlich. Ein solches Wesen, solch natürliche Anziehungskraft, war nicht etwas, das man durch bloßen Willen oder Anstrengung erlangen konnte, man musste es einfach besitzen, dann konnte man womöglich tun und lassen, was man wollte.

Laurence Leben hingegen war vorbestimmt. Er würde Cara heiraten, sie würden einen der Landsitze beziehen und dort von seinem Erbe und ihrer Mitgift leben. Es wäre ihm wohl möglich, in bescheidenem Maße seiner Berufung als Arzt nachzugehen, vorausgesetzt, dies setze seine Familie weder der Lächerlichkeit noch dem Hohn aus; im Übrigen stände zu erwarten, dass er fortan im Hintergrund der Familie verbliebe und keinerlei Aufsehen erregte.

Von Cara wurde erwartet, dass sie ihrer Pflicht nachkäme, Kinder zu gebären und das Anwesen zu verwalten sowie dessen Würde und Erhalt zu sichern. Sie würden sich auf das Ausreiten und die Teilnahme an gesellschaftlichen Anlässen beschränken und gelegentliche Ausflüge nach London unternehmen. Ganz gewiss würde er darauf bedacht sein, wann immer es ihm möglich wäre, Besuche bei Eliza zu arrangieren.

Heute endlich würde er sie endlich wiedersehen. Von all seinen Geschwistern war sie diejenige, die ihm am nächsten stand. Gewiss war dies auf den Umstand zurückzuführen, dass sie Zwillinge waren. Gemeinsam hatten sie ihre Kindheit durchlebt, stets eine besondere Beziehung genießend.

Eliza unterschied sich merklich von John und Jacob, und auch von ihm selbst; dennoch besaßen sie eine innere Verbindung, die durch nichts zu beeinträchtigen erschien.

Eliza war, wie Alexander, in Gedanken und Taten von einem unbändigen Drang nach Freiheit und Unabhängigkeit erfüllt. Er wusste nicht genau, was sie diesmal in London trieb, doch er vermochte es sich duchaus auszumalen.

Was sie diesmal nach London geführt hatte, wusste er nicht mit Sicherheit, doch er konnte es sich lebhaft vorstellen.

Offiziell besuchte sie ihre Freundin Lilly Thompson. Gemeinsam verbrachten sie einige Wochen im vornehmen Stadthaus der Thompsons, wohnten gesellschaftlichen Anlässen bei, tätigten Besorgungen und trafen Freunde.

Inoffiziell jedoch wusste er, dass ...

In jenem Moment klopfte es. Lucas trat ein. Nun gab es keinerlei Aufschub mehr. Laurence öffnete die Augen.

„Ich komme, um Ihnen beim Ankleiden behilflich zu sein."

„Bitte. Jedoch würden Sie so freundlich sein, mir zuvor noch etwas Brot aus der Küche zu besorgen." Laurence war es zuwider, vor der Messe nichts zu essen. Die Messe dauerte zwei Stunden. Zurück waren sie frühestens um 13:00 Uhr. Es mochte eine eigentümliche Schwäche seinerseits sein, doch er war nicht gewillt, dieser nicht nachzugeben.

Lucas verneigte sich, bevor er mit leisen Schritten den Raum verließ, um der Bitte nachzukommen. Laurence erhob sich derweilen gemächlich bereit, trotz seines erschöpften Zustandes, den Pflichten dieses Tages entgegenzutreten. Ausgeruht war er indes keineswegs. Er hatte gestern wenigstens ein Glas Wein und mindestens zwei Sherrys zu viel getrunken und hatte sich erst gegen zwei Uhr morgens auf sein Zimmer zurückgezogen.

Nichtsdestotrotz hatte der Abend viel an Freude und anregendem Gespräch geboten, was ihm gleichwohl eine innere Zufriedenheit beschert hatte.

Den heutigen Sonntag würden sie noch im Kreise der Gäste von Tallwood Manor verbringen. Vielleicht würde sich nach der Messe erneut eine Gelegenheit bieten, mit Alexander ins Gespräch zu kommen. Diese Aussicht erfüllte Laurence mit leisem Frohmut.

Die übrigen Gäste wirkten keineswegs erholter als Laurence, wie er feststellte, als sie alle im Hof zusammenkamen. Alle? Nein, Alexander war nicht unter ihnen.

„Wo bleibt denn Alexander?", wandte er sich an seine Mutter, Lady Catherine.

„Dein Onkel lässt sich entschuldigen. Er hat unerträgliche Kopfschmerzen, wie er mitteilen ließ. Er will versuchen, zu Mittag dazuzustoßen."

Kopfschmerzen müsste man haben, schoss es Laurence durch den Kopf, während er sich ein leichtes, verschmitztes Grinsen kaum verkneifen konnte. Ja, Alexander war ein Freigeist. Das konnte niemand leugnen.

Die Kutschfahrt zur Messe verlief in nahezu vollständigem Schweigen, die Müdigkeit malte sich auf jedem Gesicht ab. Laurence ließ seinen Blick träge aus dem Fenster schweifen und beobachtete, wie der trübe Himmel gemächlich an ihm vorüberglitt. Das herrliche Wetter des gestrigen Tages würde sich heute wohl nicht gegen die Wolken durchsetzen können. Zudem war es stellenweise richtiggehend nebelig. In einem Moment konnte man gut sehen, im nächsten verschwand die Landschaft in tückischen weißen Schwaden.

Ein kühler Hauch kroch unaufhaltsam ins Wageninnere und ließ die Insassen frösteln. Die einzige Klangfarbe in dieser grauen Düsternis boten die klagenden Schreie der Krähen, deren raues Krächzen die Stille durchbrach.

Welch ein Wetterumschwung, dachte Laurence. Und das nach einem Tag wie gestern, der durch und durch vollkommen gewesen war.

Adhmaid House nahe Shannagarry, County Cork, Irland

Der Blick durch das Fenster war ernüchternd. Dabei war Madeleine voller guter Dinge erwacht. Gestern war das Wetter wunderschön gewesen, und heute lag die Landschaft grau in grau da und schien nicht erwachen zu wollen.

Weit blicken konnte man nicht, denn dichte Nebelschwaden umhüllten das Land wie ein geheimnisvoller Mantel, der die nahe und ferne Umgebung gleichermaßen einhüllte und die vertrauten Landschaften in tückischer Unberechenbarkeit erscheinen ließ. Eigentlich liebte sie jede Art von Wetter, doch für heute hatte sie sich vorgenommen, mit Aodhán ins Moor zu reiten, und für solch ein Vorhaben schien das heutige Wetter denkbar ungeeignet. Doch Madeleine, stets von einer unerschütterlichen Hoffnung auf einen Ausritt mit Aodhán geleitet, hoffte insgeheim, dass das Wetter sich noch wandeln möge.

Sie läutete nach Grace und ließ sich von ihr in ihre Kleider helfen. Mit der Geschicklichkeit einer langjährigen Dienerin half Grace ihr, das seidene Unterkleid überzustreifen und die aufwendigen Schnürungen sowie die Knöpfe des Tageskleides zu befestigen. Die geübten Hände der Dienerin bewegten sich flink und sicher, während Madeleine geduldig stillhielt.

„Sind meine Schwestern schon erwacht?“, fragte sie, ihre Gedanken bereits bei den jüngeren Mädchen.

„Miss Melissa und Miss Elizabeth sind bereits beim Spielen“, antwortete Grace. „Miss Isabella habe ich soeben beim Ankleiden geholfen. Wenn Sie sich beeilen, können Sie mit ihr beim Frühstück zusammentreffen.“

Madeleine wusste, dass es auch in Graces Interesse lag, wenn sie sich rasch fertigmachte, da sich Grace bald mit den übrigen Bediensteten zur Messe aufmachen wollte. „Das will ich tun“, entgegnete Madeleine bestimmt, während Grace ihr die letzten Haarnadeln zurechtrückte und die Haube fixierte.

„Ihre Ladyschaft ist bereits früh aufgestanden und hat einen Spaziergang unternommen“, fügte Grace hinzu, den letzten Schliff am Aussehen ihrer Herrin prüfend.

„Vielen Dank, Grace. Dann werde ich mich zu meiner Schwester gesellen.“ Madeleine eilte schnell durch die Korridore bis zum blauen Speisesaal. Hier wurde stets das Frühstück serviert.

Sonntags bereitete Margret das Frühstück immer schon sehr früh vor und stellte alles bereit, weil sie und die anderen Dienstboten zur Kirche nach Cloyne fuhren, um die Messe anzuhören. Grace half ihnen noch beim Ankleiden, wenn sie rechtzeitig aufstanden, ansonsten mussten sie es sonntags ohne Grace schaffen. Gleich würden sie alle aufbrechen.

Madeleines Familie besuchte die Kirche nicht. Mutter hatte ihr erklärt, dass sie der Kirche nicht mehr angehörten, weil diese andere Ansichten vertrat, als Vater. Diese Erklärung hatte ihr genügt. Mancheiner besuchte die Messe, andere taten dies nicht. Dies erschien ihr nicht weiter beachtlich. Jedenfalls genoss Madeleine die Sonntage. Es war dann im Hause sehr ruhig. Jeder hatte etwas Zeit für sich und konnte nach Belieben länger schlafen, oder einer Tätigkeit nachgehen, die ihm gefiel.

Die Dienerschaft hingegen musste früh aus den Federn, alles vorbereiten und dann bei Wind und Wetter aufbrechen, um rechtzeitig in der Kirche einzutreffen.

Madeleine selbst war in Unkenntnis über den eigentlichen Verlauf einer Messe, und besaß keine genaue Vorstellung dessen, was eine solche Zeremonie umfasste. Gleichwohl waren Kirchengebäude ihr aus ferner Betrachtung vertraut. Einige von ihnen erhoben sich in majestätischer Pracht, andere waren hingegen klein und von einfacher Schlichtheit. Oft stellten sie den Mittelpunkt der Dörfer dar.

Angesichts dieser Beobachtung schlussfolgerte Madeleine, dass solchen Bauwerken und der ihnen innewohnenden Bedeutung offensichtlich eine erhebliche Wichtigkeit seitens vieler Menschen beigemessen wurde. Doch Madeleine selbst empfand keine derartige Bindung oder Bedeutung. Sie erblickte in ihnen lediglich imposante Bauwerke, in denen weder Sinn noch Bedeutung für ihr eigenes Dasein lag.

Sie öffnete die Tür zum blauen Speisesaal. Er wurde so genannt, weil die Wände zwischen den Fachwerkbalken an der Decke in einem leuchtenden dunklen Blau gehalten waren. Ansonsten war es ein heller, freundlicher Raum mit hellen

122

Stofftapeten und großen Fensterflügeln, die viel Licht herein ließen, wenn es das Wetter erlaubte. Heute allerdings vermochten auch sie den Raum nicht zu erhellen. Es hatte begonnen zu regnen und breite Rinnsale liefen die Scheiben hinab.

„Guten Morgen Isabella." Madeleine umarmte ihre am Tisch sitzende Schwester überschwänglich.

Gar nicht weit entfernt schritt Mary Dubois, eingehüllt in einen wärmenden Schal von Kaschmir und ein Cape zum Schutz vor dem eindringenden Regen, auf ihrem Lieblingspfad Richtung Meer. Ihr Anwesen war nicht weit entfernt gelegen von der offenen See. Nach etwa einer Stunde erreichte man es fußläufig.

Sie liebte diese Strecke besonders. Das Wetter kümmerte sie nicht. Sie hatte ihre Hände in ihrem Cape vergraben und ihren Kopf mit der Kapuze bedeckt, und atmete die frische Kühle ein und spürte unter ihren keineswegs zum Wandern geeigneten Schuhen den unebenen Kiesweg, der nun vom Regen aufgeweicht und stellenweise rutschig war.

Sie bog um eine Kurve und hatte im selben Augenblick freie Sicht auf die See. Unruhig bäumten sich die Wellen auf und nieder. Gen Horizont verschwammen Meer und Himmel im Grau. Sie schritt geradewegs auf die Anhöhe zu, die sie angestrebt hatte. Während weiter südlich bei Ballycotton das Land seicht ins Meer überging, trafen sich Land und Meer in der Region um Shanagarry an schroffen, steil abfallenden Klippen. Mary verließ den Pfad und wanderte durch das nasse Gras auf den Klippenrand zu. Ihre Strümpfe waren bereits vollendet durchnässt. Der Wind wehte ihr unerbittlich ins Gesicht und mit ihm salzige Tröpfchen der Gischt. Sie roch den Geruch von Salz und Meer. Hier fühlte sie sich frei und Ruhe breitete sich in ihr aus.

Ungeachtet der Nässe von der der Boden durchtränkt war, setzte sie sich ins Gras und rückte ihre Röcke zurecht, sodass sie ihre Arme um die angezogenen Knie schlingen konnte. Sie trug keine Krinoline und nur zwei Anstandsunterröcke. Hier sah sie niemand, besonders nicht ihre Töchter, hier konnte sie sich diese Freiheit gestatten.

Andere mochten ein solches Wetter meiden, sie hingegen empfand es als ein unvergleichliches Vergnügen, sich ihm hinzugeben. Es war wild und schroff, jede Nuance der wahren Kraft der Natur zeigend. Der Wind pfiff und das ungestüme Brausen der See widerhallte in ihren Ohren. Die Wogen des Meeres waren aufgepeitscht, und die schäumenden, emporschlagenden Wellen brandeten gegen die starren Klippen, als strebten sie danach, diese niederzureißen. Doch beim Aufprall zerbarsten sie in unzählige Strudel und Perlen, und umschlangen den Fels wie Umarmungen.

Ruhig atmete sie die Frische ein und ließ den Regenschleier auf ihr Gesicht niedergehen, während sie dem Schauspiel der See beiwohnte. Stunde um Stunde konnte sie so verweilen und sich den Naturgewalten hingeben.

Mit einem Mal jedoch brachen die Wolken auf und es begann prasselnd zu regnen. Auch dies liebte sie. Sie wusste jedoch, dass sie, wäre sie erst einmal vollkommen durchnässt, würde umkehren müssen und dies wollte sie noch längst nicht. So erhob sie sich und blickte sich nach einer Unterstellgelegenheit um.

An jenem Kiespfad, auf dem sie gekommen war, standen einige Buchen. Sie lief zu ihnen hin und drängte sich dicht an einen der Stämme. Hier wurde der Regen von den trotz der Jahreszeit noch grün leuchtenden Blättern etwas abgehalten.

Plötzlich vernahm sie Hufgetrappel. Der Klang der Hufe zeigte ihr an, dass es sich um einen Reiter handeln musste, der sich im Galopp näherte. Da hatte er sie auch schon erreicht. Es war ein schwarzes Pferd und ein in ein schwarzes Cape gehüllter Reiter mit einem Zylinder. Noch bevor sie ihn erkennen konnte, war er bereits abgesprungen und stand vor ihr. Ihre Überraschung war ihr ins Gesicht geschrieben.

„Jules, du hier?", stammelte sie unbeholfen.

Er lächelte sie strahlend an, was sie umso mehr verwirrte. Es war lange her, dass sie ihn so freudig gesehen hatte.

Doch sobald er seine Gattin erblickte, wich die Heiterkeit aus

124

seinem Gesicht und machte einem ernsten Ausdruck Platz. „Mary, du wirst dir den Tod holen, du bist von oben bis unten durchnässt!" Eilig löste er die Knöpfe seines Capes und legte es schützend um sie. „Nimm dein Cape ab. Es hält nur die Nässe unter meinem."

Noch immer in Unkenntnis darüber, was ihn hierhergeführt hatte und warum er sich so sehr um sie sorgte, gehorchte sie seinen Worten und legte ihr eigenes nasses Cape ab.

Jules nahm es entgegen und warf es über den Sattel des Pferdes. „Ich bin soeben aus Dublin zurückgekehrt. Als meine Kutsche beinahe unser Haus erreichte, begegnete mir die Dienerschaft und teilte mir mit, dass du dich auf einen Spaziergang zum Meer begeben hättest. Da habe ich unverzüglich Aidan aus dem Stall geholt und mich auf die Suche nach dir begeben."

Mary Dubois vermochte nicht zu fassen, was vor sich ging. Wann war es ihm jemals in den Sinn gekommen, ihr nachzureiten? Wann hatte sie zuletzt solch freudige Regung in seinen Augen gesehen? Es schien als habe eine geheimnisvolle Wandlung ihn ergriffen. Was war mit ihm geschehen? Ihr erster Impuls trieb sie an, ihn zu fragen, was ihn so verändert habe. Doch sogleich folgte ein zweiter Impuls, der sie davon zurückhielt; Sie wollte diesen sonderlichen, wunderbaren und unbegreiflichen Augenblick nicht durch vorschnelle Worte zerstören. Es war, als wäre sie zurückversetzt in eine vergangene Epoche ihres gemeinsamen Lebens; vielleicht war alles nur ein Trugbild. Womöglich war sie eingeschlafen und träumte. Gleichviel, Mary beschloss, nichts zu tun, was diesen Moment zerstören konnte. Wann hatten sie sich zum letzten Mal so gegenüber gestanden?

Sie war durchnässt und sie zitterte, doch ganz und gar gefangen in jenem Augenblick, der sie umschloss, nahm sie dies kaum wahr. Auch spürte sie keine Kälte. Jules hatte sie gesucht, war ihr durch den Regen nachgeritten, sorgte sich um sie und nahm in Kauf, selbst vollkommen durchnässt zu werden, indem er ihr sein eigenes Cape überließ. Und nun - sie wagte kaum zu atmen - legte er seinen Arm um sie und zog sie fest an sich. „Du frierst, wir müssen auf der Stelle umkehren und dich aufwärmen.“

„Nein, ich friere nicht. Ich möchte nicht umkehren“, widersprach sie. Um nichts in der Welt wollte sie diesen Moment zerstören.

„Sei doch vernünftig, Mary, jetzt, wo sich endlich alles zum Guten wendet, wirst du doch nicht erkranken wollen?“

„Was wird gut? Wovon sprichst du?“

„Lass uns zurückreiten, dann werde ich dich in Kenntnis setzen.“ Er unternahm einen Versuch, sie in Richtung des Pferdes zu ziehen, das im prasselnden Regen stand. Aus den Nüstern des Pferdes dampfte der Atem.

„Lass uns einen Moment verweilen“, beharrte sie und ließ sich unter der Buche zu Boden gleiten.

Er gab widerstrebend nach und ließ sich dicht an ihrer Seite nieder. „Du bist eigenwillig wie eh und je. Dann komm wenigstens dicht zu mir, damit du dich aufwärmst.“ Er rückte noch näher an sie heran und legte erneut den Arm um sie. Sie wagte nicht, zu ihm aufzublicken. Alles erschien ihr so unwirklich, als wäre es nur ein flüchtiger Traum. Sie fürchtete, bei der bloßen Berührung ihrer Blicke könnte er verschwinden und alles wäre nur eine Einbildung gewesen.

Kurz blickten sie schweigend gen Horizont.

„Mary, ich habe etwas für dich“, verlautbarte er nach einer Weile. Er holte eine kleine in blauen Samt eingenähte und mit Goldfäden verzierte Schachtel hervor.

Sie blickte nun überrascht zu ihm und wieder zu der Schatulle in seiner Hand.

„Nun öffne sie“, drängte er mit einem aufmunternden Lächeln.

Sie nahm die Schachtel sachte in die Hände und hob den zierlichen Deckel ab. Das Innere offenbarte eine Kette von filigraner Schönheit, deren Anhänger ein prächtiger roter Stein zierte.

„Sagt sie dir zu?“

Sie lächelte. „Vielen Dank, Jules.“

Behutsam nahm Jules die Kette aus ihrem Behältnis, sein Gesicht näherte sich dem ihren, während er die Kette zärtlich um

126

ihren Hals legte und den Verschluss einhakte. Sie spürte das kühle Metall und seine warmen Hände.

„Ja, sie schmeichelt dir außerordentlich. Du siehst bezaubernd aus, Mary." Er lächelte sie an. Dann legte er sanft seine Stirn an die ihre. „Mary, es kommt der Tag, an welchem sich alles zum Guten wendet. Dies kann ich dir nun mit Gewissheit versichern. Vergib mir, dass ich in den vergangenen Monaten so abweisend und unausstehlich war."

Sie erwiderte nichts und schloss ihre Augen.

„Ich will offen zu dir sein. Die letzten Monate waren erdrückend. Ein Händler ohne Aufträge, das ist eine schwierige Lage. Die mich in tiefste Sorge stürzte. Doch nun hat sich das Blatt endlich gewendet. Ich habe einen Auftrag erhalten, der uns alle Sorgen nehmen wird." Er hielt inne, als er sah, dass Tränen durch ihre geschlossenen Lider drangen und ihre Wangen hinabliefen. Sie vermischten sich mit dem Regen, tropften auf ihren Hals und das Cape.

„Es tut mir leid, Mary, bitte, weine nicht mehr. Ich verspreche dir, das alles wieder gut wird."

Seine Worte bewirkten nur dass sie noch mehr weinte.

„Weißt du noch, wie glücklich wir einst waren? Viele schwere Zeiten haben wir durchstanden, doch nun wird alles wieder wie früher sein."

„Das wünsche ich mir auch, Jules", flüsterte sie. Sie blickte zum ersten Mal auf und sah ihm in die Augen, dann legte sie ihre Arme um seinen Hals und zog ihn fest an sich.

So verharrten sie lange und während Mary spürte, dass ihre Anspannung von ihren Schultern wich, spürte sie zugleich, wie eine durchdringende Kälte sie ergriff.

Schließlich begann sie zu zittern und ihre Lippen nahmen einen unheilvollen bläulichen Schimmer an. Angesichts dessen fasste Jules den Entschluss, unverzüglich den Weg heimwärts anzutreten.

Ein glücklicher Zufall wollte es, dass sie niemandem begegneten, insbesondere nicht einem der Mädchen.

Ein Blick auf die Standuhr in der Einganghalle verriet ihnen, dass die Dienerschaft bereits zurückgekehrt sein musste. Vermutlich bereitete die Köchin soeben einen Lunch vor.

Jules brachte Mary bis an die Tür ihrer Gemächer. Ich werde dem Mädchen läuten damit sie dir aus den nassen Kleidern hilft und dir ein heißes Bad einlässt. Die Köchin soll dir einen Tee kochen. Er schob sie sachte durch ihre Tür. Da drehte sie sich zu ihm und ihre Blicke trafen sich. „Gehst du wieder?"

„Nein, es ist Sonntag. Ich gedenke heute auf Adhmaid House zu verweilen. Am morgigen Tage werde ich meine Unternehmungen hinsichtlich der bevorstehenden Aufgabe beginnen."

Sie empfand einen inneren Widerstand, sich von Jules zu lösen. Sie erkannte ihn kaum wieder, doch in gleicher Weise erkannte sie sich selbst nicht wieder. Sie fühlte sich zurückversetzt in eine Zeit, die lange zurücklag. Doch konnte man die jüngere Vergangenheit einfach verdrängen und in jene unbeschwerten Tage zurückkehren? Konnte man wirklich erneut jener Mensch werden, der man einst war, als wären die Vorkommnisse und Erfahrungen der jüngst vergangenen Monate und Jahre nichts weiter als ein übler Traum?

Jules hatte nicht gezögert und Grace war unverzüglich mit einem wärmenden Tee erschienen. Sie hatte Mary Dubois ein Bad eingelassen und als sich Mary in dem warmen Wasser niederließ, spürte sie, wie die Wärme zurückkehrte, und die Kälte aus ihrem Körper verdrängte.

Kaum war die ärgste Kälte vertrieben, empfand sie einen ungekannten Drang, Jules aufzusuchen, um bei ihm zu sein. Eine sentimentale Regung, wie sie sie seit Jahren nicht mehr gekannt hatte.

Doch zugleich empfand sie jene Sorge, dass dieser Augenblick zwischen ihnen nur von kurzer Dauer gewesen sein könnte und schon wieder verflogen wäre und Jules erneut so kalt und unnahbar sein würde, wie die ganze, lange, vergangene Zeit.

Ihr wurde schlagartig bewusst, dass sie dies nicht ertragen würde. Nach diesem Tag würde sie es keinen Tag lang mehr erdulden können, so zu leben, wie bisher. Der bloße Gedanke daran fühlte sich an, wie eine eisige Umklammerung und verursachte ihr eine unerträgliche Übelkeit.

Haverhill, England

Als die Menschen die kleine Kirche in Haverhill verließen, waren sie durchfroren, und draußen schlugen ihnen die klamme Kälte eines verhangenen Herbsttages, der Wind und ein Regenschleier entgegen. Laurence hatte Mühe gehabt, gegen seine Müdigkeit anzukämpfen. Die Aussicht, sogleich in der Kutsche nach Tallwood Manor zurückkehren zu können, erleichterte ihn ungemein.

Von irgendwoher trug der Wind den Ruf eines Uhus herbei. Einige Pächter des Marquess grüßten höflich und eilten dann gesenkten Hauptes zügig davon. Es drängte vermutlich auch sie, an die warmen, prasselnden Feuer in den Herden ihrer Häuser zu kommen und in den Genuss eines heißes Mahls zu gelangen. Lediglich einige Kinder hüpften vergnügt durch den grauen Tag. Nach zwei Stunden des Stillsitzens und Frierens verlangte es sie zweifelsohne, ihre Beine zu bewegen.

Auf Tallwood Manor angelangt, war Laurence gewiss, dass Eliza heimgekehrt war. Voller freudiger Erwartung sprang er sogleich aus dem Wagen und strebte eilig, sie zu begrüßen. Doch unverzüglich musste er sich zur Ordnung rufen, die arme Cara an der Wagentüre nicht ihrem eigenen Geschick zu überlassen. Wenngleich durchaus ungeduldig, bot er ihr gewissenhaft seinen Arm dar, um ihr behilflich zu sein. In ihren umständlichen Kleidern war es ihr unmöglich, alleine auszusteigen ohne sich der Gefahr eines unsanften Sturzes auszusetzen. „Verzeih mir, liebe Cara, die bloße Vorstellung, Eliza wiederzusehen, hat mich kurz meine Pflichten vergessen lassen“, sprach Laurence, als er den verständnislosen Ausdruck in ihren Augen wahrnahm.

Cara, stets großzügig in ihrer Nachsicht, entgegnete mild lächelnd: „Es rührt mich, welch inniges Band zwischen euch besteht. Diese Vertrautheit ist mir mit meinen eigenen Geschwistern leider verwehrt geblieben. Doch ich hege keinen Groll dagegen. Nun lauf schon, doch lass sie wissen, dass du nicht der Einzige bist, der sich freut, sie wiederzusehen.“

Laurence schenkte Cara ein dankbares Lächeln, bevor er eilig die Stufen zum Haupteingang hinaufstürmte und das Portal schwungvoll öffnete. Da stand sie. Offensichtlich war auch sie im Begriff gewesen, die Tür zu öffnen.

„Laurie, ich habe vernommen, dass ihr angekommen seid!" sprach sie nur. Im nächsten Augenblick warf sie sich ihm ungestüm um den Hals und schloss ihn mit einem festen Griff in ihre Arme.

Laurence wäre unfähig gewesen, in Worte zu fassen, wie unbeschreiblich glücklich er war, als er seine Schwester in die Arme schließen konnte. Kein Mensch auf dieser Erde stand ihm näher als sie.

„Ich habe dich so sehr vermisst! Wie freue ich mich, dich wiederzusehen, kleine Schwester!"

Eliza jedoch, die stets eine Meisterin darin war, sich bei allzu innigen Momenten nicht lange aufzuhalten, entgegnete lachend: „Ach, sei nur nicht so theatralisch, lieber Laurie! Und was soll überhaupt 'kleine' Schwester bedeuten? Wegen der paar Augenblicke Unterschied besteht wahrlich kein Anlass zur Überheblichkeit!"

Die Souveränität des erstgeborenen Zwillings gebot es Laurence, ihr das Attribut klein nicht voreilig zu erlassen. "Du stehst auf den Zehenspitzen! Mehr ist dazu wohl nicht zu sagen!", erwiderte er deshalb mit einem verschmitzten Grinsen.

Eliza, nicht gewillt, die Bemerkung unbeantwortet zu lassen, zog ihre Nase in gespielter Hochnäsigkeit hoch und entgegnete: „Es ist wahrlich nicht mein Verschulden, dass du meintest, wie eine Bohnenstange wachsen zu müssen. Und niemand von Stand würde von einer Dame erwarten, es dir gleichzutun."

Laurence lachte. „Wann bist du eingetroffen? Hattest du eine angenehme Fahrt?"

„So angenehm, wie es eben sein kann, über Stunden durchgeschüttelt zu werden." Sie zwinkerte verschmitzt. „Doch meine Londonreise war so wunderbar, dass ich die Fahrt dafür nur zu gerne in Kauf nehme!"

„Du wirst mir hierüber doch sicherlich später in allen Einzelheiten berichten, nicht wahr?", fragte Laurence mit aufrichtiger

Neugier.

„Gewiss doch! Es gibt so vieles zu erzählen, dass ich befürchte, die Nacht könnte nicht ausreichen", flüsterte sie geheimnisvoll lächelnd.

In dem Moment betrat Tom Cartwrite die Eingangshalle. Sein Blick, der sogleich auf Eliza haftete, verwandelte sich in ein freudevolles Strahlen. Doch wie stets, vermochte er seine Gefühle zu zügeln und trat mit würdevoller Miene nah an sie heran. „Liebe Eliza, es ist mir wahrlich eine Freude, dich wiederzusehen", sprach er, wobei er sich verneigte und ihre Hand für einen Kuss ergriff. Sein Blick jedoch glitt von ihrer Hand herab, um ihre gesamte Erscheinung zu mustern. Dabei verwandelte sich sein Ausdruck in eine Mischung aus Verwunderung und Irritation. Mit erkennbarem und schnellem Bemühen, seine Fassung wiederzuerlangen, fragte er: „Du bist wohl soeben eingetroffen und trägst noch deine bequeme Reisekleidung?"

„Keineswegs, lieber Tom, was du siehst, ist vielmehr meine bequeme „Tallwood-Manor-Kleidung". Sagt dir das Kleid etwa nicht zu?" Mit der Naivität eines Kindes blickte sie an sich herab, als sähe sie ihr Kleid zum ersten Male.

Laurence, im Schatten stehend und diesen Wortwechsel betrachtend, musste ein Grinsen unterdrücken, jedoch spürte er zugleich die Anspannung, die seit dem Augenblick von Toms Erscheinen von Eliza ausging und die wie ein eisiger Wind durch die Halle strich, obgleich noch vor wenigen Augenblicken eine Athmosphäre von unbeschwerter Leichtigkeit zwischen ihm und ihr geherrscht hatte. Eine Vertrautheit, die nun in eisiger Kälte erstickt zu sein schien. Diese Erkenntnis ließ Laurence´ Amüsement ersterben. Er erkannte zudem dass ihr enttäuschter Blick gespielt und der Tonfall ironisch war. Tom vermochte all dies nicht zu erkennen. Laurence wusste wohl um die Sturheit, mit der sie sich gegen die Mode der ausladenden Reifröcke und engen Schnürkorsetts widersetzte. Dem lag nicht zuletzt die Erinnerung an den grausamen Tod ihrer einstigen Freundin Anne zugrunde. Dieses Ereignis lag nun zwei Jahre zurück und auch zuvor war sie nie für die neue Mode zu gewinnen gewesen, jedoch wusste Laurence, dass es sie nachhaltig entsetzt hatte, als sie erfahren musste, dass sich eine gebrochene Rippe in Annes Lunge gebohrt hatte, bei dem Versuch, sie entsprechend für einen Ball herzurichten. Auch Tom wusste um diese Tragödie. Doch ihn schien dies nicht nachhaltig berührt zu haben.

Tom wirkte kurzzeitig verunsichert, dann jedoch fing er sich und blickte Eliza etwas distanziert doch durchaus freundlich an. „Liza, dir steht doch jedes Kleid gut zu Gesicht. Selbst wenn du in Lumpen gekleidet wärest, sähest du noch hinreißend aus." Kurz verharrte er, ehe er ungelenk ergänzte: "Das heißt indes nicht, dass du Lumpen tragen solltest!"

Eliza sah ihn kurz nachdenklich an. Laurence wusste nicht, ob sie diesen Kommentar hinnehmen würde. Dann jedoch schien sie ob seiner Bemühung um Freundlichkeit versöhnlicher gestimmt, obgleich ein feiner Schein von Sarkasmus in ihrer Stimme nachhallte: „Ich werde dir zur Freude am heutigen Abend mein schönstes Abendkleid tragen."

Er wollte sich gerade in das Gespräch einbringen, als sein Vater, Lord John Huton, hinter ihm erschien und ihm die Hand auf die Schulter legte. „Laurence, ich würde gerne nach dem Essen vertraulich mit dir sprechen. Ich werde dich in der Bibliothek erwarten."

„Selbstverständlich gerne." Laurence versuchte so souverän wie er konnte zu wirken. Als sein Vater wieder gegangen war, blickten Eliza und er sich vielsagend an. Sie ahnten beide, worum es ging.

VI.

Als Laurence die Bibliothek betrat sah er sich, wie erwartet nicht nur seinem Vater, sondern auch Lord Albert Cartwrite gegenüber, ebenfalls anwesend war überdies Cara. Sie stand schweigend dabei, während die Herren bereits in eine leise Unterhaltung vertieft waren.

„Komm herein, Laurence." Der Marquess winkte ihn zu sich.

Laurence atmete tief durch und trat auf die drei zu.

„Laurence, Cara, ich denke ihr ahnt gewiss, in welcher Sache wir euch sprechen möchten?"

Cara nickte kaum merklich und blickte vorsichtig zu Laurence hinüber.

Laurence bejahte mit fester Stimme. Er bemühte sich zugleich aufrecht zu stehen und allen in die Augen zu sehen. Er wollte dieses Gefühl abschütteln, wie ein Schuljunge seinen Lehrern gegenüber zu stehen. Es ging hier schließlich um eine Angelegenheit, die ihn und Cara als voll geschäftsfähige Personen betraf.

Lord Cartwrite hüstelte nun und ergriff das Wort. „Ihr seid gewissermaßen zusammen aufgewachsen, ihr kennt euch von klein auf und meiner Auffassung nach habt ihr euch immer sehr gut verstanden. Lord John und ich sind zu der Überzeugung gelangt, dass es eine gute Verbindung sein wird, wenn ihr heiratetet. Euer Einverständnis selbstverständlich vorausgesetzt, doch an diesem hegen wir keine Zweifel. Cara?" Er sah seine Tochter erwartungsvollen Blickes an.

Laurence blickte ebenfalls zu Cara. Er vermochte nicht zu sagen, was er von ihr erwartete. Ihr war anzusehen, dass sie unsicher darüber war, wie er wohl erwidern würde. Mit einem fragenden Blick suchte sie in seinen Augen nach einem Hinweis, einem stillen Einverständnis oder einer Regung, welche seine Gedanken offenbaren könnte. Doch ehe die Stille übermächtig wurde, schien sie innerlich ihre Haltung zu finden. Mit fester Stimme sprach sie. „Ich habe deine Gegenwart immer geschätzt, Laurence. Die Dame, welche die Ehre haben wird, deine Gemahlin zu werden, wird sich wohl glücklich schätzen dürfen. Wenn Ihr alle meint, dass ich jene Auserwählte sein soll, dann willige ich ein."

Nun stand Laurence das Wort zu. Wie oft hatte er in Gedanken darüber sinniert, welche Worte er wählen sollte, wenn dieser Augenblick einmal eingetreten sein würde. Nun war der Moment gekommen, und all seine Überlegungen schienen ihm von keinem Nutzen zu sein.

Wie sollte er erklären, dass er Cara gerade deswegen nicht heiraten wollte, weil er sie schätzte? Dieses Vorhaben schien ihm geradezu hoffnungslos. Doch genau so lag die Sache, und es widerstrebte ihm zutiefst, zuzustimmen und damit eine Entwicklung in Gang zu setzen, die Cara vermutlich ins tiefste Unglück stürzen würde, nur um im Hier und Jetzt alle, einschließlich sie selbst, zufriedenzustellen.

Er atmete tief durch. „Cara", begann er schließlich, gefangen zwischen der Pflicht zur Aufrichtigkeit und dem Wunsch, sie nicht zu verletzen. "Auch ich bin überzeugt davon, dass derjenige, der die Ehe mit dir eingeht, sich wahrlich glücklich schätzen kann." Seine Stimme erschien ihm zögerlicher, als er es beabsichtigt hatte, doch er bemühte sich um Festigkeit. "Ich habe erwartet, dass dieser Tag kommen würde, an dem mir diese Frage gestellt wird, dennoch ..." Er hielt kurz inne, denn noch immer suchte er die richtige Formulierung. "Dennoch, so fürchte ich, benötige ich Bedenkzeit." Er sprach das letzte Wort mit einer Bestimmtheit, die seine innere Unruhe verbergen sollte.

Stille füllte den Raum, während seine Worte nachhallten.

Laurence hoffte, dass Cara und ihrer beider Väter seine Aufrichtigkeit in dieser schwierigen Lage wohlwollend zur Kenntnis nahmen.

Dann sah er, dass der Marquess tief Luft holte, um etwas zu erwidern, was seiner Miene nach zu urteilen, gewiss nicht von großer Freundlichkeit gegen seinen Sohn gezeugt hätte, doch der Earl kam ihm zuvor.

„Gewiss, Laurence, hierfür habe ich Verständnis, das wird daran liegen, dass du gerade erst nach langer Abwesenheit nach Hause zurückgekehrt bist. Wir haben dich zu einem ungünstigen Zeitpunkt behelligt. Nicht wahr, Liebes, wandte er sich an seine Tochter, dafür haben wir Verständnis." Er nahm sie in den Arm.

Cara lächelte gequält. „Ja, das haben wir", brachte sie dennoch mühsam hervor. Dann fügte sie mit einem vorsichtigen Blick zu Laurence kaum hörbar hinzu: „Doch lass mich, - uns nicht zulange warten. Bitte."

Laurence versetzte diese Antwort einen Stich. Es tat ihm aufrichtig leid, Cara so im Ungewissen stehen zu lassen, doch er fühlte sich ohnmächtig, anders zu handeln. „Nein, Cara, das werde ich nicht. Mein Ehrenwort."

Es fiel Laurence schwer, an diesem Nachmittag seine Gedanken auf irgendetwas anderes zu lenken, als sein Versprechen, Cara, seinem Vater und Lord Albert schnell eine Antwort zu geben. So vergaß er vollkommen, dass er beabsichtigt hatte, noch einmal mit Alexander zu sprechen, wie ihm Tage später wieder einfiel, als dieser sich längst wieder auf einem Segler weit draußen auf hoher See befand.

Es war wahrlich kein angenehmer Zustand, weder für ihn noch, so versicherte er sich insgeheim, für Cara, wenn sie gezwungen waren, sich zu begegnen oder gar gemeinsam Zeit in demselben Raum zu verbringen. Es schien ihm ein Ding der Unmöglichkeit, einen klaren Gedanken zu fassen.

Schließlich gab Eliza, deren feinem Sinn es niemals entging, wenn Laurence innerlich das Gleichgewicht verloren hatte, ihm zu verstehen, er habe ihr zu folgen.

So geschah es, dass er sich gegen frühem Abend mit ihr allein in der Stille der Bibliothek wiederfand.

Eine fast greifbare Erleichterung erfasste ihn, als er für jenen Moment den drängenden Erwartungen Caras und den prüfenden Blicken seines Vaters sowie Lord Alberts entkommen war.

Eliza sagte kein Wort. Sie hatte sich, mit großer Gelassenheit, dafür nicht eben elegant, auf dem Canapé vor dem prasselnden Kamin niedergelassen und blickte im schwachen, flackernden Licht von Kamin und Kerzenschein in das Feuer.

Das Flammenbild im Kamin spiegelte sich in ihren nachdenklichen Augen wider. Sie wusste, dass es keiner Fragen ihrerseits bedurfte. Wenn er ihr etwas mitzuteilen hatte, dann tat er dies, sobald der richtige Augenblick gekommen war.

Laurence ließ sich auf einem gepolsterten Sessel nieder und konnte spüren, wie die Anspannung sich nach und nach von seinen Schultern löste. In der Ruhe dieses Raumes suchte er nach den richtigen Worten, wohl wissend, dass Elizas geduldiges Schweigen ihm die Freiheit ließ, seine Gedanken zu ordnen. „Ich wusste ja immer, dass dieser Moment einmal kommen würde ...“ sagte er schließlich.

„Ja, das wussten wir beide, genau genommen wussten es alle“, erwiderte sie mit jenem Hauch des ihr eigenen Sarkasmus.

Er musste unweigerlich schmunzeln. Nach einer Weile streckte er die Beine aus. Er spürte an den Knöcheln durch den Stoff der Hosen die Wärme des Feuers. Er sagte nichts.

„Es wäre die perfekte Vernunftehe“, stellte sie fest, als spreche sie zu sich selbst. „Unsere Familien sind seid drei Generationen eng befreundet.“

„Und ich habe Cara gern, das macht es nicht eben leichter.“

„Ich denke nicht, dass du auf Verständnis stoßen wirst, wenn du Vater und Lord Albert deine Gefühle erklärst. Du wirst deine Entscheidung allein treffen müssen.“

Er schwieg von neuem.

Ihr Blick ruhte auf seinem Gesicht. Eliza kannte Laurence zu gut, um seine Stille für Gleichgültigkeit oder Mutlosigkeit zu halten. Sie wusste, dass er in der Stille darum rang, seine Haltung zu finden.

„Eliza, es widerstrebt mir zutiefst, eine Heirat einzugehen, die nicht aus freien Stücken und aus wahrer Überzeugung erfolgt“, sagte er schließlich. „Auch wenn es den äußeren Erwartungen entspricht und die Vernunft dafürspricht. Cara verdient mehr als einen Mann, der sie nur aus Pflichtbewusstsein erwählt ... und mehr wird es niemals sein.“

„Vielleicht solltest du mit Cara offen sprechen. Hast du darüber schon einmal nachgedacht?“ Sie wandte sich ihm nun zu und sah ihm von der Seite ins Gesicht.

„Du magst Recht haben. Womöglich baut ihre Hoffnung auf falschen Erwartungen auf. Womöglich nimmt sie selbst Abstand von diesem Plan, wenn sie versteht, was ich denke.“

„Erwarte kein Verständnis für dich, hoffe lediglich darauf, dass sie ihrer eigenen Interessen wegen ihre Position überdenkt.“

„Damit wäre schon alles gewonnen, was es zu gewinnen gibt.“

„Heißt das, Du hegst noch immer die Überzeugung, dass eine Heirat für dich niemals in Betracht kommen wird?“ Sie hatte sich nun gegen die Armlehne gelehnt und konnte ihn gerade von der Seite ansehen.

„Welche Dame könnte solch ein Leben an meiner Seite ertragen? Keiner, zu der ich Zuneigung empfände, würde ich solch eine Bürde auferlegen wollen; und eine Dame, für die ich keine Gefühle hege, könnte und würde ich nicht heiraten, denn sie bedeutete mir nichts.“

„Eine wahrhaft missliche Lage!“, entgegnete Eliza, wobei sie ihn freundschaftlich anstieß und dabei verschmitzt lächelte.

Er wusste, dass sie es nicht lange auszuhalten vermochte, wenn er schwermütig erschien. „Das kannst du wohl sagen, Eliza“, sprach er mit gewissem Eifer. „Denn es wäre unwahr zu behaupten, dass ich nicht den Wunsch hegte, einst eine Gemahlin an meiner Seite zu wissen.“

Ein zartes Lächeln umspielte ihre Lippen. „Ich schätze deine ehrenhafte Gesinnung, lieber Bruder, doch müsstest du wissen, dass ich mir dich dennoch glücklich wünsche.“

„Ich werde versuchen mit Cara zu sprechen. Doch wohlan, du hast mir noch einiges zu berichten.“

Sie grinste verwegen. „Was möchtest du denn wissen?“

„Nun, gewiss alles. Eine schier unendliche Zeit scheint mir vergangen zu sein, seitdem wir uns das letzte Mal sahen. Berichte mir, womit du deine Tage in London verbracht hast und welche Beschäftigungen dich gegenwärtig in ihren Bann ziehen." Er lehnte sich dabei nonchalant im Sessel zurück, die Arme hinter dem Kopf verschränkt. Seine Augen fixierten sie voller erwartungsvoller Neugierde.

„Ich habe meinen Roman verkauft. Eben letzte Woche traf ich mich in London mit dem Verleger Smith, Elder und Co., welcher mein Werk für eine stattliche Summe erwarb. Die Verträge wurden am Mittwoch unterzeichnet. Nun steht die Veröffentlichung kurz bevor." Ihr Gesicht strahlte vor unverhohlener Freude und stolzem Glanz.

„Das ist phantastisch, Liza! Wie oft habe ich dir gesagt, dass ich dich für ein großes Talent halte."

„Ja, das hast du und wir wissen beide, dass du der Einzige warst."

„Hast du den Marquess und Mutter darüber in Kenntnis gesetzt?"

„Ich werde ihnen ein Exemplar überreichen, wenn es erschienen ist."

„Wird dein Name den Buchdeckel zieren?"

„Nein, das konnte ich Ihrer hochwohlgeborenen Lordschaft unmöglich antun. Im Übrigen erweist es sich ohnehin als taktisch klug, unter geschlechtlich unbestimmten Pseudonymen zu publizieren, um Werke auf den reinen literarischen Wert hin würdigen zu lassen. Ich veröffentliche unter einem Pseudonym. Wie es auch die Autorinnen tun, die sich, wie wir beide wissen, hinter den Namen Currer Bell, Ellis Bell und Acton Bell verbergen."

Er lächelte sie anerkennend an. „Meine Schwester die große Schriftstellerin. Und wem bist du sonst begegnet?"

„Selbstverständlich habe ich die Gelegenheit genutzt und Carlyle getroffen."

„Ach Eliza, was wirst du unternehmen, wenn sie auch dich und Tom zu einem Gespräch bitten?"

„Glaube mir, auch ich habe mir darüber bereits reichlich Gedanken gemacht. Tom ist in der Tat ein Mensch, der schlechter nicht zu mir passen könnte", sprach sie in ernsthaftem Ton. Doch dann huschte ein unverhohlenes Lächeln über ihre Lip-

138

pen, und sie fügte hinzu: „Kennst du Grandville?“

„Du hast mir mehrfach Zeichnungen von ihm gezeigt.“

„Ein großer Karikaturist, wie ich meine. Leider ist er im März verstorben. Seine Karikatur einer Vernunftehe ist mir soeben in den Sinn gekommen.“

Eine Weile blickten sie schweigend in das knisternde Kaminfeuer und dachten an die erwähnte Karrikatur, welche ein Brautpaar, dargestellt als Esel und Hund, einander zugekehrt, jedoch in offenkundiger Disharmonie zeigte. Laurence stellte sich unweigerlich die Frage, wer er in diesem Bild wäre. Der sture Esel oder der treue Hund. Jedenfalls, so überlegte er, wäre der Versuch von dem selben Erfolg gekrönt, wie der Versuch, ein Feuer mit nassem Holz zu entfachen. Alle Zutaten wären vorhanden, jedoch die Flammen würden nicht lodern. Dafür würde sich eine Missstimmung ausbreiten, die die Zweisamkeit in gleicher Weise vergiftete, wie der Rauch des Feuers. Laurence empfand eine ungeahnte Ruhe in diesem stillen Raum mit Eliza. Wie er, schien auch sie dem friedlichen Gefühl nachzuspüren, in Gesellschaft des einzigen Menschen zu sein, der den jeweils anderen uneingeschränkt verstand. Es war ein seltenes, und kostbares Gefühl. Es war ein Gefühl, das großen Gefahren ausgesetzt war, Gefahren, die mit dem heutigen Tage um einiges näher gerückt waren.

Schließlich jedoch erhob sich Eliza. „Ich werde mich jetzt für das Dinner umkleiden. Du kennst ja das Versprechen, dass ich Tom gegeben habe.“ Sie grinste mit verschwörerischer Miene.

„Gewiss, das habe ich vernommen und ich verstehe deinen Humor, allerdings fürchte ich, dass Tom ihn nicht versteht und womöglich ernst nimmt, was du im Scherz sagst und daraus falsche Schlüsse zieht.“

„Diese Befürchtung kam mir auch unmittelbar nachdem mir die Bemerkung entrutscht war.“

Laurence konnte nicht eben behaupten, dass es ihn drängte, mit Cara zu sprechen, doch war ihm bewusst, dass es seine Pflicht war, die Gelegenheit ihres Besuches zu nutzen und unmenschlich wäre, sie weiter im Ungewissen zu lassen.

So lud er sie noch vor dem Dinner zu einem Spaziergang durch die Gärten des Anwesens ein. Es wäre angenehmer mit ihr zu sprechen, während sich beider Blicke auf das raschelnde Laub unter ihren Füßen richten konnten, anstatt aufeinander geheftet zu sein.

Cara hatte sich bereits für das Dinner angekleidet und musste nun eine passende Mantille von Lady Catherine leihen, um sich gegen den abendlichen Wind zu schützen.

Sie verließen das Haus durch den Hintereingang, sodass sie direkt in die Gärten gelangten.

Die kühle Luft war angenehm und Laurence empfand das Knirschen des Kieses unter den Schuhen als willkommen, lenkte es doch seine Aufmerksamkeit fort von Cara. Er bot ihr seinen Arm an und sie hakte sich unter. Ihr Blick ließ erkennen, dass sie nicht wusste, was sie zu erwarten hatte.

„Es war mein Wunsch, mit dir zu sprechen, ohne dass unsere Väter anwesend sind", begann er mit einer merklichen Unsicherheit in seiner Stimme.

„Nun, sollten wir den heiligen Bund der Ehe eingehen, so werden wir auch der Fähigkeit bedürfen, vertraulich miteinander zu sprechen", entgegnete sie mit einem sanften Lächeln.

Laurence war sich indes nicht sicher, ob ihre Worte in scherzhafter Absicht gesprochen waren, um die drückende Anspannung des Augenblicks zu mildern, oder ob sie in vollem Ernst gemeint waren. Er betrachtete ihr Gesicht, nach einem Hinweis suchend, der ihm ihre wahren Gedanken offenbaren könnte.

Sie schritt langsam und bedächtig. Laurence passte seine Geschwindigkeit ihrer gemessenen Gangart an, obgleich es ihn drängte, rascher voranzuschreiten.

„Wir waren uns wohl bewusst, dass dieser Tag unweigerlich kommen würde", begann er. „Dennoch denke ich, da er nun gekommen ist, sollten wir die Gelegenheit nutzen, offen und aufrichtig miteinander zu sprechen."

„Das halte ich für durchaus vernünftig", erwiderte sie ruhig.

„Du sollst wissen, dass ich dich überaus schätze und mir deine Anwesenheit keineswegs unangenehm ist", fuhr Laurence zögerlich fort, „doch dies ist bereits alles, was dich und mich ver-

140

bindet." Laurence empfand den Klang dieser Worte selbst als schroff. Dies löste eine gewisse Irritation in ihm aus und er sprach nicht weiter.

Keinerlei Regung verriet indes, was Cara empfand. „Nun, mehr verlangt wohl auch keiner. Unsere Verbindung ist rein zweckmäßig. Unsere Eltern wünschen diese Ehe. Was mich anbelangt kann ich mir durchaus vorstellen, dich zu heiraten. Jedenfalls könnte ich es schlechter treffen."

Laurence empfand eine gewisse Erleichterung darüber, dass Cara allem Anschein nach in dieser Angelegenheit gänzlich leidenschaftslos war; gleichwohl spürte er instinktiv, dass ihre Antwort darauf hinwies, dass sie die Situation anders einschätzte als er selbst. So beschloss er, erneut das Wort zu ergreifen: „Dies war in der Tat nicht der eigentliche Anlass für unser Gespräch. Es ist vielmehr so ... nun, du weißt, dass ich in den letzten Jahren einem Studium nachgegangen bin?"

Plötzlich blieb Cara stehen und wandte sich ihm mit einem überraschten Blick zu. „Einem Studium?", fragte sie, und in ihrer Stimme schwang offenkundige Verwunderung mit.

„Nein, das war mir gänzlich unbekannt! Was für einem Studium?"

„Ich habe soeben einen Doktortitel erworben", offenbarte Laurence und beobachtete aufmerksam ihre Reaktion.

Dieser Umstand schien Cara in ungläubiges Staunen zu versetzen. „Meine Eltern haben dies mit keinem Wort erwähnt! Doch ... weshalb?"

„Ich möchte als Arzt praktizieren", entgegnete Laurence mit einer resoluten Bestimmtheit in seiner Stimme.

„Das kann unmöglich dein Ernst sein?", rief sie, dabei unwillkürlich ihre Stimme erhebend. Schnell jedoch schien ihr zu dämmern, dass ihre Lautstärke nicht unbemerkt bleiben könnte, und so sah sie sich besorgt um. Sie fasste ihn am Arm und zog ihn sanft mit sich. „Wir gehen dort entlang."

Laurence folgte ihr, als sie den leicht ansteigenden Weg zur Linken einschlug.

Nach einigen Schritten griff er das Thema wieder auf. „Das ist meine Absicht und ich habe offenbar richtig gelegen mit der

Vermutung, dass du hierüber informiert sein wolltest, bevor du in eine Heirat einwilligst."

Sie waren an der höchsten Stelle angelangt. Cara blieb stehen. Nach einem Moment des Nachdenkens sprach sie wieder in leisem, beherrschtem Ton. „Wie stellst du dir das vor? Möchtest du an einem Hospital arbeiten? Als niedergelassener Arzt? Was sagt dein Vater, der Marquess dazu?"

„Ich habe eine Stelle angeboten bekommen, im St. Vincent´s Universitätskrankenhaus in Dublin." Er wartete vorsorglich einen Augenblick ab, doch es folgte keine unmittelbare Reaktion ihrerseits, so fügte er hinzu: „Bisher hatte ich keine Gelegenheit, mit meinem Vater darüber zu sprechen. Ich befürchte, er wird diesem Wunsch nicht entsprechen wollen und es könnte ein Zerwürfnis geben. Womöglich wird er es jedoch auch tolerieren und mich verpflichten, darüber Stillschweigen zu bewahren. Er wird dann eine Erklärung erfinden meine Abwesenheit betreffend."

Wieder schwieg Cara. Sie schritt wortlos neben ihm her, die Anhöhe hinab und blickte in die Ferne. Ihm schien, sie überlegte.

Auch er schwieg nun. Es gab nichts weiter zu sagen. Er hatte ihr offengelegt, was seine Absichten waren und in dem Gesagten war alles enthalten, was seine Absichten an Konsequenzen und Unwägbarkeiten für sein Leben und das seiner zukünftigen Familie bereithielt. Nun war es an ihr, Stellung dazu zu beziehen, doch hierzu würde sie zunächst die Tragweite erfassen und darüber nachdenken müssen.

Nach einer Weile hielt sie inne, legte ihre Hand auf die seine, die auf ihrem Arm lag. Sie blickte ihn mit ernsten Augen an. „Laurence, wir kennen uns schon unser ganzes Leben und ich weiß, dass du ein recht eigensinniger Mensch bist, mit bisweilen sonderbaren Eigenheiten und sehr eigenwilligen Vorstellungen und Prinzipien, die ich gewiss nicht immer nachvollziehen konnte. Und doch habe ich dich stets aufrichtig gern gehabt, das darfst du mir wahrlich glauben. Jetzt jedoch, in dieser alles entscheidenden Situation, sehe ich mich gezwungen, dir offen zu sagen, dass du zu viel von mir verlangst. Ich erwarte nicht, dass du mir dein Herz zu Füßen legst. Ich erwarte auch im Übrigen nicht viel von meinem zukünftigen Gemahl." Ihre Stimme klang fast, als müsse sie über diese Worte lachen. „Ich erwarte nicht, dass du Adelstitel erwirbst oder besondere Leistungen vollbringst. Ich erwarte auch nicht, jemals in Reichtum zu schwelgen oder der Königin den Rang streitig zu machen. Nichts dergleichen erwarte ich von dir, von mir oder von unserem gemeinsamen Leben. Doch dass du das, dem Sohn eines Marquess angemessene, Leben führst, sodass ich als Tochter eines Earls meinen Platz in der Gesellschaft erhobenen Hauptes innehaben kann, das erwarte ich doch. Und dass du versichern kannst, dass du mich und die Kinder, die wir einmal haben werden, versorgst und danach strebst, dass wir unseren gesellschaftlichen Rang erhalten können, das muss ich von dir fordern, wenn wir heiraten." Sie sah ihm eindringlich in die Augen. „Ich bitte dich also inständig, bedenke meien Worte und triff innerhalb von vier Wochen eine Entscheidung, die du dann auch zu halten vermagst. Ich bitte dich in meinem Namen, im Namen meines Vaters und meiner Familie. Ich erkläre mich unter keinen Umständen bereit einen Arzt Laurence Huton zu ehelichen, doch den Lord Laurence Huton, title bei courtesy heirate ich gerne."

Adhmaid House nahe Shannagarry, County Cork, Irland

Alle Familienmitglieder empfanden dasselbe: Dieser Sonntagabend war ein denkwürdiger. So voller Fröhlichkeit und Wärme, wie während dieses Dinners, hatten sie lange Zeit nicht mehr beisammen gesessen. Und nach dem Dinner hatte sich nicht etwa ein jeder sogleich zurückgezogen, sondern Mary und Jules Dubois hielten sich gemeinsam mit ihren Kindern im Klaviersalon auf.

Madeleine begab sich an das Pianoforte und präsentierte einige Weisen, die sie die letzten Wochen geprobt hatte.

Jules Dubois ließ sich von seinen jüngeren Töchtern vorführen, was sie jüngst im Unterricht erlernt hatten, und selbst Isabella verharrte im Raum, wenngleich sie ihren Vater die weitaus meiste Zeit mit einem argwöhnischen Blick musterte.

Mary hatte für diesen Abend ihr schönstes Abendkleid ausgewählt und dazu die neue Kette umgelegt. Sie wollte durch nichts den Zauber dieses Sonntags zerstören.

Schließlich holte Miss Leahy die kleineren Mädchen ab, es war Zeit für sie, schlafen zu gehen.

Madeleine und Isabella ließen sich kurz darauf ebenfalls entschuldigen.

So blieben Jules und Mary allein im Klaviersalon zurück.

„Beabsichtigst du ebenfalls, dich zurückzuziehen, meine Liebe?" Jules blickte fragend zu Mary.

„Ich bin es nicht gewohnt, so früh zu schlafen", erwiderte sie lächelnd.

„So setz dich doch zu mir", fuhr er fort, indem er eine Geste vollführte, die auf die freie Seite des Sofas neben ihm wies.

Mary erhob sich und nahm rechts von ihm Platz. Eine solch vertraute Nähe schien ihr befremdlich, gar ungewohnt. Der dezente Hauch seines Eau de Parfums umgab Jules.

"Du siehst noch immer ebenso bezaubernd aus, Mary", sprach Jules, während er ihre Erscheinung musterte, "jung und schön wie an jenem Tag, als unsere Wege sich kreuzten."

„Du beliebst zu scherzen, Jules, das ist siebzehn Jahre her." Mit einem Mal verspürte sie eine vage Unsicherheit. Womöglich wäre es doch das beste, wenn sie nun ihre Gemächer aufsuchte. Jeder Augenblick konnte diesen schönen Tag zerstören und wieder jene Kälte und Unnahbarkeit zutage fördern. Ein Pochen an ihren Schläfen kündete unmissverständlich von aufziehenden Kopfschmerzen. Die Entscheidung schien unumgänglich. "Ich werde mich zurückziehen", sprach sie hastig und erhob sich.

Jules richtete seinen Blick fragend zu ihr auf. „Habe ich etwas Unbedachtes gesagt?"

Mary rang hastig nach einer Antwort, die ihren aufgewühlten Gefühlen Einhalt gebot. „Nein, gewiss nicht", erwiderte sie eilig und meinte zu erkennen, dass sich in seinen Zügen jene Ungeduld immer schärfer abzeichnete, die er ihr in den vergangenen Wochen und Monaten so oft entgegengebracht hatte. Mit zunehmender Intensität dröhnten die Schmerzen in ihrem Kopf. Dies erschwerte es ihr, einen klaren Gedanken zu fassen.

„So gestatte mir, dich zu deinen Gemächern zu geleiten", sprach er mit einer Mischung aus Autorität und formaler Höflichkeit, wie ihr schien.

Mary war unsicher, ob sie Erleichterung oder Enttäuschung verspüren sollte. Ihre Empfindungen balancierten auf einem schmalen Grat, ungreifbar und unmöglich zu entschlüsseln. Zudem pochte nun ein unerbittlicher Schmerz gegen ihre Schläfen.

Schweigend schritt sie an seiner Seite durch die langen, dunkel getäfelten Korridore, welche von den schwachen Lichtern der Kerzen erhellt wurden. Mit einem Mal vereinnahmten sie die Kopfschmerzen so sehr, dass sie Jules kaum mehr wahrnahm.

„Was bedrückt dich, Mary? Ist es eine Erkältung, die dich plagt?" fragte er, während er ihren Arm ergriff und sie den Rest des Weges vorsichtig stützte.

Sie rang nach Worten. „Mein Kopf ... er schmerzt plötzlich so sehr."

Als sie schließlich vor der reich verzierten Tür zu ihren Gemächern Halt machten, wandte Jules sich mit ungewohnter Ernsthaftigkeit ihr zu. „Ich bitte dich, Mary. Du darfst mich nicht zurückweisen. Ich werde dich jetzt nicht allein lassen."

Erstaunt von seiner unerwarteten Fürsorglichkeit, war Mary einen Herzschlag lang von ihren Kopfschmerzen abgelenkt.

Ihre Blicke verfingen sich ineinander, und es schien, als hielte die Zeit für einen kostbaren Augenblick den Atem an.

Dann, in einer Anwandlung plötzlicher Zärtlichkeit, beugte er sich vor und legte seine Lippen auf die ihren. Seine Hände glitten mit festem Griff zu ihrer Taille, und Mary, jene Berührung erwidernd, erhob sich unweigerlich auf die Zehenspitzen, um ihm näher zu sein.

Dieser Kuss, dieser innige Moment, erinnerte sie an längst vergangene Zeiten. Das leicht raue Gefühl seines unrasierten Gesichts an ihren Wangen, welches entstand, wenn er den

Kopf bewegte. Der herbe Duft von Rasierwasser und Tabak erfüllte ihre Sinne. Sie fühlte die festen Kanten seiner Zähne und die Berührungen seiner Zunge. Sein Kuss wurde drängender; er durchdrang ihre Gedanken, und sie schloss ihre Augen, um sich ganz dieser Empfindung hinzugeben. Sie nahm seinen warmen Atem auf ihrer Haut wahr, spürte die vertraute Wärme seines Körpers.

Es war ein unbeschreibliches Glück, das sie in diesem Augenblick durchströmte. Er zog sie stärker an sich heran, seine Arme wie eine schützende Feste um sie schließend, indem er sie beide durch die geöffnete Tür ihrer Gemächer schob. Ein berauschendes Gefühl ergriff sie vollends.

Es war, als erlebte sie eine Wiederbelebung jener tiefen Verbundenheit, die sie fast vergessen hatte. In diesem flüchtigen, doch intensiven Moment konnte sie kaum begreifen, wie sie all die Jahre ohne ihre gemeinsamen Stunden ertragen hatte.

Er stieß die Tür hinter sich zu und schob sie zu ihrem Bett. Sie taumelte leicht, doch er hielt sie vollkommen sicher in seinen Armen.

Sie ließ es nur zu gerne geschehen. Sie hatte fast geglaubt, dass sein Verlangen nach ihr erloschen sei. Doch in diesen Augenblicken verflüchtigte sich die Welt um sie herum, wurde bedeutungslos.

Mit einer zärtlichen Geste legte sie ihre Hände um sein Gesicht und ließ sie durch sein gewelltes Haar gleiten.

Ohne Umschweife begann er, in hastiger Eile die unzähligen Knöpfe auf der Rückseite ihres Kleides zu öffnen. Der Stoff fiel schließlich zu Boden, und sie erinnerte sich flüchtig daran, wie sehr ihn diese Knöpfe stets irritiert hatten.

Gemeinsam befreiten sie Mary aus Unterröcken und Korsett, während sie ihn zugleich der Weste, des Hemd und des Hose entledigten.

Als das Korsett endlich gelöst war und zu Boden glitt, spürte Mary wie der drückende Schmerz in ihrem Kopf verschwand. Mit einem Lächeln der Erleichterung ließ sie sich rücklings auf das Bett sinken, während Jules sich zärtlich über sie beugte.

In jenem Augenblick schien die Zeit stillzustehen. Raum und

146

Wirklichkeit verblassten. Entfremdung und Kälte lösten sich auf wie flüchtige Nebel.

Viel später, als die Nacht bereits weit vorangeschritten war, sanken beide eng umschlungen in einen tiefen Schlaf.

Es herrschte vollkommene Stille. Nur die Kerzen flackerten leise weiter und tauchten den Raum in sanftes, warmes Licht.

Irgendwann erwachte Mary und spürte sofort, dass etwas nicht in Ordnung sei.

Jules lag neben ihr, hielt sie nach wie vor fest in den Armen, sein Atem ruhig und gleichmäßig. Doch Mary beschlich ein beklemmendes Unbehagen, welches schlgartig in eine plötzliche Übelkeit umschlug. Bei dem Bemühen, sich aufzusetzen, traf sie ein erbarmungsloser Schlag des Schmerzes; der Kopfschmerz kehrte mit voller Wucht zurück, und das Pochen verwandelte sich in ein quälendes Hämmern. Sie fror und zitterte erbärmlich.

Sie legte eine Hand an ihre Stirn, doch nichts schien ungewöhnlich. Sie wusste jedoch, wie trügerisch das eigene Befinden sein konnte, da man fiebrige Überhitzung oft nicht selbst fühlen konnte. Ein brennendes Bedürfnis nach Wärme überkam sie, sie wollte sich etwas überziehen, um die Kälte abzuwehren. Doch jede kleinste Bewegung verschlimmerte den unerbittlichen Schmerz in ihrem Kopf.

Es war nun offenkundig, dass sie sich tatsächlich eine Verkühlung zugezogen hatte. Eine unnötige Sorge würde sie jedoch nicht an sich heranlassen. „Nun,“ dachte sie, erschöpft und in Schmerzen, „das wird vorübergehen.“ Sie legte sich sachte zurück zu Jules und versuchte Ruhe zu finden in der Wärme seiner Umarmung, hoffend, dass der neue Morgen ihr Erleichterung bringen würde.

Am folgenden Morgen war es in aller Munde – das ganze Haus wusste inzwischen, dass Lady Mary Dubois sich arg verkühlt hatte und außerstande war, das Bett zu verlassen.

Zu der Übelkeit und den rasenden Kopfschmerzen, die das hohe Fieber mit sich brachte, gesellte sich nun noch ein hässlicher, hartnäckiger Husten,

Margret hielt es nicht in der Küche. Als sie vom Zustand ihrer Herrin erfuhr, erklomm sie mit unverbrüchlicher Entschlossenheit die Stufen zum ersten Stock, um sich höchstpersönlich um Lady Marys Pflege zu kümmern.

Gegen Mittag traf Doktor Baker ein, der vermittels eines recht neumodischen Gerätes, welches er Stethoskop nannte, nichts gutes verheißende Geräusche in der Lungengegend ausmachte.

Er verschrieb strikte Bettruhe und die Verabreichung großer Mengen von Kräutertee, möglichst Salbei und Thymian. Es sei auch wichtig, viel zu husten.

Zur Senkung des Fiebers riet er zu kühlenden Wickeln.

Sollte sich der Zustand der Hausherrin verschlechtern, wolle er umgehend gerufen werden.

Isabella war besonders beunruhigt. Sie verbrachte viel Zeit an der Seite ihrer Mutter.

Mary Dubois befand sich in einem schwachen Zustand. Das Trinken fiel ihr schwer, und die meiste Zeit verbrachte sie im unruhigen Schlaf. Dieser schien ihr wenigstens einige Momente der Erleichterung zu verschaffen, indem er die entsetzlichen Kopfschmerzen und die quälende Übelkeit milderte.

Als am folgenden Tag Doktor Baker erneut eintraf, zeichnete sich auf seinem Gesicht eine tiefe Besorgnis ab. Das Stethoskop erneut an ihre Brust legend, erklärte er: „Der Husten ist von größter Notwendigkeit, Mylady. Es ist unerlässlich, dass die Lungen durch den Husten befreit und ausreichend belüftet werden."

Isabella, den besorgten Ton des Doktors vernehmend, verstärkte ihre Bemühungen. Sie flößte ihrer Mutter die Kräutertees ein und sorgte mit beständiger Geduld dafür, dass Lady Mary aufrechte Positionen einnahm, so oft es ihr Zustand zuließ. Das flackernde Licht der Kerzen und die gedämpften Geräusche des Hauses füllten die Stunden, während die Anstrengungen aller darauf gerichtet waren, den Zustand der Hausherrin zu bessern.

Margret setzte die Anweisungen des Doktors mit größter Ge-

148

wissenhaftigkeit um, bereitete kühlende Wickel vor und achtete darauf, dass keine Wärmequelle das Zimmer unnötig aufheizte.

Auch Jules Dubois war von Sorge um seine Frau erfüllt. Im Stillen quälte ihn der Gedanke, dass er es versäumt haben könnte, sie umgehend nach Hause zu bringen und in jener verhängnisvollen Nacht nichts davon bemerkt zu haben, dass sich ihr Zustand derart verschlechterte. Diese schweren Vorwürfe behielt er selbstverständlich für sich, in der Überzeugung, dass sie niemandem außer ihm selbst bekannt werden sollten.

Doch trotz der Sorge um Marys Zustand forderte sein Geschäft seine Aufmerksamkeit, denn es galt, eine bedeutende Warenbestellung aus Frankreich auf den Weg zu bringen und ein passendes Schiff samt verlässlicher Besatzung für die sichere Überfahrt nach England zu organisieren. Es handelte sich hierbei zwar nicht um eine besonders große Lieferung, doch die kostbaren und wertvollen Güter erforderte besondere Umsicht.

Jules musste sich zu diesem Zwecke mit einigen Bekannten treffen, was eine Reise nach Dublin unumgänglich machte. Zudem bedurfte es weiterer Verhandlungen in London, welche ebenfalls seine persönliche Anwesenheit erforderten. So lenkte er seine Aufmerksamkeit auf das Geschäftliche und traf die notwendigen Reisevorbereitungen.

Bevor er jedoch abreiste, versprach Jules Mary, so rasch wie möglich heimzukehren. „Mary, meine Liebste, ich werde die Angelegenheiten so schnell wie möglich regeln und umgehend zu dir zurückkehren."

Mary musste alle ihre verbleibende Kraft aufbringen, um seinen Worten zu folgen. Als sie schließlich ihre Augen, erschöpft vor Anstrengung, schloss, blieb ihr die Erinnerung an Jules' Gesicht haften: Seine Augen schienen, wie von Sorge verdunkelt, und der warme Händedruck, der noch auf ihrer ruhenden Hand spürbar war, war ein vertrautes und tröstliches Erinnerungsstück an sein Versprechen.

Mary schwankte zwischen der Erinnerung an sein Versprechen und einer unheilvollen Angst, er könne nicht mehr zurückkehren. Ein tiefes Unbehagen erfüllte sie bei dem Gedanken, dass er sie in solch einem erbärmlichen Zustand zuletzt gesehen hatte. Der harte, krampfartige Husten raubte ihr die Fähigkeit, zu sprechen, und jeder Hustenstoß klang es entsetzlich. Ihr Gesicht war eingefallen und farblos. Sie war ohne jede Spur von Anmut. Unfähig, sich auf die Beine zu erheben, musste sie sich der Vorstellung hingeben, dass Jules ein furchtbares letztes Bild von ihr mit auf seine Reise genommen hatte. Durchdrungen von Verzweiflung konnte Mary diesem beklemmenden Gedanken nicht entfliehen.

Innerlich wand sie sich vor Schmerz angesichts dieses jähen Umschwungs in ihrem Leben. Wie konnte sich ihr Dasein auf einen Schlag von etwas so Wunderbarem zu etwas dermaßen Grauenhaftem gewandelt haben, und das ohne den geringsten Einfluss, den sie darauf hätte nehmen können?

Die Erinnerungen an die zärtlichen Momente mit Jules, die Wärme seiner Umarmung und den liebevollen Ausdruck in seinen Augen, brachten ihr Trost, schienen jedoch ebenso schmerzhaft unerreichbar. Sie wünschte sehnlichst, dass das Bild, welches er von ihr in sich trug, nicht die jetzige Schwäche und Krankheit war, sondern die Stärke und Anmut, die sie einst auszeichneten.

Nachts, gequält von fiebrigen Träumen, schreckte Mary wieder und wieder in schweißgebadetem Schrecken auf.

Oftmals vermochte sie nicht zu unterscheiden, ob sie träumte oder wachte. Die Grenzen zwischen den Welten verschwammen ineinander. Die fieberhaften Träume und quälenden Albträume erschienen ihr wie ein unvermeidliches, schreckenvolles Spiel, in dem sie selbst gleich einer Marionette war, die von unsichtbaren, grausamen Händen gezogen und gelenkt wurde. Ein Marionettentheater aus Angst und Verzweiflung.

Eine zermürbende Vision verfolgte sie besonders hartnäckig: Sie sah Jules wie er auf unterschiedlichste Weise von ihr genommen verschwand. Mal entschwand er in einem undurchdringlichen Nebel, sodann stürzte er unvermittelt von den Klippen am Meer. Diese Szenen wiederholten sich mit grausamer

Präzision, stets endeten sie mit einem jähen Aufschrecken aus ihrem Alptraum und dem erleichterten Bewusstsein, dass es doch nur ein Traum gewesen war.

Dann verfolgten sie in einem anderen grausigen Szenario ihre Töchter, Isabelle und Madeleine. Voller Enttäuschung und innerlicher Kälte wandten sie sich von Mary ab und überließen sie ihrem elenden Schicksal, ihre Blicke erfüllt von Hass und Verachtung. Doch schreckte sie sodann auf, fand sie sich in Isabellas Gegenwart wieder, die ihr imTon einer wohlerzogenen Tochter gut zusprach.

Schließlich versuchte der Albtraum Mary weiteren Schrecken einzujagen: Sie verloren all ihr Hab und Gut. Die einst loyalen Diener verhöhnten sie. Die Nachbarn beschimpften und bespuckten sie als Abtrünnige von Gott und Kirche. Diese Vision steigerte sich ins Unmenschliche, bis sie mit einem keuchenden Atemzug erwachte. Im dämmrigen Licht des Zimmers stand Margret mit einer dampfenden Teekanne in der Hand.

Während die Tage in diesem schattenhaften Alptraumzustand vergingen, wurde Marys Gestalt schmaler und kraftloser. Jeder neue Tag kostete einen weiteren Teil ihrer Stärke und hielt einen neuen Albtraum bereit.

Doch da kam ein Morgen, seltsam anders. Mit bleischweren Lidern öffnete Mary die Augen, um eine vertraute Gestalt über sich gebeugt zu finden. In den Zügen seines Gesichtes spiegelte sich eine tiefe Sorge.

„Jules ...“, flüsterte sie, während die Hoffnung leise zurückkehrte.

„Ja, meine Liebe, ich bin zurückgekehrt.“

VII.

„Und die Weisheit des Lebens besteht vielleicht in der Frage:
Warum?"
Honoré de Balzac

Paris, Frankreich, 24. August 1572

Étienne war starr vor Angst. Er drückte sich im Dunkeln gegen
die kühle Steinwand des Schlafgemachs und rang entsetzt um einen klaren Gedanken. Warum war er nicht vorbereitet? Warum
hatte er keinerlei Vorkehrungen getroffen? Noch einmal erhaschte
er einen Blick durch das Fenster in die unheildrohende Nacht. Es
war Wirklichkeit geworden.

Er musste jetzt handeln.

Dumpfe, bedrohliche Geräusche auf der gepflasterten Straße
hatten ihn aus dem Schlaf gerissen. Er war zu dem bleigefassten
Fenster geschlichen und hatte in die schwarze Nacht hinausge-
starrt, als mehrere finstere Gestalten in seine Sicht traten. Männer mit harten Gesichtern und geölten Helmen. Sie waren dabei,
die Tür zum Kontor einzuschlagen. Zu allem Schrecken drangen
sie auch gegenüber in das imposante Geschäft der Familie Broussais ein.

Mit trockenem Mund und zitternden Händen drehte Étienne
sich zu Therése um, welche sich soeben aufrichtete und zu ihm

hinüberstarrte. „Was hast du? Was ist los?" Ihre Stimme hallte wie ein fernes Echo in seinen Ohren.

„Thérèse, sie kommen. Die Stadt ist nicht mehr sicher. Die Meuten scheren sich nicht um unseren Stand. wir müssen ... wir müssen ...", flüsterte er voller Entsetzen. Er wusste nicht, was sie tun sollten. Doch es galt, sofort eine Entscheidung zu treffen.

Thérèse war augenblicklich auf den Beinen. Sie starrte ihn entsetzt an, auch sie hörte nun die Geräusche. Unten wurde gegen die Tür getreten und geschlagen. Die harten Schläge donnerten durch das Haus. Die Tür mochte aus gutem Holz sein und mit Eisen beschlagen, doch sie würde nicht lange standhalten, wenn eine Meute von hasserfüllten Männern sie zum Bersten zu bringen beabsichtigte.

Beider Herzen begannen zu rasen.

Beider Gedanken galten im nächsten Moment dem friedlich atmenden Wesen in der Holzwiege neben ihrem Bett. In einer fieberhaften Synchronizität stürzten sie gleichzeitig auf die Wiege zu. Thérèse, schneller in ihrer mütterlichen Verzweiflung griff zuerst nach ihrem kleinen Jules. Sie packte ihn und riss ihn an sich, presste ihn gegen ihre Brust und umklammerte ihn voller Panik. Das kleine Kind erwachte mit einem zaghaften Wimmern, eingeschüchtert ob des plötzlichen hektischen Treibens.

Ètienne blickte sich um. Sie hörten an dem Knacken des Holzes und dem unheilvollen Kreischen der Scharniere, dass unten die Tür kurz davor war nachzugeben. Wo sollten sie sich nun hinwenden? Es gab nur einen Ausweg, sie wussten es beide, wenn sie nicht aus dem Fenster des ersten Stocks den Angreifern in die Arme springen wollten: Sie würden ins Erdgeschoss hinunterlaufen müssen, an der Eingangstür vorbei, die jeden Moment nachgeben konnte und durch die Küche zur Hintertür hinaus, wenn sie dort nicht auch bereits lauerten. Thérèse stand wie angewurzelt, wie erstarrt. Ètienne packte sie bei der Hand und stürzte, sie hinter sich her schleifend los. Sie stolperte ihm nach. Die Tritte und Schläge gegen die Tür donnerten und dröhnten, das Holz splitterte bereits. Auf den letzten Stufen stolperte Therése, Étienne konnte sie jedoch halten und zog sie mit sich weiter. Sie umklammerte ihr Kind, welches sie erschrocken anstarrte und sich an sie klammerte. Bei jedem Schlag zuckte Therése zusammen und musste sie sich auf die Lippen beißen, um nicht vor Angst laut aufzuschreien.

Die Tür brach in jenem Moment, als sie die Küche erreichten.

Ein ohrenbetäubendes Krachen erfüllte das Haus und ließ sie zusammenzucken. Sie stolperten in die dunkle Küche und hasteten auf die Hintertür zu, während sie den lauten Tumult der Eindringlinge hörten, die durch die Vordertür hereinbrachen. Das Poltern ihrer Schritte und das ungestüme Stürmen die Treppen hinauf hallten wie Donnerschläge durch ihr Haus und verriet, dass sie nicht sogleich den Weg gen Küche genommen hatten. Der schreckliche Lärm des Zerschmetterns ihrer Besitztümer drang zu ihnen, noch bevor sie die Hintertür schließen konnten. Dann standen sie im Freien. Es war ein unfassbares Glück, dass niemand ihnen hier auflauerte. Das Schicksal hatte ihnen einen flüchtigen Moment der Gnade geschenkt, doch ihre Erleichterung war flüchtig. Wohin sollten sie sich wenden? Sie mussten schnell fort, sonst würden sie sie durch die Fenster erblicken.

Therése hielt Jules fest an sich gedrückt, während Étienne verzweifelt in die Dunkelheit starrte.

„Kommt hier hinein!", hörten sie plötzlich eine Stimme und schon zog jemand mit fstem Griff am Ärmel von Theréses Nachthemd. Sie riss ihren Kopf herum und sah zu ihrem unbeschreiblichen Erstaunen Gervais, ausgerechnet Gervais, den Bäcker aus dem Nebenhaus. Sie blickte angsterfüllt zu Étienne. Konnten sie ihm vertrauen?

Doch es blieb ihnen nichts anderes übrig. Sie musste ihm folgen und zwar sofort und wo wären sie besser aufgehoben als bei einem treuen Katholiken?

Sie hatten nur diese eine Hoffnung, denn in wenigen Augenblicken würde die Küchentür auffliegen und die Männer würden sie hier suchen.

Sie liefen mit wild klopfenden Herzen hinter dem Nachbarn her durch dessen Hintertür in das Bäckerhaus Gervais.

Als sie in die gedeckten Schatten seines Hauses traten, sah er sie mit harten Augen an. „Los, folgt mir in den Keller!"

Thérése zitterte vor Angst und vor Kälte. Um nichts in der Welt wollte sie mit Étienne und ihrem Kind im Arm in den Keller des Bäckers Gervais hinabsteigen. Sie konnte sich alles vorstellen, was sie dort erwartete, jedoch nichts Gutes. Doch wo sollten sie sonst hin? Thérése zitterte so sehr, dass Jules ihr aus den Armen zu gleiten drohte.

Étienne musterte Gervais mit einem durchbohrenden Blick. Was hatte der Mann vor? Niemanden kannten sie, der ein noch strenggläubigerer Katholik gewesen wäre als Gervais. Dieser Mann, der in seiner Animosität und Verachtung keinen Hehl gemacht hatte und ihnen noch nicht einmal ein Brot verkaufen wollte, weil sie einen anderen Glauben hatten - sollte nun ihre Rettung sein? Nun sollten sie ausgerechnet ihm in dieser Notlage in den Keller folgen?

Étienne war im Zwiespalt gefangen. Doch dann bemerkte er etwas an Gervais' Blick, etwas Unbeschreibliches, das seinen Atem ruhiger werden ließ. Es war ein flüchtiger Ausdruck, der durch die harten Züge des Bäckers blitzte.

Die Gedanken daran, dass draußen die hasserfüllten Horden wüteten, das Licht brennender Häuser und der Klang zerberstender Türen und Fensterscheiben sorgten dafür, dass jede andere Entscheidung wahnsinnig schien.

Da hörten sie bereits im Hinterhof die lärmenden Angreifer.

Die Finsternis des Kellers, so bedrohlich sie auch wirken mochte, blieb ihre einzige Hoffnung.

Er musste jetzt eine Entscheidung treffen. Therése war einem Nervenzusammenbruch nahe und sein Kind weinte vor Angst. Er löste seinen stechenden Blick von Gervais und atmete tief durch. Dann griff er nach Jules, nahm ihn sanft jedoch bestimmt an sich und fasste mit festem Griff Theréses Hand, ein stilles Versprechen. „Therése", flüsterte Étienne eindringlich, „wir haben keine Wahl. Vertrau mir. Folge Gervais, er hilft uns." Mit diesen Worten schob er sie in Richtung Kellertür. Da donnersten ihre Fäuste bereits an Gervais Hintereingangstür.

Gervais stieß sie regelrecht durch die Tür und schloss diese energisch. Nun waren sie Gervais ausgeliefert. Auf Gedeih und Verderb. Sie hatten keine Vorstellung, was er im Schilde führte.

So schnell sie es vermochten, stolperten sie in der Finsternis die Treppe hinunter und versuchten sich zu orientieren.

Der Geruch von feuchtem Mehl und uraltem Stein hüllte sie ein. Es war kalt hier unten und sie trugen nur ihre Schlafkleidung.

Étienne drückte Jules nun fest an sich, um ihn zu wärmen und zu beruhigen. Er sprach ihm leise und beruhigend zu und spürte, dass dies auf ihn selbst eine beruhigende Wirkung ausübte.

Sie konnten mit den klammen Fingern erspüren, dass sie sich in einem Steinkeller befanden, während sie weiter stolperten, nun langsam und bedacht, nicht zu stürzen, bis sie auf eine Wand stießen. Dort ertasteten sie den Boden. Er erschien ihnen sauber und trocken zu sein. Sie setzten sich dicht beisammen gedrängt und Therése umklammerte mit ihrem linken Arm Étiennes Arm, mit dem Rechten strich sie Jules über das Haar und den Rücken.

So verging eine unbestimmte Zeit und niemand öffnete die Kellertür. Die ungewisse Stille umhüllte sie wie ein schwerer Mantel, dicht und erdrückend. Sie hörten auch nicht, was sich oben abspielte; die Wände waren massiv und dick, und hielten den Lärm der Außenwelt fern. Alles, was sie hörten, war ihr eigener schneller Atem. Allmählich wurden sie ruhiger. Der Schreck, der ihre Körper durchflutet hatte, ebbte langsam ab.

Auch Jules schien sich zu beruhigen. Schließlich fand er in den Armen seines Vaters in den Schlaf, sein Atem sanft und gleichmäßig.

Es verging wieder eine ganze Weile. Die Dunkelheit und Stille schienen umso schwerer, je länger sie anhielten. Therèse saß schweigend an der Seite ihres Mannes, den Kopf erschöpft an seinen Arm gelehnt. Mit der Entspannung kam der unaufhaltsame Strom der Tränen, leise und verheißungslos. Sie weinte still, das Gefühl der Erleichterung und der Sorgen in einer fragilen Balance.

Étienne wagte nicht, sich zu bewegen, wog nur weiterhin sanft das schlafende Kind, seine Aufmerksamkeit geteilt zwischen diesem Moment der Ruhe und den ungewissen Gefahren, die noch drohen könnten. So beteten sie still, dass sie diese Schreckensnacht heil überstehen würden und dass es ein Morgen für sie gab. Schließlich übermannte sie die Müdigkeit und sie fielen in einen unruhigen Schlaf. Die Kälte ließ sie immer wieder aufschrecken. Sie versuchten beide, das Kind zu wärmen, dessen eiskalte Füßchen sie in Sorge über seine Gesundheit versetzten.

Irgendwann erwachte Étienne und fand nicht wieder in den Schlaf. Er versuchte voller Sorge die kalten Füßchen von Jules zu wärmen und lauschte dem Atem von Therése. Vor seinem inneren Auge nahmen die Szenen und Bilder Gestalt an, die sie in diese Lage gebracht hatten. Étienne erinnerte sich an vieles aus den Erzählungen sines Vaters und aus seiner eigenen Kindheit. Er selbst hatte am 20. April 1546 das Licht der Welt, genauer gesagt, das Licht von Paris erblickt, wobei es ein bestenfalls als schummrig zu bezeichnendes Licht war, in das er hineingeboren wworden war, in der Kammer seiner Mutter. Er war ihr erstes Kind. Ein gesunder, kräftiger Junge und es war ihr trotz der Strapazen der letzten Stunden gut gegangen. Und das war ein Grund zur Freude. Viele Mütter überstanden ihre erste Geburt nicht.

Noch im selben Jahr hatten sich in Meaux besorgniserregende Vorfälle ereignet, wo die dort ansässigen Protestanten beschlossen hatten, eine Gemeinde zu gründen. Am 8. September wurden etliche von ihnen aus einem Gottesdienst heraus verhaftet, grausam gefoltert und zum Tode verurteilt. Einen Monat nach ihrer Verhaftung wurden sie öffentlich verbrannt, eine Mahnung an jeden, der es wagte, sich gegen die katholische Kirche zu stellen.

Étienne wuchs im Schatten dieser schrecklichen Ereignisse auf, der Hass und die Gefahr stets gegenwärtig in seinem Leben. Seine Eltern bemühten sich, ihn und seine Geschwister so gut es ging zu schützen, doch der Funken des Widerstandes glomm in ihrer Familie weiter. Sie hatten sich heimlich mit anderen Protestanten getroffen, um ihren Glauben zu teilen und zu festigen, wohlwissend, dass die Gefahr stets lauerte.

Im folgenden Jahr war Franz I. gestorben, der bereits gewiss nicht als Freund der Protestanten hatte bezeichnet werden können und welcher bestenfalls gelegentlich und auch nur aus taktischen Gründen im Sinne der Protestanten gehandelt hatte. Sein Sohn Heinrich II., folgte ihm anno 1547 auf den Thron, als Étienne gerade die ersten Schritte tat.

Heinrich II. hatte umgehend die chambre ardente zur Verfolgung der Protestanten eingerichtet.

Als Étienne etwa fünf Jahre alt gewesen war, waren zahlreiche Prediger aus Genf nach Frankreich zurückgekehrt doch im selben Jahr wurde die Ausübung des Protestantismus durch das Edikt von Chateaubriand bei Androhung von Todesstrafe verboten.

Dennoch hatten sich auch besonders im Jahre des Herrn 1555 viele, in Genf ausgebildete, Reformprediger in ganz Frankreich niedergelassen und dort mehr als siebzig Gemeinden entstehen

158

lassen.

Fürwahr, damals hatte Étienne nichts von alledem verstanden. Doch für seine Eltern war kein anderes Bekenntnis, als jenes des reformierten Glaubens, in Betracht gekommen, wie sie ihm später dargetan hatten.

In jenem Jahr 1555 wurde, wie es hieß, das erste Kind in einer der französischen Gemeinden im neuen Glauben getauft.

Étienne war wenig später ebenfalls im katholischen Frankreich nach protestantischem Ritus getauft worden.

Nur zwei Jahre darauf war die Inquisition in Frankreich eingeführt worden und am 24. Juli 1557 war das Edikt von Compiègne gefolgt, um die Kirche mittels weltlicher Strafgerichtsbarkeit bei der Verfolgung der Hugenotten unterstützen zu können. Von da an hatte ihnen bereits für die Verbreitung von Büchern die Todesstrafe gedroht.

Im selben Herbst war Étienne Zeuge eines grauenvollen Ereignisses geworden, das sich tief in sein Gedächtnis gebrannt hatte. Eine wütende Horde Pariser Bürger war auf die Besucher eines lutherischen Gottesdienstes losgegangen. Von einem Versteck aus, nahe des Hauses, in dem er damals mit seinen Eltern lebte, hatte er beobachtet, wie die bewaffneten Männer brutal auf ihre unbewaffneten Opfer einschlugen. Mit einer Grausamkeit, die ihn auch Jahre später noch erschaudern ließ, hatten sie den Männern und Frauen die Wertsachen und sogar die Kleider entrissen - selbst den vornehmen Damen!

Er hatte zusehen müssen, wie sie die hilflosen Gestalten, die bereits am Boden lagen, weiter malträtierten, ihnen Schmutz ins Gesicht schmierten und sie als Ketzer, Meuchelmörder und Strauchdiebe beschimpften. Dieses Ereignis war das Erste gewesen, das er selbst miterlebte, und das sein Bild von den ihn umgebenden Menschen nachhaltig prägte. Von diesem Tag an kannte er die rohe Gewalt und Grausamkeit, zu denen Menschen fähig waren.

Étienne hatte wenig später von seinem Vater erfahren, dass im Anschluss an diesen Vorfall kein einziger Angreifer belangt worden war. Im Gegenteil, drei der gequälten und erniedrigten Lutheraner waren zum Tode verurteilt worden

Dennoch, Étienne hatte eine weitgehend unbeschattete Kindheit im Kreise seiner Familie verlebt. Und trotz der Grausamkeiten und der Verbrechen, denen die Hugenotten in Frankreich ausgesetzt waren, war die hugenottische Gemeindestetig gewachsen und auch Étiennes Eltern hatten sich nicht von ihrem Glauben abbringen lassen. Wie schließlich sollten derartige Verbrechen einem Gläubigen den Glauben an seinen Gott nehmen? Es nahm ihm höchstens den Glauben an die Menschen, die das taten und an deren Glauben.

1560 war den Protestanten im Edikt von Romorantin schließlich Gewissensfreiheit zugesichert worden, wobei das Abhalten von Gottesdiensten weiterhin verboten geblieben war.

Nicht zuletzt hatten die Guisen selbst den Protestanten einen nicht unerheblichen Zulauf von Anhängern beschert mit ihrer verschwenderischen Geldpolitik. Besonders das Volk, der Adel und die Gewerbetreibenden waren empört und verunsichert gewesen über das Gebaren der Herrschenden in Frankreich und hatten hierin wohl eine willkommene Möglichkeit erblickt, sich von ihnen zu distanzieren.

Am Ende diesen Jahres hatte Frankreich einen zehnjährigen Thronfolger gehabt und Katharina von Medici hatte versucht, in ihrem Sinne in die französische Politik einzugreifen.

1562 hatte sich dann sehr vielversprechend angelassen. Bereits am 27. Januar war in St. Germain-des-prés ein Toleranzedikt zwischen den Katholiken und den Protestanten vereinbart worden. Nun sollten sogar Gottesdienste erlaubt sein. Das war eine glorreiche Zeit. Étienne konnte sich noch gut entsinnen, was dieses Edikt seinen Eltern bedeutet hatte. Es war ein Aufatmen durch die

Gemeinde der Hugenotten gegangen. Es hatte Feste gegeben.

Doch die Freude hatte nicht lange angehalten. Nur einen Monat später war sie jäh zerstört worden. Mit Schrecken hatte er damals, nunmehr vor zehn Jahren am 1. März 1562 von dem Blutbad erfahren, dass die Soldaten des Herzogs von Guise bei Vassy während eines Gottesdienstes angerichtet hatten. Im gleichen Jahr hatte die englische Königin Elizabeth mit den französischen Hugenotten einen Beistandspakt geschlossen.

Ja, es war ein mühevoller Pfad voller Leid und Widersprüche, den sie hatten gehen müssen, die Anhänger seines Glaubens, dennoch, die meiste Zeit seines Lebens hatte er unbehelligt unter den Katholiken leben können, wenn man von den gelegentlichen Ausfällen gewisser Nachbarn, zu denen nicht zuletzt Gervais zählte, absah. Auch davon, dass mancher Käufer einen katholischen Händler vorzog, und der allgegenwärtigen Angst, die sich wie ein Schatten über ihre Tage legte. All diese Widrigkeiten und all das Leid hatte sie nur noch fester gemacht in der Überzeugung, dem rechten Glauben anzugehören. Es waren dieselben Herausforderungen, die die Hugenotten enger zusammenrücken ließen, ihnen eine Gemeinschaft verliehen, die weit über die irdischen Ungerechtigkeiten hinausging. Diese Verbundenheit hatte Étienne von klein auf gestärkt und ihm ein tiefes Gefühl von Stolz vermittelt, zu einer Glaubensgemeinschaft zu gehören, die inmitten von Verfolgung und Misstrauen inneren Frieden und Stärke fand.

Seine Eltern hatten oft von der Kraft und dem Mut gesprochen, die man benötigte, um in einem Glauben zu leben, der die Anhänger fortwährend Gefahren aussetzte. Étienne hatte ihnen stets dafür gedankt, ihn in dieser Überzeugung aufgezogen zu haben, in einem Glauben, der ihn gezwungen hatte, weiter zu blicken, sich Gedanken zu machen über Dinge, die manch anderer nie sehen würde. Er war stolz darauf, nicht der Dummheit zu erliegen, zu glauben, er lebe in einem Frieden, den es niemals gab, den es vermutlich nie gegeben hatte und den es auch wohl nie geben würde. Jener Frieden, in welchem sich nur jene wähnten, deren Trommelschlag mit jenem der größten Armee klang und deren Schritte die festgetretenen Pfade wählten.

Er hatte nach dem plötzlichen Tod der Eltern das Kontor seines Vaters erfolgreich weiterführen und erweitern können, hatte sich einen Namen als Pariser Tuchhändler machen können, der sogar nach England und Holland ausführte. Er hatte Thérése heiraten können, die ihm vor beinahe zwei Jahren seinen Sohn geschenkt hatte. Er hatte ein gutes Leben geführt, in den Wirren der Zeit, die gespickt gewesen waren von Intrigen und Machtkämpfen zwischen den Papstanhängern und den Anhängern der neuen Kirche, in die sich selbst die spanische und die englische Krone und der deutsche Adel eingemischt hatten. Drei grausame Kriege waren in den letzten Jahren um diesen Konflikt ausgetragen worden, doch der Frieden schien so fern wie nie zuvor .

Und mit dieser Nacht stand nun für ihn alles auf dem Spiel, drohte ihm alles genommen zu werden. Er wusste nicht, wie lange er es noch ertragen konnte, still hier unten zu sitzen und der Dinge zu harren, die da auf sie zu kommen würden.

Irgendwann erwachte Jules. Er gab in seinen ersten wenigen Worten zu verstehen, dass er hungrig sei. Thérése beruhigte und tröstete ihn und versuchte ihm zu verdeutlichen, dass sie nichts zu essen hätten. Er würde warten müssen. Doch wenngleich Jules bereits die ersten Worte sprach, war er nicht so verständig, dass man große Geduld von ihm erwarten konnte. Er weinte schließlich und war zornig. Auch fror er offensichtlich, so kalt wie seine Händchen und Füßchen waren.

Beide empfanden es als große Last hier Stunde um Stunde auszuharren, ohne zu wissen, was sie erwartete. Sie standen auf und vertraten sich notdürftig die Beine. Sie versuchten, Jules durch leises Singen zu beruhigen, sie versuchten zu schlafen ...

Schließlich schreckten sie hoch, als die Kellertür endlich aufgestoßen wurde. Sie drückten sich fest in die Ecke und hielten sich an den Händen und ihr Kind in den Armen.

In dem hellen Licht, das durch die Tür einfiel, stand Gervais. Er schien allein zu sein. Sie atmeten beide auf. Wie war es nur möglich, dass sie sich über sein Erscheinen freuen konnten?

Er stapfte die Treppe gemächlich herab. In seinen Armen hielt er etwas großes, unförmiges, sie erkannten es schließlich, als er näher gekommen war. Es waren Decken. Sie fühlten eine unendliche Dankbarkeit. Er brachte ihnen Decken und Brot und Wasser ... er hatte an alles gedacht, wessen sie bedurften.

Zitternd hüllten sie sich in die Decken, Étienne hatte Jules fest mit eingewickelt. Dann gaben sie ihm von dem Wasser und dem Brot. Er wurde augenblicklich ruhiger.

„Wie können wir Euch danken, Gervais?", flüsterte Étienne.

„Dankt nicht mir, dankt ihm", brummte Gervais unfreundlich und zeigte mit dem Zeigefinger nach oben. „Mein Gott sagt mir, ich solle barmherzig sein."

„Wie viel Zeit ist vergangen? Sind sie fort? Was ist geschehen?", konnte Thérese ihre Fragen nichr zurückhalten.

Er sah sie unwillig an. „Es sind eine Nacht und ein Tag vergangen. Jetzt ist der 24. nachmittags. Ich konnte nicht eher herunter kommen, es war zu gefährlich." Sein Ton war schroff und voller Bitterkeit.

Thérése konnte nicht deuten, was in dem Mann vor sich ging. Weshalb half er ihnen, wenn er über ihre Anwesenheit zugleich so erzürnt zu sein schien?

Doch Gervais sprach weiter. „Sie waren noch stundenlang im Hause und haben getrunken und sich ihrer Heldentaten gerühmt. Ich mach keinen Hehl daraus. Ich kann euch Hugenotten nicht leiden, das solltet Ihr wissen, doch was sie da tun kann nicht richtig sein. Da mach ich nicht mit. Solcherlei Gewalt kann ich nicht dulden. Was diese Männer tun ist eine Schande, und ich will keine Teil davon sein."

Ètienne sah Gervais ungläubig und ratlos an. Sie waren nun seit zehn Jahren seine Nachbarn, bereits als Kind, hatte er um diesen Mann einen großen Bogen gezogen. Gervais hatte ihm gegenüber unzählige Beleidigungen und Verunglimpfungen seiner Eltern ausgesprochen, hatte ihn mit dem Besenstiel verjagt, wenn er vor dem Haus des Bäckers gespielt hatte, hatte ihm zu Füßen gespuckt, als sie einmal eine Auseinandersetzung hatten. Nun rettete er ihnen das Leben und stand da, mit Decken, Wasser und Brot und zeigte ein Gesicht, dass er nie und nimmer erwartet hätte. Ein grimmiges Gesicht zwar, aber zugleich ein mildtätiges.

Es war ein seltsames Gefühl, diesen Mann zu sehen, der ihnen so oft Abneigung gezeigt hatte, jetzt als Beschützer. Gervais' Handeln entsprang gewiss keiner Sympathie, sondern dem Bewusstsein von Recht und Unrecht. Und eben diese Erkenntnis ließ Étienne den alten Nachbarn mit neuen Augen sehen. „Was ist geschehen?", fragte er nach einer Weile des Schweigens. Zugleich fürchtete er die Antwort.

Gervais blickte zu Boden und scharrte mit dem rechten Fuß leicht auf dem Steinboden. Er schwieg.

Das konnte nichts Gutes bedeuten. Étienne sah ihn, auf das Schlimmste gefasst, an.

„Gervais, sagt uns, was geschehen ist, ich bitte Euch!", flüsterte Therése. Auch sie klang überaus besorgt.

„Sie haben euer Haus verwüstet ..." Gervais klang ausweichend.

„Und weiter? Was haben sie sonst getan? Sie waren nicht nur bei uns ...", drang Étienne auf Gervais ein.

„Sie waren auch bei Broussais!", ergänzte Therése ungeduldig.

„Gewiss, auch dort sind sie gewesen ..." Gervais schien es schwer zu fallen, darüber zu sprechen, was vorgefallen war. „Broussais ist tot", sagte er schließlich mit dunkler Stimme. „...

Seine Frau ist tot, und auch die beiden Alten ... und die Kinder ...“

Ètienne konnte kaum fassen, was er hörte. Die Vorstellung traf ihn wie ein Schlag. Er kannte diese Familie seit Jahren. Seit sein Vater das Haus gekauft und es zu einem Kontor umgebaut hatte. Er war mit Broussais zusammen aufgewachsen und hatte mit ihm Jungenstreiche verübt. Broussais hatte einige Jahre früher als er geheiratet und das Geschäft seiner Eltern übernommen.

Er musste sich setzen. Auf dem harten Steinboden stützte er den Kopf in die Hände. Seine Gedanken waren bei Broussais. Hätte er ihm helfen können? Hätte er ihm helfen müssen? Doch wie? Vor seinem inneren Auge spielten sich die Szenen ab, die sich in der vergangenen Nacht im Hause des Freundes abgespielt haben mussten und ihm wurde übel.

Therése kniete sich zu ihm nieder und nahm ihn in den Arm. Ihre Wangen waren tränennass. Sie sagten nichts, es gab nichts zu sagen. Wie eine kalte Hand hatte sich die Trauer und Verzweiflung über sie gelegt. Für diesem Moment waren ihre Gedanken einzig und allein bei Broussais und seiner Familie.

Ihr Kind, noch zu jung, um die Tragweite der Ereignisse zu erfassen, hatte sich währenddessen Gervais zugewandt und zupfte neugierig an dessen Gewand. Mit seinen zwei Jahren konnte Jules nicht begreifen, was die Worte bedeuteten, die zuletzt gesprochen worden waren. Seine kindliche Unschuld war ein scharfer Kontrast zu dem düsteren Schicksal, das sich über die Familie gelegt hatte.

Gervais sagte ebenfalls nichts. Er wusste, dass weit mehr geschehen war als dieses eine furchtbare Unglück. Gervais betrachtete sich selbst als guten Katholiken und hatte keinerlei Verständnis für Leute wie Broussais oder Étienne und Therèse, die im falschen Glauben lebten und ihre Kinder dieser Häresie aussetzten, ja er empfand auch keinerlei Mitleid, wenn diesen Leuten etwas zustieß, wenn sie das Schicksal hart traf. Im

Gegenteil. Dies erschien ihm vielmehr als gerechte Strafe Gottes. Schließlich erwartete sie nach dem Tod auch keine göttliche Gnade.

Doch war es durchaus etwas anderes, wenn Leute loszogen und ihnen absichtlich Schaden zufügten. Gervais war überzeugt, dass dies nicht der Wille Gottes sein konnte. Solch abscheuliche Gewalt konnte er, Gervais, nicht gutheißen, und er wollte nichts damit zu tun haben. Er betrachtete es als göttliche Fügung, dass er die zwei mit dem Kind im Hinterhof aufgelesen hatte und sie hatte retten können vor dem Mob. Er sah darin eine Prüfung, die Gott ihm auferlegt hatte – eine Prüfung, die er erkannt und angenommen hatte.

Gervais machte sich keine Illusionen über seine Gefühle gegenüber diesen Menschen. Die Verachtung, die er für ihre Glaubensweise hegte, war nach wie vor präsent. Doch er war entschlossen, sein Bestes zu tun, um Barmherzigkeit zu zeigen, auch wenn er diejenigen, denen er diese Barmherzigkeit erwies, in keiner Weise schätzte.

„Ihr habt Glück gehabt", murmelte er schließlich mehr zu sich selbst als zu ihnen. Während er den Blick auf die dunklen Ecken des Kellers richtete, überlegte er, wie grotesk es doch war, Gottes Wege zu interpretieren.

Gervais brachte Étienne und Therése mit dem kleinen Jules noch am selben Abend in einem der Räume im ersten Stock seines Hauses unter. Er stellte ihnen ein Bett, wärmende Decken und Nahrung und Wasser zur Verfügung und er brachte ihnen Kleidung.

Sie lebten eine Woche bei ihm, in denen er ihnen von immer neuen Schreckenstaten berichtete, die an Protestanten im ganzen Land verübt wurden. Es nahm kein Ende.

Étienne und Therése wollten in ihr Haus zurückkehren, sie wollten Ordnung schaffen und ihr Leben wieder aufnehmen in alter

Gewohnheit. Sie wollten nicht mehr auf Gervais angewiesen sein, auf die Mildtätigkeit eines Fremden, der sie nicht leiden konnte. Doch sie konnten es unter diesen Umständen nicht wagen. Wenn sie den Worten Gervais ´ Glauben schenken konnten, dann wurden immer weiter Protestanten ermordet und Häuser zerstört.

Gervais hatte von mehreren Tausend Opfern im ganzen Land gesprochen. Das war so unvorstellbar, dass es ihnen schwer fiel, ihm zu glauben.

Coligny, einer der einflussreichsten Führer der Hugenotten, war während eines Gebetes vor seinem Bett kniend brutal angegriffen worden. Man hatte ihm zunächst Schwertstiche zugefügt. Anschließend schlugen sie ihm mit einem Schwert über den Kopf. Doch selbst das hatte ihn nicht augenblicklich getötet. So hatten sie ihn, noch lebend, aus dem Fenster geworfen. Coligny, in einem letzten verzweifelten Versuch, sich am Leben zu halten, soll sich an das Fenstersims geklammert haben, sodass dieses mit abbrach. Der Herzog von Guise, ein erbitterter Feind der Hugenotten, hatte ihm dann erbarmungslos mit Fußtritten zugesetzt, und schließlich hatten sie ihm die Geschlechtsteile und den Kopf abgetrennt.

Étienne und Therése waren von diesen entsetzlichen Details wie betäubt. Sie sahen einander an, und die entsetzliche Frage drängte sich in ihre Gedanken – wie konnten sie weiterleben? Wie war es möglich, nach solch einer Demonstration menschlicher Grausamkeit weiterzumachen, Hoffnung zu bewahren und an eine bessere Zukunft zu glauben?

Therése war am 3. Juni des Jahres 1552 geboren worden, im Jahr nach dem Erlass des Ediktes von Chateaubriand. Ihr Vater, Frédéric Marand, ein reich gewordener Kaufmann aus Verdun hatte die feste Absicht gehabt, sie an einen verarmten Comte zu verheiraten. Mit ihrer Mitgift und dem Titel des Comte wären seine ehrgeizigen Pläne perfekt gewesen. Sie jedoch hatte mit sechzehn Jahren die Bekanntschaft Étiennes gemacht und sofort gewusst, ihn würde sie heiraten und keinen anderen.

Es hatte einiges an Überzeugung gekostet, den alten Marand zu diesem Schritt zu bewegen, doch es war ihr schließlich gelungen und ein Jahr später hatten am 18. Juli 1569 die Hochzeitglocken geläutet.

Therése war sich stets ihres großen Glückes bewusst gewesen. Und an Étiennes Seite hatte es ihr an nichts gefehlt. Er war gewiss nicht reich, doch hatte er durchaus ein ordentliches Auskommen und es war immer genug Geld übrig, dass sie sich bei einem guten Schneider einkleiden konnten, dass sie sich Personal leisten konnten, dass ihr, Therése, die schweren Hausarbeiten abnahm, und dass sie am gesellschaftlichen Leben teilhaben konnten. Mehr benötigte sie nicht.

Dann hatte die glückliche Geburt ihres Jules ihr Leben vollkommen gemacht. Sie hatte die ganzen vergangenen zwei Jahre nichts lieber getan, als diesem kleinen Wesen beim Aufwachsen zuzusehen. Ihre Eltern waren zu Pfingsten diesen und letzten Jahres zu Besuch gekommen und waren ebenfalls ganz entzückt gewesen über ihr erstes Enkelkind.

Doch nun war mit einem Mal alles ungewiss. Wie sehr sehnte sie sich nach ihren Eltern, die weit weg in Verdun lebten, und womöglich nicht ahnten, in welch schrecklicher Lage sie sich befanden. Wenn sie ihnen nun schrieb? Sie um Hilfe ersuchte?

Die Marands waren Katholiken. Sie hatten es nicht befürwortet, dass sich Therése dem reformierten Glauben anschloss, als sie Étienne heiratete, doch sie hatten es schließlich hingenommen. Für sie hatte die Kirche keinen herausragenden Stellenwert. Sie besuchten die Messe, ansonsten zählten weltliche Dinge. Vater hatte ihr damals im Geheimen anvertraut, wenn die Kirche eine so bedeutende Rolle spielte, in seinem Leben, wie es sich der Papst gewiss wünschte, dann wäre er kein solch erfolgreicher Kaufmann geworden. Und dann hatte er hinzugefügt: Keiner solle ein solcher Narr sein, sich wegen der Ansichten der Kirche unglücklich zu machen, wenn sie ihren Étienne heiraten wolle, dann solle sie dies nur tun, Gott werde es ihr verzeihen, da sei er sich vollkommen sicher. Oh, wie sehnte sie sich nun nach ihrem Vater, wenn sie an seine liebevollen Worte dachte. An seine Menschlichkeit in diesen finsteren Zeiten, in dieser Einsamkeit und Verzweiflung. Damals war ihr in keiner Weise bewusst gewesen, welche Bedeutung seine Worte in sich trugen. Sie hatte sie nur hingenommen und war ihm dankbar gewesen, dass er ihr seinen Segen gegeben hatte. Doch jetzt, in dieser Lage erkannte sie, welch eine Seele hinter dieser Aussage steckte und wie kostbar es war, einen solchen Vater zu haben. Diese Gewissheit erschien ihr wie das Licht einer Fackel in der Finsternis.

Étienne sah Therése, der Tränen die Wangen hinabliefen, erschrocken an. „Was ist geschehen?"

„Ich möchte Vater schreiben …", schluchzte sie. „Er wird einen Weg wissen, wie wir aus dieser Hölle entrinnen können."

Étienne sagte nichts. Er nahm sie in den Arm um ihr Trost zu spenden. Doch seine Gedanken kreisten wild in seinem Kopf umher. Er konnte das nicht über sich bringen. Er hatte das verschuldet, da er Therése in diese Lage gebracht hatte. Ohne ihn wäre sie nun in Sicherheit verheiratet mit einem Katholiken. Er wusste, dass ihre Eltern dafür wenig Verständnis aufbringen konnten und dass sie ihn zutiefst verachten würden, wenn es ihm nicht gelang, sich und seine Familie aus dieser Lgae zu befreien, und stattdessen sie um Hilfe anbettelte. Auf der anderen Seite war die Lage so misslich und so verzweifelt, dass er beim besten Willen nicht wusste, was er tun konnte und vermutlich hätten Theréses Eltern tatsächlich die Mittel und Wege, sie in Sicherheit zu bringen und das wünschte er sich so sehnlich wie nichts anderes auf der Welt.

Er überlegte hin und her, während Therése weinte. So konnte er keinen klaren Gedanken fassen.

„Ich werde mir etwas einfallen lassen, Therése, das verspreche ich dir. Ich finde einen Weg."

Doch Étienne konnte sich nicht überwinden, die Marands um Hilfe zu ersuchen. Er wartete noch zwei weitere Wochen im Hause des Bäckers ab, dann erschien es ihm, als würde sich die Lage draußen beruhigen.

Gervais hatte seit drei Tagen nichts mehr berichtet von Gräueltaten und Gewalt, so entschloss sich Étienne, das Versteck zu verlassen und in seinem Haus wieder Ordnung herzustellen und sein Leben wieder aufzunehmen.

Sie kehrten am Abend in ihr Haus zurück. Es war furchtbar zugerichtet. Ihre Sachen waren verwüstet und zerstört. Sie räumten notdürftig auf und sie schliefen die erste Nacht wieder in ihrem Bett.

Am nächsten Morgen machte sich Étienne auf den Weg zu der alten Louise, die ihnen schon einmal für längere Zeit gedient hatte. Er wollte sie wieder in Dienst nehmen, damit sie ihr gewohntes Leben weiterführen konnten. Er freute sich, dass es ihm ohne die Hilfe der Marands gelang.

Therése und Jules waren im Haus geblieben. Therése ordnete weiter ihre Sachen und türmte alles, was nicht mehr zu retten war, im Kontor auf.

Gegen elf Uhr legte sie Jules zum Schlafen in das elterliche Bett, denn Jules Bett war vollständig zerstört worden. Dann begab sie sich in die Küche, heizte den Herd ein und setzte Wasser auf.

Als es gerade zu kochen begann, hörte sie Leben im Kontor. Sie vermutete die Rückkehr Étiennes und lief in die große Eingangshalle. Die Holztür war zerstört worden, sie hatten Bretter in den Rahmen gestellt, um die Tür notdürftig zu schließen. Es war nicht Étienne, es waren Fremde. Sie jubelten als sie Therése sahen.

„Ah, ich habe euch doch gesagt, sie sind zurückgekehrt!"

Als Étienne zurückkehrte, war der Eingang geöffnet. Die Bretter waren achtlos umgeworfen, ein verstörendes Zeichen der Verwüstung. Er wusste sofort, dass etwas nicht stimmte.

Vorsichtig näherte er sich dem Haus, um unbemerkt herauszufinden, ob noch jemand im Inneren war, doch sein Herz pochte so stark, dass er meinte, man müsse es noch eine Straße weiter hören. Ihm war eiskalt vor Angst.

Schließlich nahm er allen Mut zusammen und trat ins Kontor.

Der Anblick, der sich ihm bot, brannte sich unauslöschlich in seine Erinnerung.

Sein Blick fiel sofort auf Thérèse. Sie lag da, reglos, die Glieder verrenkt, die Kleider zerrissen. Er trat dicht an sie heran und kniete sich zu ihr nieder, seine Hände zitterten unkontrolliert. Ihre Augen waren weit geöffnet, starrten ins Nichts. Ihm stockte der Atem, als er sich über sie beugte. Sie war so schön wie am Tag ihrer Hochzeit, mit denselben zarten Zügen, die er so liebte … doch das Leben war aus ihrem Körper gewichen.

Er kniete sich neben sie, hob vorsichtig ihren Kopf an. Schwer ruhte er in seinen Händen. Tränen rannen über sein Gesicht, als er sich über sie beugte und sie fest an sich presste. Ihr Körper war kalt und leblos … Der Schmerz zerriss ihm fast die Brust. Sie war sein ganzes Leben gewesen und nun war sie tot und er war allein zurückgeblieben.

Die Welt um ihn herum schien zu verschwinden. Er wollte mit ihr sterben, in dieselbe Kälte und Leere entfliehen und nie wieder zurückkehren. Doch in jenem dunklen Moment erinnerte er sich plötzlich an Jules.

Er meinte, vor Angst zu erstarren. Hin und her gerissen, ob er bei ihr bleiben oder sein Kind suchen sollte. Hin und her gerissen ob er sein Kind finden, ober lieber nicht erfahren wollte, was mit ihm geschehen war. Schließlich ließ er sie vorsichtig zu Boden gleiten, ihr Kopf fiel zur Seite. Étienne rappelte sich mühsam auf. Was erwartete ihn, wenn er ihn finden würde? Er wollte ihn suchen aber die Angst lähmte ihn. Wenn Jules auch tot war, dann würde er sich das Leben nehmen. Doch wenn Jules lebte ...?!

Er blickte sich um. Hier unten war das Kind zu sehen. Mit zitternden Knien trat er zur Küchentür und stieß sie sachte auf. Er zwang sich hinzusehen. Sein Atem stockte, doch auch hier war das Kind nicht zu sehen. Alles drehte sich. Er musste sich zwingen zu denken. Wo konnte Jules sein?

Hatte er womöglich geschlafen? Doch wo war er jetzt? Hatten sie ihn oben entdeckt? Er musste ihn suchen. Er musste. Er stolperte die Stufen hinauf. Seine Knie wollten ihn kaum tragen. Er stürzte ins Schlafzimmer, lief zum Bett und da lag er. Winzig klein und zart und reglos.

Étienne wollte schreien, doch kein Laut kam über seine Lippen. Mit wild zitternden Armen griff er nach seinem Kind und hob es hoch. Der kleine Körper hing schlaff in seinen Vaterarmen, am Kopf klaffte eine Wunde.

Étienne sackte in die Knie. Er drückte sein Kind sanft an seine Brust, legte die Stirn an das geliebte Köpfchen und meinte, er müsse ebenfalls sterben ... Doch dann traf es ihn wie ein Schlag. Jules Körper war warm! Nicht kalt wie Thérese. Er drückte die Brust des Kindes an sein Ohr und er hörte das Herz schlagen. Jules lebte. Er musste sofort handeln.

VIII.

„Bei ihnen ist es wie bei dem, der ein Feuer anzündete.
Nachdem es um ihn herum Helligkeit verbreitet hatte, nahm
Gott ihr Licht weg und ließ sie in Finsternis zurück, so dass sie
nichts sahen.“
Sure 2 Vers 17

Fitzgerald Park, Cork, Irland

William hatte die Tage gezählt.

Er hatte zahlreiche Damen sagen hören, dass ihre Gedanken am Tage nach einer Begegnung nur um ihn kreisten.

Am darauffolgenden Tage sei das Echo seiner Bekanntschaft noch merklich zu spüren gewesen. Doch bereits am dritten und vierten Tag begannen ihre Gedanken allmählich sich anderen Belangen zuzuwenden, deren Dringlichkeit das allgegenwärtige Bild seiner Person verdrängte. Erst am fünften Tage begann, so hatte er scharfsinnig bemerkt, die Erinnerung allmählich zu verblassen. Den Platz hatte dafür ein tiefempfundenes Gefühl der Verlassenheit und des Unmuts eingenommen. Als sie ihm dann zufällig am folgenden Tag nochmals begegnet seien, hätten sie sich aufrichtig gefreut. In diesen Momenten, in denen er ihnen seine ungeteilte Aufmerksamkeit erneut zuteil werden ließ, war ihre Freude fast maßlos gewesen.

Er wusste also, wie er jene seichten Verlockungen des Spiels nutzen konnte, um die Damenwelt schwärmerisch an sich zu binden. Frühestens am vierten, spätestens jedoch am fünften

Tage musste eine zufällige Begegnung arrangiert werden, um den größtmöglichen Effekt zu erzielen.

Selbstverständlich hatte er zur Kenntnis genommen, dass sie ihm wie zufällig, einen der Orte preisgegeben hatte, an dem sie sich in den kommenden Tagen aufzuhalten gedachte. Und er unterstellte aufgrund seiner Erfahrungen, dass eine Dame, die dies tat, durchaus wollte, dass er sie dort aufsuchte.

Er hatte sich somit bereits am Montag nach dem glanzvollen Fest bei Cole zum Fitzgerald Park begeben, in der Absicht, ihre bevorzugten Spazierwege auszukundschaften. Geschickt hielt er sich im Schatten der majestätischen alten Eichen und Kastanien verborgen, immer darauf bedacht, dass ihr Blick nicht auf seine Gestalt fiel.

Am Dienstag war er ebenfalls dort gewesen und hatte mit einer gewissen Befriedigungt festgestellt, dass sie sich auf ihrer gewohnten Route bewegte, jedoch dabei deutlich nach jemandem Ausschau hielt, den sie nicht zu erblicken vermochte. Eine melancholische Erwartung lag in ihrem Ausdruck, die in ihm eine Dosis selbstgefälligen Vergnügens auslöste.

Ihre suchenden Blicke und das leichte Stocken ihres Schrittes, wenn jemand Unbekanntes den Pfad betrat, verrieten ihm alles, was er wissen wollte. Er selbst, unbehelligt in seinem Versteck, fühlte sich dadurch in seiner Annahme bestätigt. Es bereitete ihm ein pikantes Vergnügen, zu erkennen, dass ihr Unbewusstes bereits die Sehnsucht nach ihm trug, noch bevor sie sich dessen selbst vollends gewahr war.

Am Mittwoch beobachtete er sie erneut auf ihrer üblichen Route und stellte fest, dass ihre Schritte an Leichtfüßigkeit verloren hatten. Die Bedauernswerte schien von einer fast greifbaren Lustlosigkeit erfasst zu sein und machte einen auffallend freudlosen Eindruck. Er hatte bereits mit sich gehadert, ob er sich nun bereits zu erkennen geben sollte oder doch erst am morgigen Tag. Schlussendlich gelang es ihm mit äußerster Disziplin, sich ein weiteres Mal im Verborgenen zu halten und sie ebenso im Ungewissen zu lassen.

Der Donnerstag brach an, und er wartete geduldig und dennoch gespannt auf ihr Erscheinen im Park, dem Ort ihrer täg-

174

lichen Spaziergänge. Als er sie schließlich erblickte, wiederum begleitet von einer Zofe, erfüllte ihn eine unverhohlene Zufriedenheit. Sie wandelte rastlos und wirkte gereizt, ihre Blicke glitten flüchtig über die Blickfänge des Parks, deren Anmut sie nicht länger zu berühren vermochte. Wieder und wieder wanderte ihr Blick prüfend zur Uhr, ein klares Zeichen ihrer unerfüllten Erwartung.

Gerade, als sie eine Ecke des gewundenen Pfades umrundete, trat er entschlossen aus seinem Versteck hervor und stellte sich in ihren Weg. Sie hielt in ihrer Bewegung inne, wie in Stein gehauen, und sah ihn überrascht an. Dies war der entscheidende Moment, sie gänzlich für sich einzunehmen, und er wusste, dass er ihn nicht ungenutzt verstreichen lassen durfte.

Mit der künstlerischen Grazie eines versierten Verführers verneigte er sich tief und ließ sich von ihr die Hand reichen. "Hochverehrte Lady Pershville, ich habe inständig gehofft, Sie hier anzutreffen!", sprach er mit warmer Vertraulichkeit und hauchte einen sanften Kuss auf ihre Hand. Seine Worte und Gesten waren von jener Höflichkeit durchdrungen, die sich stets als geeignet erwies, die Täuschung zu perfektionieren, sie sei der erste Gedanke seines Herzens.

Sie sah ihn nun offensichtlich verblüfft an, dass er so frei zu ihr sprach. „Das haben Sie gehofft? Wie darf ich das verstehen?", fragte sie mit verwundertem Gesichtsausdruck.

„Wie Sie wissen", begann er mit wohlbedachter Wortwahl, „komme ich ursprünglich aus London und habe diesen Park hier nie durchstreift. Doch ich erinnerte mich daran, dass Sie erwähnt haben, wie gut Sie diesen Park kennen, da Sie hier gerne spazieren und da habe ich gewagt zu hoffen, Sie besäßen die Freundlichkeit, mir die lohnenswertesten Flecken zu zeigen."

„Nun, ich verstehe, selbstverständlich, zeige ich Ihnen gerne diesen Park. Allerdings werde ich in den kommenden Tagen verhindert sein ..."

„Haben Sie wohl jetzt eine Stunde Zeit?", fragte er eilig.

Sie schien überrascht, rang jedoch nicht lange mit ihrer Antwort. „Jetzt? Ja, das wäre möglich. Wenn Sie möchten, ... ich wollte ohnehin gerade einen Spaziergang machen."

Ein Triumphgefühl durchströmte ihn, doch sein Gesicht blieb von erzwungener Gelassenheit geprägt. „Das trifft sich doch hervorragend. Dann begleite ich Sie gerne auf Ihrem Spaziergang."

Mit einer galanten Geste bot er ihr seinen Arm an, und Lady Cecilia legte, erst zögerlich, dann entschieden, ihre feingliedrige Hand darauf. Gemeinsam setzten sie ihren Weg fort, während die Zofe diskret in gebührendem Abstand folgte.

Zunächst hielt William daran fest, die seine Begleiterin in der Ungewissheit darüber zu lassen, ob er sie aus reiner Zweckmäßigkeit angetroffen oder von weitaus persönlicheren Absichten geleitet worden war. Mit scheinbar höchstem Interesse und bewundernder Hingabe lenkte er die Konversation auf die Architektur des Parks, lobte die gepflegten Alleen und die Anmut der Bepflanzungen. Lady Cecilia hörte ihm höflich zu. Als er jedoch nach einer Weile den Eindruck gewann, dass die Lady sich allmählich mit einem reizlosen Spaziergang abfand, änderte er geschickt seine Taktik. Er ließ ganz beiläufig eine Schmeichelei in die Unterhaltung einfließen, so unaufdringlich, als wäre es ein natürlicher Fortsatz seiner Betrachtungen über die Schönheit der Natur

„Es ist doch bemerkenswert", begann er, „wie diese majestätischen Bäume das menschliche Auge fesseln und wie alle diese Kompositionen die Seele auf das Höchste beglücken. Ganz so wie Eure Anwesenheit, meine Teure, die Umgebung verzaubert."

Lady Cecilia reagierte, wie er es erwartet hatte, mit einer Mischung aus Überraschung und Verwunderung über seine Worte, als ginge sie davon aus, ihn möglicherweise missverstanden zu haben. Das überraschende Kompliment schien sie aus dem Gleichgewicht zu bringen, doch es gelang ihr bald, ihre Fassung wiederzuerlangen.

Noch ein wenig verwirrt, doch zugleich sichtlich ermuntert und gewiss auch einigermaßen geschmeichelt, setzte Lady Cecilia den Spaziergang fort. Für William war dies nichts anderes als ein kunstvolles Spiel. Ein Duell der subtilen Andeutungen und der gezielten Manipulation. Gegen ihre anfängliche Hal-

176

tung der prinzipiellen Zurückweisung hatte sich, aus dem Gefühl, zurückgewiesen zu werden, ein kleiner Funken von Eitelkeit entzündet, den er nun noch dazu bringen musste, lichterloh zu brennen.

Wenn ihm dieses Vorhaben schließlich gelungen war, würde der nächste Schritt darin bestehen, ihr das Gefühl zu schenken, besonders und begehrenswert zu sein. Er war überzeugt, dass sie ihm dann in Gänze zu Füßen liegen würde, verzaubert und gebannt von der Illusion seiner Zuneigung. Er dachte an all' die Male, da er dieses Muster angewandt hatte, und fragte sich, ob es nicht eigentlich ermüdend sein müsste, dass alles so vorhersehbar verlief. Doch das war es nicht. Etwas in ihm verlangte nach diesem immer wiederkehrenden Spiel. Einmal mehr berühmte er sich seiner Überlegenheit.

Dennoch wusste er tief im Innern, dass der Triumph von kurzer Dauer sein würde. Sobald er sie vollständig besessen hätte, würde sich die vertraute Langeweile erneut einstellen.

Doch bis zu diesem Zeitpunkt, bis zu dem Moment, in dem er sie völlig in seinen Bann gezogen hatte, erweckte das Spiel eine gewisse düstere Faszination in ihm.

Sie setzten ihren Weg durch den Park fort, wobei er darauf bedacht war, diesen ersten Funken der Eitelkeit in ihrem Innersten weiter zu schüren. Jede wohlgewählte Schmeichelei, jedes Lächeln und jede scheinbar zufällige Berührung dienten nur einem Ziel: Die Flamme des Verlangens bei Lady Cecilia stetig und unwiderruflich zu entfachen. Allmählich ließ er seine Maske der kühlen Höflichkeit fallen und gab mehr und mehr seiner scheinbar aufrichtigen Bewunderung preis.

„Caoimhe, das Land ist ausgetrocknet und die Kartoffeln sind verfault. Was könnt ich denn schon groß tun?", entgegnete Taghd bitter. Er wusste, dass die Hungersnot und die verheerende Kartoffelfäule, die sie heimsuchte, nicht seine Schuld war. Doch die Verzweiflung und Hilflosigkeit nagten an ihm.

„Ich weiß, Taghd, das weiß ich ja! Doch wenn du nichts unternimmst verhungern sie bald!" Caoimhe flüsterte so leise sie konnte trotz ihrer Verzweiflung. Die Kinder sollten sie nicht hören.

Taghd Brennan sah müde und resigniert zu seiner Frau auf. Der Hunger zehrte an seinen Nerven. Das andauernde Gewimmer der Kinder war kaum noch zu ertragen. Caoimhes Vorwürfe waren das letzte, was er nun hören wollte. „Was soll ich denn tun, verflucht nochmal?", zischte er gereizt.

„Bitte fluche doch nicht so, die Kinder könnten dich hören!" Sie drehte sich unwillkürlich zu den Betten um, wo die fünf unruhig schliefen. Der Hunger ließ sie sich umher wälzen und im Schlaf wimmern.

Taghd stützte den Kopf in die Hände. Die Holztischplatte unter seinen Ellenbogen war hart und da er kaum mehr Fleisch und Muskeln an den Armen hatte, drückte sie ihn schmerzhaft. Doch das war einerlei. Es war sogar eine Erleichterung, da es den Schmerz in seinen Eingeweiden etwas unterdrückte, wenn er diesem Gefühl nachspüren konnte. Er sah zu seiner Frau. Der harte Ton, den er angeschlagen hatte, tat ihm nun leid. Caoimhe war kaum wiederzuerkennen. Der Hunger hatte ihr zugesetzt. Ihre Gestalt war mager und ausgelaugt, die Wangen eingefallen und das Gesicht gealtert, als hätten die letzten Monate Jahre davon gestohlen. Ihre Wangenknochen traten hervor und das Kleid hing schlaff von ihren knochigen Schultern.

Caoimhe hatte in der letzten Zeit wieder angefangen, die Kinder zu stillen, selbst ohne Milch, um ihre Bäuche doch irgendwie zu beruhigen. Es hatte sie so geschwächt. Ihr einst üppiges Haar fiel ihr in Büscheln aus, und Taghd hatte sie angefleht aufzuhören. Sie hatte weitergemacht. Also hatte Taghd es ihr schließlich verboten. Tagelang hatte sie darauf weinend verbracht, doch seine Sorge hielt ihn wach: Er fürchtete, dass sie von ihm weggeschwemmt würde, wenn sie so weiter machte, als könne sie sich buchstäblich in Luft auflösen.

Der Gedanke, dass Caoimhe sterben könnte, war ein Graus, den er kaum zu ertragen wusste.

Sie schwiegen beide. Was gab es schon zu sagen?

Sie schwankte, musste sich mit zitternden Händen an der Tischkante festhalten, um nicht zu stürzen. Taghd spürte, wie sich die Angst wie eine Klammer um sein Herz legte. Er wollte aufspringen, sie stützen, doch er wusste, sie würde seine Hilfe nicht wollen, selbst in der größten Not.

Caoimhe schleppte sich wankend zum Bett und legte sich nieder.

Taghd blieb sitzen, den Schmerz in seinem Bauch eisern ignorierend. Ein Feuer, das sich durch seine Magenwand und brennend nach oben fraß bis zum Hals empor. Es raubte ihm die Luft.

Sie wussten es beide zu gut, alles hing davon ab, wie die Kartoffelernte in diesem Jahr ausfallen würde. Doch tief in sich zweifelten sie. Es war ihnen bekannt, dass die Behörden die Hungersnot für beendet erklärt hatten und das obwohl im letzten Jahr sowohl die Kartoffel- als auch die Weizen- und die Haferernte verdorben gewesen waren. Und der Hunger ging weiter. Tag für Tag.

Kannte auch nur einer von diesen feinen Regierungsleuten das Gefühl, seine eigenen Kinder Abend für Abend hungrig ins Bett zu schicken? Ihnen zuzusehen, wie ihre kleinen Körper immer dürrer wurden? Kannte einer von ihnen die Verzweiflung, keine Arbeit zu finden, und wenn es sie doch gab, so wenig Lohn zu bekommen, dass die horrenden Lebensmittelpreise unbezahlbar blieben? Taghd wusste es nicht, und er fand auch kaum Trost in den alten Schriften, die davon sprachen, dass irgendwann goldene Zeiten kommen würden.

Dabei ging es anderen wahrlich noch schlechter als ihnen, anderen, die, - wie sie bis zuletzt -, unmittelbar von der Landwirtschaft lebten, die auch ihr Hab und Gut verloren und die keine Verwandten hatten, die ihnen ein Dach über dem Kopf boten. Taghds Bruder Dave etwa war Pächter unweit von Dublin. Und von ihm wussten sie auch, dass es um die kommende Ernte nicht gut stand. Das Kraut der Kartoffelpflanzen hatte vielleicht nicht ganz so schlecht ausgesehen wie im vorangegangenen Jahr, doch die Wetterverhältnisse waren ebenso miserabel, wie im furchtbaren Jahr '46. Selbst wenn die Ernte gesund bliebe, würde der Ertrag mager sein, kaum genug, um den Hunger zu stillen.

Viele Pächter waren wie Taghd und seine Familie bereits von ihrem Land verjagt worden. Die Häuser wurden von den britischen Großgrundbesitzern vielerorts einfach niedergebrannt, damit die Pächter, die keine Pacht hatten abliefern können, verschwanden und nicht zurückkehrten. Es war die einfachste Methode, um die Leute los zu werden.

Man hatte im Winter hunderte Erfrorene aus den Straßengräben geholt und umgehend verscharrt, um der Ausbreitung des Typhus vorzubeugen. Dagegen waren sie noch gut dran. Taghd musste hart schlucken, wenn er an den Preis dachte, den er dafür bezahlte. Denn das einzige, was sie etwas überWasser hielt waren die nächtlichen Aktionen, die etwas Geld gebracht hatten und für die er die Kirche nie mehr betreten können würde und gewiss in die Hölle käme.

Es war ein düsterer Gedanke, der sich tief in Taghds Herz fraß. Sie alle hatten die Hoffnung auf eine bessere Ernte getragen, doch diese Hoffnung schien wie ein schwacher Lichtschein in der Ferne schwächer und schwächer zu werden.

Die Trostlosigkeit der vergangenen Jahre lastete schwer auf ihnen, wie dunkle Wolken, die sich nicht verziehen wollten.

In dem Moment riss ihn ein schreckliches Geräusch aus den Gedanken.

Caoimhe weinte.

Es zerriss ihm fast das Herz

Er erhob sich und trat zögernd zu ihr hin. Neben ihr stehend, beugte er sich hinunter und strich ihr sanft über den Rücken. Jede Rippe konnte er spüren, so dünn war sie geworden.

Leise flüsterte er schließlich. „Mo ghrá.[7]“ Er hatte es eigentlich vergessen wollen, doch nun musste er es ihr angesichts ihrer Verzweiflung mitteilen. „Daoiri hat mich gefragt, ob ich wieder bei einer seiner „Sachen“ dabei bin.“

Caoimhe wandte sich prompt zu ihm hin und blickte auf. In ihren Augen blitzte Hoffnung auf. „Taghd, ich weiß, es ist für dich eine arge Überwindung, doch du musst, du musst einfach!“ Sie griff nach seinen Händen, umklammerte sie und sah ihm fest in die Augen.

---

[7] „Meine Liebe“.

Du weißt nicht, was du da verlangst! Ich kann schon jetzt nicht mehr in die Kirche gehen, dachte er still bei sich. Doch er sprach es nicht aus. Stattdessen strich er Caoimhe zärtlich über das zerzauste Haar und zwang sich zu einem Lächeln, um seine innere Zerrissenheit zu verbergen.

„Ich weiß, was ich von dir verlange, es tut mir so leid ...", flüsterte sie matt und erschöpft. „Doch wenn du fort bist, bin ich umgeben von fünf Hungerleidern, morgens haben sie Hunger, mittags haben sie Hunger, abends haben sie Hunger und nachts ... Du siehst selbst, wie sie sich hin und her werfen! Und ihre hageren Arme und Beine ragen schon aus den Kleidern heraus, doch wir können uns keine neuen leisten. Sie werden im Winter erfrieren, weil sie keine Schuhe mehr haben, die ihnen passen." Über Caoimhes Wangen liefen die Tränen und Taghd fühlte sich zerrissen zwischen seinen Pflichten als Familienvater und jenen als Kirchgänger.

Das waren bittere Worte, die sie sprach, doch sie waren die Wahrheit. Die Kinder waren dem Hunger schutzlos ausgeliefert, ihre kleinen Körper zu schwach und zu krank, um noch lange durchzuhalten. Selbst einfaches Schuhwerk war unbezahlbar geworden. Ein kalter Winter näherte sich und es gab keinen Ausweg aus diesem Elend, keine Möglichkeit, ihre Kinder warm und sicher in dieser verhängnisvollen Zeit zu halten. Nur der Dienst für Daoiri konnte etwas daran ändern. Taghd strich mit seiner Hand die Tränen fort.

Doch Caoimhe sprach weiter. "Und es nimmt kein Ende, es wird immer schlimmer, bis sie irgendwann morgens nicht mehr aufstehen werden ... Du darfst sie nicht verhungern lassen, das würde ich nicht ertragen."

Eine Weile sprachen sie nicht.

Dann sagte Caoimhe: „Ich werde gehen."

Ihre Worte ließen Taghd zusammenzucken.

„Bevor es soweit ist, werde ich gehen." Sie sah ihm eindringlich in die Augen.

Es herrschte Stille.

Ihre Worte trafen ihn wie ein Schlag.

Ihn selber hatte dieser Gedanke heimgesucht, doch er hatte

ihn fort gewischt wie ein Ungeziefer. Dass Caoimhe sich ebenfalls mit ihm herum tragen könnte, war ihm nicht in den Sinn
gekommen.

„Ich kann nicht mit ansehen, wenn sie verhungern. Ich weiß
nicht, wie andere Mütter das ertragen", flüsterte sie schließlich
mit tränenerstickter Stimme.

Was konnte er dazu sagen? Es gab nichts zu sagen.

Tallwood Manor, bei Haverhill nahe London

Laurence war Cara dankbar für den Monat Bedenkzeit. Als jedoch sein Vater ihn an diesem Morgen um ein Gespräch unter
vier Augen in der Bibliothek gebeten hatte, war ihm bereits bewusst gewesen, dass dieser nicht so lange auf eine Entscheidung
zu warten bereit war.

Als er nun die Tür öffnete und den dezent erleuchteten
Raum betrat, bereitete er sich innerlich darauf vor, das ganze
Unverständnis und die Strenge der vorangegangenen Genera-
tion zu spüren zu bekommen. Die Schatten der ehrwürdigen
Bibliothek spielten auf den Büchern und Möbeln, als wollte
die Vergangenheit selbst ihm ihre starren Vorstellungen und
Erwartungen aufzwingen.

„Mein lieber Laurence. Unser Gespräch mit Albert ist nun
schon eine Weile her. Bislang hast du keinerlei Anstalten gemacht, mich hinsichtlich deiner Absichten in Bezug auf Cara
in Kenntnis zu setzen." Lord John Huton nahm leger auf der
Lehne eines Sessels Platz und schlug das eine Bein über das andere. Doch auch diese Haltung konnte nicht über sein fortge-
schrittenes Alter hinweg täuschen.

Laurence versuchte möglichst nonchalant und zugleich mün-
dig zu erscheinen. Er verabscheute das Gefühl, welches ihn seit
seiner Rückkehr ins elterliche Haus beschlich, wenn er in Gegenwart seines Vaters war. Das Gefühl, als sei er ein Schuljunge, der sich rechtfertigen müsse.

„Ich habe die Gelegenheit wahrgenommen, mit Cara selbst zu
sprechen, als die Cartwrites uns mit ihrem Besuch beehrten“,

begann er, seinen Vater beobachtend. Dieser hörte jedoch regungslos zu, sodass Laurence fortfuhr. „Cara hat mir einen Monat Bedenkzeit gelassen.“

„Bedenkzeit?“ Der Marquess blickte ihn mit unverhohlener Verwunderung an. „Wozu, so frage ich mich, bedarfst du einer solchen? Ist es nicht seit geraumer Zeit ein offenkundiges Geheimnis, dass Lord Cartwrite und meine Wenigkeit gleichermaßen der Ansicht sind, eine Ehe zwischen dir und Cara sei eine sehr vielversprechende Verbindung. Wahrlich, ich kann mir beim besten Willen nicht vorstellen, was es in dieser Angelegenheit noch zu bedenken gäbe.“

Laurence weilte nahe des Kamins und lehnte sich nachdenklich gegen das kunstvolle Kaminsims, während sein Blick gedankenverloren die geordneten Reihen der Bücher durchwanderte, ohne den seines Vaters zu suchen. Er erwartete keinerlei Einfühlungsvermögen. War es da überhaupt von Wert, zum Marquess in offener Rede zu sprechen? Doch schwieg er, so würde dies sein Gefühl der Unmündigkeit nur verstärken. Wenn er jedoch den Mut fände, Klarheit zu schaffen, würden beide am Ende wissen, woran sie seien. Gleichwohl mochte es eine unangenehme Konversation werden.

„Cara entstammt einem vortrefflichen Hause“, begann er endlich, seine Stimme ruhig, doch fest. „Sie hegt gewisse Ansprüche an ihr Leben und auch an den Mann, der eines Tages an ihrer Seite stehen soll. Ich schätze Cara aufrichtig und wünsche ihr von Herzen, dass diese Ansprüche Erfüllung finden.“

„Ja, das ist vollkommen zutreffend“, entgegnete Lord Huton ohne sichtbares Erkennen, in welche Richtung Laurence' Worte führten.

„Ich habe mir die Frage gestellt, und sie gleichermaßen an sie adressiert, ob ich wahrhaftig der geeignete Gemahl bin, um ihren Ansprüchen gerecht zu werden.“

„Was willst du damit andeuten?“, erkundigte sich der Marquess nun mit wachsendem Zorn. „Du bist der Sohn eines Marquess, wohingegen sie lediglich die Tochter eines Earls ist. Wie könnte sie die Dreistigkeit besitzen, zu glauben, du könntest ihren Ansprüchen nicht genügen?“

„Meine Worte scheinen missverständlich gewesen zu sein“, entgegnete Laurence mit ruhiger Stimme. „Es geht weniger um die gesellschaftliche Position, die unsere Verbindung ihr verschaffen würde, sondern vielmehr um meinen Charakter. Es scheint, als ob dieser nicht dazu geschaffen ist, ihren Erwartungen zu entsprechen.“

„Willst du etwa behaupten, dass sie dich als unehrenhaft empfindet? Hast du dir während deiner Abwesenheit von Tallwood Manor etwas zuschulden kommen lassen, wovon ich nicht in Kenntnis gesetzt wurde?“ Bevor Laurence sich eine passende Antwort überlegt hatte, fuhr der Marquess fort: „Wenn es so sein sollte, dann wünsche ich, augenblicklich von dir in Kenntnis gesetzt zu werden, damit wir die Angelegenheit bereinigen können. Dabei hoffe ich inständig, dass du so weise gewesen bist, die arme Cara in Unkenntnis zu lassen und dass du anderenorts ebenfalls Stillschweigen bewahrt hast.“

„Nein, nichts dergleichen“, antwortete Laurence mit einer Festigkeit, die ihn selbst überraschte. Die unberechtigten Anschuldigungen, die er über sich ergehen hatte lassen müssen, hatten in ihm nun entgültig den Wunsch geweckt, dem Marquess die Wahrheit ins Gesicht zu sagen, ohne Rücksicht darauf, wie dieser darauf reagieren würde. „Mir ist durchaus vollkommen bewusst, dass es für dich und Mutter ein großes Opfer gewesen ist, mir das Medizinstudium zu gestatten. Dafür bin ich euch über alle Maßen dankbar, denn die ärztliche Tätigkeit erfüllt mich wie nichts anderes.“

„Durchaus, es war ein großes Zugeständnis. Dessen kannst du dir gewiss sein. Und ebenso kannst du dir gewiss sein, dass wir nun auch erwarten, dass du ein Leben führen wirst, wie es dem Sohn eines Marquess geziemt, und das ist unter keinen Umständen das Leben eines Arztes. Sollte dies auch Caras Erwartung sein, so bin ich in vollster Übereinstimmung mit ihr“, sprach der Marquess mit scharfem Blick. „Im Übrigen, und dies sage ich dir ein einziges Mal, du bist der Sohn eines Marquess. Dies eröffnet dir viele Freiheiten im Leben, die in deinem Ermessen liegen, sie zu nutzen oder nicht. Ich erwarte jedoch, dass du ohne Zögern in die Heirat mit Cara einwilligst und dich ihr gegenüber dermaßen verhältst, dass sie ebenfalls einwilligt. Alles, was du später einmal tust oder lässt, ist, so lange es kein schlechtes Licht auf unsere Familie wirft, deine Angelegenheit. Sei nicht so töricht zu glauben, dass du in deinem jetzigen Alter abschätzen kannst, was dir das Leben noch bringen wird – all dies steht in den Sternen. Doch ist es deine Aufgabe, dein Leben klug zu gestalten und in die rechten Bahnen zu lenken. Und gegenwärtig bedeutet dies, in eine Ehe mit Cara einzuwilligen und einen eigenen Hausstand zu gründen. Solltest du dich dereinst mit Neigungen oder Eigenheiten tragen, die ihr nicht behagen mögen, so wird es an dir liegen, mit der Diskretion und dem Takt eines Gentleman zu handeln, der deinem Stand gebührt, damit weder du noch unsere Familie jemals in ein ungünstiges Licht gerückt werden. Was du hinter verschlossenen Türen tust, bleibt letztlich deine eigene Angelegenheit. Ich hoffe du wirst es verstehen, Cara in diesem Fall ihren Platz zuzuweisen. Habe ich mich deutlich ausgedrückt?"

Laurence nickte schwer. Es schien nichts weiter zu sagen zu geben.

Nahe Cork, Irland

Die Wellen liefen Gischt schäumend auf den Sand des Strandes auf und rollten dann zurück, wobei sie sich mit den nachfolgenden Wellen mischten und ihr Wasser diese verstärkte.

Der Strand lag da, übersät mit schwarzen Algen und angespülten Muscheln, und roch sauer und nach Moder. Der Wind zerrte an seinen abgetragenen Kleidern, die wie alte Säcke an ihm hingen. Feine Tröpfchen benetzten sein Gesicht, versprüht sowohl vom Regen als auch von der Gischt des Meeres.

Ach, wie liebte er das raue Wetter seiner Heimat, den salzigen Geruch des Meeres und den frischen, ungestümen Wind. Dieses Land, in dem er von Kindesbeinen an lebte, hatte er niemals verlassen. Doch wusste er wohl, dass dieser kleine Flecken Erde seine Bewohner auch auf harte Proben stellte. Das konnte er nicht anders sagen.

Daoiri O´Monroe schritt gemächlich neben ihm her. Er hatte
die Hände tief in die Hosentaschen gesteckt und sein Hemd
flatterte wild im Wind. Bei solch einem Wetter brauchte Daoiri keinen Mantel, nein. Sein Gesicht und die braunen Arme,
die aus den hochgekrempelten Ärmeln hervorlugten, waren
vom Wetter gegerbt, und sein Haar war glatt nach hinten gekämmt. Er sah immer noch so jung aus wie eh und je. Ja, Daoiri hatte auch nicht die Bürde, fünf Kinder zu ernähren.

Daoiri war sein engster Freund seit Kindertagen. Sie waren zusammen in einem kleinen Dorf an der Südküste Irlands aufgewachsen, wo Taghd mit seinen Eltern lebte und Daoiri fernab
seiner Eltern die Kindertage bei einer Tante verlebte. Erst viel
später hatten beide erfahren, dass Daoiris Eltern als unbeug-
same Patrioten den britischen Besatzern Widerstand leisteten
und aus diesem Grund Daoiri fernab in Sicherheit wissen wollten. Dann war Taghd in die Fußstapfen seines Vaters getreten,
hatte dessen Pachtstelle übernommen, geheiratet und Kinder
bekommen, Daoiri hatte sich indes davon gemacht. Er hatte
Taghd erklärt, die Zeit lasse es nicht zu, dass er sesshaft werde.
Es gelte, sich gegen die Briten aufzulehnen und herauszuschla-
gen, was unter diesen miserablen Bedingungen herauszuschla-
gen war. Mit diesen Worten war er von einem Tag auf den anderen verschwunden und erst viel später wieder aufgetaucht.

Taghd bewunderte Daoiri für dessen kämpferischen Geist
und all die Talente, die er selbst nicht besaß.

So besaß Daoiri ein unglaubliches Talent, Kontakte zu knüpfen und Fäden nach seinen Interessen zu ziehen. Er bewegte
sich geschickt zwischen Personen unterschiedlichster Klassen
und verknüpfte diese für seine Zwecke zu lukrativen Geschäften, besonders an der britischen Regierung und dem britischen Zoll vorbei.

Obwohl Taghd es nicht für rechtens hielt, sich so von Recht
und Gesetz loszulösen, bewunderte er Daoiri für dessen Mut
und Gerissenheit.

„Diesmal geht es um eine andere Sache. Es geht um *die* Sache.
Wir wissen alle, dass es eine verteufelte Lüge ist, zu behaupten,
die Hungersnot sei beendet. Und es muss etwas unternommen

werden." Daoiris Stimme und seine Augen sprühten wie die Gischt.

„Was sollen wir schon unternehmen. Die sitzen in England und wir hier." Taghd sah verdrossen zu Daoiri.

„Wir sind mittlerweile viele. Auf der letzten Versammlung haben noch die Zauderer das Wort angeführt. Aber das Blatt wendet sich nun endlich und die Mutigen unter uns wollen einen Paukenschlag auslösen, der in London nicht überhört werden kann." Daoiri stieß schwungvoll gegen ein schwarzes Stück Holz, das angeschwemmt worden sein musste. Es flog in hohem Bogen davon und landete dann schwer im Sand.

„Woher nimmst du all deine Kraft? Das Einzige, was mich noch antreibt, ist die Hoffnung auf etwas zu essen für meine Familie!", rief Taghd gegen den Wind an, der ihm rau ins Gesicht blies.

„Mann, du müsstest wirklich zu den Treffen kommen. Dann würdest du auch wieder Hoffnung schöpfen! Da sind phantastische Leute! Sie wissen, was vor sich geht. Können die Zusammenhänge erklären zwischen der verdammten Politik in London und dem ganzen Elend hier in Irland. Und O'Connell ist tot. Er war wie ein Klotz am Bein für die Bewegung. Er hat die Iren gelehrt, tatenlos daneben zu stehen, brav wie die Schafe, und zu verhungern, während die Nahrungsmittel, die sie selbst produziert haben, nach England verschifft werden! Andere, wie John Mitchel und Smith O'Brien etwa, die wollen etwas erreichen, verstehst du? Die wollen etwas verändern. Und die haben jetzt das Sagen. Jetzt brauchen wir nur viele Leute! Viele Leute, die mitmachen und dahinter stehen. Leute wie dich."

„Und was plant ihr?", fragte Taghd müde.

„Wir? Naja, ich bin ja kein großer Mann in der Bewegung, doch ich tue mein Bestes, verstehst du?"

Taghd blickte Daoiri zweifelnd von der Seite an. Er konnte nicht mit Bestimmtheit von sich sagen, dass er Daoiri abkaufte, was dieser sprach. Manches Mal hatte er sich bei dem Gedanken ertappt, dass Daoiri womöglich viel stärker in diesen Dingen steckte, als er es glauben machen wollte. Taghd wusste, dass Daoiri ein gerissener Kopf war. Auch jetzt huschte der Gedanke durch seinen Kopf, dass Daoiri ein heimliches Spiel spielte. Doch er hörte schweigend weiter zu.

„Für die Sache. Stell dir vor, eine irische Flagge, eine Trikolore! Mitchel stellt es sich vor wie in Frankreich. Doch unsere Flagge soll die Farben Grün, Orange und Weiß tragen. Mitchel macht sich dafür stark, dass alle dazugehören sollen. Nicht nur die Katholiken, wie es O´Connell wollte. Grün soll die gälisch-katholischen Iren und Orange die Protestanten symbolisieren und Weiß soll für den Frieden stehen, in dem die Gälisch-Katholischen und die Prostestanten leben." Daoiri machte eine Pause. Dann sprach er leiser weiter. Ich weiß es noch nicht so genau, doch sie reden davon, dass es die richtigen Leute treffen muss. Man muss die Leute an den Hebeln dran kriegen. Sie werden auch mit den Details nur vorsichtig herausrücken, um die Sache nicht zu gefährden." Daoiri blickte seinen Freund von der Seite an. Dann knuffte er ihm in den Oberarm und grinste breit. „Mann, komm schon, du weißt doch selbst, dass es so nicht weitergehen kann. Denk an Caoimhe und deine Kleinen. Komm einfach mal mit zum nächsten Treffen und dann hörst du dir das alles selbst an. Doch, Stillschweigen, absolutes Stillschweigen! Selbst Caoimhe gegenüber."

Cork, Irland

Freitagabend. William Cahill war vortrefflichster Stimmung. Alles fügte sich seinem Plan entsprechend.

Die bezaubernde Lady Cecilia Pershville vermochte, wie es den untrüglichen Anschein hatte, kaum, das nächste vereinbarte Zusammentreffen zu erwarten, und am heutigen Abend sollte Cahill in seinen Ermittlungen hoffentlich entscheidende Fortschritte erzielen.

Ganz bewusst hatte er darauf verzichtet, dem Barbier einen Besuch abzustatten, denn er war darauf bedacht in diesem heruntergekommenen Pub nicht zu elegant wirken.

Als er den Schuppen betrat, winkte ihm Taghd Brennan bereits zu. Ausgezeichnet, dachte er bei sich, Brennan schien nun

188

weitaus vertrauensseliger zu wirken.

Taghd wartete bereits seit einer viertel Stunde, als er William Cahill den Pub betreten sah.

Er hatte diesem Abend mit freudiger Erwartung entgegengesehen. Nach dieser düsteren Woche, war es ein Segen, einmal von Daheim fort zu kommen und Caoimhe hatte seine Vorfreude geteilt; sie hatte ihn beinahe aus der Tür geschoben, damit er einen angenehmen Abend verleben und in gehobenerer Stimmung heimkehren möge.

Cahill klopfte ihm auf die Schulter und setzte sich ihm gegenüber an den Tisch. „Nimmst du noch ein Bier? Dann bestelle ich dir eins mit!", rief Cahill gegen den allgemeinen Lärm im Pub an. Er schlug bewusst einen vertraulicheren Ton an als noch beim letzten Treffen.

Ein kurzer Blick in sein leeres Glas offenbarte Taghd, dass ein weiteres Getränk kein schlechter Gedanke war. Er nickte.

Bald darauf kehrte Cahill, ein frisches Bier in der einen Hand und einen Cognac in der anderen, an den Tisch zurück, ein breites Grinsen im Gesicht. „Hast wohl schon eine Weile gewartet, wie?"

„Doch kein Problem. Bei unserer letzten Zusammenkunft war ich ja ebenso wenig zur rechten Zeit", beschwichtigte Taghd mit einem abwinkenden Gestus.

„Das war jedoch keineswegs eine Revanche, mein Freund, ich neige wahrlich zur Pünktlichkeit!" entgegnete Cahill.

Taghd blickte auf die Taschenuhr, die William Cahill ihm entgegenstreckte und stellte verwundert fest: „So ist es, die Stunde ist noch nicht fortgeschritten!" Er hatte angenommen, es sei weit später. Ein unbestimmtes Drängen erfüllte ihn, sich heimwärts zu begeben, da seine Gedanken bei Caoimhe weilten, um deren Wohlergehen er besorgt war. „Ich befürchte, ich werde mich heute Abend nicht allzu lange aufhalten können. Auch wenn ich mich sehr hierauf gefreut habe. Doch ich sorge mich um meine Frau."

William senkte den Blick in sein Glas, während er die passenden Worte zu finden suchte. Sein Bestreben war es, diesen

Abend aus Brennan so viel Informationen wie möglich zu entlocken, doch für dergleichen bedurfte es Zeit. Ebenso war ihm klar, dass er dazu das Vertrauen seines Gegenübers gewinnen musste. Verständnis zu heucheln schien ihm daher der gangbarste Weg zu sein. „Das kann ich nur allzu gut nachvollziehen, doch wenn wir nun schon einmal hier sind ...“

„Es mag töricht erscheinen, sich solch übermäßige Sorgen zu machen, hat sie mir doch selbst ihren Segen mit auf den Weg gegeben, doch ... die Zeiten sind wahrlich nicht leicht ...“ Taghds Stimme klang schwer und nachdenklich.

William begegnete diesen Worten mit einem verständnisvoll wirkenden Blick, wenngleich es ihm schwerfiel, dieses Schauspiel aufrechtzuerhalten. In Wahrheit fehlte ihm jegliches Verständnis für derlei Selbsterbarmen und die ständigen Klagen über Frau und Kinder. Er empfand die Woche als recht gelungen und sehnte sich allein nach einem frohen Abend in Gesellschaft von Cognac und einer redseligen Zunge seines Gegenübers. Solche innige Familienangelegenheiten berührten ihn wenig.

William hatte sich bereits im Geiste ausgemalt, wie er Brennan dazu verführen würde, mehr zu trinken, als ihm zuträglich war, um ihm sodann die gewünschten Informationen zu entlocken. Es passte ihm daher gar nicht, wenn dieser sich nun vorzeitig verabschieden wollte. Weshalb heiratete der Mann überhaupt, wenn seine Gattin nicht imstande war, für einen Abend allein mit den Kindern zurechtzukommen? So schlimm konnte es unmöglich sein. Kinder wurden ohnehin stets viel zu sehr verhätschelt und verzärtelt. „Mitunter kann es sehr wohltuend sein, sich einer kleinen Zerstreuung hinzugeben“, wagte er vorsichtig vorzubringen. Er wusste, dass jedes Wort Vorsicht bedurfte, doch seine Ungeduld drängte ihn, den Abend nicht vergebens verstreichen zu lassen.

Brennan sagte nichts, wirkte in Gedanken. Eine Weile lauschten beide auf die Musik, die über den allgemeinen Lärm des Pub schallte. „Sie spielten ‚Waxies´ Dargle“.
„Says my aul' wan to your aul' wan
"Will ye go to the Waxies dargle?"

Says your aul' wan to my aul' wan

"I haven't got a farthing

I went up to Monto town to see Uncle McArdle

But he wouldn't give me a half a crown

For to go to the Waxies dargle"

What will ya have?

I'll have a pint!

I'll have a pint with you, sir!

And if one of ya' doesn't order soon

We'll be chucked out of the boozer!

Says my aul' wan to your aul' wan

"Will ye go to the Galway races?"

Says your aul' wan to my aul' wan

"I'll hawk me aul' man's braces"[8]

Während William einigen jungen Leuten zusah, wie sie sich zu einem Tanz hinreißen ließen, überlegte er für einen Moment, womit er wohl das Gespräch in Gang bringen könnte. Weshalb musste ausgerechnet Brennan derart schwermütig sein, während sich andere doch durchaus einem billigen Vergnügen hingeben konnten. „Wie steht es mit der Arbeit diese Woche?" Erst im Anschluss an diese Frage, wurde ihm bewusst, dass es sicherlich die ungeeignetste aller Fragen war.

„Ach was, woher denn? Doch umhergejagt bin ich, als ob ich gearbeitet hätte. Man sitzt ja nicht daheim und wartet, dass das Glück einem in den Schoß fällt. Dabei wird man noch ganz verrückt", entgegnete Brennan trocken.

„Nun, wenn ich dich so höre, dann scheint mir in der Tat, dass es dir nur gut tun wird, einen Abend fernab von all den Gedanken und Sorgen zu verbringen."

---

[8]Sagt meine Alte zu deiner Alten: / "Willst du zum Waxies Dargle gehen?" / Sagt deine Alte zu meiner Alten:/"Ich habe keinen Pfennig / Ich ging nach Monto Town, um Onkel McArdle zu sehen / Aber er wollte mir keinen halben Crown geben / Um zum Waxies Dargle zu gehen" / Was willst du haben? / Ich nehme ein Pint! / Ich nehme ein Pint mit dir, Sir! / Und wenn einer von euch nicht bald bestellt / Werden wir aus der Kneipe geworfen! / Sagt meine Alte zu deiner Alten: / "Willst du zu den Galway-Rennen gehen?" / Sagt deine Alte zu meiner Alten: / "Ich versetze die Hosenträger meines Alten" ("Waxies' Dargle" ist ein traditionelles irisches Volkslied, vertont zum Beispiel von den The Dublin City Ramblers).

Brennan schnaubte abfällig.

„Wie wäre es? Ein weiteres Bier gefällig?" William hob seine Augenbrauen in einer freundlichen, einladenden Geste.

„Ach, was soll's, dann nehme ich noch eines mehr", erwiderte Brennan schließlich.

William freute sich insgeheim. Wenn es ihm nur gelang, diesen irischen Tagedieb zum Bleiben und Trinken zu bringen, dann könnte er vielleicht endlich etwas in Erfahrung bringen, was seine Arbeit voranbrachte. „Was trinkst du sonst gerne? Ein guter Whiskey vielleicht?" Der Gedanke war ihm soeben gekommen. Whiskey lockerte die Zunge bedeutend schneller als Bier.

„Ein guter Whiskey übertrifft jedes Bier."

Das war jene Antwort, die William sich erhofft hatte. „So werde ich dir einen Whiskey ausgeben, auf dass dich die Schwermütigkeit für einen Abend verschone", verkündete William mit gespielter Herzlichkeit.

Als die Gläser vor ihnen auf dem Holztisch standen und der goldene Inhalt im schwachen Licht des Pubs glitzerte, hob William sein Glas und prostete seinem Gegenüber zu. „Auf das Wohl deiner Gattin und auf einen Abend, der uns beide die Sorgen vergessen lässt."

Er tippte sein Glas an jenes von Brennan und der leise Klang des anstoßenden Kristalls vermittelte mehr als nur eine freundliche Geste. Es war der Beginn eines wohlüberlegten Manövers, in dem William sich darum bemühte, aus seinem Gegenüber diejenigen Geheimnisse herauszutricksen, deren Wissen sein eigenes Fortkommen begünstigen würde.

Fraglos genoss Brennan den Whiskey mit jedem Schluck mehr. Der erste Whiskey fand stillschweigenden Gefallen, doch bald folgten der zweite und dritte, und schließlich nach dem vierten schien Brennan den Gedanken, frühzeitig heimzukehren, gänzlich vergessen zu haben. Stattdessen wurde er nun wahrlich gesprächiger, was William insgeheim triumphieren ließ.

William hatte den ersten Schluck des feinen Jameson selbst genossen, doch danach bewahrte er peinlich genau Maß, während er Brennan geschickt animierte, tiefe Züge zu nehmen. Es war von Vorteil, dass Brennans Geldbörse es offensichtlich nicht erlaubte, dass dieser sich an solchen Luxus wie Whiskey gewöhnte, während Williams Lebensumstände es ihm aufzwangen, es durchaus gewohnt zu sein, seine Geistesgegenwart auch angesichts mancher fröhlicher Runde zu bewahren. Nun musste er nur noch das Gesprächsthema in die richtigen Bahnen lenken.

Brennan schien keine Eile zu haben, die für William bedeutsamen Dinge preiszugeben. Vielmehr erging er sich in weitschweifigen Erzählungen über seine Freundschaft mit einem gewissen Daoiri, die William in keiner Weise interessierten. William versuchte dennoch, wissbegierig zu wirken, während seine Gedanken fieberhaft arbeiteten, wie er das Gespräch in die für ihn wichtigen Richtungen lenken konnte. Er war so sehr in seine Überlegungen vertieft, dass er beinahe überhört hätte, was Brennan sagte, doch ein Fetzen des Gesprächs drang in sein Bewusstsein und ließ ihn schlagartig aufhorchen. Es kostete ihn eine gehörige Portion Selbstbeherrschung, nicht ruckartig aufzublicken.

Es schien, dass es sich ausgezahlt hatte, Brennan reden zu lassen. Welch unverschämtes Glück, dass ihm selbst nichts Besseres eingefallen war.

Er hatte die ganze Zeit über nicht gewusst, wie nah er am Erfolg war. Brennan hatte tatsächlich soeben geäußert, Daoiri gehe zu geheimen Versammlungen! Nun er hatte es nicht direkt ausgesprochen, doch das was er gesagt hatte musste in etwa eben dies bedeuten! Ein leises, für Brennan unmerkliches Lächeln huschte über Williams Gesicht.

William erkannte, dass er auf der richtigen Spur war. Er war sich sicher, dass er nun gefährlich nah an bedeutsamen Informationen war. Er musste nur geduldig und geschickt weiterfragen, ohne Brennan zu bedrängen.

Tallwood Manor, bei Haverhill nahe London

Das Laub bedeckte dicht und goldgelb leuchtend den feuchten Boden. Die wenigen noch an den Zweigen verbliebene Blätter zeigten sich dagegen blass und glanzlos. Sie flatterten im Wind, als wollten sie das Unvermeidliche hinauszögern und sich nicht dem nahenden Winter beugen.

Eliza hatte sich ihr Umschlagtuch fest um die Schultern gezogen und schritt mit beschwingten Schritten neben ihrem nonchalant schlendernden Bruder daher. Ihren rechten Arm hatte sie in vertrauter Geste bei ihm eingehakt. Sie musste sich stets ein wenig beeilen, um mit seinem zügigen Schritt Schritt zu halten, war er doch ein gutes Stück größer gewachsen als sie, sodass seine Schritte weitaus größer ausfielen als die ihren.

„Bruder, möge das Schicksal walten, dass die Kränze uns zerbricht, trennen kann es die Gestalten, Seelen trennen kann es nicht.“

Laurence schaute sie überrascht an. „Was ist das?“, fragte er mit einem Anflug von Verwunderung.

„Es ist ein deutscher Vers, den ich von einem Bekannten vernommen habe. Er stammt nicht aus meiner Feder. Ich habe ihn übersetzt und variiere ihn nun. Gefällt er dir?“, entgegnete sie mit einem fragenden Blick.

„Nein, das kann ich wirklich nicht sagen, nein, er gefällt mir nicht!“, antwortete Laurence entschieden.

„Warum? Ist es der Wortklang, der Sinngehalt oder etwas anderes?“, hakte Eliza neugierig nach, ihre Augen suchten die seinen.

„Es ist der Gehalt der Aussage, die mein Missfallen erregt.“

„Doch trifft es denn etwa nicht zu? Was bleibt uns anderes übrig?“

"Vielleicht liegt hierin der Unterschied zwischen uns. Du bist eine Dichterin, eine Künstlerin, ich hingegen bin Mediziner."

"Durchaus, das bist du, Laurie! Du warst es schon immer.“

„Was willst du damit sagen? Ich habe eben erst meine akademische Ausbildung in der Medizin abgeschlossen.“

"Das mag sein, und den Titel hast du auch erst kürzlich erhalten. Doch in deinem Innersten warst du stets ein Arzt, so

194

wie ich immer eine Künstlerin war."

"Du bist in jedem Fall die Stärkere von uns beiden. Wie du solche Worte mit einer solchen Sicherheit vorbringst. Du bist wirklich bemerkenswert."

„Ich spreche aus, wie es ist."

"Wir sind uns dessen bewusst, und ich wage kaum, es zu denken. Du wirfst es jedoch unbekümmert in den Raum. Für alle anderen sind wir lediglich der Sohn und die Tochter des Marquess."

"... und dementsprechend habt Ihr Euch zu verhalten", fügte Eliza in einem bewusst übertriebenen moralischen Tonfall hinzu. Dann brach sie in ihr freies, mitreißendes Lachen aus und löste ihren Arm von ihrem Bruder. „Zeig mir, ob du schneller läufst, als ich. Diese Schwermut ist ja nicht auszuhalten."

Als sie etwa eine Stunde später nach Tallwood Manor zurückkehrten und soeben die breiten, majestätischen Stufen zum Hauptportal hinaufsteigen wollten, hielt Eliza ihren Bruder mit sanftem Druck zurück. „Versprich mir, Laurie, dass du dir treu bleiben wirst, was auch immer das Schicksal für dich bereithält. Eigentlich möchte ich dir das Versprechen abringen, dein Glück zu suchen, bis du es gefunden hast und sodann nie mehr davon abzulassen. Doch nach reiflicher Überlegung und durch vielerlei Gespräche mit geschätzten Freunden bin ich zu der Auffassung gelangt, dass wahres Glück nur durch Treue zu sich selbst erlangt wird. Ich wünsche mir so sehr, dass dir dies gelingen möge." Sie blickte ihm fest in die Augen.

Eliza vermochte schlagartig in ihren Stimmungen zu wechseln, diese Unvorhersehbarkeit kannte er nur zu gut von ihr. Und doch war da etwas in ihren Worten und ihrem Blick, das ihn unvermittelt verunsicherte. „Nun bist du aber ganz melancholisch!", entgegnete er so leichtfertig, wie es ihm möglich war.

In diesem Moment durchbrach das Geräusch von nahendem Hufgetrappel die Stille. Ihre Blicke wandten sich unwillkürlich zur Auffahrt, wo sie bald darauf einen Vierspänner erblickten, dessen Pferde sichtlich erschöpft waren.

„Wer mag das wohl sein? Ist uns etwa Besuch angekündigt worden?“, fragte Eliza überrascht und suchte Laurences Augen, die den gleichen Ausdruck des Erstaunens widerspiegelten.

Die Antwort ließ nicht lange auf sich warten.

Es war Tom Cartwrite, der Sohn des Earl of Humshire, Lord John Hutons engen Freundes, der wenig später die Kutsche verließ.

Eliza und Laurence wandten sich ihm zu, um ihn zu begrüßen. Als er sie sah, zog er elegant den Zylinder und verbeugte sich ehrerbietig vor Eliza. „Wie freue ich mich, dich sogleich anzutreffen, Eliza. Ich bitte um ein Wort mit dir. Und auch dich, Laurence, zu sehen, erfüllt mich mit Freude!“

Auf einmal schien Eliza auf ihren Bruder distanzierter und ernster zu wirken. „Selbstverständlich“, erwiderte sie höflich. „Doch sicherlich möchtest du zunächst deine Sachen ablegen und dich erfrischen? Wir werden das Personal anweisen, dir zu Diensten zu sein.“

„Gewiss, sehr gerne. Selbstverständlich bin ich in Begleitung meines Butlers angereist. Die Reise war recht beschwerlich. Ist der Marquess auch im Hause?“, fragte Tom höflich.

„Der Marquess befindet sich mit John und Jacob bei einem der Pächter des Anwesens. Es scheint einiges Gerede unter den Pächtern zu geben, bedingt durch die vergangenen Missernten und die steigenden Lebensmittelpreise sowie die bevorstehende Erntezeit. Sie wollen das Anliegen der Pächter in Erfahrung bringen und ihnen die Antworten geben, die nötig sind, damit wieder Ruhe einkehren kann.“

„Gewiss, niemand kann leugnen, dass die missliche Lage in Irland auch auf England Auswirkungen hat. Die Iren jedoch scheinen die Briten für ihr Elend verantwortlich zu machen. Doch sei′s drum, ungebildete Leute pflegen oft enge Sichtweisen zu haben.“ Tom schlug Laurence kameradschaftlich auf die Schulter. „Nehmt es mir nicht übel, doch benötige ich zunächst ein Bad und einen Brandy, dann bin ich wieder zur gesellschaftlichen Konversation bereit.“

„Wir sollten Mutter darüber in Kenntnis setzen, dass Tom ein-

196

getroffen ist. Sie wird dies berücksichtigen müssen bei der Planung des Dinners. Heute Abend werden Gäste erwartet", stellte Eliza fest, nachdem sie dem Butler aufgetragen hatten, Tom Cartwrite und seinen Butler in einem Schlafzimmer unterzubringen und ihm ein Bad einzulassen und einen Brandy zu bringen.

Laurence nickte. Ihm war bewusst, dass Eliza sich mit ganz anderen Gedanken trug, doch dass es zu diesen nichts zu sagen gab.

Als Eliza die Gemächer ihrer Mutter betrat, fand sie diese auf der Chaisselonge in eine Stickerei vertieft.

„Entschuldige die Störung, doch ich nehme an, du wünschst zu erfahren, dass wir unerwartet Besuch erhalten haben." Sie trat näher und betrachtete die Stickerei. Sie stellte eine herbstliche Landschaft dar. „Das ist wirklich sehr hübsch, du hast so ruhige und geschickte Hände!"

„Vor allem habe ich Geduld, meine Liebe. Geduld und Ehrgeiz." Lady Catherine Huton lächelte ihre Tochter freundlich, jedoch bedeutungsschwer an.

„Gewiss, das wird niemand abstreiten." Eliza betrachtete die zahlreichen fein gearbeiteten Details.

„Wer besucht uns ohne vorherige Ankündigung? Dies ist keineswegs rücksichtsvoll. Wir sind nicht auf Besuch eingerichtet. Ich habe erst heute Abend mit Gästen gerechnet."

„Es ist Tom."

„Tom Cartwrite?" Lady Catherine blickte schlagartig auf. In ihre Augen trag ein erfreuter Ausdruck. „Tom? Das ist etwas anderes. Tom ist hier schließlich jederzeit willkommen. Er gehört gewissermaßen zur Familie. Habt ihr ihn angemessen untergebracht und ihm einen Butler zur Seite gestellt?

„Er reist in Gesellschaft seines Butlers, doch ich habe unsere Dienerschaft angewiesen, ihn gebührend zu versorgen."

„Sehr wohl. Was ihn wohl hierher geführt hat? Wir dürfen wohl hoffen, dass er nun endlich seine Absichten offenbart, was dich angeht?"

Eliza nahm die freudige Erwartung ihrer Mutter, Lady Catherine Huton, deutlich wahr.

„Zwar ist er nur der Sohn eines Earls, jedoch trägt er den Titel des Sohnes des Earl of Humshire. Du bist dir dessen bewusst, wie viel der Earl deinem Vater bedeutet? Sie verbindet eine Freundschaft, die seit jeher Bestand hat. Zudem ist Tom der erstgeborene Sohn des Earls, wohingegen du unser viertes Kind bist. Eine solche Verbindung wäre höchst ehrenvoll und willkommen. Ihr werdet eines Tages das Anwesen des Earls übernehmen, und Tom wird mit seiner Klugheit und Tatkraft die Geschäfte fortführen. Auf diese Weise steht dir ein Leben bevor, unbelastet von jeglichen Unannehmlichkeiten." Mit diesen Worten war Lady Catherine aufgestanden und trat so nahe an Eliza heran, dass sie nun die Hände ihrer Tochter in den ihren hielt und sie mit eindringlichem Blick betrachtete.

Eliza entgegnete nichts, ihr Blick verriet ihrer Mutter jedoch, offensichtlich, dass sie diese Verbindung als weit weniger aussichtsreich betrachtete.

Die Miene der Lady wurde nun streng und eindringlich. "Mein liebstes Kind, sei weise und verspiel dir diese vielversprechende Aussicht nicht. Ich weiß, du hängst mit großer Leidenschaft Zerstreuungen nach, die wenig zu der Gattin eines Earls passen. Bisher haben wir dir in dieser Hinsicht viel Freiraum gelassen, weil du jung warst und es noch bist, und weil manche jugendliche Unvernunft verfliegt, wenn ihr wenig Aufmerksamkeit geschenkt wird. Doch nun, du musst an deine Zukunft denken. Du bist gewiss klug genug, um zu erkennen, dass die Zeit deiner zahlreichen Freiheiten irgendwann zu Ende gehen muss. Du solltest wissen, dass dir Pflichten bevorstehen, die zu erfüllen wir erwartungsvoll und mit Recht einfordern. Eine Frau kann nicht ihr Leben lang Gedichte und Geschichten ersinnen und sich mit ihren Freundinnen in London amüsieren. Solltest du das Glück haben, dass ein gütiger Gatte dir derlei Vergnügungen in gewissem Maße erlaubt, so sei es dir gegönnt. Doch wenn er, und dies wäre durchaus verständlich und zu respektieren, verlangt, dass du sie ablegst, dann wirst du dich dem fügen müssen."

„Mutter, ich gehe keinen Vergnügungen oder Zerstreuungen

198

nach, es ist Arbeit, zu denken und zu schreiben, es kostet zumindestens ebenso viel Geduld und Ehrgeiz wie deine Stickerei.“ Eliza verstummte einen Moment, dann fügte sie vorsichtig hinzu: „Es bedeutet mein Leben, zu denken und zu schreiben. Ein Dasein ohne diese Erfüllung würde ich nicht ertragen können.“ Eliza hatte nicht beabsichtigt, ihrer Mutter einen so tiefen Einblick in ihr Innerstes zu gewähren, doch nun war es geschehen und sie spürte die Anspannung, wie diese reagieren würde, nahezu körperlich.

Lady Catherine sah ihre Tochter für einen kurzen, scheinbar verständnisvollen Augenblick an. Doch im nächsten Moment nahm ihr Blick wieder die kühle Distanz der Lady an. „Du bist noch sehr jung. Du hast noch nicht erfahren, was Geduld und Ehrgeiz bedeuten. Irgendwann wirst du erkennen, dass deine Mutter im Recht war. Ich hege die Hoffnung, dass du es an der Seite Tom Cartwrites erkennst und ihr dann ein sorgenfreies Leben in freundschaftlicher Verbundenheit führen könnt.“

Eliza gelang es recht gut, die unermessliche Enttäuschung über diese Worte in sich zu verschließen und sie vor ihrer Mutter zu verbergen. Mit einem knappen Knicks empfahl sie sich schließlich und eilte davon, um die sicheren Zuflucht ihrer eigenen Gemächer aufzusuchen.

Dort angelangt schloss sie die Tür hinter sich.

Erleichtert stellte sie fest, dass Wanda, ihre Zofe nicht im Raum war.

Sie setzte sich an ihr fein geschnitztes Schreibpult, das nah am Fenster stand, wo das einfallende Licht die idealen Bedingungen für ihre literarischen Arbeiten bot. Vor ihr lag ihr Notizbüchlein aufgeschlagen, und ihr Blick fiel auf die letzten Zeilen, die sie mit hingebungsvoller Hand notiert hatte:

„Freundin, möge das Schicksal walten, dass die Kränze uns zerbricht, trennen kann es die Gestalten, Seelen trennen kann es nicht.“

Eliza wusste, dass diese Worte nicht ihre eigenen waren; es handelte sich um eine Übersetzung aus einer anderen Sprache. Eine unbekannte Frau hatte sie wohl einst in das Stammbuch einer Freundin geschrieben. Womöglich hatte sie sich in jener

Zeit genauso gefühlt wie Eliza jetzt und hier. Wie vielen Frauen und Mädchen mochte es so ergehen wie ihr? In England, in Großbritannien, in Europa, ja, überall auf der Welt? Jetzt, gestern, zu allen Zeiten?

Wie ertrugen sie es? Wie gingen sie damit um? Eliza ließ die Feder sinken und verfiel in tiefe Gedanken. Hatte ihre Mutter Recht, und würde sie eines Tages erkennen, dass sie sich in einer Illusion verloren hatte – einer jugendlichen Illusion? Diese Fragen bedrängten sie, während die Worte ihrer Mutter noch in ihren Ohren nachhallten.

Was sollte aus ihrem Leben werden? Konnte sie ernsthaft erwarten, dass ihre Eltern sie weiterhin versorgten, während ihre Altersgenossinnen längst von ihren Ehemännern versorgt wurden?

Konnte sie von ihrem zukünftigen Ehemann erwarten, dass er ihr erlaubte, ihrer Leidenschaft, diesem Lebensinhalt, weiterhin nachzugehen? Wenn es Tom Cartwrite sein sollte und wenn er sie, wenn auch vielleicht eingeschränkter, dennoch ausreichend, schreiben und die Freundschaften mit Seelenverwandten in London pflegen ließ, könnte sie dann ein Leben an seiner Seite ertragen, ohne daran zugrunde zu gehen?

Wenn sie mit ihm sprach und er ihr das beantworten konnte, dann wüsste sie, ob eine Verbindung mit ihm möglich war oder ob sie eine solche gänzlich ausschließen musste.

Als Eliza sich wieder etwas gefasst hatte, verließ sie ihre Gemächer und hielt Ausschau nach Tom Cartwrite. Sie würde das Gespräch nun nicht mehr scheuen, sondern eine eindeutige Antwort von ihm einfordern.

Sie traf ihn in der Bibliothek an. Er stand zusammen mit Elizas älterem Bruder John. Als sie eintrat, blickten die Zwei zu ihr herüber. Toms Blick hellte sich sogleich merklich auf.

„Ich lasse euch nun allein", sagte John nüchtern und verließ den Raum.

„Du wolltest mich sprechen?" Eliza atmete tief durch und trat näher zu Tom.

„Liza!" Tom griff nach ihren Hände und hielt sie in seinen. Er stand ihr nun in gleicher Weise gegenüber wie eben noch Lady Mary. „Ich muss dir wohl nicht sagen, wie sehr ich dich schätze … Wie sehr ich dir zugetan bin."

Eliza war unsicher, ob er eine Antwort erwartete, doch sie wusste ohnehin nichts zu sagen. So verharrte sie in stummer Erwartung und sah ihm prüfend in die Augen. Diese Augen, dunkel und ernst, verliehen ihm einen nachdenklichen Ausdruck, den die dunklen Brauen und die lange, gerade Nase verstärkten. Seine schmalen Lippen und das wirre Haar, das er stets vergeblich zu ordnen versuchte, wie sie seit langem wusste, ließen ihn jedoch jünger erscheinen als seine Jahre.

Er trug das Haar aus der Stirn gekämmt, doch auf dieser zeigten sich bereits erste Fältchen, und zwischen den Augen begannen sich senkrechte Furchen abzubilden, die sich vertieften, wann immer er nachsann. Auch in diesem Moment waren diese deutlichen Zeichen seiner Nachdenklichkeit zu erkennen.

Er würde zweifellos keine Mühe haben, eine andere Frau zu finden, die ihn liebend gern heiraten und den Lebensstandard genießen würde, den er zu bieten hatte.

Als sie keine Anzeichen zeigte, auf seine Worte zu erwidern, fuhr er fort. „Mein Vater hat entschieden, recht bald die Geschäfte ausnahmslos in meine Hände zu geben. Er wünscht, dass ich mich zuvor verheirate, gewiss um sicher zu gehen, dass alles einen guten Weg nehmen wird. Wie auch Lord John wünscht er eine Verbindung zwischen dir und mir. Doch das ist es nicht allein, … Es ist vielmehr … Es würde mir das größte Glück bereiten, wenn du meinen Antrag wohlwollend annehmen wolltest."

Sie konnte sehen, dass er, ungeachtet seines sonst so souveränen Auftretens, mit großer Anstrengung um die richtigen Worte rang und dass ihm offenkundig von immenser Bedeutung war, wie dieses Gespräch verlaufen würde. Dies rechnete sie ihm zweifellos hoch an, doch machte es ihr Vorhaben keineswegs leichter, das zu äußern, was sie sorgfältig erwogen hatte. „Lieber Tom", begann sie mit Festigkeit in der Stimme. „In der Tat, wir kennen einander seit Anbeginn unseres Lebens, und es ist längst kein Geheimnis mehr, was unsere Väter beabsichtigen. Dass du diesen Plänen mit Wohlwollen entgegenstehst, war mir ebenso bewusst. So habe ich nicht erst einmal darüber nachgedacht."

Der erwartungsvolle Blick, der auf ihr ruhte, war für Eliza schwerlich zu ertragen. Sie hegte keine Absicht ihn zu verletzen, doch wie konnte er glauben, dass sie in ein Leben an seiner Seite passte? „Doch denkst du wirklich, dass wir jemals harmonisch miteinander leben könnten?"

„Weshalb sollten wir das nicht können?", erwiderte er, sichtlich verwundert ob ihres Zweifels.

„Nun," begann sie. „Ich denke, dass du ganz andere Erwartungen an deine Frau hegst, als jene, die ich jemals erfüllen könnte."

„Wie soll ich das verstehen?"

Eliza rang nach Worten, die ihren Gedanken Ausdruck verleihen könnten. Offensichtlich sah er nichts von dem, was für sie so überdeutlich war. „Du bist ein geborener Geschäftsmann, ein vorzüglicher Grundbesitzer. Dein Denken gleicht dem meines Bruders John. Ich jedoch bin von anderer Natur. Meine Prioritäten liegen gänzlich anders. Du würdest nie verstehen können, was mich bewegt oder was ich zu sagen versuche."

„Doch ist es nicht stets so zwischen Mann und Frau? Welcher Ehemann versteht seine Gattin vollends?", fragte er mit einer Mischung aus Verwirrung und trotziger Zuversicht.

„Es scheint noch nicht verständlich geworden zu sein, was ich zu sagen versuche." Sie überlegte, während er weiter voller Unverständnis im Blick abwartete.

„Tom, wie du weißt, schreibe ich ..."

„Oh gewiss. Ich habe bereits einige Verse von deiner Hand gelesen. Sie sind hübsch."

Eliza konnte nicht recht entscheiden, ob diese Äußerung zum Lachen oder Weinen Anlass geben sollte. Dass er ihre Verse als „hübsch" titulierte, offenbarte in aller Deutlichkeit, dass er sie nicht im mindesten verstanden hatte.

„Ich schreibe auch Erzählungen", fügte sie mit einer Ruhe hinzu, die nur äußerlich war.

„Nun, das Schreiben von hübschen Versen halte ich für eine einer Dame angemessene Zerstreuung, das Ersinnen von Geschichten hingegen erscheint mir etwas albern. Wenn du meinem Hause vorstehst, wirst du sicherlich beizeiten Gelegenheit finden, einen Vers zu Papier zu bringen, doch sollten andere Pflichten den Vorzug erhalten.“

„Ich habe einen Roman geschrieben. Er wird bald veröffentlicht“, entgegnete sie in trockenem Ton.

Er blickte sie fassungslos an. „Wie bitte?“

„Einen Roman, ich habe einen Roman verfasst und ihn einem Verlag verkauft.“

„Einen Roman? An einen Verlag verkauft?“ Er verweilte kurz in Überlegung, dann schien ihm ein schockierender Gedanke zu kommen. „Wird er deinen Namen tragen?“

Sie konnte ein Lachen nur mühevoll unterdrücken. „Nein, dies wird er wohl nicht. Er wird unter einem Pseudonym erscheinen.“

„Was jedoch, wenn dennoch ans Licht kommt, wer der wahre Autor ist?“ Der Gedanke schien ihm große Besorgnis zu bereiten.

„Nun, dies wäre keineswegs beabsichtigt gewesen, jedoch vermag ich nicht zu erkennen, warum dies ein Problem darstellen sollte.“

„Es würde deine Familie in einem äußerst schlechten Licht erscheinen lassen. Ein Roman!“ Sein Tonfall zeugte von unverhohlener Geringschätzung.

Eliza hegte den Verdacht, dass Tom niemals einen Roman gelesen habe. „Was kann an einem Roman denn so schrecklich sein?“, fragte sie unumwunden.

„Das fragst du mich allen Ernstes? Mir erscheint es widernatürlich, wenn Damen sich derartigen literarischen Unternehmungen hingeben. Der bloße Gedanke, dass sie gar Romane verfassen, ist für mich kaum zu fassen. Was, bitte, sollte in solch einem Werke stehen?"

"Hast du jemals einen Roman gelesen?"

"Ich denke an Daniel Defoe, ein Kaufmann und Abenteurer. Fürwahr, er war ein Mann, der die Welt bereiste und somit wusste, wovon es sich zu schreiben lohnte. Doch eine Frau? Was sollte eine Frau zu schreiben haben?"

„Mir fielen auf Anhieb zahlreiche Themen ein, über die ich schreiben könnte."

„Es ist nicht ratsam, sein Innerstes derart offen darzulegen. Solches gehört ins Private."

Eliza wusste nicht, ob sie seine Rede als belustigend oder als beleidigend empfinden sollte. „Siehst du es nun ein, Tom? Wir sind so verschieden, dass ein gegenseitiges Verständnis unmöglich scheint."

Sein Gesichtsausdruck wandelte sich plötzlich zu Hilflosigkeit, als ihm offenbar wurde, dass seine Worte das Gespräch in eine Richtung gelenkt hatten, die ihm ganz und gar nicht zusagte. „Meine liebe Eliza, ich habe unbedacht gesprochen. Meine Sorge ist nur dahingehend, dass andere so denken könnten und dies deinem Ruf schaden könnte."

Ein kleiner Hoffnungsschimmer blitzte in Eliza auf. „Wenn du nun meinen Roman lesen würdest und zu dem Schluss kämst, dass er ganz und gar unschädlich ist, was meinen Ruf anbelangt, wäre es dann für dich denkbar, dass ich weitere Romane und Gedichte schreibe, wenn wir verheiratet sind?"

Sein Blick jedoch machte jeden Hoffnungsschimmer zunichte. „Eliza, du verlangst Unmögliches. Das muss dir doch zweifellos bewusst sein."

„Du verlangt also, dass ich nach der Heirat das Schreiben gänzlich aufgebe?", fragte sie, ihren Blick fest auf ihn gerichtet. Das war die entscheidende Frage, die sie ihm stellen musste. Alles hing nun von seiner Antwort ab. Sie fragte sich, ob ihm dies bewusst war. Wenn er sie wirklich so gut kannte, wie er zu behaupten pflegte, dann musste er es wissen.

Er erwiderte ihren Blick ebenso fest und sagte: „Ja, Eliza, das muss ich von dir verlangen."

„Dann forderst du Unmögliches, Tom. Und wenn du mich wahrhaft kenntest, dann wäre dir dies bewusst", entgegnete sie, seine eigenen Worte spiegelnd.

„Eliza, du neigst dazu, alles sehr dramatisch zu sehen. Ich erbitte von dir, deine Worte in Ruhe zu bedenken und einen klaren Kopf zu bewahren. Nun werde ich einen Spaziergang machen; ich bedarf frischer Luft“, sprach er und erhob sich, um den Raum zu verlassen.

IX

Als das Dinner aufgetischt wurde, hatte Tom Cartwrite jedenfalls augenscheinlich seine Contenance wiedererlangt. Er erschien prächtig gewandet in einem sehr edlen Frack und freute sich offenkundig aufrichtig, mit dem Ehrengast des Abends Bekanntschaft zu machen.

Es war kein geringerer als Lord John Russell, der erste Earl Russell, der seit mehr als einem Jahr den Posten des Premiers und des ersten Lords des Schatzes innehatte.

Er gehörte den Whigs an und es war ein offenes Geheimnis, dass der Marquess mit jenen sympathisierte.

Zudem maß der Marquess nicht zuletzt der exzellenten Beziehung zu amtierenden Politikern eine hohe Bedeutung zu. Dementsprechend pflegte er solche Beziehungen auch unabhängig davon, ob der Betreffende den Whigs angehörte oder Tories.

Auch Laurence war voller Erwartung, die Bekanntschaft des Earls zu machen. Er war in aller Munde und seine Politik alles andere als unumstritten und das bereits seit Jahrzehnten. Eine beachtliche Leistung. Allerdings befürchtete Laurence, dass es eine nicht enden wollende Runde der Beweihräucherung werden könnte.

Der Earl war eine markante Erscheinung. Seine Gesichtszüge waren kantig und kühl. Die hohe, fliehende Stirn umgeben von schütterem dunklem Haar. Seine Augen ließen keinen Zweifel an seinem eisernen Gemüt.

Laurence konnte sich bildlich vorstellen, wie zäh dieser Mann im Parlament diskutierte und seine Gesetze durchpeitschte gegen alle Widerstände. Er ertappte sich bei dem Gedanken, der Earl müsse das Lächeln wohl vor dem Spiegel üben, damit er es nicht verlerne.

„Mein hochverehrter Lord Russell. Welch eine Freude, Euch in meinem Haus begrüßen zu dürfen", nahm ihn der Marquess überschwänglich in Empfang. Dies konnte einen auf den ersten Blick verwundern, handelte es sich bei dem Gast doch nur um einen Earl, jedoch war Laurence selbstverständlich bekannt, dass Lord Russell der Sohn des gleichnamigen sechsten Duke of Bedford war.[9]

„Dem schließe ich mich voll und ganz an. Seien Sie uns auf Herzlichste willkommen." Lady Catherine Huton hielt ihm die weiß behandschuhte Hand hin und er verneigte sich huldvoll, einen Handkuss andeutend.

„Wenn ich vorstellen darf: Meine Söhne, John, Jacob und Laurence und meine Tochter Eliza. Dies ist Tom Cartwrite, der Sohn unseres hochgeachteten Freundes, Lord Cartwrite, Earl of Humshire."

Das Dinner ließ sich in der Tat zunächst so an, wie Laurence es befürchtet hatte.

Der Earl wurde ausgiebig zu seinem Werdegang befragt und durfte lang und breit die Politik der Whigs der letzten dreißig Jahre erläutern, lediglich unterbrochen von den Lobpreisungen des Marquess.

Der Earl begann seinen Bericht über die langen beschwerlichen 1820er, in welchen er sich unentwegt um die Reformierung der Parlamentswahlen bemüht hatte und kam endlich über seine Zeit als Kriegs- und Kolonialminister zur Regierungsbildung 1846.

Laurence hegte keine große Neigung zu solchen Dinnerveranstaltungen. Viel lieber hätte er eine anregende Unterhaltung über die neuesten Fortschritte in der Anästhesie geführt, ob die Versuche mit Chloroform der Menschheit ein neues Narkosemittel brächten, das den Äther ablösen könnte.

Es waren der französische Physiologe Marie Jean Pierre Flou-

---

[9] John Russell, 1. Earl Russell 1792-1878, war ein liberaler Reformpolitiker unter Königin Victoria und zweimal Premierminister.

rens und der schottische Arzt James Young Simpson, die dieses ehrgeizige Unterfangen vorantrieben. Laurence konnte sich bildlich vorstellen, dass allein die Tatsache, dass ein Franzose und ein Schotte hierin ihre Forschungen betrieben, an der Dinnertafel für Aufruhr gesorgt hätte, hätte er dieses Thema zur Sprache gebracht. Doch auch der Brite Robert Mortimer Glover hatte bereits vor fünf Jahren auf diesem Feld gearbeitet. Dennoch – das Interesse hieran war bei den Anwesenden wohl gänzlich gering. Noch weniger Neugierde würde es hervorrufen, ob solche Mittel in der Geburtshilfe Anwendung finden sollten.

Vermutlich teilte der Marquess die Ansichten der Kirche, die unverhohlen verlauten ließ, dass Frauen die Schmerzen während der Geburt als unabwendbare Strafe zu erdulden hätten. Gleichwohl, es würde wohl der Akzeptanz solcher neuer Methoden zuträglich sein, sollten sie jemandem von Bedeutung helfen. Am besten gleich der Königin. Schließlich war sie das Oberhaupt der anglikanischen Kirche. Möglicherweise würden dann sogar die eifrigsten Gegner solcher Neuerungen ins Grübeln geraten.[10]

Laurence versuchte, seine Aufmerksamkeit wieder dem Gesprächsthema zu widmen.

Der Earl erörterte in jenem Moment sein Vorgehen im Zusammenhang mit der Appropriationsklausel.

„Ja, nun können die Briten nur hoffen, dass die Whigs, allen voran Ihr, hochverehrter Lord Russell, die Iren-Problematik erfolgreicher bewältigen, als es die Tories je vermocht hätten", tat Lord John Huton seine Erwartungen kund.

„Wir versuchen unser Bestes, Lord Huton, dessen dürfen Sie gewiss sein. Jedenfalls waren die Whigs nie der Ansicht, dass die Abschaffung der Corn Laws die Hungersnot beseitigen kann. Peel ist, verzeihen Sie, Mylady", er wendete sich Lady Huton zu, "ein Aufschneider, ein Demagoge. Es kann nur bezweifelt werden, dass er selbst daran geglaubt hat. Und nun sehen Sie, wo wir stehen?"

---

[10] Laurence´ Wunsch sollte in Erfüllung gehen und seine Erwartung sich bestätigen: 1853 wurde Chloroform bei Königen Vicoria eingesetzt. Anschließend wurde es in Europa das meisteingesetzte Narkosemittel.

Laurence fand dies über die Maßen faszinierend. Der Earl sprach mit einem Enthusiasmus, der seine rhetorischen Fähigkeiten eindrucksvoll unter Beweis stellte. „Wenn es mir gestattet ist, die Frage zu stellen, was, denkt Ihr, könnte Irland aus seiner derzeitigen Krise befreien?" Laurence musste einfach danach fragen.

„Master Laurence, nicht wahr? Sie sind noch recht jung, und doch möchte ich Ihnen versichern, es ist ein großer Irrtum zu glauben, der Staat könne alle Missstände beheben. Es wird weit zu viel von der Politik erwartet. Manchmal bedarf es einer Haltung des Abwartens, die den Dingen Raum und Zeit lässt, sich zu entwickeln. Die Franzosen nennen es laissez-faire. Ein ansprechender Begriff, nicht wahr? Genau diese Philosophie vertrete ich. Die Vorstellung, den Iren einen Gefallen zu erweisen durch Spenden, Hilfsmaßnahmen, gesetzliche Interventionen und Arbeitsbeschaffungsprogramme, ist gänzlich verfehlt. Im Gegenteil, ich bin so frei zu behaupten, dass es ihnen schadet. Ungewollt hält man sie so in Abhängigkeit von staatlicher Unterstützung und in ihrer Unfreiheit gefangen. Daher hat unser Leiter des Schatzamtes, Sir Charles Trevelyan, auch vollkommen Recht, wenn er die sogenannte barmherzige Fürsorge als grundsätzlich verfehlt und als die wahre Ursache der Hungersnot betrachtet."

Tom Cartwrite zeigte während dieses Vortrages einen Gesichtsausdruck, der erkennen ließ, dass er mit Russell vollkommen übereinstimmte.

„Lord Russell", erhob nun erstmals während des Dinners Eliza ihre Stimme. „Es mag zutreffen, dass fortwährende Unterstützungsmaßnahmen Irlands Abhängigkeit nicht mindern, doch ist es wohl der rechte Augenblick, um die Unabhängigkeit zu forcieren, wenn das Resultat solch unermessliches Elend ist? Sollte man nicht vielmehr abwarten, bis die schwerste Krise überwunden ist und dann, nachdem der Sturm sich gelegt hat, an die Wurzeln der Ursachen gehen?"

Eliza", tadelte der Marquess empört. Laurence verstand den Grund seiner Entrüstung nur zu gut. Für den Marquess war es ein unerhörter Affront, dass seine Tochter es wagte, die Ansichten des Premierministers in Frage zu stellen.

Doch der Premierminister, Lord John Russell, schritt umgehend ein: „Nein, lassen Sie Ihre Tochter frei sprechen. Es ist angemessen, dies auch im Parlament so zu handhaben. Schließlich kann ich auf eine direkte Frage ebenso direkt antworten."

Laurence blickte zu Eliza hinüber. Woher nahm sie nur diesen Mut? Er selbst hätte es nie gewagt, sich so offen gegen den Premierminister zu stellen. Oder lag die Ursache seines Schweigens vielmehr in der Überzeugung, seine Meinung würde für den Earl von keinerlei Bedeutung sein? Jedenfalls musste er ein Grinsen unterdrücken. Er bewunderte Eliza sehr dafür, dass sie den Mut hatte, ihre Meinung in dieser Weise kundzutun. Die meisten Frauen begnügten sich mit Stickereien und häuslichen Belangen, niemals würden sie es wagen, zu solchen gewichtigen Themen ihre Stimme zu erheben, zumal im Beisein wichtiger Persönlichkeiten.

Er ließ seinen Blick zu Tom schweifen. Dessen Ausdruck war keineswegs von Bewunderung geprägt; vielmehr starrte er Eliza fassungslos an. Der Raum war von gespannter Erwartung erfüllt, als alle auf die Antwort von Lord Russell warteten.

Lord Russell wandte sich nun Eliza zu und sprach: „Zum einen ist hierzu zu sagen, dass es von großer Bedeutung ist, die tiefen Ursachen nicht aus den Augen zu verlieren, auch nicht in Zeiten größter Not. Wenn wir die Abhängigkeit und die anhaltende Notlage nur durch fortwährende Unterstützung übertünchen, so berauben wir die betroffenen Länder der Möglichkeit, sich nachhaltig zu erholen und eine stabile Grundlage zu erlangen. Zum anderen ist hierzu in aller Deutlichkeit zu sagen: Es ist eine Lüge der Gegner unserer Politik, allen voran der Tories, zu behaupten, unsere Politik verursache Elend. Damit wollen sie uns demoralisieren und spalten, denn es ist keineswegs leicht, diese Politik so durchzuführen. Es ist für alle unglaublich schwer, mit anzusehen, was unseren Nachbarn widerfährt. Und es gehört viel Willensstärke dazu, dennoch standhaft dabei zu bleiben. Das Elend ist eine Folge der jahrzehntelangen Abhängigkeit und wenn wir jetzt einknicken und wieder Irland an den Haaren aus dem Sumpf ziehen, dann werden die späteren Folgen noch dramatischer. Dessen seien Sie gewiss. Eure Frage zeugt von großem Mitgefühl und einem scharfen Verstand. Gleichwohl gibt es Momente in der politischen Führung, wo das langfristige Wohl über das unmittelbare Leid hinaus berücksichtigt werden muss. Es bestünde die Gefahr, dass dauerhaft bereitgestellte Hilfen die Eigenverantwortlichkeit und den Fortschritt einschränken."

Eliza sah den Premier mit bohrendem Blick an. Jeder der sie kannte, ahnte, dass sich in ihrem Kopf nun ein Widerstreit abspielte. Sollte sie es des lieben Friedens willen auf sich bewenden lassen oder sollte sie diese einmalige Gelegenheit am Schopfe packen und ihre Argumente, von denen sie noch zahlreiche bereit hielt, wie Laurence annahm, dort zur Sprache bringen, wo sie hingehörten. Dort saß er höchstselbst, der Premier, und er hatte sie geradezu herausgefordert, zu sprechen. Und sie wollte sprechen. Das konnte Laurence ihr ansehen. Er blickte zum Marquess hinüber, der Eliza mit einem starrenden, durchdringenden Blick fixierte. Als Laurence seinen Vater wahrnahm, wurde ihm bewusst, dass er Sorge um Eliza verspürte. Er blickte zurück zu ihr und erkannte an ihrem entschlossenen Ausdruck, dass ihr eine Erwiderung geradezu auf der Seele brannte.

Eliza spürte, dass ihr Herz ihr bis zum Hals schlug. Sie hätte noch zahlreiche Argumente gehabt, schlagende Argumente, die wider die frivole Leichtfertigkeit des Earls sprachen. Doch dort saß der Marquess, dort war die gesamte Familie und es würde einen Eklat geben, wenn sie den Premier womöglich in die Enge drängte, ihn seiner Luftschlösser beraubte, die lediglich der Verschonung der Staatskassen und der fragwürdigen Rettung Irlands von einer vermeintlichen Überbevölkerung dienten. In solch prekärer Lage wollte sie ihn sehen, in die Enge getrieben und ohne all' seine hohlen Phrasen. Doch in ihrem Innersten wusste sie, solch eine Tat könnte sie dem Ansehen ihrer Familie nicht zumuten. Widerwillig fasste sie den Entschluss, ihr Schweigen zu wahren und ihm die Bühne für seine Reden zu lassen. Für sein Reden von Gold und Schweigen von Pech.

Laurence erkannte in diesem Augenblick, dass Eliza schweigen würde. Der Marquess schien aufzuatmen, als er sah, dass seine Tochter offenbar nichts weiter erwidern wollte. „Nun ist die Hungersnot ja auch für beendet erklärt worden," sagte er leichthin.

„Sehr Recht, Lord Huton. Und das mit gutem Grund. Sir Charles Trevelyan ist ein kluger Mann. Und früher oder später werden es alle erkennen, dass unsere Politik die Richtige war."

Als der Premier deutlich später das Anwesen der Hutons verließ, war der Marquess bester Dinge. Abgesehen von dem kleinen Eklat, den seine Tochter verursacht hatte, war es ein durchaus erfreulicher Abend gewesen. Es traf sich vortrefflich, dass der Sohn seines langjährigen Freundes Albert ihnen ausgerechnet an diesem Abend einen unangekündigten Besuch abstattete. So konnte er sich im Anschluss an das Essen mit dem Premier mit der jüngeren Generation im Salon bei einer unverfänglichen Konversation zu einem Gläschen Brandy amüsieren.

Lord John Huton lehnte bequem in dem Sessel vor dem knisternden Kamin. In dem Glas in seiner Hand drehte sich der bronzefarbene Brandy. Er blickte zufrieden in die Runde. Gewiss, die Anstrengungen des langen Tages hatten ihren Tribut gefordert und seine betagten Glieder gehorchten nicht mehr wie einst. Doch worüber konnte er sich schon beklagen. Sein müder Blick ruhte auf seinem Ältesten, der sich angeregt mit dem ehrenwerten Tom Cartwrite unterhielt. In John fand er seinen Stolz und seine Erfüllung als Vater. Vom Augenblick seiner Geburt an schien John wie geschaffen für die Bewirtschaftung der Ländereien und die Verwaltung der Geschäfte. Keine Schwierigkeiten hatte er je bereitet.

Schon früh offenbarte John sein außerordentliches Talent im Geschäfte betreiben, insbesondere beim Handel mit Wertpapieren an der Börse. Mit bemerkenswertem Geschick und unerschütterlicher Entschlossenheit setzte er seine Interessen durch, selbst gegen erheblichen Widerstand. Selbst wenn er dem erfahrenen Advokaten gegenüberstand, war oftmals nicht offenkundig, wer von beiden der Überlegenere war. Von Herzen gern überließ Lord John bereits jetzt die Auseinandersetzungen mit den Pächtern und etwaigen Gläubigern dem kühlen Verstand und der scharfen Zunge seines Ältesten.

Wenn er dereinst, und jener Zeitpunkt war gewiss nicht mehr fern, die Verantwortung für das Gut in die tüchtigen Hände seines Sohnes übergeben würde, so würde Lord John sich eines angenehmen und friedlichen Lebensabends erfreuen können. Doch eine bedeutende Pflicht oblag ihm noch – die standesgemäße Verheiratung seines Erstgeborenen.

Eine solch bedeutende Verbindung zu arrangieren, war zweifelsohne eine anspruchsvolle Aufgabe. Eine Heirat mit Cara Cartwrite war für John nicht standesgemäß. Nein, es musste schon die Tochter eines Marquess oder gar eines Duke sein. Zwar waren die Duces nicht gerade wie Sand am Meeresstrand zu finden, doch er war willens und bereit, diese wichtige Aufgabe mit Umsicht anzugehen.

Sobald die arbeitsame Zeit des Herbstes ihren Abschluss gefunden haben würde, so dachte er bei sich, würde er im Winter die Muße finden, die angesehenen Adelshäuser sorgsam zu studieren und nach einer passenden Gemahlin für John Ausschau zu halten.

Mit dieser gewichtigen Überlegung im Geiste, wandte er sich an die Umstehenden und sprach mit einladender Geste: „Wollt ihr euch zu mir setzen?"

„Verzeiht, Vater, dass ich mich nicht sogleich zu Euch gesellt habe." John Huton klopfte Tom Cartwrite auf die Schulter und ließ sich von ihm zum Kamin geleiten. Auch Jacob und Laurence ließen sich am Kamin nieder.

Jacob erhob sich jedoch sogleich wieder und kündigte an, sich um die Beschaffung einer neuen Flasche Brandy bemühen zu wollen. Ihre Gläser, welche sie in den Händen hielten, spiegelten das sanfte, flackernde Licht des Feuers wider.

Der Marquess nickte zustimmend und blickte dem sich entfernenden Jacob wohlwollend nach. Jacob war ein tüchtiger und verlässlicher Sohn. Er hatte immer die Sicherheit garantiert, Johns Platz einzunehmen, wenn dieser, was Gott - dem

Himmel sei Dank - nicht hatte kommen lassen, jemals ausgefallen wäre oder - was Gott verhüten möge - jemals ausfallen sollte. Jacob hatte stets an der Seite seines Bruders ausgeharrt, wenn dieser in seine künftigen Pflichten eingeführt wurde, wobei er genau genommen nicht neben, sondern hinter ihm gestanden hatte.

Lord John Huton war sich wohl bewusst, dass diese subordinierte Position Jacob nie gutgetan hatte. Doch solches war das unabänderliche Los des Zweitgeborenen, und wie könnte man sich darüber beschweren, dass der schreckliche Fall des Ausfalls des Erstgeborenen niemals eingetreten war? Nein, es war ein Segen, obgleich jener Segen für Jacob eine Last war, die kaum einer sah oder benannte.

Es schien nunmehr auch die Pflicht des Marquess zu sein, erwog er im Stillen, eine sinnstiftende Aufgabe für Jacob zu finden. Eine Aufgabe, die hinausführte aus der beengenden Rolle des „Zweiten", die ihm bislang zugewiesen war.

Durchaus, wenn Lord John Huton nun so darüber sinnierte, dann kam er nicht umhin, festzustellen, dass er in dieser Hinsicht dringend etwas unternehmen musste. Nicht, dass ihm jemals zu Ohren gekommen wäre, dass Jacob eine unerfreuliche Entwicklung nehme; doch solch einem Schicksal nun vorbeugen zu wollen, erschien ihm dennoch ratsam. Er kannte wohl seinen zweiten Sohn als pflichtbewusst und loyal, doch auch das zäheste Gemüt konnte Zermürbung erleiden unter der Bürde ungenutzter Fähigkeiten und unerfüllter Bestimmung.

In der Tat, Alexander hatte ihn einst darauf aufmerksam machen wollen, dass Jacob angeblich „leide", wie er es formuliert hatte. Doch dies erschien dem Marquess als maßlose Übertreibung. Alexander war kinderlos und somit ohne eigene Erfahrungen im Bereich der Erziehung. Welche Art von besonderen Kenntnissen mochte er also in dieser Angelegenheit haben?

Er selbst hingegen hatte vier Kinder aufgezogen, und alle waren sie gänzlich untadelig und vorzüglich geraten. Eine Einmischung von Seiten eines Bruders, der seine Lebenszeit auf den sieben Weltmeeren und in allerlei fremden Ländern vergeudete, konnte er wohl entschieden zurückweisen.

214

Sein Bruder Jonathan war einst in der gleichen Lage gewesen. Indes, darüber nachzusinnen, schien vergebliche Mühe. Jonathan hatte das Alter nicht erreicht, in welchem man sich mit seiner Zukunft hätte befassen müssen. Überdies, zu jener Zeit hatte sich alles gänzlich anders gefügt.

Der Marquess erlebte selten Momente solcher Art, doch in diesem Augenblick fühlte er es mit schmerzlicher Gegenwärtigkeit. Die Erinnerung an seinen Bruder Jonathan, die er sonst tief in seinem Innern verschlossen hielt, kehrte mit einer plötzlichen und schmerzvollen Intensität zurück. Trotz all der Jahre, die er nun in der Familiengruft ruhte, war die Wunde, die sein Verscheiden gerissen hatte und die längst vernarbt war, noch immer spürbar. Es war müßig, darüber zu grübeln. Auch er hatte lange beschlossen, sich mit diesen Gedanken nicht mehr zu tragen.

Mit gutem Grund waren sich in jener Zeit alle ohne Worte einig gewesen, nie mehr über Jonathan zu sprechen. Selbst Mutter hatte nie wieder ein Wort über ihn verloren.

John wusste jedoch mit Bestimmtheit, dass stets frische Blumen die Familiengruft zierten. Zuweilen war es auf seine eigene Veranlassung geschehen, doch keineswegs geschah dies immer durch seine Hand. Es gab also andere, die seines Bruders gedachten. Wortlos.

In diesem Augenblick erschien Jacob mit dem Brandy. „Das Leben einer herrschaftlichen Familie zeigt wahrlich seine Tücken, wenn sich die Dienerschaft ganz überwiegend zur Nachtruhe begeben hat", scherzte er augenscheinlich vergnügt, während er die Flasche auf dem Beistelltisch am Kamin platzierte.

„Nun, du wirst dich doch wohl in naher Zeit sowieso daran gewöhnen müssen, ohne die Vorzüge des Lebens in einem herrschaftlichen Hause auszukommen. Es wird dir gewiss nicht schaden, allmählich herauszufinden, wo der Brandy verborgen ist. Vielleicht wird er dir ein wenig Trost spenden, wenn dir das eigenständige Stehen auf eigenen Beinen gar zu arg erscheint." John lachte über seine spitzfindige Bemerkung gegenüber seines jüngeren Bruders und Tom Cartwrite stimmte lebhaft in das Lachen ein.

Lord John Huton spürte ein deutliches Unbehagen ob dieses unverhohlenen Spotts, wenngleich es nicht selten vorkam, dass John seinem Bruder über den Mund fuhr. Er schmunzelte bemüht und machte dann eine abwinkende Handbewegung. „Na na, John, wir wollen deinem Bruder hinreichend Zeit gewähren, sich eine Lebensaufgabe zu suchen."

Die Stunden verstrichen und schließlich erhob sich der Marquess. „Ihr werdet es mir verzeihen, wenn ich mich nun zurückziehe?"

„Durchaus, lieber Lord John, allerdings wollte ich Euch noch um ein Gespräch unter vier Augen bitten." Tom Cartwrite hatte sich bei diesen Worten höflich erhoben.

„Unter vier Augen? Da bin ich höchst gespannt. Gestatten wir uns hierfür den Rückzug in die Bibliothek." Der Marquess ahnte bereits, welchem Anliegen dies wohl diente, und er konnte nicht leugnen, dass er seit geraumer Zeit auf diesen Augenblick gewartet hatte.

Die bleierne Müdigkeit, die sich eben noch, nicht zuletzt dank des Brandys, über ihn gesenkt hatte, war im Nu verflogen.

Väterlich legte er den Arm um den Sohn seines engsten Freundes. Es würde ihre Freundschaft, nur umso mehr festigen, wenn sie diese durch die Heirat ihrer Kinder in die nächste Generation trügen. Welch großes Glück war es doch, dass ihnen beiden so prächtige Söhne geschenkt worden waren. Alberts Sohn würde gewiss eine günstige Wirkung auf Elizas unstetes Wesen haben, sodass auch sie ihm bald keine Sorgen mehr bereitete. Es war ein Segen, dass Tom trotz ihres Benehmens gegenüber Lord Russell an seinem Vorhaben festhielt, um ihre Hand anzuhalten. Dies bestätigte Lord John den gefestigten Charakter seines zukünftigen Schwiegersohnes und erfüllte ihn mit Zuversicht. „Ist dies der Grund deines Besuches?", fragte er voller Erwartung.

„In der Tat. Ich wollte Euch indes nicht zu so später Stunde noch hiermit belästigen, doch es ließ sich heute kein günstigerer Zeitpunkt finden."

„Das soll deine Sorge nicht sein. Du konntest ja nicht annehmen, dass wir heute den ehrenwerten Lord Russell zu Besuch erwarteten", winkte der Marquess großmütig ab.

Als sie sich in der Bibliothek eingefunden und die Tür geschlossen hatten, - der Marquess hatte einen Kerzenleuchter mit in den Raum genommen, den er im Flur vorgefunden hatte, sodass sie hinreichend mit Licht versorgt waren, sah der Ältere den Jüngeren abwartend an.

„Hochverehrter Lord John, es ist mein innigster Wunsch, Eliza einen Heiratsantrag zu machen. Hierfür erbitte ich höflichst Eure wohlwollende Genehmigung."

„Hast du denn bereits ein vertrauliches Gespräch mit Eliza hierzu geführt? Sie ist bisweilen recht eigensinnig. Hat sie dich ins Bild gesetzt, wie sie dazu steht?"

„In der Tat habe ich Eliza gegenüber meine tiefempfundene Zuneigung zum Ausdruck gebracht. Sie wirkte durchaus zustimmend, obgleich es ihr an deutlichem Ausdruck mangelte, da sie auf Eure Zustimmung zu warten gedachte, wie ich annehme."

„Selbstverständlich, mein Lieber Tom. Es freut mich überaus. Ich hegte die Erwartung, dass Eliza ein wenig ..." Der Marquess schien das richtige Wort zu suchen - „... Ermunterung bedürfen würde, da sie ...", abermals hielt er inne - „... bislang nicht den Wunsch geäußert hat, in naher Zukunft in den Stand der Ehe zu treten."

„Eliza und ich kennen uns schon unser ganzes Leben und waren uns stets sehr zugetan. Mein Eindruck ist vielmehr, dass sie bereits erwartet hatte, dass ich ihr diese Frage einmal stellen würde und dass sie dem keineswegs ablehnend entgegensah. Gewiss, in ihrer jugendlichen Unschuld mag sie von den üblichen Unsicherheiten geplagt sein, doch darüber hinaus hat sie keinerlei Andeutungen gemacht, es spräche aus ihrer Sicht etwas gegen eine Heirat."

„Nun denn, mein lieber Tom, so soll meinem Einverständnis nichts im Wege stehen. Mein Segen sei dir gewiss. Und fühle dich eingeladen, auch den morgigen Tag in unserem Haus zu verbringen. Ihre Ladyschaft wird sehr erfreut sein und dir persönlich Ihre Freude zum Ausdruck bringen wollen und ich benötige morgen unbedingt einen geeigneten Begleiter bei der anstehenden Jagd."

Wenig später schritt der Marquess durch die nur matt von Kerzen erleuchteten Flure des Erdgeschosses des herrschaftlichen Anwesens in Richtung seiner Schlafgemächer. Das matte, leicht flackernde Licht ließ die schweren Teppiche von dunklem Purpur noch dunkler erscheinen und warf flackernde Schatten.

An den Wänden hingen große, golden gerahmte Portaits der Hutons vergangener Generationen. Man konnte sie in dem dürftigen Licht jedoch nur schwer erkennen.

Der Marquess schätzte es, des nachts die Korridore zu durchschreiten, wenn alles schlief und das einzige Leben durch die tanzenden Schatten in die Stille getragen wurde.

In diesen stillen Stunden fiel die Last der Tagesgeschäfte von ihm ab, wie ein Gehrock, den man ablegte. Dann fühlte er sich als das bislang vorletzte Glied in der langen Kette der Hutons.

In diesen Augenblicken, befreit von den Zwängen und der Etikette, die sein Stand unumgänglich mit sich brachte, konnte er seine Gedanken frei schweifen lassen.

Und wenn, an Tagen wie diesem, alles sich so glänzend fügte, er gewahrte, dass alles vortrefflich gelungen war, was er einst begonnen hatte, dann durchströmte ihn eine tiefe, ungetrübte Zufriedenheit.

Am darauffolgenden Morgen erwachte Eliza wenig ausgeruht. Zwar hatte sie ihr Schlafgemach nicht so spät aufgesucht wie die Herren, dennoch hatte sie vermutlich später als diese die Nachruhe gefunden. Sie hatte noch lange an ihrem Schreibpult verweilt, im flackernden Kerzenschein, umgeben vom Dunkel der Nacht und an einer neuen Erzählung gearbeitet. Teilweise war sie dabei gut vorangekommen, teilweise hatte sie sich über die Maßen gemüht.

Als sie sich unter ihrem altmodischen Lambrequin, - Mutter hatte ihn längst entsorgen lassen wollen, sie jedoch hing an ihm -, aufsetzte und in Richtung Fenster blickte, sah sie noch die zahllosen zerknüllten Papierbögen darunter liegen.

Immer wieder waren ihre Gedanken abgeglitten zu Tom und seinem Heiratsersuchen.

Sie hoffte inständig, er möge eingesehen haben, welche triftigen Gründe dagegen sprachen. Keine äußerlichen, gewiss, doch innerliche und jene waren aus ihrer Sicht noch gewichtiger zu bewerten als etwaige äußerliche. Wenngleich ihr bewusst war, dass manch einer die äußeren Aspekte als die gravierenderen betrachtete.

Ohnehin lebte sie in einer sonderbaren Ära, einer Zeit, in der nur der Schein zählte. Frauen zwängten sich in eine Mode, die ihre Gesundheit schädigte; sie zwängten sich bereitwillig in schmerzhafte Korsetts und Mieder, die ihre Rippen zu brechen drohten, um eine schlankere Silhouette zu erlangen als ihre Mitstreiterinnen. Diesem Irrsinn fügte sich noch hinzu, dass Röcke und Ärmel derart ausladend getragen wurden, dass die Bewegungsfähigkeit so sehr eingeschränkt war, dass banale alltägliche Verrichtungen kaum mehr möglich waren.

Ein Hanswurst mit Adelstitel genoss mehr Achtung als ein Arzt oder Wissenschaftler, eine Krankenschwester im Hospital oder eine Geburtshelferin.

Das Handeln war ausschließlich den Männern vorbehalten; sie durften schalten und walten, wie es ihnen beliebte, solange ihre Taten nicht ins öffentliche Licht traten.

Und all dies war nur ein Ausschnitt der vielen Absurditäten! Ob sich all dies jemals wandeln würde?

In anderen Ländern zeigten sich die Bürger weit weniger bereit, all diese Ungerechtigkeiten und Einschränkungen widerspruchslos hinzunehmen.

Die Franzosen etwa! Sie hatten bewiesen, wohin es ein Volk bringen konnte. Gewiss waren die Zustände dort keine, die sie sich für Großbritannien wünschte, doch vielleicht bedurfte es eines großen infernalischen Sturmes, um die Ketten zu zerreißen.

Auch in Deutschland mehrte sich die Unruhe im Volke, wie es von allen Deutschen bestätigt wurde, mit denen sie in Kontakt stand, sei es durch persönliche Treffen oder schriftlichen Austausch. Besonders beunruhigend rumorte es an den Universitäten und unter den Gelehrten. Es blieb abzuwarten, was sich dort zusammenbraute und wie die deutsche Regierung auf diese Entwicklungen reagieren würde. Womöglich war der deutsche Staatsapparat weiser als der französische, der durch unbedachte Manöver das Aufbegehren nur weiter geschürt hatte.

Und sie selbst? Sollte sie wie die Franzosen aufbegehren, unerschrocken und ohne Rücksicht auf mögliche Verluste? Oder sollte sie sich fügen und den Plänen folgen, die ihre Familie und Tom für sie entworfen hatten? War es möglich, eine stille Revolte durchzuführen, an deren Ende sie nach ihren eigenen Vorstellungen leben konnte, ohne den Marquess, Mutter, John, Lord Albert oder Tom zu verletzen? Dies schien kaum denkbar. Es schien, dass sie vor die Wahl gestellt war zwischen Widerstand und Fügung.

Eliza rang mit diesen Gedanken, wohl wissend, dass beide Wege mit erheblichen Konsequenzen verbunden wären. Ihre Zukunft stand an einem Scheideweg, und jede Entscheidung, die sie traf, würde tiefgreifende Veränderungen mit sich bringen. Wie das aussehen mochte, wollte sie sich gar nicht ausmalen. Sie konnte nur hoffen, dass Tom über Nacht Abstand von seinen Plänen genommen hatte.

Wenn sie sich aus dem Bett gewagt hätte, würde sie es wohl im Laufe der nächsten Stunden erfahren.

Laurence erwachte etwa in diesem Augenblick. Er streckte sich und drehte sich noch einmal um. Dann jedoch schoss ihm in den Kopf, dass Tom den Marquess am gestrigen Abend um ein Gespräch unter vier Augen gebeten hatte.

Abrupt richtete er sich auf, schlug die Decke zurück und schwang die Beine aus dem Bett. Er musste unbedingt zu Eliza und sie warnen, oder, wenn es bereits zu spät war, in den Speisesaal, wo das Frühstück aufgedeckt war, um sich ein Bild von den Ereignissen zu machen.

Eilends kleidete er sich an. Dabei verwendete er wenig Sorg-

220

falt auf sein Äußeres. Als er soeben notdürftig seine widerspenstigen blonden Strähnen ordnete, erschien Edgar, um ihm beim Ankleiden behilflich zu sein.

„Das ist nicht erforderlich, Edgar; heute entbehren wir die Zeit, uns dem strengen Protokoll zu widmen", sprach er in überhasteter Weise, während er schon den Raum verließ und sich auf den Weg in Richtung Elizas Zimmer machte.

Dort angelangt klopfte er vorsichtig an. „Eliza, bist du wach?"

Doch nichts rührte sich im Inneren.

„Eliza?" rief er nun eindringlicher.

Stille war die einzige Antwort.

Er überlegte kurz, dann eilte er, der fortgeschrittenen Zeit wegen, so schnell er konnte in Richtung Speisesaal.

Der Weg erschien ihm endlos. Er musste vom ersten Stock durch drei Korridore in die Eingangshalle, in der sich die Treppen über vier Etagen erstreckten, von dort führte der Weg ihn abermals durch vier Flure, bis er letztendlich die dritte Tür linkerhand erreichte.

Als er dort angekommen war, hörte er bereits die Stimmen.

Er hörte Eliza, die offenbar soeben eingetreten war und er hörte den Marquess. Unverzüglich trat er ein und wünschte mit gebührender Höflichkeit einen guten Morgen.

„Guten Morgen Laurie! So früh aufgestanden?" Eliza gab ihm einen flüchtigen Kuss auf die Wange. „Der Tee ist noch sehr heiß, verbrenne dich nicht."

„Danke, Maddie", antwortete Laurence mit einem erleichterten Ton, es schien alles wie gewohnt zu sein.

Er ließ sich nieder und griff nach Toast und Aufschnitt.

Doch kaum hatte er das Frühstück vor sich hergerichtet, als der Marquess in die Stille sprach. „Ich will die Gunst der Stunde nutzen. Die Anwesenheit deines Bruders, Laurence, stört dich sicher nicht, und alle anderen sind noch nicht erschienen." Er klappte die Zeitung mit einem entschlossenen Ruck zu, welche ihm der Bote jeden Morgen noch vor der sechsten Stunde überbrachte.

Laurence erstarrte augenblicklich und hielt die Luft an. Was mochte am Abend zuvor in der Bibliothek vorgefallen sein?

Eliza sah erwartungsvoll auf. „Was gibt es denn zu besprechen, Vater?"

„Tom Cartwrite hat gestern Abend um deine Hand angehalten." Die Freude war in den Augen Seiner Lordschaft deutlich zu erkennen.

Eliza hingegen erblasste.

Laurence beobachtete die Szene mit angehaltenem Atem.

„Ich habe ihn natürlich gefragt, wie du dazu stehst und er hat mir berichtet, dass du ihm durchaus zugetan bist", fuhr der Marquess unbeirrt fort. „Daraufhin habe ich ihm freilich meinen väterlichen Segen erteilt. Ich bin höchst erfreut über diese Verbindung. Lady Catherine und du werdet viel zu besprechen haben, was die Vorbereitungen und die kommenden Ereignisse anbelangt."

Laurence war fassungslos ob der Tatsache, dass der Marquess fortfuhr in seiner Rede, ohne zu sehen, dass Eliza vollkommen vernichtet aussah. Ja, vernichtet. Kein Begriff konnte es treffender umschreiben. Er musste all seine Selbstbeherrschung aufbieten, um nicht zu ihr zu eilen und sie in seine Arme zu schließen.

„Vater, ich bin ..." begann Eliza. Sie wirkt auf Laurence wie in einem Zustand der Entrückung.

„Ja, mein Kind, ich höre?" Lord John Huton blickte sein Tochter sichtlich aufrichtig interessiert an.

„Vater, ich habe ihm keineswegs meine Einwilligung zu dieser Verbindung erklärt ..."

„Wie soll ich dies verstehen?" Der Marquess wirkte nun ernstlich irritiert und schien gänzlich seiner zuvor empfundenen Freude beraubt.

„Ich habe ihm, ganz im Gegenteil zu verstehen gegeben, dass ich durchaus ernstliche Bedenken hege, ihn zu heiraten", sagte Eliza unumwunden.

„Wovon sprichst du? Was für Bedenken könnten dies sein? Lord Albert und ich denken seit Jahren über dieses Arrangement nach. Welche Bedenken sollten wir denn übersehen haben?" Nun war jegliche Freude aus dem Gesicht des Marquess gewichen und durch hervortretenden Zorn ersetzt worden.

„Es ist …“, begann Eliza erneut, doch in eben diesem Augenblick wurde die Tür aufgestoßen und Tom Cartwrite trat ein. „Einen guten Morgen wünsche ich“, rief er sichtlich bester Laune.

Laurence konnte kaum glauben, dass Tom vom Korridor aus nichts von der aufgebrachten Auseinandersetzung vernommen haben sollte.

Als Tom Eliza erblickte, bedachte er sie mit einem Blick, der nur als von höchster Herzlichkeit bezeichnet werden konnte. „Eliza, wie überaus erfreulich, dich bereits zu so früher Stunde zu erblicken. Dein Vater und ich beabsichtigen recht bald zur Jagd aufzubrechen. Es wäre überaus reizend, wenn du im Anschluss daran noch Zeit für mich fändest.“

Laurence fühlte sich, als befände er sich in einer sonderbaren Theatervorstellung oder einem Albtraum. Er vermochte nur zu vermuten, dass Eliza ähnliches empfand.

"Wir werden zur Teezeit zurück sein. Gewiss wird Eliza dir dann etwas von ihrer kostbaren Zeit schenken", antwortete der Marquess anstatt seiner Tochter. Obgleich sein Ton überaus freundlich klang, verrieten seine funkelnden Augen unmissverständlich, dass es gänzlich unerheblich sei, was Eliza wolle, und dass er keinerlei Widerspruch duldete.

Mit leichten Schritten spazierte Tom an Eliza vorbei zum Buffet. Im Vorübergehen ergriff er sanft ihre Oberarme, als sei es das Selbstverständlichste der Welt. „Wie erfreulich, dies scheint ein wunderbarer Tag zu werden“, verkündete er in vergnügtem Ton.

Die folgenden Minuten plauderten Tom und Lord John angeregt über die bevorstehende Jagd.

Es wurden noch weitere Teilnehmer erwartet, man wollte sich Schlag zehn Uhr auf der Bullenwiese treffen. Sie hieß noch heute so, wenngleich längst keine Bullen mehr dort weideten.

Der Marquess erwähnte stolz, dass er im Besitz eines vortrefflichen Pferdes sei, das er gerne seinem zukünftigen Schwiegersohn für die Jagd zur Verfügung stellen wollte, selbstverständlich nur für diesen Anlass. Ein derart prächtiges Tier gäbe man schließlich nicht leichthin fort. Er selbst, so fügte der Marquess hinzu, werde auf seinem unübertroffenen Lieblingspferd reiten.

Treiben würde die Hundemeute der Colwinshires.

Eliza und Laurence nahmen an dem Gespräch keinerlei Anteil. Eliza nahm einige Bissen ihres Toasts zu sich und spülte diese mit einem Schluck schwarzen Kaffees hinunter. Sie saß, ihr Gesicht bleich wie Elfenbein, schweigend da und schien tief in Gedanken versunken zu sein.

Auch Laurence hatte Mühe, etwas herunterzubringen. Stattdessen betrachtete er Eliza verstohlen und ließ das ihm zunehmend unerträgliche Gerede des Marquess´ und Toms an sich vorüberziehen.

Er zählte die Sekunden, bis es ihm möglich wäre, ohne viel Aufsehens Eliza aus diesem Raum zu bringen.

Als John mit müden Augen den Raum betrat schien ihm der Moment gekommen. „Eliza, begleitest du mich?“, fragte er mit Entschlossenheit und erhob sich schwungvoll.

Eliza zögerte nicht einen Augenblick, sondern tat es ihm gleich und strebte gemeinsam mit ihm Richtung Tür.

„Viel Erfolg bei der Jagd!“, rief Laurence seiner Lordschaft und Tom nonchalant zu, bevor diese überhaupt die Gelegenheit hatten, etwas zu fragen oder zu sagen. Dann schloss er rasch die Tür hinter sich und Eliza.

Dahinter vernahm er noch Johns Frage, wohin sie so eilig strebten, und hörte des Marquess' Antwort: "Ihr wisst doch, wie die Zwillinge sind mit ihren sonderbaren Anwandlungen."

Danach erklang das Lachen dreier Männer, die denselben Humor teilten.

Als sie das Treppenhaus erreicht hatten, Laurence war schweigend hinter Eliza hergelaufen, drehte sich Eliza zu ihm um. „Ach Laurie, mein aufrichtiger Dank gebührt dir, dass du mich aus jener Komödie befreit hast. Und du sollst der Erste sein, dem ich mich später anvertrauen werde, doch in diesem Moment bedarf ich der Einsamkeit. Verzeih.“ Ihr klarer Blick verriet eine gehetzte Seele, gleichwohl schien sie fest in ihrer Entschlossenheit.

Mit verhaltener Besorgnis begegnete Laurence ihrem Blick,

wohl wissend, dass jedes Drängen nur zur Verstärkung ihrer inneren Zerwürfnisse führte. "Ich bin allzeit bei dir, Eliza", sprach er in gedämpftem Ton und fügte hinzu: "Wann immer du meiner bedarfst, findest du mich in unmittelbarer Nähe."

Eliza nickte stumm und stieg die Stufen zum ersten Stock hinauf, wobei ihr sanfter Tritt kaum Geräusche hinterließ und ließ ihren Bruder in einem unschlüssigen Verharren zurück.

Einen Augenblick stand Laurence still, überlegend, welche Richtung er nun einschlagen sollte.

Laurence beschloss, einen Spaziergang durch das Haus zu unternehmen, in der Hoffnung, dass die Bewegung es ihm ermöglichen würde, klare Gedanken zu fassen. So stieg er die Treppe hinauf in den ersten Stock um dort durch die langen Flure zu schlendern. Er musste seine Gedanken ordnen. So lenkte er seine Aufmerksamkeit zunächst auf seine Umgebung.

Er spürte den dicken, weichen Teppichen unter seinen Schuhsohlen nach. Die Raumluft war kühl. Die matt durch das spärliche Licht der Fenster an den Flurenden erleuchteten Korridore hüllten ihn in ein stilles Halbdunkel.

Schließlich führte ihn seine ziellose Wanderung zur Türe, hinter welcher die Gemächer seiner verehrten Mutter lagen.

Durch die massive Eiche vernahm er schwach die gedämpften Stimmen seiner Mutter und deren Zofe. Als er soben im Begriff war, umzukehren und den Damen ihre Privatsphäre zu belassen, öffnete sich die Tür plötzlich. Die Zofe, von Natur aus ein wenig schreckhaft und in Gedanken verloren, schrie erschrocken auf, als sie der Gegenwart einer Gestalt vor der Tür gewahr wurde.

„Was ist geschehen?" Lady Catherine trat besorgt zur Tür hin. „Laurence, was hat dies zu bedeuten?"

„Verzeihung Mutter, meine Absicht war es keineswegs, zu stören. Ich kam lediglich zufällig diesen Weg entlang", erklärte sich Laurence eilends.

„Ich hatte niemanden im Flur erwartet." Die Zofe knickste ergeben und lief dann weiter ihres Weges.

„Wirst du dich in den Speisesaal begeben?", fragte Laurence als die Zofe verschwunden war.

„Nein durchaus nicht, wie du wohl weißt, ziehe ich es vor, mein Frühstück in meinen Gemächern zu genießen. Ich habe bereits gespeist. In einer Stunde jedoch treffe ich mich mit Mrs. Fenton, um mit ihr zu beraten, welche Obliegenheiten in der kommenden Woche ihrer Erledigung harren. Wir werden den Speiseplan erörtern und ähnliche Haushaltspflichten besprechen – nichts von großem Interesse, fürchte ich." Sie lächelte Laurence freundlich an. Nach einem kurzen Augenblick der Stille sprach sie weiter. „Wie groß ist meine Freude, dich wieder in unserem Hause zu wissen. Du und Eliza seid so oft auf Reisen."

„Eliza, gewiss", sagte Laurence versonnen. Er überlegte, ob seine Mutter bereits unterrichtet wäre über die neuesten Ereignisse. „Beim Frühstück kamen mir Tom und Vater etwas ... nun, wie soll ich es ausdrücken ... befremdlich vor."

„Tom und Vater?", wiederholte Lady Catherine, die Augenbrauen fragend in die Höhe ziehend. „Nun, es lässt sich wohl nicht lange im Verborgenen halten. Tom Cartwrite hat gestern förmlich um die Hand deiner Schwester angehalten. Dein Vater teilte mir diese Neuigkeit in aller Frühe mit."

„Oh! Hat Eliza sich dazu bereits geäußert?", hackte Laurence nach, in der Hoffnung, den Wissensstand seiner Mutter einschätzen zu können. Dazu musste er etwas Theater spielen.

„Dein Vater sagte mir, sie habe sich gegenüber Tom einverstanden erklärt. Gesprochen habe ich selbstredend noch nicht mit ihr, da es bisher an einer Gelegenheit dazu mangelte. Doch dies werde ich alsbald in die Wege leiten. Derweil erfreut mich das Gespräch mit meinem geliebten Laurence." Lady Catherine lächelte mit einer zärtlichen Wärme.

Laurence kannte die Prinzipien seiner Schwester Eliza. Er war sich daher sicher, dass sie nie und nimmer ihr Einverständnis erklärte, wenn sie etwas vehement ablehnte und wenn sie etwas ablehnte, dann die Heirat mit Tom Cartwrite. Ohne jeden Zweifel wurde hier ein verworrenes und eigenartiges Schauspiel aufgeführt.

Als Laurence in gedankenschwerem Schweigen verharrte, fuhr Lady Catherine mit sanfter Stimme fort. „Setze dich für einen

Augenblick zu mir, mein lieber Laurence, und berichte mir, wie es um dein Wohl bestellt ist. Dein Vater und ich erwarten sehnsüchtig eine Entscheidung hinsichtlich der Verbindung mit der lieben Cara." Dabei ergriff sie seine Hand und zog ihn sanft, doch bestimmt, in Richtung des Canapés.

Mit gemischten Gefühlen ließ sich Laurence neben seiner Mutter nieder. In Wahrheit war ihm gar nicht danach zumute, das Thema seiner eigenen Heirat zu diskutieren. Seit der Ankunft von Tom Cartwrite war er von anderen, drängenderen Gedanken erfüllt gewesen. Einen ganzen Tag lang hatte diese drückende Angelegenheit ihm eine unerwartete und zugleich angenehme Erholung von seinen ihn betreffenden Grübeleien gewährt. Jedoch musste Laurence zugeben, dass die vergangenen Tage von unaufhörlichen Überlegungen in Bezug auf Cara geprägt gewesen waren.

Dennoch blieb ihm nun nichts anderes übrig, als sich zu seiner Mutter zu setzen und sich ihre Fragen gefallen zu lassen.

„Laurence, es sind inzwischen einige Tage vergangen. Du wirst dir sicherlich über die Konsequenzen deiner Entscheidung bewusst sein? Vergiss bitte nicht, dass mehrere Personen dringlichst deine Antwort erwarten. Cara, dein Vater, Lord Albert und auch ich, um nur einige zu nennen." Sie hatte sich dicht neben ihn gesetzt und sah ihm eindringlich in die Augen.

Das sanft süßliche Aroma ihres Parfüms stieg ihm unverkennbar in die Nase. So nahe an der Seite seiner Mutter sitzend, erkannte er die feinen Spuren der Jahre, die auch sie nicht verschont hatten, wenngleich sie ihre jugendliche Anmut weitestgehend bewahrt hatte.

Lady Catherine strahlte noch immer jene unverwechselbare Eleganz aus, die sie stets umgab - sie war von imposanter Größe und eindrucksvoller Erscheinung, deren Präsenz stets von einem wohlriechenden Duft begleitet wurde. So erinnerte er sich auch seiner Kindheit, in welcher er stets zu ihr aufgesehen hatte.

Sie war keine übermäßig herzliche Frau, keine Mutter, die in ihre Kindern vernarrt gewesen wäre. Doch hatte sie ihm stets eine gemessene Zuneigung entgegengebracht, besonders wenn er säuberlich gekleidet und mit adrettem Auftreten von der Gouvernante für die allabendliche, halbstündige Spielstunde zu ihr gebracht wurde, wie es die Tradition forderte, die sie selbst etabliert hatte. Nur wenn er Unarten an den Tag gelegt hatte und ihr dies übermittelt worden war, was ebenfalls in mit gewisser Regelmäßigkeit geschehen war, wie er durchaus zugeben musste, dann hatte sie ihn mit strenger Kälte gestraft. Wohl durfte er immer noch in ihrer Gegenwart verweilen, doch ihre Aufmerksamkeit entzog sie ihm gänzlich. Die Wärme ihrer Worte und die gemessene Anteilnahme blieben ihm dann verwehrt. Kein Gespräch, kein gemeinsames Spiel, – nur ein schweigsames Nebeneinander.

Trotz allem hatte Laurence diese halbstündige Abendszeit von ganzem Herzen geliebt. Jahr um Jahr war sie der Höhepunkt seines Tages gewesen, eine Zeit, in der er, umgeben von ihrem Parfüm und ihrer stillen Eleganz, eine gewisse Nähe zu seiner Mutter verspürt hatte.

Vor seiner eigenen halben Stunde war es Eliza, die ihrer Mutter Gesellschaft leistete, während John und Jacob ihre Gemächer nach ihm betreten durften.

So widmete Lady Catherine viele Abende ihrem Nachwuchs, indem sie nahezu zwei Stunden ihrer Zeit dem persönlichen Beisammensein mit ihren Kindern opferte. Laurence war sich bewusst, dass dies eine bemerkenswerte Aufmerksamkeit war. Andere Damen von Stand begnügten sich mit lediglich einer kurzen Stunde, manchmal gar weniger, die sie in der Gesellschaft ihrer Kinder verbrachten.

Nur wenn Festlichkeiten, Dinner oder Bälle angestanden hatten, dann war die Spielzeit ausgefallen. Das war nicht eben selten gewesen, in der Tat, doch dann hatten sie und der Marquess am Wochenende etwas mit allen Kindern unternommen. Picknicke auf dem Anwesen, Bootsfahrten auf einem der nahegelegenen Flüsse oder Tagesausflüge nach London etwa.

Laurence konnte nicht behaupten, dass er seiner Mutter keine tiefen Gefühle entgegenbrachte. Wenngleich sie eine gewisse Distanz wahrte, so war sie keineswegs unnahbar. Mit eiserner Disziplin und einer gewissen Härte führte sie das Anwesen, doch es wäre falsch zu behaupten, es mangele ihr an Anteilnahme. In den stillen Momenten unter sich konnte er so manche Sorge mit ihr bereden und traf dabei auf einfühlsame und verständnisvolle Ohren.

Jedoch galt stets eine strikte Regel: Angelegenheiten, die in jeglichem Zusammenhang mit dem Marquess standen, fanden bei ihr kein Gehör und trafen auf eine undurchdringliche Haltung. Nichts ließ sie auf ihn kommen, und alles, was in irgendeiner Weise seinen Einfluss betraf, trug sie treulich an ihn weiter. Es war daher natürlich, dass Laurence im Laufe der Jahre eine gewisse Vorsicht entwickelt hatte bezüglich der Themen, die er mit ihr zu besprechen wagte.

So hatte sie trotz ihrer Härte stets eine verlässliche Zuflucht geboten, solange ihre unausgesprochenen Regeln beachtet wurden. Es war ein feines Netz von Pflichten und Loyalitäten, in dem er sich sicher zu bewegen gelernt hatte.

„Gewiss habe ich mir Gedanken gemacht. Ich habe Cara auch mein Versprechen gegeben, sie nicht zu lange warten zu lassen." Er sah zu Boden, unschlüssig, was er weiter sagen sollte.

Sie sah ihn auffordernd an. „Ja?"

„Vater und Ihr, Ihr fügt Euch so vortrefflich zusammen wie die Hälften eines Ganzen. Cara und ich hingegen ..."

„Doch ist es nicht so, dass du ihr stets zugetan warst?"

„Ja, das gewiss."

„Und sie dir ebenso. Was also spräche dagegen, dass ihr heiratet?"

„Cara ist von ganz anderen Prinzipien geleitet als ich, all ihre Interessen weichen von den meinigen ab, ebenso wie ihre Ansprüche ..."

„Nun, ihr seid zwei unterschiedliche Wesen, das gewiss, doch was erwartest du bezüglich der Beziehung zwischen Ehegatten?"

„Sie sollten sich nicht unentwegt einander Enttäuschungen aussetzen."

„Das gewiss, doch inwiefern solltest du Cara enttäuschen? Euch wird ein lebenslanger Wohlstand durch dein Erbe und ihre reiche Mitgift zuteil; deinen klugen Kopf und deinen Fleiß vorausgesetzt, wird es dir ein Leichtes sein, euer Vermögen geschickt zu vermehren und zu verwalten ..."

Es erschien ihm zwecklos, seinen brennendsten Wunsch, als Arzt zu praktizieren, welchen Cara vehement ablehnte, anzusprechen. Sie würde ebenso wenig Verständnis dafür haben wie Cara und seine Lordschaft. So schwieg er.

Lady Catherine Huton schwieg ebenfalls für eine Weile. Dann jedoch sagte sie: „Lieber Laurence. Nimm den Rat deiner Mutter an. Heirate Cara und sorge dafür, dass es ihr an nichts fehlt. Deine momentane Unsicherheit ist verständlich und ganz natürlich. Doch zu euer beider Füßen liegt ein Leben, das mit allen Annehmlichkeiten gesegnet ist, die man sich nur erdenken kann. Ihr werdet unseren Landsitz beziehen und dort ein ruhiges, erfülltes Leben führen können. Die einzige Voraussetzung ist, dass ihr der Familie keine Sorgen bereitet. Ich kann mir beim besten Willen nicht vorstellen, dass dir, mein Sohn, dies nicht gelingen sollte." Ein sanftes Lächeln umspielte ihre Lippen, jenes gewinnende Lächeln, das er seit jeher von ihr kannte. "Mein kleiner Laurence", sprach sie und musste wie stets schmunzeln, weil er längst über sie hinausgewachsen war. „Wie oft denke ich an jene kostbaren halben Stunden, die wir gemeinsam verbringen durften. Es erfüllte mich jedes Mal mit Freude, wenn du zu mir kamst. Und im Vertrauen, nun da du meiner erzieherischen Hand nicht mehr bedarfst: Es fiel mir oftmals schwer, dich zu strafen, wenn du Unfug getrieben hattest. Nun jedoch, wünsche ich mir aufrichtig, dass du die jugendliche Unbesonnenheit von dir weist und die rechte Entscheidung, geleitet von Bedacht und Ehre, triffst."

Eliza war hastig in ihr Gemach geeilt, denn ihre Gedanken wirbelten verworren und ziellos in ihrem Geiste. Wie konnte es geschehen, dass ihre gesamte Welt in einem einzigen Augenblicke in tausend Stücke zerschellt war? Doch es war vornehmlich die berechnende Hinterlist Toms, dessen niederträchtige Manipulation ihres Vaters sie mit tiefem Grauen erfüllte. Mit bitterer Gewissheit erkannte sie, dass sie in einer Falle saß und es würde eben jene Berechnung sein, die ihr Leben von dem Augenblick der Heirat an in ein Fiasko verwandeln würde.

230

Der Marquess würde sich weder selbst noch anderen gegenüber eingestehen, dass er getäuscht worden war, insbesondere da diese perfide Intrige minutiös zu dem Ergebnis geführt hatte, das er ohnehin angestrebt hatte.

Unzweifelhaft war zudem, dass er keinesfalls zu erweichen sein würde. Hatte er Tom Cartwrite ein Versprechen gegeben, so würde er dieses nicht um der Bitten seiner Tochter willen brechen. Denn seine Ehre und sein Stolz wogen schwerer als ihre Wünsche.

Gefangen in dieser trostlosen Erkenntnis kamen ihr erneut jene Worte in den Sinn: Widerstand oder Fügung ... Unablässig kreisten diese Begriffe in ihrem Kopf, verwirrend und drängend zugleich, sodass sie an klaren Gedanken nicht festhalten konnte.

Sie hatte sich an ihrem Schreibpult niedergelassen, sich jedoch alsbald wieder erhoben, unfähig einen klaren Gedanken zu fassen, geschweige denn ein sinnreiches Wort zu Papier bringen. Dies war die schaurige Vorahnung ihres künftigen Daseins, sollte sie Tom Cartwrite heiraten. In diesem düsteren Schicksal würde sie Schweigen auferlegt bekommen, schlimmer noch, sie würde das freie Denken aufgeben müssen. Frei zu denken, jene Gedanken zu hegen, die ihrem Geiste entsprangen, mochte sie sie wollen oder nicht, mochte ihre Umgebung sie billigen oder missbilligen. Sie würde verstummen, in der äußeren Erscheinung und in ihrem inneren Selbst.

Sie würde keine Freunde mehr treffen können, um Inspirationen und Anregungen auszutauschen.

Es würde sein, als würde man in ihr die Kerze löschen, die sie war.

Ihr wurde schwindelig bei diesen Gedanken. Wie konnte sie zu sich kommen und ruhiger werden.

Hier drinnen jedenfalls nicht. Sie fühlte sich wie ein eingesperrtes Tier, dass auf seine Hinrichtung wartete, die immer näher rückte.

Ohne zu wissen, wohin sie sich wenden wollte, verließ Eliza ihre Räume. Sie lief zum Foyer, ließ ihren gehetzten Blick durch die Halle schweifen, auf der Hut vor jeder Begegnung, die sie hätte aufhalten oder gar in ein Gespräch verwickeln können.

In eben jenem Augenblick, als ihre Nerven bis zum Zerreißen gespannt waren, vernahm sie Stimmen – vertraute Stimmen – es waren John und der Marquess. Der Gedanke, ihnen gegenüberzutreten, ließ sie erstarren. Um Gottes willen! Das gerade jetzt nicht!

Rasch trat sie einige Schritte zurück und huschte in den Gang, aus dem sie gekommen war, während sie ihren Körper flach an die Wand presste, teils verborgen hinter einem der schweren Vorhänge, die den Korridor säumten. Die raue Textur des Stoffs und der Staub, der sich in ihre Kehle setzte, sprachen von Jahren, wenn nicht gar Generationen unberührt gehangener Vergangenheit.

Mit angehaltenem Atem lauschte sie den näher kommenden Stimmen ihres Vaters und ihres Bruders, und wusste sie mit einem Mal, wohin sie wollte. Eine Eingebung durch den altertümlichen Geruch des Vorhangs.

Sie hoffte im Stillen vor sich hin, dass sie nicht entdeckt werden würde.

Seine Lordschaft und ihr ältester Bruder John liefen unmittelbar an ihr vorüber, den Gang hinunter. Doch sie waren zu sehr in ihr Gespräch vertieft, um sie zu entdecken. So konnte sie unbemerkt entwischen und die Stufen in die vierte Etage emporsteigen.

Sie wusste wie stets zu schätzen, dass sie sich das Versprechen gegeben hatte, sich nur im äußersten Ernstfall, mithin anlässlich bedeutender Festlichkeiten in Korsett und Mieder zu zwängen und diese schrecklichen Reifröcke und Krinolinen zu tragen, so erreichte sie ihr Ziel bald und ohne Atemnot.

Der vierte Stock des herrschaftlichen Anwesens wurde seit langem nicht mehr genutzt. Die einst prächtigen, nun jedoch verdunkelten Räume lagen in einer Stille und Verlassenheit, die den Hauch der Vergänglichkeit über sich trugen. Die schweren Vorhänge waren zugezogen und ließen nur spärliche Lichtstrahlen hindurch, die den in der Luft tanzenden Staub sichtbar machten.

232

Die soliden Möbel, waren sorgsam mit weißen Laken verhüllt, um sie vor dem Zahn der Zeit zu schützen. Diese Geisterhüllen verliehen den Räumen eine fast gespenstische Atmosphäre.

Die vierte Etage erstreckte sich keineswegs über die ganze Grundfläche, sondern nur über einen Teil des Hauses, der besonders hoch empor ragte. Eliza war hier als Kind des öfteren mit Laurence hinaufgestiegen. Sie hatten sich umgesehen, hatten sich Geschichten zu den Räumen ausgedacht und Verstecken gespielt.

Hier, im vierten Stockwerk des alten Hauses, hatte es für Eliza immer eine besondere Magie gegeben. Es war, als befände sie sich in einer ganz anderen Welt, weit weg von den strengen Regeln und Erwartungen der Gesellschaft, in der sie lebten. In diesen verlassenen Räumen erfand sie gemeinsam mit Laurence neue Regeln für die Menschen, die in ihren Geschichten lebten oder einst gelebt hatten.

Manchmal hatten sie sich eine Welt ausgemalt, die düster und gefährlich war, wo der Schrecken herrschte und das Gute verschwunden sein sollte. Sie stellten sich wilde Abenteuer vor, bei denen sie versuchten, alles Gute aus ihrer Fantasie zu verbannen. Doch immer wieder schlich sich das Gute heimlich in ihre erfundenen Geschichten zurück. Egal wie sehr sie sich bemühten, das Gute wollte einfach nicht vollends verschwinden.

Genauso erging es ihnen, wenn sie sich eine vollkommen gute Welt ausmalten. Stets fanden sich dort auch dunkle Schatten. Einerlei, wie gründlich sie planten. So bedacht sie auch waren.

Immer wieder waren sie in irgendwelche Widersprüche geraten.

Meistens jedoch hatten sie sich ausgemalt, wie die Welt ihrer Träume beschaffen sein könnte. In ihren Köpfen entstanden dabei manchmal Erfindungen, die es nicht gab, von denen sie aber dachten, dass ein genialer Erfinder sie eines Tages erschaffen könnte.

Oft war es auch ein Thema ihrer Überlegungen, wer wohl einst in diesen nunmehr verwaisten Gemächern gelebt hatte.

In ihrer Vorstellung mussten es ihre Vorfahren gewesen sein. Darin waren sie sich immerhin einig gewesen.

Laurie indes sprach von tapferen Rittern, die von dieser hochgelegenen Stätte aus die Lande überblickten, um herannahende Feinde frühzeitig zu erspähen.

Obgleich Eliza, stets pragmatisch, darauf hingewiesen hatte, dass sowohl die Bauweise als auch die Inneneinrichtung solcher Vorstellung widersprächen, ließ er sich davon durchaus nicht beeindrucken.

Mit einem spöttischen Lächeln hatte sie ihn dann aufgezogen und gefragt, ob seine Ritter etwa nebenbei, während sie nach Feinden Ausschau hielten, die Säuglinge in der fein geschnitzten Holzwiege am Fenster behütet hätten. Oder ob jene Säuglinge vielleicht selbst halfen und laut brüllten, wenn ein Feind nahte? Laurie war daraufhin ein wenig gekränkt gewesen, doch seine Verstimmung währte nicht lange. Schnell hatte er eine neue, dramatische Geschichte erfunden, in der Drachen eines der Kinder zu rauben trachteten.

Eliza hingegen hatte eine andere Vorstellung von den früheren Bewohnern dieser verlassenen Räume. Sie stellte sich vor, dass hier einst eine Vorfahrin gelebt haben könnte, die sich gezwungen sah, ihr Kind zu verbergen. Diese Frau hatte vielleicht nicht in die Familie gepasst, weil sie eine Liebe gehabt hatte, die nicht geduldet wurde. In der Stille dieser verlassenen Räume hatte sie womöglich Zuflucht gesucht, verborgen vor den harschen Urteilen der Gesellschaft und der Starrheit der Familientraditionen.

Sie hatte das als sehr bedrückend empfunden und doch auch als ermutigend, weil sie möglicherweise nicht die Einzige ihrer Linie war, die sich jemals im Zwiespalt mit der Familie befunden hatte.

Als sie noch jünger gewesen waren, besaß Laurie wenig Verständnis für die Geschichten, die Eliza ersann. Oftmals hatte er über ihre Erzählungen gespottet und scherzhaft angedeutet, sie wäre in der Tat ein wenig verrückt und man werde sie möglicherweise ebenfalls dereinst in diesen düsteren Gemäuern gefangen halten.

Eines Tages jedoch hatte er solche Späße nicht mehr gemacht. Stattdessen äußerte er sein Missfallen und dass er ihre Geschichten als traurig empfände. Er entkräftete sie mit dem Gedanken, dass es unmöglich so gewesen sein könne. Er versicherte, dass gewiss eine Person innerhalb ihrer Familie existiert habe, wie etwa Onkel Alexander, der solche Ungerechtigkeiten niemals zugelassen hätte. Ebenso war er überzeugt, dass gewiss ein aufmerksamer Verwandter mit ausreichend Verstand gesegnet gewesen wäre, jener unglücklichen Frau und ihrem Kind zu helfen.

Eines Tages hatten sie und Laurie eine goldene Kette gefunden. Sie hatte einen Anhänger, den man aufklappen konnte und darin war ein Bild von einem jungen Mann enthalten. Welche Spekulationen hatten sie angestellt über das Mysterium, in wessen Besitz diese Kette einst gewesen sein mochte und wer auf dem Bild zu sehen war. Die Kette hatte zwischen zwei Dielen geklemmt. Sie musste herunter gefallen und vergessen worden sein. Der Mode nach zu urteilen, mochte der Mann auf dem Bild vor vielleicht dreißig Jahren gelebt haben, also noch nicht so alt sein. Indes konnte es ebenso der Fall sein, dass lediglich zwei Jahrzehnte oder gar ein halbes Jahrhundert vergangen waren, seit die auf dem Miniaturporträt abgebildeten Gewänder der Mode entsprachen. Dies ließ sich schwerlich genau bestimmen. Doch keiner von ihnen zweifelte daran, dass das Porträt keine größere Zeitspanne als diese umspannte.

Vielleicht war die goldene Kette einst im Besitz jener Vorfahrin, die sich gezwungen sah, ihr Kind vor den Urteilen der Gesellschaft zu verbergen. Doch diese Vermutung trug auch Fragen in sich, denn dann hätten der Marquess und Mutter, die wahrscheinlich zur Zeit der Entstehung des Bildes bereits gelebt hatten, die Geschichte kennen müssen. Es war ein Geheimnis, das weder Laurie noch Eliza entschlüsseln konnten.

Nach reiflicher Überlegung hatten sie die Kette, voll Ehrfurcht und Sorgfalt, in eine kleine Schachtel gelegt. Sie bewahrten sie wie einen kostbaren Schatz. Und sie erzählten niemandem von ihrem Fund.

An einem anderen unvergesslichen Tage jedoch, stießen sie auf eine alte Holzleiter sowie eine Luke, die den Zugang zum Dachboden gewährte. Dieser Tag brannte sich als besonders aufregend in ihr Gedächtnis. Sie mussten etwa zehn, elf Jahre alt gewesen sein.

Eliza erinnerte sich, als wäre es erst gestern gewesen, und während all diese Erinnerungen vor ihrem inneren Auge aufstiegen, kehrte eine Ruhe in ihr ein und sie fand ein Stück weit zu sich selbst zurück.

Sie würde wieder dort hochsteigen.

Hier hatte sie sich immer gefühlt, als wäre ihr Käfig geöffnet worden und hunderte, tausende Eingebungen und Gedanken aus ihr herausgesprudelt.

Sie war dort ganz bei sich und konnte sich in jede Welt denken, in die sie sich denken wollte.

Entschlossen stellte sie die alte Leiter an ihren angestammten Platz und erklomm diese mit Bedacht. Oben angekommen, stieß sie die schwerfällige Luke auf, und da lag er vor ihr: Ihr geliebter Dachbodenraum.

Es war staubig und nur ein spärliches Licht fand seinen Weg durch die kleinen Fensteröffnungen. Doch dieser Ort war für Eliza von unvergleichlicher Bedeutung.

Die Staubkörnchen tanzten in den Lichtstreifen, die von Spinnweben durchzogen waren.

Der Boden bestand aus uralten Holzdielen, und der Raum war an seiner höchsten Stelle nicht mehr als zwei Yards hoch. Überall fanden sich Kisten und Möbelstücke aus längst vergangenen Zeiten. Eliza wusste genau, was sich in vielen der Kisten verbarg: alte Bücher und Gewänder, die vor einhundert, zweihundert Jahren in Mode gewesen waren. Laurence und sie hatten viele dieser alten Gewänder anprobiert und sich dabei halb tot gelacht über die teils bizarren Moden vergangener Zeiten. Doch es gab auch Stücke, deren Eleganz und Anmut Eliza sehr zugesagt hatten. Schlichte Gewänder, wie sie zur Jahrhundertwende getragen worden waren.

Sie schloss die Luke und ließ sich unter einem der kleinen Fenster nieder. Lange ließ sie die vielen wunderbaren Stunden an sich vorüberziehen, die sie mit Laurie, und zuweilen auch ohne ihn, hier verbracht hatte.

Als sie sich schließlich ganz frei gemacht hatte von allen be-

236

drückenden Gedanken, die drohten, von ihr Besitz zu ergreifen, und sich entschloss, in aller Stille nachzusinnen, wurde es ihr plötzlich klar.

Es gab nicht nur Widerstand und Fügung. Es gab auch einen dritten Weg, der es ihr erlaubte, sich treu zu bleiben. Sie musste sich nur für ihn entscheiden. Sie wusste, sie würde darüber nachdenken müssen, den Mut aufzubringen, diesem Pfad zu folgen.

Als sie nach beträchtlicher Zeit wieder zurückkehrte in die Welt unterhalb des vierten Stockwerks, hatte ihre innere Ruhe zu ihr zurückgefunden.

Nun galt es, einen geeigneten Plan zu ersinnen, wie sie den kommenden Tag in der Gegenwart von Tom Cartwrite würde überstehen können. Im Anschluss daran würde sie die Zeit finden, sich über ihr künftiges Tun klar zu werden.

Kurz nach der nachmittäglichen Teezeit betrat sie ihre Gemächer. Sie machte sich zurecht und begab sich, innerlich gefasst, zum Salon, wo der Tee für gewöhnlich gereicht wurde. Sie hegte keinerlei Absicht, irgendjemandem einen Blick in ihr Innerstes zu gewähren.

Beim Eintritt wurde sie von den Anwesenden mit fragenden Blicken empfangen. Tom war unter ihnen. Sie atmete tief durch und trat in den Kreis der Gesellschaft.

Die Herren erzählten von der Jagd. Ihnen zu lauschen, war nicht minder ermüdend als sonst auch, wenn sie nach ihren Jagdgesellschaften berichtet hatten.

Nach einer Weile begann sich die Runde allmählich aufzulösen. Eliza, nun ebenfalls eines Rückzuges bedürftig, wandte sich in Richtung der Tür. Doch noch während sie den ersten Schritt tat, trat Tom Cartwrite unerwartet vor sie, um ihr den Weg zu versperren. „Hättest du wohl einen Augenblick, um mit mir zu sprechen?", äußerte er vernehmlich, offenbar in der Absicht, durch die überlaute Verkündung seiner Bitte die Zustimmung zu erzwingen.

Der leise Anflug von Zorn wurde indes sogleich verdrängt von dem Wunsch, ihn zur Rede stellen. Ausweichen konnte dauerhaft nicht von Nutzen sein. „Bitte, die Bibliothek dürfte wohl momentan frei sein", entgegnete sie mit gefasstem, kühlem Ton und trat entschlossen voran.

Auf dem kurzen Weg zur Bibliothek würdigte sie ihn keines Blickes. Angekommen, öffnete sie die Tür zur Bibliothek und betrat den Raum.

Tom folgte ihr mit schnellen Schritten nach und schloss sorgsam die Tür hinter sich, womit sie nun von der restlichen Gesellschaft abgeschieden waren.

Eliza, mit einer betonten Nonchalance, trat zum Kamin und ließ sich in einer Haltung gleichgültiger Ungezwungenheit auf dem Sofa nieder. Ein Anflug von Zufriedenheit zog über ihr Gesicht, als sie die sichtlich entgeisterte Reaktion in Toms Blick erkannte. Er hatte wohl erwartet, sie in der demütigen und sittsamen Haltung eines Lammes zu finden, das sich dem Wolf entgegenstellt. Ihre augenscheinliche Lässigkeit, mit welcher sie sich schwungvoll niedergelassen hatte, die Beine ausgestreckt und sich zurücklehnend, widersprach sichtlich seinem festgefügten Bild von Etikette.

Offensichtlich unschlüssig und in seiner gewohnten Fassung erschüttert, verharrte er mitten im Raum und blickte ratlos zu ihr hinüber, als habe er seine Worte verloren. Sie ließ die Stille nur einen Augenblick währen, dann durchbrach sie diese abrupt in forderndem Ton: „Du wolltest mich sprechen. Nun?"

Noch immer zögerte er. Doch mit einem Mal nahm er eine neue Haltung ein. Mit einem gemessenen Lächeln schritt er bedächtig auf sie zu, seine Stimme ruhig jedoch durchdringend. „Liebe Eliza, in der Tat, du überraschst mich. Es scheint beinahe, als wärest du ... erzürnt."

Entschlossen richtete sie sich auf und funkelte ihn mit einem Blick an, schärfer als jedes Wort. „Hör auf", zischte sie ihm entgegen. „Spiele deine Spielchen mit dem Marquess, aber wage dies nicht, mit mir."

Verblüffung zeichnete sich auf seinem Gesicht ab und er sprach, als ob ihr plötzlicher Wandel ihm völlig rätselhaft sei: „Eliza, ich erkenne dich nicht wieder. Auch vermag ich deinen Worten nicht zu folgen. Was ist nur über dich gekommen?"

Mit schneidender Schärfe äffte Eliza ihn nach: „Tom, ich erkenne dich nicht wieder. Seit wann bist du die Schlange, als die du dich mir zeigst?“

Sichtlich verletzt trat er einen Schritt näher, beinahe bedrängend, und widersprach: „Ich? Eine Schlange? Ich habe nichts getan, was deine Beleidigungen rechtfertigt.“

Eliza lehnte sich zurück und wandte sich ab, als wäre seine Existenz für sie bedeutungslos.

„Eliza, sieh mich an!“ Er trat nun unmittelbar vor sie, doch sie behielt ihren starren Blick unbeirrt auf das lodernde Feuer gerichtet.

„Eliza!“ Seine Stimme wurde durchdringend, als er sichan ihrer Seite niederließ und seine Hand sachte auf ihre Schulter legte. Doch in einem Ausdruck tiefer Abscheu wischte sie seine Hand entschlossen beiseite.

Und dann plötzlich erhob er sich und, sie meinte, ihren Augen nicht zu trauen, kniete vor ihr nieder. „Eliza, ich habe mich stets gleichbleibend verhalten. Ich habe dir stets gezeigt, dass ich dir zugetan bin. Ich habe zuallererst dich um deine Hand gebeten und erst dann deinen Vater ... Wir beide wussten, dass dies von uns erwartet wird. Und es gäbe nichts, was ich lieber täte, als dich zu heiraten."

Nun richtete sie ihre Augen voll Zorn auf ihn. „Du hast eines außer Acht gelassen. Ich habe nein gesagt!“

Er blickte sie schweigend an, als denke er nach.

„Ich habe nein gesagt“, wiederholte sie, überdeutlich jedes Wort betonend.

Er verharrte weiterhin in Schweigen, seine Augen senkten sich langsam zu Boden. Ein Moment der gespannten Stille hing in der Luft.

„Ich habe nein gesagt“, wiederholte sie mit fester Stimme.

Langsam hob er den Blick, und seine Augen trafen die ihren. Sein Ausdruck hatte sich verändert. Es war, als hätte ein Schatten seine Züge verdunkelt. Seine Lippen waren fest aufeinander gepresst, und seine Augen schienen dunkler als noch zuvor. „Du hast nicht nein gesagt, Eliza. Was du vorbrachtest, waren Nichtigkeiten und eitler Widerspruch. In Wahrheit, ich wollte es wirklich nicht aussprechen, ich wünschte vielmehr, mit dir die Freude zu teilen. Doch zwingst du mich dazu. So muss ich dir sagen, du hast nicht abgelehnt. Du hast dich verhalten wie ein störrisches Kind."

Eliza schwieg, erschüttert ob seiner Worte und der Finsternis seines Blickes, die sie wie scharfe Hiebe trafen, da sie offenbarten, dass es für ihn nur eine Sichtweise gab, seine eigene.

Schwer hing die Bedeutsamkeit seiner Äußerungen in der Luft, und sie rang mit der plötzlichen Erkenntnis dessen, was diese Worte für das Verhältnis bedeuteten, dass sich zwischen ihnen zu entfalten begann.

Sekunden des erdrückenden Schweigens verstrichen, gleich Ewigkeiten.

Sie konnte nicht fassen, mit welchem unangreifbaren Selbstverständnis er die Dinge zu seinem Vorteil verdrehte. Oder war es wohl ihr Fehler gewesen? Hätte sie keine Einwände vorbringen, sondern ihm vielmehr ein klares und unmissverständliches „Nein" ins Gesicht schleudern sollen?

Während sie noch in innerlicher Zerrissenheit diesen quälenden Gedanken nachhing, ergriff er plötzlich ihre Hände. Zu rasch, als dass sie sie hätte zurückziehen können. Als er bemerkte, dass sie sich sogleich aus seinem Griff lösen wollte, verstärkte er seinen Griff.

Ihr Herz klopfte bis zum Hals. Ihr einziger Gedanke galt dem sofortigen Verlassen dieses Raumes.

„Lass uns nun wieder zur Ruhe kommen. Man neigt dazu, im Zorn unbedachte Worte zu sprechen, deren Nachhall nur schwerlich aus der Welt zu schaffen ist", sprach er in leisem, doch schneidendem Ton.

Eliza rang abermals darum, ihre Hände aus seiner Umklammerung zu lösen, doch je mehr sie sich anstrengte, desto fester schloss sich sein Griff um ihre Hände. Es schmerzte bereits.

„Siehe den Tatsachen ins Gesicht. Ich habe dir einen Gefallen erwiesen, und das weißt du. Welche andere Wahl hättest du wohl gehabt? Mit deinen eigentümlichen Einsprüchen und törichten Idealen hättest du nur sowohl deine als auch meine Zukunft aufs Spiel gesetzt, wenn nicht gar ruiniert. Ich bin dessen gewiss, dein Vater ebenso, und tief in deinem Inneren weißt auch du es."

Mit der geballten Macht der in ihr aufkeimenden Wut und Verachtung vermochte sie schließlich, ihre Hände zu befreien.

Starr saß sie da und blickte durch ihn hindurch ins Nichts. Sie schwieg. Es gab keine Worte mehr, die zu sagen, bedeutsam gewesen wäre.

Plötzlich strich er ihr mit seiner Hand zärtlich über das Gesicht.

Sie zuckte erschrocken zurück.

„Verzeih", sprach er nun in sanftem Ton. „Ich kann es nicht ertragen, dich so zu sehen. Du wirkst bedrückt. Lächle doch einmal ..." Erwartungsvoll blickte er sie an.

Eliza erwiderte seinen Blick mit tiefer Fassungslosigkeit.

Er sprach ungerührt weiter: „Ich für meinen Teil freue mich jedenfalls sehr, dass die Heirat nun beschlossen ist. Vielleicht wünschtest du, dass wir einen Ausflug unternehmen, um dich mit dem Gedanken vertraut zu machen. Ich bin guter Dinge, dass dies alles nur ein wenig überraschend für dich kam."

X.

„Die Bäume tragen ihre Herbstschönheit,
Die Waldwege trocken, wie versiegelt
Oktoberabendlicht, im Wasser
Ein stiller Himmel sich spiegelt.“

Aus „Die wilden Schwäne auf Coole“ von William Butler
Yeats)

Adhmaid House nahe Shanagarry, County Cork, Irland, Oktober 1847

Die Tage zogen dahin, das Wetter schlug um und der Herbst hielt endgültig Einzug.

Der Wind frischte spürbar auf und zog erbarmungslos gegen die wenigen noch an den Bäumen hängenden Blätter ins Felde. Die Regentage wurden mehr und die Sonne brach nur noch selten durch die Wolken.

Andrew Cahill schätzte diese triste Jahreszeit nicht sonderlich.

Sie schlug ihm auf die Stimmung und es wurde für ihn noch schwerer mitanzusehen, dass sich in diesem Haus nichts tat, trotz seines Vorstoßes gegenüber der Hausherrin in Bezug auf Miss Isabella.

Überdies war nun die gesundheitliche Verfassung Mrs. Dubois´ alles andere als erfreulich zu nennen. So war es kaum denkbar, dass die bedauernswerte Lady sich mit den Sorgen ihrer ältesten Tochter zu befassen in der Lage sah.

Er kannte sich selbst zum Glück gut genug, um zu wissen,

242

dass es ihm nicht lange möglich sein würde, ohne einen erneuten Versuch zu verharren, eine Veränderung in dieser Angelegenheit herbeizuführen. Somit konnte er sich eingehend darüber Gedanken machen, wie er das Vorhaben auf die behendeste und geschickteste Weise in die Tat umsetzen würde.

Zu dieser Jahreszeit zogen die irischen Bauern aus, um die Kartoffeln einzufahren. Andrew Cahill hatte Gelegnheit sich hiervon ein Bild zu machen, wenn er sich nach Cork begab um seiner Schwester und seinem jüngeren Bruder seinen Besuch abzustatten oder Besorgungen zu tätigen.

Obgleich die Landbevölkerung längst die schreckliche Ahnung gehegt hatte – zu wenig Setzlinge waren in den irischen Boden gebracht worden –, waren die Menschen doch von einer bangen Hoffnung erfüllt gewesen, nicht zuletzt genährt durch die amtlichen Erklärungen, die Hungerkrise sei zu Ende. Nun jedoch schlug die Stunde der Wahrheit und des bitteren Erwachens.

Die wenigen Kartoffeln, die man mühsam aus der schwarzen Erde heraufholte mochten von gesunder Erscheinung sein, doch ihre Anzahl ließ jeden Hoffnungsschimmer schwinden. Erbärmlich wenige waren es und keineswegs ausreichend, um die hungernde Bevölkerung des Landes zu ernähren.

Vergleichbare Not herrschte wohl auch in anderen Ländern, jedoch lebten die Menschen dort nicht in solch verderblicher Abhängigkeit von diesem einen Nahrungsmittel. Die Iren hingegen, die keine andere Nahrungsgrundlage besaßen, waren gezwungen, mit der Kartoffel nicht nur ihren lebensnotwendigen Bedarf zu decken, sondern ebenso ihre Pacht zu bezahlen.

Nahezu alles was sonst angebaut wurde, etwa Weizen und Hafer, unterlag den Gesetzen des britischen Imperiums und war für den Export bestimmt. So legten die beladenen Schiffe weiterhin Tag für Tag Richtung England ab, während die Menschen in Irland verhungerten.

Land auf, Land ab herrschten grenzenlose Verzweiflung und Resignation und abermals sahen Tausende, wie bereits im zurückliegenden Jahr, einzig einen Ausweg aus ihrer Not. Sie brachen auf, kämpften sich mühsam zum Hafen von Cobh durch und setzten all ihre Hoffnungen in die gefahrvolle Überfahrt gen der Neuen Welt, gen Australien oder nach Großbritannien, um dem grausamen Hungertod zu entgehen, sofern sie es sich irgendwie leisten konnten. Viele der Großgrundbesitzer, die selbst von den Sorgen ihrer verarmten Pächter drückend belastet waren, zeigten sich bereit, die Reisetickets für diese Menschen zu bezahlen. Dies taten sie allerdings nicht aus Altruismus, vielmehr taten sie dies, um die ihnen zur Last gefallenen Hungerleider mitsamt all ihren Sorgen ein für alle Mal loszuwerden.

Madeleine Dubois blickte Margret hilflos an. Am dritten Oktobertage hatte sie ihr sechzehntes Lebensjahr vollendet und wusste nicht was Hunger bedeutete. Jedenfalls hatte sie ihn nie selbst erfahren. Nun jedoch vernahm sie von der allzu kargen Ernte durch Margrets besorgte Erzählung, während sie auf der hölzernen Bank in der Küche saß, an dem großen, massiven Tisch, an dem Margret gewohntermaßen das Gemüse schnitt, das Geflügel rupfte, ihre dampfenden Töpfe abstellte und die Saucen anrührte.

Hier erfuhr Madeleine alles, was außerhalb ihres Hauses an wichtigen Dingen geschah, jedenfalls vermutete sie das, denn sie erfuhr soviel, dass sie sich schwerlich vorzustellen vermochte, dass auf der Welt noch mehr Dinge geschahen, von denen sie nichts wusste. Margret fungierte als ihr Fenster zur Welt, und um dieser einladenden Möglichkeit willen nahm Madeleine gerne die Zurechtweisungen ihrer Mutter in Kauf, die ihr vorhielt, allzu viel Zeit in der Küche zu verbringen.

Margret selbst musste ebenso wenig hungern wie Madeleine.

In den Diensten der Familie Dubois erhielt sie stets ausreichend zu essen. Doch in ebenjenem Augenblick saß sie wie ein Häuflein Elend in der großen, weitläufigen Küche der Familie Dubois, die all jene Dinge bereithielt, die sie für ihre täglichen Arbeiten benötigte, und an die sich eine gefüllte Speisekammer anschloss. Heute jedoch tat sie nichts von dem, was sie hier gewöhnlich zu tun pflegte, sondern weinte verzweifelt in ihr grünes Taschentuch. Ihre Schultern bebten, und in ihrer linken, zitternden Hand hielt sie den Brief, den Madeleine ihr soeben vorgelesen hatte.

Auch Madeleine war zutiefst betroffen. Sie spürte die Qual ihrer Margret, als wäre es ihre eigene und sie konnte nicht anders, als ebenfalls zu weinen, wenngleich gewiss nicht in dem Maße wie Margret.

„Es tut mir so leid, liebe Margret, es tut mir unendlich leid", brachte sie mühsam hervor. Auch vor ihrem inneren Auge standen die Bilder von Margrets Sohn Colin und seiner Frau Carrie, die verzweifelt die Ernte ihrer kleinen Pachtländereien erwartet hatten. Colin und seine Frau hatten vor einem Monat ihre einjährigen Zwillinge an den Typhus verloren, obwohl Margret ihnen soviel Essen geschickt hatte, wie sie konnte. Gegen den Typhus hatte das nichts geholfen.

Nun war wieder die Ernte ausgefallen und Colin hatte geschrieben, dass seine Frau den Verstand zu verlieren drohte.

Er würde sie nicht wieder erkennen. Sie würde nicht mehr sprechen, nicht essen, nicht einmal Wasser zu sich nehmen.

Zu allem Überdruss hatte der Großgrundbesitzer ihnen eine Frist von zwei Wochen gesetzt, um seinen Boden zu verlassen, da sie die Pacht nicht entrichten konnten. Doch da waren auch die Gräber ihrer Kinder in der Nähe, und Colins Frau weigerte sich, das Dorf zu verlassen.

„Nun werden sie vermutlich das Haus niederbrennen, wie sie es allerorten tun, damit Colin und Carrie verschwinden. Wie können sie so etwas nur mit Menschen tun. Wo soll er sie denn hinbringen? Und die Kleinen ...", schluchzte Margret verzweifelt. „Carrie muss die Kinder doch besuchen können. Ich werde noch verrückt! Miss Madeleine, sie sollten das gar nicht alles hören. Ich darf es Ihnen gar nicht erzählen."

„Du hast es ja auch nicht erzählt, ich habe es vorgelesen!", versuchte Madeleine, mit sanfter Stimme Trost zu spenden, wo doch kein Trost möglich war.

Dublin, Irland

Taghd ließ seine Blicke voller innerer Anspannung durch den Raum schweifen.

Es herrschte nur ein mattes Licht.

Sie befanden sich in einem Pub. An diesem besonderen Abend jedoch scharten sich im Saal ausschließlich Enthusiasten und Förderer einer gemeinsamen Sache. Die Präsenz der vielen Männer in dem kleinen Raum hatte die Luft stickig und drückend werden lassen, ehe die Versammlung ihren Anfang genommen hatte.

Dichte Wolken von Zigarrenrauch schwebten wie ein undurchdringlicher Schleier durch den Raum, ihre beißenden Schwaden reizten die Augen der Anwesenden. Ungeachtet dessen überwog der durchdringende Geruch von Schweiß und ungewaschenem Haar und ungewaschener Arbeiterkleidung. Hinzu gesellten sich die scharfen Ausdünstungen des allgegenwärtigen Alkohols.

Er kannte die Leute nicht, doch sie ähnelten ihm in ihrem Erscheinungsbild. Abgetragene Kleider, eine kümmerliche Statur, die sicherlich lange keine kräftige Mahlzeit gesehen hatte. Es waren zweifelsohne Arbeiter, Arbeitslose und Pächter aus den benachbarten Ländereien. Womöglich hatten sich einige, wie er und Daoiri, von ferneren Gegenden auf den Weg gemacht, um hierher zu gelangen und an dieser bedeutsamen Zusammenkunft teilzunehmen.

Daoiri stand ihm dicht zur Seite und sprach mit freudig glänzenden Augen: „Mann, es freut mich ungemein, dass du meine Einladung angenommen hast." Mit einer legeren Bewegung beider Arme zog er seine Hosen ein wenig höher und setzte dann abwechselnd von den Zehen auf die Hacken, gleichsam wippend, als ob er der aufkommenden Ermüdung seiner Beine durch das beengte Zusammenstehen unter all den Leuten entgegenzuwirken beabsichtigte.

„Hm", machte Taghd bloß, noch unschlüssig, ob er sich ebenfalls freuen sollte. Er musste sich in Acht nehmen, weil manch einer ihm versehentlich zwar, doch somit auch unvorhersehbar, in die Seite stieß oder mit seinem schwappenden Glas gefährlich nahe kam.

Der Saal war erfüllt von den Schwingungen unzähliger Stimmen, die eine lebhafte Geräuschkulisse bildeten. Doch plötzlich, wie auf ein stilles Kommando hin, verstummte die Menge. Eine gespannte Stille trat ein.

Ein paar Männer traten hervor, einige von ihnen schienen weniger heruntergekommen als die überwiegende Mehrzahl der Anwesenden. Ihre Haltung und Kleidung deuteten darauf hin, dass sie eine gewisse Bedeutung in dieser Versammlung innehatten.

Einer von ihnen, er trug eine helle Stoffhose und eine feine Weste, darüber einen Mantel aus teurerem Velvet mit eleganten Knöpfen und eine reine, seidene Halsbinde - er trug das leicht gelockte Haar vornehm zurückgekämmt und konnte als schlank, aber keineswegs als von magerer Statur bezeichnet werden - ergriff das Wort. Er hatte eine gut hörbare, feste Stimme.

„Das da vorne ist Smith O´Brien[11]!", zischte Daoiri Taghd zu. „Er mag ein Mann von Stand sein, doch er versteht um unsere Belange und verfügt zweifelsohne über die Fähigkeit, Veränderungen zu bewirken, die uns am unteren Ende der gesellschaftlichen Leiter zugutekommen werden!" Dabei zwinkerte er Taghd mit einem verschwörerischen Ausdruck in den Augen zu.

„Männer!", rief der vornehm Gekleidete mit kräftiger Stimme. „Männer, ich habe gerade zu Duffy[12] gesagt, man kriegt kaum

---

[11] William Smith O'Brien (1803-1864) war eine führende Figur der irischen Unabhängigkeitsbewegung und ein prominenter Anführer der Repeal Association sowie später der Young Ireland-Bewegung. Seine Reden und Schriften richteten sich oft gegen die britische Herrschaft und die Missstände, unter denen das irische Volk litt, insbesondere während der Großen Hungersnot (1845-1852). Er war bekannt für seine leidenschaftlichen Reden und seine kritische Haltung gegenüber der britischen Regierung und ihrer Politik. Quelle: „The Young Ireland Movement" von T.F. O'Sullivan.

[12] Mit „Duffy" ist Charles Gavan Duffy gemeint, ein prominentes Mitglied der Young Ireland-Bewegung und Mitgründer der Zeitung „The Nation", durch die er großen Einfluss auf die irische Nationalbewegung ausübte. Quelle: "The Young Irelanders" von Richard Davis: Dieses Buch bietet eine detaillierte Untersuchung der Young Ireland-Bewegung und ihrer Hauptakteure, darunter John Blake Dillon und Charles Gavan

Luft hier drin. Und wisst ihr, was Duffy geantwortet hat?" Er blickte fragend in die Menge, die an seinen Lippen zu hängen schien. „Er hat gesagt, dann sind wir wohl zu viele geworden, für diesen Pub und sollten uns nach einem Ort für unsere Versammlungen umsehen!" Er lachte herzlich und viele der Anwesenden stimmten ein.

„Genug der Scherze!", rief Smith O'Brien mit ernstem Ton. „Ja, in der Tat, wir sind viele geworden und es werden täglich mehr. Doch wer würde auch anderes erwarten angesichts dieses Ernteergebnisses? Jeder von euch, der sich hier umschaut, sieht Männer am Rande des Ruins, deren Lebenswerk vernichtet, deren Familien dem Hunger ausgeliefert sind." Er hielt inne, um den eindringlichen Worten Gewicht zu verleihen. Ein zustimmendes Raunen erfüllte den Saal und Smith O'Brien sprach erneut: „Doch das ist bei Weitem nicht das Hauptproblem!" Seine Stimme erhob sich voll Zorn und Entschlossenheit. „Das Hauptproblem sind die verheerenden politischen Missstände, die unser geliebtes Irland in Ketten legen. Dies sind Zustände, die uns von den Briten aufgezwungen werden!"

Ein abermaliges Raunen der Zustimmung durchzog den Raum.

Taghd konnte nicht leugnen, dass es ihm wohltat, in einer Menge von offenbar Gleichgesinnten zu stehen. Nach Monaten des einsamen Kampfes um Nahrung für Frau und Kinder war es ein erhebender Trost.

„Die Not, ist nur die Folge, Freunde, das müssen wir erkennen, um die Wurzeln des Elends zu bekämpfen!" Er ließ seinen Zuhörern Zeit zum Denken.

„Die Not, ist dafür unser größtes Problem!", rief einer in den Raum. Er hatte das „größte" deutlich betont. Mehrere Männer lachten ob des Sarkasmus.

„Ja, der Hunger!", rief ein anderer.

Smith O'Brien schien kurz in sich zu gehen, ehe er erneut das Wort ergriff. „Das mag euch, die ihr Hunger leidet, so erscheinen, doch glaubt mir, wenn ich euch sage, er ist nur die Folge, nicht die Ursache der Katastrophe." Er pausierte, ließ seine

---

Duffy.

248

Worte wirken, dann fuhr er mit eindringlicher Stimme fort. „Wir haben viel zu lange gezögert. Jene Menschen, denen wir lange geglaubt und denen wir die Führung unserer Bewegung anvertraut haben, haben uns zu lange in dem Glauben gehalten, dass wir unsere Ziele ausschließlich auf friedlichem Wege verfolgen müssten. Diese Leute sind nun fort[13]. Die Zustände indes haben sich nur verschlimmert, und die Reaktion der verantwortlichen Briten auf diese Katastrophe ist die eigentliche Tragödie. Würden sie ihre Macht dazu nutzen, unser Elend zu lindern, müssten nicht die Schwächsten unter uns für ihre Habgier und Verantwortungslosigkeit büßen." Seine Worte trafen den Nerv der Anwesenden. Das zustimmende Gemurmel machte dies deutlich.

„Wenn sie wirklich beabsichtigten, uns in die Unabhängigkeit zu führen, würden sie uns aus der Krise helfen und uns dann die Freiheit zugestehen, uns zu lösen. Denn die Krise haben sie verursacht!"

Da brach wieder ein deutlich vernehmbares Raunen der Zustimmung los, sicherlich hervorgerufen durch den letzten prägnanten Satz von Smith O'Brien. Nun drängten sich die Rufe der Verzweiflung lautstark hervor. „Wir brauchen jedoch eine schnelle Lösung! Wir brauchen Futter!", schallte ein Zwischenruf durch den Raum, unterstrichen von dem vehementen Nicken der umstehenden Männer.

Smith O'Brien schien zu überlegen. Es war augenscheinlich, dass er die Dringlichkeit der Forderungen der Männer wohl verstand und überlegte, wie er darauf am besten reagieren sollte. In diesem Augenblick trat ein zweiter Mann hervor. Smith O´Brien wies auf ihn. „Mein Freund Duffy möchte etwas

---

[13] 1847 war ein Jahr des Umbruchs innerhalb der irischen nationalistischen Bewegungen. Es fand der Bruch zwischen den gemäßigten und radikaleren Fraktionen statt. Zwei prominente Persönlichkeiten und Strömungen spielten hierbei eine Schlüsselrolle: Daniel O'Connell und seine Repeal Association auf der einen Seite. (O'Connell starb im Mai 1847. Sein Tod hinterließ ein Machtvakuum in der Bewegung und gab radikaleren Fraktionen wie der Young Irelander Gelegenheit, mehr Einfluss zu gewinnen.) Auf der anderen Seite die Young Irelander, unter der Führung von Männern wie W. Smith O'Brien, John Mitchel, Thomas Davis und Charles Gavan Duffy. Quelle: "The Great Irish Famine" von Cormac Ó Gráda.

sagen?"

Der als Duffy bezeichnete erhob nun seine Stimme und sprach mit Nachdruck: „„Meine Freunde, wir verstehen euch wahrlich! Wir erfassen eure Notlage in vollem Umfang. Es ist sehr viel verlangt, von Vätern, die um das Überleben ihrer Familie kämpfen, sich für diese große Sache stark zu machen. Doch Suppenküchen allein werden unser Land nicht vom Elend befreien. Irland muss souverän und frei und selbstbestimmt sein! Versteht ihr das?" Mit geballten Fäusten sprach er, und seine tiefe Überzeugung war in jedem Winkel seines Wesens zu erkennen. Er brannte förmlich darauf, die Menge zu überzeugen. Einige riefen „Richtig!", und vereinzelt war Applaus zu vernehmen, gleichwohl die Menge als Ganzes nicht einstimmig reagierte.

Da trat wieder einer von den Männern, die vorne standen, vor.

„Stephens?", forderte Duffy den sehr jungen Mann mit einem freundschaftlichen Schlag auf die Schulter auf, zu sprechen.

„Wenn wir Irland befreit haben, so wird unser Heimatland befähigt sein, seine eigenen Nöte und Krisen zu bewältigen. Bleiben wir hingegen in Unfreiheit, so werden die Briten weiterhin ihre politischen Spielchen mit uns treiben! Wir werden ihnen weiterhin auf Gedeih und Verderb ausgeliefert sein!"

Als Taghd einige Zeit später in Begleitung von Daoiri den Pub verließ, bemerkte er dessen erwartungsvollen Blick und die leuchtende Neugier in seinen Augen. „Was denkst du, Taghd?", fragte Daoiri mit brennendem Enthusiasmus. „Wie hat dir die Rede gefallen? Wie steht es um deine Meinung bezüglich Smith O'Brien und seiner Anhänger?"

Taghd ließ seinen Blick zunächst in die Ferne schweifen, als vermöchte er dort Antworten zu finden, bevor er ihn wieder auf Daoiri richtete. Schließlich sprach er, mit einer Ruhe und Festigkeit, die jeden Zweifel beseitigte: „Ich bin dabei."

Cork, Irland

250

William Cahill legte stets größten Wert auf Diskretion. Es lag nicht in seinem Interesse, das Ansehen der Damen, mit denen er Umgang pflegte, zu beschädigen. In der Tat könnte kein einziges Beispiel angeführt werden, das durch seine mangelnde Umsicht oder auf seine Veranlassung hin zum Fall eines Rufes geführt hätte.

An diesem Tag war weder Jane im Hause noch Kate.

Andrew wurde ebenfalls nicht erwartet.

Er hatte seine Besucherin bereits für den Vormittag eingeladen, um ihr die Gelegenheit zu geben, ihren Stadtgang nach Cork als geschickten Vorwand zu nutzen. So vermochte sie, das Haus zu verlassen und sich für eine gewisse Zeit auch von der Begleitung ihrer Zofe zu befreien. Diese, so war wohl anzunehmen, würde bei derartigen Ausflügen ihrer Herrin zweifelsohne eigene Anliegen verfolgen.

Nun stand sie vor dem prasselnden Kamin und wartete darauf, dass er ihr den Bordeaux reichte. Sie sah geradezu hinreißend aus in ihrem prächtig mit Schleifen verzierten, hochgeschlossenen weinroten Musselinkleid, das ihre Figur auf das Vortrefflichste zur Geltung brachte. Ihr Haar war in einer besonders extravaganten Manier hochgesteckt und mit zahlreichen Bändern durchwunden. Sie trug ein zartes Rouge auf den Wangen und hatte ihre Wimpern und Augenbrauen schwarz betont, während ihre Lippen in einem verführrerischen Dunkelrot erstrahlten. Um ihren anmutigen Hals funkelte eine kostbare Perlenkette.

Mit einem süffisanten Lächeln trat er nahe zu ihr heran und überreichte ihr das Weinglas. Er konnte ihr schweres Parfüm riechen. Es war betörend.

Viel Zeit hatten sie nicht und der Umstand, dass sie genau dort stand, wo sie nun stand, war Anlass genug anzunehmen, dass er mit ausgedehntem Höflichkeitsgeplänkel keine Zeit zu vertun brauchte. Keine Dame, die keine eindeutigen Absichten hegte, würde sich in eine derart kompromittierende Situation begeben.

Gleichwohl blieb ihr Blick schwer zu deuten, ein kunstvolles

Paradebeispiel der Ambiguität.

Er nahm einen Schluck aus dem Glas - und sie tat desgleichen - bevor er mit einem koketten Lächeln seine Finger durch ihr kunstvoll arrangiertes Haar gleiten ließ. Sie zuckte nicht einmal ansatzweise zurück.

„Bringe die Frisur bitte nicht in Unordnung. Ich werde Mühe haben, sie wieder zu richten ohne die Hilfe meiner Zofe."

„Gewiss!" Er zog die Hand zurück und legte sie stattdessen sanft an ihre Schulter. Dann beugte er sich zu ihr und küsste sie auf den Mund. Er schmeckte den Wein noch, den sie soeben genippt hatte. Er fühlte die weichen Lippen und ihren Atem an seinem Gesicht. Alles an ihr war weich und zierlich. Wenn er die Augen jedoch öffnete, sah er kein zartes Persönchen, sondern eine Frau von Welt. genau dieser Kontrast verlieh ihr ihren unwiderstehlichen Reiz. Bereits jetzt musste er sich zügeln, nicht seinem Verlangen nachzugeben und über sie herzufallen. Doch wollte er keinesfalls riskieren, ihren Zorn auf sich zu ziehen, wenn er doch ihr Haar in Unordnung brachte oder sie gar mit seiner Zügellosigkeit verschreckte.

Er küsste ihre Lippen, dann ihre Wangen. Erst als er gewiss vernahm, dass ihr dies zusagte, ließ er seine Hände über ihren Rücken, ihre Arme und schließlich über ihr Dekolleté gleiten. Ihr beschleunigter Atem verriet ihm, dass ein forscheres Vorgehen nun durchaus gewagt werden konnte. Dies war inzwischen auch unumgänglich, denn sein Verlangen hatte längst die Oberhand gewonnen. Mit seiner Rechten fasste er unter ihrem Arm hindurch, fuhr am Rücken entlang und um ihre Taille. Er beugte sich vor und hob sie mit dem linken Arm empor. Sie ließ es geschehen. So trug er sie durch den Raum, die Treppenstufen hinauf und zu seinem Schlafgemach. Sie war leicht wie eine Feder. Als er sie in die weichen Kissen hatte sinken lassen und sich über sie beugte, atmete er dennoch schwer, jedoch nicht aus Mangel an Sauerstoff, sondern aus gänzlich anderen, drängenden Gründen.

Er küsste ihr Gesicht, ihren Hals, ihr Dekolleté, dann jedoch stellte sich ihm ein Problem: Er musste sie aus ihrem verdammten Kleid befreien und zwar durchaus eilig, jedoch gleichwohl

252

elegant und ohne Schäden anzurichten. Seine eigene Garderobe ließ sich stets und in jeder Lebenslage problemlos handhaben, wohingegen Damenkleider die geradezu tückische Angewohnheit hatten, sich als unüberwindbare Barrieren zu erweisen. Insbesondere dann, wenn die Situation drängte und jede
Faser seines Wesens danach verlangte, das Kleid mit einem
kraftvollen Ruck zu zerreißen.

Unter größter Erregung fischte er nach den Knöpfen auf ihrem Rücken, wohlwissend, dass es ihm kaum gelingen würde,
sie unfallfrei aus diesem textilen Käfig zu befreien.

„Ich mache das,“ flüsterte sie atemlos und erhob sich mühsam. Dabei verfing sie sich in ihren Röcken. Unweigrlich
huschte ein Lächeln über sein Gesicht, als er ihre Bemühungen
betrachtete. Die Ironie der Situation blieb ihm nicht verborgen, und er konnte die humorvolle Absurdität des Augenblicks
nicht ignorieren.

Doch der Anflug von Humor wurde alsbald vertrieben von
jener Ungeduld, die ihn ergriff, während sie sich entkleidete.

Wenn es nach ihm gegangen wäre, hätte er lediglich die hinderlichen Unterröcke und ihre Unterwäsche entfernt und sich
nicht weiter mit dem umständlichen Kleid aufgehalten. Über
diesem gedanklichen Exkurs vergaß er, sich selbst zu entkleiden. Als er sich dieses Umstands bewusst wurde, ließ sie soeben die letzten Hüllen fallen. Nur ihr Haar war nun noch in
derselben kunstvollen Frisur gebunden wie zuvor.

„Willst du dich nicht entkleiden?“, fragte sie und stieg, offenbar vollkommen frei von jeglicher Scheu über ihn. Sie begann
seine Weste aufzuknöpfen, und ihr gezieltes Vorgehen brachte
ihn schier um den Verstand. Für einen flüchtigen Moment
konnte er es noch aushalten, doch dann richtete er sich schlagartig auf und warf sie von sich herunter. Sie lag da und räkelte
sich verführerisch, während er, außer Atem und in Eile, seine
Hosen aufnestelte. Endlich befreit von jeglicher textiler Behinderung, warf er sich auf sie und gab sich jenem Verlangen hin,
auf dessen Erfüllung er wochenlang hingearbeitet hatte.

In diesem Augenblick vergaß er alles um sich herum, sogar
sie, die nun für ihn ohne Bedeutung war und es fortan auch

bleiben würde.

Als es beendet war, rollte er sich von ihr herunter und begann sich anzukleiden. Der Zauber des Moments war viel zu schnell verflogen.

„Ihr müsst nun gehen, Verehrteste. Meine Schwester wird bald heimkehren", sprach er unverhohlen.

Ein Lächeln, das dem vergangenen Vergnügen galt, nicht ihr, huschte über sein Gesicht, während er die endgültige Distanz zwischen ihnen etablierte. Das Spiel war vorüber, und mit dem Schließen der Tür würde auch die Erinnerung an Cecilia Pershville umgehend verblassen.

Adhmaid House, nahe Shanagarry, County Cork, Irland

Sheehan hatte seine liebe Not mit der Bewältigung seiner Pflichten im herbstlichen Garten des Anwesens. Die Beete mussten für den Winter hergerichtet werden. Das Obst war zu sammeln und zu ernten, bevor es an den Zweigen und am Boden verdarb, sodass Margret daraus Kompott, Gelees und Mus kochen konnte.

Stauden und Bäume waren zu beschneiden, insbesondere auf der großen Streuobstwiese im östlichen Teil des Außenbereiches des Guts.

Das Laub fiel in solchen Mengen von den Bäumen, dass der Gärtner allein mit der Harke nicht mehr nach kam, Rasen und Beete sauber zu halten.

Die gute Margret, die sich zum einen aufgrund ihres mitfühlenden Wesens veranlasst fühlte, dem armen Sheehan zur Hand zu gehen und zum anderen jede Gelegenheit zur Ablenkung von ihren erdrückenden Sorgen nur zu gerne ergriff, griff nun ebenfalls zur Laubharke. Stundenlang trotzte sie gemeinsam mit Sheehan Wind und Wetter und verbrachte ihre Zeit unter freiem Himmel. Mit vereinten Kräften und Mühen gelang es ihnen schließlich, den herabfallenden Massen von Herbstlaub Herr zu werden und vollbrachten gemeinsam das erstaunliche Wunder, den Garten trotz der widrigen Umstände gepflegt und ansehnlich erscheinen zu lassen, zumindest, wenn nicht allzu großer Wert auf allzu große Ordnung gelegt wurde.

Madeleine beobachtete das Treiben der beiden neidisch von ihrem Platz am Fenster und über die Schulbücher gebeugt. Nur zu gerne hätte sie sich ihnen angeschlossen, doch sie wusste, dass ihr dies nicht gestattet wurde. Sie wollte keine vergeblichen Forderungen stellen, um nicht ihre ohnehin recht großzügigen Freiheiten, wie ihre Ausritte und unbeaufsichtigten Mußestunden, zu gefährden. So beugte sie sich leise seufzend über Cäsars Gallischen Krieg und ließ ihre Gedanken in ferne Länder schweifen. Sie stellte sich vor, wie es sein musste, in ein unbekanntes Land zu reisen, Wetter- und Naturbedingungen ausgesetzt zu sein, die man nie zuvor gekannt hat und dort Menschen zu begegnen wie den Galliern und den Germanen, die solch sonderbare Lebensweisen zeigten.

Für ihre Übersetzungen, die zu verfassen ihre eigentliche Aufgabe war, benötigte sie aufgrund ihrer Überlegungen gewiss zweimal solange, wie sie eigentlich gebraucht hätte, wenn sie sich nicht wieder und wieder in Tagträumereien verloren hätte.

Doch aus ihr unbekannten Gründen bedachte sie Mr. Cahill diesbezüglich nicht einmal mit einem strafenden Blick. Nein, er schritt nur still hinter ihr und Isabella am Fenster entlang und schien selbst in Gedanken vertieft zu sein.

Jules Dubois hatte schlussendlich die Vergeblichkeit erkannt, die sich im bemühten Unterfangen des Gärtners widerspiegelte, welcher sich allein der unnachgiebigen Natur im Garten entgegenstellte und einen Corker Gärtner eingestellt, der Sheehan zur Hand gehen sollte.

Das hatte es lange nicht gegeben, dass eine neue Person auf dem Anwesen ein und ausging, abgesehen von Mr. Cahill, der schließlich erst vor wenigen Wochen eingestellt worden war.

Jules Dubois fühlte sich so lebendig wie seit langem nicht mehr. Es war ein unbeschreibliches Gefühl, nach der unerträglich langen Zeit des Verdrusses und der Sorgen.

Es war ein entsetzliches Gefühl für einen Mann, außerstande zu sein, seine Familie zu versorgen.

Ob ein solches Gefühl als Familienerbe verstanden werden konnte, mochte unklar sein, denn immerhin war es seiner Familie über Generationen hinweg vergönnt gewesen, fern jedweder Not ein Leben im Wohlstand zu führen. Doch Jules vermied es tunlichst, sich mit Gedanken an seine Familientradition zu beschäftigen. Weshalb er auch solches empfunden hatte, sollte ohne Belang sein. Es war wie es war. Und es war schier unerträglich gewesen und nun war es vorüber. Hoffentlich endgültig vorüber.

Durch sein Verhandlungsgeschick hatte er der grässlichen Misere ein Ende setzen können, und dies allein zählte.

Nun war es ihm möglich, sämtliche ausstehenden Forderungen sowie die elenden Schuldscheine zu begleichen.

Noch bedeutungsvoller jedoch war die Aussicht, durch dieses bedeutende Geschäft erneut festen Boden unter den Füßen zu gewinnen und sich in der Welt der zahlreichen Kaufleute, die seine Konkurrenz darstellten, behaupten zu können.

Doch bei alledem war es eine unvergleichliche Fügung des Schicksals, dass gerade in jenem Augenblick, da sein Gewerbe solchen Höhenflug erlebte, er sich an anderer Stelle mit einer widerwärtigen Herausforderung konfrontiert sah. Es schien ihm unerträglich, dass er dieses erhebende Gefühl des Triumphs nicht mit Mary teilen konnte. Mary, die so unsäglich gelitten hatte unter den Umständen der vergangenen Monate.

Er blickte auf sie herab, während ein Anflug von Traurigkeit ihn ergriff. Dort lag sie - blass, müde, schmal geworden, die Lider geschlossen, ihre Atmung flach und ruhelos. Wie sehr wünschte er sich, dieses Moment des hoffnungsvollen Neubeginns mit ihr teilen zu können

Ihre weißen, schmalen Hände lagen neben ihr auf der Decke, die die Köchin fest um sie gestopft hatte.

Er nahm ihre rechte Hand in seine, betrachtete sie versonnen und strich sanft über ihren Handrücken.

Wieder wurde Mary von einem Hustenanfall geschüttelt. Sie wand sich vor Schmerzen. Dann öffnete sie ihre Augen und blickte zu ihm. Ein mattes Lächeln huschte über ihre Züge. Dann schloss sie die Augen wieder.

256

In diesem Moment klopfte es an der Tür.

„Ja bitte?" Es musste Dr. Baker sein.

Ganz wie erwartet streckte der Arzt den Kopf herein. „Darf ich eintreten?"

„Selbstverständlich." Jules Dubois erhob sich und trat beiseite, um dem Doktor Platz zu machen.

Der Arzt schritt langsamen Schrittes zum Bett und betrachtete Lady Mary Dubois für einige Augenblicke schweigend.

Schließlich sprach er: „War Ihre werte Gattin heute schon einmal wach?"

„Nur kurz, zwischendurch" , entgegnete Jules.

„Atmet sie beständig so flach?", fragte Dr. Baker mit einem prüfenden Blick, der von Lady Mary zu Jules Dubois wanderte.

Jules nickte.

„Und hustet sie kräftig?", fuhr Dr. Baker fort, seine Augen fest auf Jules gerichtet.

„Sie hustet nur wenig", antwortete Jules, seine Stimme in sorgenvoller Gedämpftheit.

„Haben Sie ein rasselndes Geräusch in ihrer Atmung vernommen?" Der Arzt zog prüfend die Brauen hoch.

„In der Tat." Jules atmete tief durch, als versuche er unwillkürlich, Marys unzureichendes Atemvolumen zu kompensieren.

„Ihre Frau läuft Gefahr, sich eine Lungenentzündung zuzuziehen, wenn sie nicht ausreichend atmet und hustet", verkündete Dr. Baker mit einem beunruhigenden Ton, der Jules wie ein stiller Vorwurf erschien.

„Mr. Dubois, ich bin ernstlich besorgt um Ihre Gattin. Sie nimmt zu wenig Flüssigkeit zu sich und atmet sowie hustet unzureichend. Ihr Zustand ist höchst besorgniserregend."

„Nun, was wollen Sie ...?"

Der Arzt schüttelte sehr bestimmt den Kopf. „Wir wecken sie jetzt."

Mary Dubois konnte nicht selten bestimmen, ob sie wachte oder träumte. Sie war sich bewusst, dass sie schwer erkrankt war. Sie nahm wahr, dass sie sich nahezu regungslos in ihrem Bett befand. Wenn sie wach wurde, dann war stets jemand an ihrer Seite. Dies wunderte sie, doch sie hatte keine Kraft, sich Fragen zu stellen. Sie hatte die Anwesenheit von Jules mehrfach wahrgenommen, sie hatte Margret gesehen und recht häufig schien Isabella sie zu besuchen. Madeleine hatte auch an ihrem Bett gesessen, aber weit seltener als die Übrigen.

Melissa und Elizabeth hatte sie seit ihrer Erkrankung nicht gesehen. Vermutlich sorgte sich Mrs. Leahy um deren Gesundheit. In der Tat, dies war eine vernünftige Vorsichtsmaßnahme. Was könnten die armen Kinder daraus gewinnen, ihre Mutter in einem solch elenden Zustand zu sehen?

Mary sehnte sich danach, niemanden um sich zu haben. Sie fühlte sich unpässlich und unansehnlich. Ob sie einen unangenehmen Geruch verströmte und bei ihren Besuchern Abscheu erregte, konnte sie nicht mit Sicherheit ausschließen.

Diese Ungewissheiten, gepaart mit ihrer Unfähigkeit, sich selbst zu pflegen, belasteten ihr ohnehin übermäßig beanspruchtes Gemüt.

Aufgrund dessen war es ihr lieber, wenn sie von dem Tun um sich herum nichts wahrnahm.

Margret kam in regelmäßigen Abständen, um Mary zu waschen und ihr beizustehen, wenn es darum ging, sich zu erleichtern, ohne das Bett verlassen zu müssen, was ihr schier unmöglich gewesen wäre.

Einmal hatte sie sie auch mit Isabellas Unterstützung in eine Wolldecke gehüllt und auf einen Sessel gesetzt, den sie eigens zu diesem Zweck herangeschafft haben mussten. Danach hatte Margret sorgfältig ihr gesamtes Bett frisch bezogen.

Es kostete Mary ungeheure Anstrengung, im Sessel auszuharren, obwohl sie sich zurücklehnen und ihren Kopf anlehnen konnte. Doch als diese kräftezehrenden Minuten endlich vorüber waren, war das Gefühl, in die frischen, weichen und sauberen Laken zu gleiten, unvergleichlich.

Endlich musste sie sich nicht mehr rühren, sondern konnte Ruhe in der Reinheit und Weichheit des neuen Bettes finden.

Ihr Kopf und ihr Hals schmerzten erbärmlich. Der Husten drückte ihr auf die Brust und das Atmen verursachte ihr Schmerzen im Brustkorb. Sie unterdrückte ihn nach Möglich-

keit. Wenn sie flach atmete und sich nicht regte, dann konnte
sie ihn weitestgehend vermeiden.

Margret hatte sich erbarmt und das Fenster weit geöffnet. So
kam frische, kühle Herbstluft in den Raum und half ihr, die
fortwährende Atemnot zu lindern.

Jules besuchte sie offenbar recht häufig. Das erfüllte sie einerseits mit einem glücklichen Gefühl, andererseits bereitete es ihr
die Sorge, da sie fürchtete, er müsse sie in ihrem derzeitigen
Zustand abstoßend finden. Der Gedanke, dass er, selbst wenn
sie jemals wieder gesunden würde, sich davor scheuen könnte,
sie zu berühren, versetzte ihr sie in nicht unbeträchtliche
Unruhe.

Mitten in einem unruhigen Traum spürte sie plötzlich, dass
etwas an ihr rüttelte.

Endlich war es ihr möglich, die Augen zu öffnen. Sie erblickte
Dr. Baker. Es war seine Stimme, die sie rief. Er rüttelte an ihren Schultern und rief sie wieder. Warum ließ er sie nicht
schlafen? Der hämernde Schmerz in ihren Schläfen setzte sofort
wieder ein. Sie spürte den Druck auf der Brust und den zie-
henden Schmerz im Brustkorb, wenn sie atmete ... Sie hörte
auch Jules Stimme.

Da spürte sie ihre ausgetrocknete Kehle. Ihre Zunge fühlte
sich entsetzlich trocken an. „Ich habe ... Durst", brachte sie
mühsam über ihre spröden Lippen, doch ermüdete sie augenblicklich erneut und ihre Augen fielen schwer zu.

„Wunderbar!", vernahm sie die ferne Stimme des Arztes. „Mr.
Dubois, etwas Tee!"

Als der Arzt Jules ansprach wurde sie ein wenig wacher. Sie
spürte die Tasse an ihren Lippen, während der Arzt offenbar
ihren Kopf hielt.

Sie trank. Der Tee linderte das brennende Trockenheitsgefühl
in ihrem Mund. Nachdem sie drei Schlucke genommen hatte,
sehnte sie sich danach, wieder zurück in die Kissen zu sinken.
Doch die Stimme des Arztes drang erneut an ihr Ohr: „Mrs.
Dubois, ich möchte, dass Sie wach bleiben! Hören Sie mich?"

Sie wollte nicht, sie wollte nur die Augen schließen und schlafen. Ihr Kopf pochte schmerzhaft, als wolle er platzen.

„Mrs. Dubois, bleiben Sie bei uns!", drängte der Arzt eindringlicher, während er ihr Gesicht tätschelte und ihre Handrücken rieb.

Da hörte sie Jules Stimme: „Nun ist es aber genug!"

Was war genug? Hatte sie etwas verkehrt gemacht? War er ihretwegen erzürnt? Diese quälenden Gedanken verwirrten sie, doch die Übermacht der Müdigkeit ließ sie endgültig wegnicken.

Isabella Dubois klappte ihr Buch zu. Sie konnte mit dem Gallischen Krieg nichts anfangen.

Ihr fehlte jegliches Verständnis für Männer, die auszogen, um neue Gebiete zu erobern. Gab es in Rom nicht bereits große Herausforderungen zu bewältigen? War Rom nicht groß genug um alle, die dort lebten, in Frieden leben zu lassen, wenn sich die Cäsaren und Feldherren mit der Bewältigung der dortigen Aufgaben befassten? Während sie sich durch Wälder schlugen und sie ihre Leute in Gefahren brachten, die vollkommen unnötig waren, wurden die Aufgaben, die sich ihnen in Rom stellten, nicht gelöst und kamen sie dann zurück nach Rom, dann schmiedeten sie Komplotte und Intrigen. Warum mussten Männer immerzu um Territorien streiten? Sich gegenseitig streitig machen was sie hatten, anstatt sich zufriedenzugeben? So musste doch alles letztlich scheitern. Wie konnten sie Expansionsbestrebungen hegen, wenn es ihnen nicht einmal gelang, die Gebiete, die sie bereits beherrschten, in Frieden und Ordnung zu halten? Eine unbeschreibliche Raffgier und ein unstillbares Verlangen nach Anerkennung trieb diese Männer an – nichts anderes. Doch womöglich war es ihr nur nicht gegeben, all das zu begreifen. Wozu sollte sie auch über all dem sinnieren? Mr. Cahill mochte gewiss ein überaus freundlicher Lehrer sein, doch zweifelte sie insgeheim, dass all das, was sie von ihm lernen sollte, je von Nutzen für sie sein würde.

Glücklicherweise war die letzte Unterrichtsstunde nun vorüber, und sie konnte den restlichen Nachmittag nach eigenem Belieben verbringen. Sie nickte Mr. Cahill höflich zu, ehe sie den Raum verließ, und begab sich sodann in ihr Schlafzimmer.

260

Dort wusch sie sich das Gesicht und die Hände und richtete sorgsam ihre Frisur.

Im Anschluss machte sie sich auf den Weg zu den Gemächern ihrer Mutter, um ihr, wie jeden Tag nach dem Unterricht seit deren Erkrankung, einen Besuch abzustatten.

Als sie an der Tür ihrer Mutter angelangt war und soeben anklopfen wollte, bemerkte sie plötzlich Madeleine hinter sich.

„Oh, du wolltest auch zu Mutter?", fragte Isabella überrascht.

„Nun, gelegentlich besuche ich sie auch, wenn auch nicht so regelmäßig wie du!", erwiderte Madeleine und zwinkerte ihrer Schwester mit einem sanften Lächeln zu.

„Wünschst du, dass ich später wiederkomme?", fragte Isabella.

„Keineswegs, Mutter wird es nicht stören, wenn wir sie gemeinsam besuchen", antwortete Madeleine leichthin.

Isabella lächelte ihre Schwester an. Dann klopfte sie zaghaft an und öffnete sachte die Tür. Drinnen entdeckte sie Vater und Dr. Baker am Bett ihrer Mutter.

„Verzeihung!", rief sie schnell und wollte die Tür wieder schließen.

„Nein, nein!", hörte sie die Stimme des Arztes. „Kommen Sie nur herein!"

Isabella öffnete die Tür wieder und trat, gefolgt von ihrer Schwester ein.

Es war ein ungewohntes, beinahe befremdliches Gefühl, inmitten dieser Menschenmenge im Zimmer ihrer Mutter zu stehen. Plötzlich ergriff sie ein Anflug von Angst. „Ist mit Mutter alles wohlbestellt?", fragte sie in großer Besorgnis.

„Ja, gewiss", erwiderte der Arzt freundlich. „Treten Sie näher. Ich erläutere gerade Mr. Dubois die notwendigen Maßnahmen zur Genesung Ihrer werten Mutter."

Isabella trat zaghaft an das Lager ihrer Mutter. Sie erkannte, dass diese leicht aufgerichtet dalag. Sie schlief jedoch.

Isabella legte behutsam die Hand auf den Arm ihrer Mutter.

Madeleine hingegen gesellte sich an die Seite ihres Vaters, schenkte ihm ein Lächeln und lauschte aufmerksam den Worten des Doktors.

„Die erhöhte Lage erleichtert das Atmen", begann Dr. Baker

seine Ausführungen, „zudem ist es essentiell, dass Mrs. Dubois ausreichend Flüssigkeit zu sich nimmt und viel hustet."

„Es ist gut, wenn sie hustet?", rief Madeleine mit unverhohlener Verwunderung.

Isabella war ebenfalls erstaunt. Sie hatte vielmehr den Eindruck, dass der Husten ihrer Mutter stark zusetzte. Doch sie wagte keinerlei Widerwort.

„Durchaus", bestätigte der Arzt. „Durch den Husten wird einer Lungenentzündung vorgebeugt."

Isabella betrachtete ihre Mutter. Das Bild, welches sich ihr darbot, war jenes einer zerbrechlichen und kraftlosen Gestalt.

Es war ein eigentümliches Empfinden inmitten so vieler Menschen zu sein und über sie zu sprechen, als wäre sie ein hilfloses, zu umsorgendes Kind.

Sie war es gewohnt, sich in dieser Weise um ihre kleinen Schwestern zu kümmern, doch ihre Mutter in einem derartigen Licht zu erblicken, war ihr gänzlich fremd. Es war, als habe man ihr ein neues, viel größeres Kleid gegeben, an das sie nicht gewöhnt war.

Heimlich und leise, fürwahr, hatte sich ihr Empfinden ihrer Mutter gegenüber zu wandeln begonnen.

Ihr Blick schweifte sodann zu ihrem Vater hinüber. Er saß vollkommen still, gleich einem Schüler die mahnenden Ratschläge des Arztes aufnehmend. Sogleich schämte sie sich für diesen Gedanken ihrem Vater gegenüber und versuchte ihn zu verscheuchen.

„Miss Isabella", richtete der Arzt das Wort plötzlich an sie. „Wollen Sie einmal versuchen, Ihre Mutter zum Teetrinken zu veranlassen?"

Isabella blickte ihn mit Entsetzen an. Nichts lag ihr ferner, als diese Aufgabe zu übernehmen. Es war ihr unvorstellbar, wie sie ihre Mutter zur Einnahme eines Getränks ermuntern sollte, wo doch bereits die Bemühungen des Arztes, sie zu wecken, erfolglos geblieben waren.

Unschlüssig und von einem tiefen Unbehagen erfasst, verharrte sie in unbewegtem Zustand. Der Fokus aller Anwesenden richtete sich auf ihre Person. In diesem Augenblick verspürte

262

sie eine tiefe Reue darüber, den Raum überhaupt betreten zu haben. Nichts wäre ihr lieber gewesen, als sich augenblicklich aus dieser unangenehmen Lage zu entfernen.

Madeleine hatte den Worten Dr. Bakers zunächst mit gewissem Vorbehalt gelauscht, dann jedoch war ihr folgerichtig erschienen, was er sprach. Wenn Mutter gesund werden sollte, dann bedurfte sie ausreichend frischer Luft und genügend Flüssigkeit. Wenn sie all dies nicht annahm, so musste das daran liegen, dass ihr die Kraft dazu fehlte.

Mutter war in ihrer bedauernswerten Lage vermutlich so hilfsbedürftig wie ein krankes Kind und wenn sie ihr helfen wollten, dann mussten sie die Ärmel hochkrempeln und dafür sorgen, dass sie annahm, was sie benötigte, so wie es Margret tat.

Sie hatte schon Sheehan dabei zugesehen, wie er die Pferde pflegte, wenn sie etwa Koliken hatten und sie hatte auch geholfen, Elizabeth zu pflegen, als diese fieberte.

Sie erinnerte sich gut daran, als Melissa und Elizabeth an Keuchhusten erkrankt waren. Da hatten sie und Isabella nächtelang an den Betten der Kleinen gesessen und sie, angeleitet von Margret, wieder und wieder bedrängt, ja genötigt, zu trinken.

Sie hatten Fieberwickel gemacht und die kleinen Schwestern mit den rotglühenden Gesichtchen und den schnell pochenden kleinen Herzen in Wolldecken gewickelt auf dem Schoß gehalten, als die Betten frisch bezogen werden mussten. Es mochte ein ungewohnter Gedanke sein, dass es nun ihre Mutter war, die solcher Hilfe bedurfte, doch es musste in gleicher Art und Weise zu bewerkstelligen sein.

Bislang hatte sie aus Pflichtgefühl dieses Zimmer aufgesucht. Zum ersten Mal spürte sie nun ein Gefühl von Nähe zu ihrer Mutter. Ein Gefühl, das sie noch nie für sie empfunden hatte.

In diesem Augenblick bat der Arzt Isabella um einen Versuch, Mutter zu wecken und zum Trinken zu bewegen.

Madeleine richtete ihre aufmerksamen Augen auf ihre ältere Schwester. Sie hatte die ganzen letzten Minuten gar nicht auf sie geachtet, sie war so mit ihren Gedanken befasst gewesen, dass sie alle um sich herum gänzlich vergessen hatte ...

Konnte es wohl sein, dass Isabella ein ähnliches Empfinden hegte wie sie selbst?

Isabellas Augen vermittelten Unsicherheit. Sie stand da, wie angewurzelt, unbeweglich gleich einem gejagten Reh.

Nein, Madeleine war sich sicher, dass Isabella in ganz anderen Gedanken verhaftet war, als sie. Isabella würde es kaum über sich bringen, Mutter gegenüber bestimmend aufzutreten. Eben jetzt machte Isabella keinerlei Anstalten, irgendetwas zu tun ...

Isabella fühlte sich Mutter viel verbundener. Das war immer so gewesen. Womöglich konnte sie diese Aufgabe deswegen nun nicht ausführen.

Madeleine hatte sie früher, als sie noch Kinder waren, manches Mal deswegen aufgezogen. Das tat sie längst nicht mehr. Ihr war irgendwann in den Sinn gekommen, dass Isabellas Schicksal ein gänzlich anderes sein musste als das ihrige, da Isabella keine ältere Schwester besaß, zu der sie sich in dunklen Nächten voller böser Träume flüchten konnte; keine Seele, die ihr Gesellschaft leistete, sie dazu anhielt, Neues zu wagen, und ihr bei gelungenen Unternehmungen Anerkennung zuteil werden ließ – ja, selbst bei unvollkommener Leistung sie dennoch mit liebevoller Ermunterung belohnte. Eine ältere Schwester, an die sie alle Fragen dieser Welt richten konnte, die geduldig lauschte, die all ihre Albernheiten mit standhaftem Verständnis ertrug und mit ihr litt, wann immer sie Trost bedurfte. Zu wissen, dass Isabella in jenen einsamen Stunden niemanden dergleichen zur Seite hatte, erfüllte Madeleine mit tiefstem Mitgefühl, denn die innige Verbundenheit, die Isabella für ihrer beider Mutter, Lady Mary, empfand, schien nicht erwidert zu werden, so jedenfalls erschien es Madeleine. Ein Empfinden, dass Lady Mary für sie selbst in nur noch weitere Ferne rücken ließ, wohingegen Isabella für sie der wichtigste Mensch war.

Nun blickten alle auf Isabella und diese stand dort wie vom Donner gerührt. Madeleine fühlte sich zunehmend unwohl in dieser angespannten Situation. Ihre Schwester tat ihr aufs Tiefste leid.

Vater beabsichtigte offenbar ebenfalls nicht, das Wort zu er-

264

greifen oder irgendwie tätig zu werden.

Dr. Baker wartete geduldig.

Schließlich ertrug Madeleine es nicht mehr. „Ich werde es versuchen", sagte sie rasch und trat entschlossen näher zu Dr. Baker hin.

An diesem Abend lag Madeleine noch lange wach in ihrem Bett und die Geschehnisse des Tages wühlten sie in einem solchen Maße auf, dass sie nicht einzuschlafen vermochte.

Sie lag in ihre weichen Decken gehüllt in dem kühlen Zimmer im Dunkeln und blickte zum Fenster.

Der Mond leuchtete herein und schien freundlich zu lächeln. Ihr Zimmer war in silbernes Licht getaucht.

Ihre Nasenspitze und ihre Füße waren anfangs noch kalt, doch allmählich wärmten sie auf und ihr wurde ebenfalls warm. Um diese Jahreszeit brannten stets einige Öfen im Haus, dennoch wurde es zum Abend hin spürbar kühl und die Öfen kamen nicht hinterher, alle Räume zu beheizen.

Sie würde morgen wieder zu Mutter gehen. Sie würde es ebenso machen, wie heute. Es war gewiss kein leichtes Unterfangen gewesen, doch es war ihr schließlich tatsächlich gelungen, Mutter zu wecken und ihr Tee einzuflößen. Zwischendurch hatte sie der Gedanke erfasst, Mutter könnte ihr zürnen, wenn sie erwachte, doch so war es nicht gekommen. Mutter war erwacht und hatte Tee getrunken, auf ihre, Madeleines, Anweisungen hin.

Dr. Baker, mit einem Anflug von Anerkennung in seiner Stimme, lobte sie für ihren Einsatz. Er richtete sich sodann an Isabella und ihren Vater – ja, selbst an den Vater – und bemerkte, sie sollten sich ein Beispiel an Madeleines beherztem Vorgehen nehmen und es ihr gleichtun.

Dass jemand Isabella anriet, sich an ihrer jüngeren Schwester zu orientieren, war noch niemals vorgekommen, Doch dass jemand wagte zu äußern, selbst ihr Vater solle ihrem Vorbild folgen war geradezu ungeheuerlich!

XI.

1624, Paris Frankreich

Jules hob den Kopf.

Da lag er. Seine Hände waren gefaltet. Hatte er gebetet?

Wie lange hatte er ihn nicht mehr gesehen?

Er war ein alter Mann geworden. Er war hager, das Gesicht eingefallen und wächsern. Die Augen stachen aus den Höhlen hervor, die grauen, schlaffen Hände erschienen wie Krallen auf dem
weißen Laken, in das man ihn gebettet hatte und das schüttere,
graue Haar klebte ihm an der Stirn.

Étienne. Sein Vater.

Jules ward allein von seinem Vater aufgezogen.

Dieser Mann hatte seine, Jules, Kindheit über seinen Lebensmit-
telpunkt gebildet, den Fixstern, um den sich seine kleine Welt ge-
dreht hatte.

Mit ehrfurchtsvollem Blicke hatte Jules zu ihm aufgesehen und
die Jahre seiner frühen Jugend in sehnsüchtigem Verlangen nach
dessen Zuneigung verbracht, welche Étienne ihm verwehrt hatte.
Aus diesem Grunde hatte sich Jules bald von ihm abgewendet.
Dies alles war nun schon viele Jahre vergangen.

Da lag er nun. Von Gebrechlichkeit gezeichnet. Eingefallen.
Totenblass.

Erst viele Jahre später hatten Jules' Großeltern ihm endlich offenbart, was einst geschehen war und warum er, Jules, ohne müt-

266

terliche Obhut aufwachsen musste.

Jules war nach jenem schicksalshaften Tag, als er im geringen Kindesalter von kaum zwei Jahren vom Unglück betroffen war, unversehrt genesen. Gleich einem Wunder blieben ihm jedwede äußerlichen wie auch geistigen Schäden erspart.

Dennoch hatte er nicht begreifen können, warum jener Mann, den er Vater nannte, so gar nicht den Vätern anderer Kinder glich. Warum er niemals das Wort an Jules richtete, noch ihn mit väterlicher Strenge maßregelte, sondern das ganze Haus in gespentisches Schweigen gehüllt blieb.

In späteren Jahren erst erschloss sich Jules, dass Étienne es nicht hatte verwinden können, seine Schwiegereltern seinerzeit nicht zur Hilfe gerufen zu haben, obgleich es eine Zeit gegeben hatte, da dies noch möglich gewesen wäre.

In Étiennes Qualen konnte sich Jules schwerlich hineinversetzen. Unbegreiflich blieb ihm die Gedankenwelt dieses Mannes, den er als töricht empfand. Welcher Vater, so dachte Jules, rief nicht nach der Unterstützung der Familie, wenn Weib und Kind in Lebensgefahr schwebten?

Dies war Étiennes Los gewesen. Er hatte es wohl verdient. Er musste mit der grausamen Erkenntnis leben, einen Fehler begangen zu haben, der seine Familie ins Verderben geführt hatte, da er es nicht vermocht hatte, über seinen eigenen Schatten zu springen. Der Preis, den er dafür bezahlt hatte, war hoch, doch nicht allein für diesen törichten Mann.

Jules hatte allein dagestanden, doch schließlich, der Not gehorchend, die alte Louise um Beistand ersucht. So jedenfalls hatte Louise es Jules einst berichtet.

Sie hatten ihr Dasein in jenem Hause zu Paris fortgesetzt, in welchem das Unglück seinen Lauf genommen hatte, doch Jules konnte sich keiner Zeit entsinnen, in der es Étienne gelungen wäre, seine Geschäfte kraftvoll und einträglich zu führen. Mit

Müh' und Not hatte er das Nötige erwirtschaftet, um sich und Jules zu erhalten.

Ob es zu einer Zeit besser gewesen war, als seine Mutter noch unter ihnen geweilt hatte, wusste Jules nicht. Doch der Gedanke, dass jene Frau, die seine Mutter gewesen sein mochte, auch nur einen einzigen Tag in der Gesellschaft dieses Mannes ausgehalten haben könnte, erschien ihm unfassbar. Diese Überlegung hatte ihn stets in Unordnung und Verwirrung gestürzt.

Étienne hatte keinen Gott mehr gekannt. Das musste vor dem Unglück anders gewesen sein. Ihn kümmerte auch nicht mehr der Glaube der Hugenotten. Er hatte auch auf die religiöse Erziehung von Jules kein Augenmerk gelegt.

Jules war in den Wirren der Zeit aufgewachsen, ohne dass er sich je einer der vielen Parteien zuneigte. Schon im Alter von zehn Jahren zählte er sich zu den Zeugen vier sogenannter Hugenottenkriege, Frankreich taumelte von einem Bürgerkrieg in den nächsten, und die zerrüttete Nation fand weder Frieden noch Eintracht. Er hatte wohl gewusst, dass sein Vater sich zu den Reformierten zählte, doch er hatte den Glauben seines Vaters nicht kennengelernt, für Jules bedeutete Religion nichts. Dabei war sie es gewesen, die ihm alles entrissen hatte, noch ehe er es kennenzulernen vermocht hatte. Dies einzig wusste er. Er hatte es empfunden, als lebte er in einem Land, dessen tiefste Zerrissenheit nichts mit seinem eigenen Wesen zu schaffen hatte, denn die Ursachen der Streitigkeiten bedeuteten ihm nichts. Dennoch hatte ihn eben diese Zerrissenheit schwer getroffen, und obgleich er die Gründe nicht verstand, fühlte er deren Last auf seiner Seele. Die Zeit seiner Kindheit glich einer düsteren Geschichte, in die er sich nicht eingeordnet fühlte, die ihm fremd erschien und mit der er sich nicht identifizieren konnte. Dennoch besaß diese Geschichte die unheilvolle Macht, sein Leben zu gestalten und zu beeinflussen, ohne dass ihm ein Gegenwehr zur Verfügung stand.

So war er aufgewachsen ohne Wurzeln und im steten Gefühl von Ohnmacht. All das war ihm erst viel zu spät bewusst geworden. Zu spät, um seinem Vater noch jemals nahe zu kommen.

Die alte Louise hatte sich seiner Erziehung angenommen und war eine herzensgute Seele gewesen. Sie widmete ihm ihre gesamte Liebe, all ihre Kraft und Mühe galten seiner Entwicklung. Doch es schien ihr nicht vergönnt, Jules aus der tiefen Einsamkeit zu erlösen, die ihn umfing.

Zunächst war Jules ein stilles und verschlossenes Kind gewesen, doch später entwickelte er sich zu einem ungestümen Lümmel. Seine Eskapaden hatten der alten Louise jegliche Nerven geraubt, und doch bemühte sie sich emsig um seine Erziehung. Mit tiefer Wärme gedachte Jules oft der guten Louise und erkannte, welches Glück ihm zuteil wurde, sie in seinem Leben gehabt zu haben.

Vater Étienne hingegen fand keinen Raum in seinem Herzen für das mutterlose Kind, das ihm anvertraut war. Als Jules das dreizehnte Lebensjahr erreichte, beschloss Étienne, es sei an der Zeit, ihn in die Geschäfte einzuführen. Doch zu diesem Zeitpunkt hatte Jules sein Herz bereits verschlossen, es bot weder dem Vater noch dessen Angelegenheiten Platz.

Die Konfrontationen, die darauf folgten, waren fürchterlich. Sie hinterließen stets nur Besiegte, niemals Sieger. Das darauffolgende Jahr brachte ein weiteres tragisches Ereignis: Die alte Louise legte sich zum letzten Mal zur Ruhe.

Für Jules bedeutete es den Untergang seiner gesamten Welt. Dies war nicht zu leugnen, und erneut war es Vater Étienne nicht gelungen, für ihn da zu sein.

Angesichts dieses Verlustes drängten sich Jules unzählige Fragen auf, denen er sich bisher nicht hatte stellen wollen. Doch nun gab es kein Entrinnen mehr. Sie überrollten ihn wie ein schwerer Wagen, beladen mit Schwarzpulver.

Fragen nach seiner Mutter Thérèse, Fragen nach Gott und dem Glauben, Fragen an seinen Vater und an seine Familie, die allzu klein war.

Doch Étienne war unfähig gewesen zu antworten. Das Einzige was ihm vollendet gelungen war, in dieser Zeit, war, die Entfremdung von seinem einzigen Kind vollkommen zu machen.

Schließlich war es so arg geworden, dass Jules nur wenige Wochen nach Louises Dahinscheiden vierzehnjährig das Elternhaus verlassen hatte und mit ihm Paris, die verhasste Stadt, die für ihn Gewalt und Krieg, Not und Elend, Einsamkeit und Verlust bedeutete, soweit er zurückdenken konnte.

Jules war ohne seine Mutter aufgewachsen. Und das Grauen dieses Ereignisses, welches in die Geschichte als Bartholomäusnacht eingehen sollte, hatte einen dunklen Schatten auf sein Leben gelegt, der ihm immer folgen sollte.

Und erst viel später hatte er begriffen: Der Verlust der Mutter hatte schwer gewogen, doch die Schuld, die sein Vater sich zugeschrieben hatte, sie war es, die seine Kindheit vergiftet hatte.

Jules hatte keine Träne um Paris geweint, auch nicht um sein Elternhaus und nicht um den Vater.

Er war geradewegs nach Verdun gegangen, der Stadt, von der er meinte, dass es dort Verwandte geben musste, weil Thérése aus Verdun stammte.

Und in der Tat, er war seinen Großeltern Marand begegnet. War von ihnen mit offenen Armen empfangen worden, ja, sie hatten gar geweint, als er bei ihnen erschienen war. Und es war, als sei er in eine fremde Welt getreten. Eine Welt, deren Tore Étienne verschlossen gehalten hatte.

Hier endlich fand er Antworten auf jene Fragen, die auf ihm lasteten.

So lernte er seine Mutter, eine fröhliche, herzliche Person, kennen, die Étienne aus Liebe geheiratet und den reformierten Glauben angenommen hatte, weil Étienne ihm zugehörte. Der seine Geburt ihr Glück bedeutet hatte, und die im zwanzigsten Lebensjahr einem Meuchelmord zum Opfer gefallen war.

Endlich konnte er jene innere Leere mit Bildern füllen und endlich fand er seine Familie.

Als Jules den Großeltern Marand berichtet hatte, dass der Glaube für den ihre Thérése gestorben war, Étienne nichts mehr bedeutete, hatten sie hierzu kein Wort verloren, doch Jules hatte ihre Fassungslosigkeit aus ihren Gesichtern abgelesen, er hatte sie gespürt wie einen eiskalten Wind, der durch den Raum gefegt war, als sie davon erfuhren.

In jener Zeit hatte er begonnen, sich der Kirche zuzuwenden, der Religion seiner Mutter, an die er keinerlei Erinnerungen hatte, von der ihm nichts geblieben war als die Erzählungen seiner Großeltern. Für die Religion, um welche ein Jahrzehnte währender Krieg tobte.

Seine Großeltern hatten dies in keiner Weise gutgeheißen, sie hatten ihn angefleht, er möge zur Vernunft kommen.

Er hatte sie besänftigen können, indem er bei Großvater Marand in die Lehre gegangen war. Bald nach seiner Ankunft bei ihnen hatte sich Großvater Marand Hoffnungen gemacht, er würde, als sein einziger Enkelsohn, sein florierendes Geschäft weiterführen.

Es hatte nicht lange gedauert, da hatte er für Étienne, der sich selbst vorgegaukelt hatte, ein Reformierter zu sein und der für diesen Glauben das Leben seiner Gemahlin hingegeben hatte, der jedoch im Angesicht von Prüfungen und Leid eben jenen einzig wahren Glauben verloren hatte, nicht weiter als Verachtung übrig gehabt.

Was hatte es für Märtyrer gegeben unter den Protestanten. Sie hatten erhobenen Hauptes ihr Leben und das ihrer Liebsten gegeben. Sie hatten Folter und Scheiterhaufen ertragen und waren fest geblieben im Glauben. Étienne hingegen, wodurch hatte er sich hervorgetan? Er war angesichts seiner Prüfungen eingeknickt wie eine welke Blume und hatte gar darin versagt, seinem Sohn den eigenen und den Glauben der Mutter nahezubringen und ihr Andenken für sein Kind zu behüten.

Étienne hatte nicht nur den Glauben verraten, er hatte sich des Verrats an seiner Gemahlin, die für ihn jenen Weg gegangen war, schuldig gemacht.

Jules hatte mit Freude den Kaufmannsberuf vom Großvater erlernt und sodann dessen Geschäft weitergeführt.

Er war ein strenggläubiger Anhänger der Hugenotten geworden und hatte am 25. Mai 1599 Eugénié geheiratet, eine gleichermaßen strenggläubige Hugenottin.

Es war eine glückliche Zeit gewesen, nachdem unter Heinrich IV. das Edikt von Nantes erneuert und der Frieden von Vervins geschlossen worden war.

Es war eine Zeit gewesen, in der Jules, wie auch viele andere, hatte aufatmen können. Eine Zeit, welche ihn für viele erlittene Entbehrungen und Verletzungen entschädigt hatte.

In jenen Tagen waren Häuser wieder aufgebaut, unterbrochene Händel wieder aufgenommen worden. Man hatte die wilden Tiere und die Nattern, die Wegelagerer, Diebe und Galgenvögel, die sich zwischen ihnen ausgebreitet hatten, vertrieben und ein friedliches Leben begonnen.

Jene Epoche hatte allzubald, im Jahre 1610, jäh ein Ende gefunden, als ein junger Mann namens Ravaillac, ein fanatischer Katholik, inmitten des Getümmels der Stadt, einen verwegenen Anschlag auf König Heinrich IV. verübt hatte. Wohl hatte der König vorhergehende Attentatsversuche glücklich überstanden. An diesem Tage jedoch hatte er sich, obgleich von einer finsteren Vorahnung ergriffen, dennoch in einer Kutsche zu seinem Freund und Ratgeber, dem Herzog von Sully begeben. Ravaillac hatte Seiner Majestät zwei Stichwunden zugefügt, welchen der König binnen weniger Augenblicke erlegen war.

Ravaillac war gefasst worden, man hatte ihn mit heißen Flüssig-keiten übergossen und geviertelt, doch hatte dies nicht die wahre Vollendung Ravaillacs Werks zu verhindern vermocht, welche das Ende dieser kurzen Zeit des Friedens.

Zunächst hatte es geschienen, als könne der Frieden fortbe-stehen, doch die Kriegstreiber und die Kriegsgewinnler hatten bald begonnen, das Edikt zu demontieren und alle Ansätze fried-lichen Zusammenlebens zu zertreten.

Ab dem Jahre des Herrn 1618 entzündete sich der Krieg von Neuem. Lande griffen Lande an, und nur drei Jahre später stan-den sich auch die alten Feinde, die Katholiken und Protestanten, wieder in blutigen Schlachten gegenüber.

Bald waren Seuchen ausgebrochen, darunter die schreckliche Pestilenz.

Also verstrichen die Jahre, und der Krieg wie auch die Seuchen zerstörten abermals vieles von dem, was mühselig wiedererrichtet worden war. Ganze Dörfer und Städte wurden entvölkert.

Indes, im Februar jenen Jahres, ward erneut Frieden beschwo-ren zwischen den Katholiken und den Hugenotten. Doch Jules hegte kein Vertrauen mehr in solche Friedensschlüsse und Edikte. Für ihn waren sie nichts als bedeutungslose, hohle Worte, wel-chen stets nur verheerendere Gewaltexzesse denn je folgten.

Jules hatte sein Leben bislang erhalten können und er hatte sei-nen Glauben stetig verteidigt. Jedoch nur im Verborgenen -, hatte sein Handelsgewerbe erfolgreich geführt, - überwiegend von Ver-dun aus -, und seine Kinder im wahren Glauben erzogen, wobei er sie gelehrt hatte, ihren Glauben gleichwohl nur im Privaten zu leben. Er vermochte es durchaus in den Spiegel zu blicken, ohne sich seiner zu schämen.

Dennoch waren auch ihm die Opfer des Glaubens nicht erspart geblieben. So hatte Alain, sein Erstgeborener und Zwillingsbruder

Gaspards sein Leben für den Glauben hergeben müssen. Trotz aller Vorsicht hatte er Alain verloren.

Und dies war keineswegs alles gewesen, was er erlitten hatte. Seit jenem verhängnisvollen Tag des Verlustes des ältesten Sohnes , hatte seine einzige Tochter Therése kein Wort mehr mit ihm, ihrem Vater, gesprochen. Sie hatte sich von ihm abgewandt.

Bis auf den heutigen Tag war es ihm verwehrt geblieben, zu ergründen, welche Vorwürfe sie ihm in dieser Sache machte, doch strebte er auch nicht nach solchem Wissen. Was änderte es zu wissen? Es verletzte sein Gemüt und störte die Eintracht, welche vormals in der Familie geherrscht hatte. Er wollte nicht darüber nachsinnen, dass es gerade dieses Ereignis war, welches ihm gleich einem Spiegelbild vor Augen führte, dass das Übel des Krieges, welchem er ein Leben lang ausgesetzt gewesen war, nun auch unaufhaltsam in das Innerste seiner Familie eingedrungen war und dass er dem nichts entgegensetzen konnte. Er konnte Nichts tun, außer die Ohnmacht zu ertragen.

Immerhin fand er Trost in seiner herzallerliebsten Eugénié, die ihm beistand und tapfer ertrug, dass sie ihre einzige Tochter in dieser Kluft des Schweigens verloren hatten.

Er hatte darüberhinaus das Glück seiner Söhne Gaspard, der den Beruf des Kaufmannes wohl verstand und sich als fleißig und fähig erwies, und Emanuel, der nun gerade das achtzehnte Lebensjahr vollendete und wie sein Vater ein aufrichtiger Protestant war. Emanuel jedoch, und dies erfüllte Jules wohl mit großer Sorge, strebte danach, seinen Glauben offen zu bekunden und nach La Rochelle zu ziehen. Im Gegensatz zu Jules war Emanuel der festen Überzeugung, dass man den Glauben offen zeigen und gemeinsam mit anderen Protestanten ein Leben frei von katholischer Bevormundung führen solle.

In Summe jedoch, so erkannte Jules, war das Schicksal ihm dennoch wohlgesonnen gewesen. So waren sie schließlich keineswegs die einzigen, die von den Wirren und dem Schrecken der Zeit getroffen worden waren.

Selbst das Königshaus verzeichnete wirre, unruhige Zeiten. 1617 hatte der vierzehnjährige Louis, der Sohn Maria de Medicis, den Premierminister seiner Mutter, Concino Concini auf offener Straße, vor den Toren des Louvre ermorden lassen und sich kurzerhand zum König erhoben. Seine eigene Mutter sandte er daraufhin in die Verbannung nach Blois. Nun aber war die Kunde kürzlich zu vernehmen, dass Maria de Medici entflohen sei!

Jules dünkte es oftmals, als sei die ganze Welt dem Wahnsinn verfallen. Mochte es je eine Zeit gegeben haben, da alles anders war?

Zwar mochte er ein erfahrener Kaufmann sein und mochte er es wohl verstanden haben, einen gewissen Wohlstand zu erwirtschaften, doch konnte er sich gewiss nicht als gelehrten Mann bezeichnen. Was die Welt der Politik anbetraf, indes, vermochte er lediglich zu beobachten, was dort vor sich ging, und abzuwarten. Verstehen jedoch, das konnte er nicht.

Waren er und Eugénié angesichts der Hölle, in der sie lebten, von Verzweiflung ergriffen, so konnten sie beten. Sie konnten gemeinsam beten.

So betete er nun auch.

Er betete für jene erbärmliche Gestalt, die er einst seinen Vater genannt hatte. Étienne, der allein und in Einsamkeit seine letzten Jahre verbracht hatte, der nicht groß genug gewesen war für das erhabene Ansinnen, sich dem richtigen Glauben anzuschließen, gegen die Widerstände der Zeit.

Jules wusste wohl, dass der heilige Jesus Christus die Tugend der Vergebung gelehrt hatte. So stand geschrieben in Matthäus, Kapitel 6, Vers 15: "So ihr den Menschen ihre Fehler vergebet, wird euch euer himmlischer Vater auch vergeben. Wenn ihr aber den Menschen nicht vergebet, so wird euch euer Vater eure Fehler auch nicht vergeben."

Doch vermochte er Selbiges? Vermochte er jenem Menschen zu vergeben, welcher ihm alles genommen hatte? Zuerst hatte jener mit seiner törichten Untat das Leben seiner, Jules', Mutter verspielt und hernach hatte er seinen verwaisten Sohn um die heilsame Wirkung des einzig wahren Glaubens und um das Andenken derselben beraubt. Vermochte er ihm diese Verfehlungen zu verzeihen?

Jules betrachtete seine eigenen, vor dem Bauch gefalteten Hände. Es waren gleichfalls die Hände eines greisen Mannes. In wenigen Jahren würde er sechzig Jahre zählen. - Étienne war unglaubliche achtzig Jahre alt geworden. Achtzig klägliche, sinnlos vergeudete Lebensjahre! -

Er trug nun selbst graues Haar, sein Körper bescherte ihm längst zahllose Leiden und er schätzte sich glücklich, seinen ältesten Sohn Gaspard zu haben, der bereits, obschon er erst dreiundzwanzig Jahre zählte, die Geschäfte übernommen hatte. Und doch, spürte er deutlich das Widerstreben bei dem Gedanken, Étienne zu vergeben.

So stand er eine lange Zeit und konnte sich nicht überwinden.

Schließlich fühlte er Eugéniés Hand auf seinem Arm. „Mein lieber Jules, lass uns nun ziehen."

276

XII.

„Der Wind hat die Sonne vertrieben.
Er reißt die Blätter von den Bäumen
und zerrt die Kälte hinter sich her.
Wie Schlangen windet sich Klammheit um die Menschen
und um ihre Herzen."

Adhmaid House, nahe Shanagarry, County Cork, Irland

Die Tage zogen dahin und wurden leise und unmerklich zu
Wochen. Das Wetter kündigte bereits vom nahenden Winter
und das Angesicht der Landschaft veränderte sich täglich.
Als die Blätter fast vollständig zu Boden gefallen waren, ihre
Leuchtkraft eingebüßt und sich in braunschwarzen Moder verwandelt hatten, der die Menschen knöcheltief einsinken ließ,
ragten nurmehr die nackten Skelette der Bäume wie traurige
Überreste vergangenen Lebens in den Himmel.
Ganze Tage versanken im Nebel und die klamme Kälte drang
unaufhaltsam selbst durch die schmalsten Ritzen und Fugen
der Türen und Fenster in die Häuser der Iren. Ob es nun stei-
nerne Gutshäuser waren, durch deren kalten Stein die Kälte
kroch oder verfallene Cottages aus Holz und Lehm, keines war
vor dem Eindringen dieser winterlichen Unannehmlichkeit
gefeit.
Wer Irland zu verlassen suchte, der musste sich nunmehr eilen, auf dass er den herannahenden Winterstürmen zuvor
kam.

Jene Unglücklichen, die solcherlei Möglichkeit nicht ergriffen hatten und durch den Ernteausfall ihrer bescheidenen Heimstätten beraubt worden waren, suchten verzweifelt Zuflucht in den trostlosen und überfüllten Armenhäusern, um dem erbärmlichen Hungertod oder dem erbarmungslosen Erfrierungstod zu entkommen. Das einst so grüne und stolze Irland präsentierte sich nun als einziges unendliches Tal der Tränen.

Auch in Adhmaid House drang die Kälte unerbittlich ein.

Stets mussten die Kamine mit Holz versorgt werden, um den Wind und den durch den Stein kriechenden Frost hinauszudrängen. Dies besorgte nun Sheehan.

Madeleine besuchte ihre Mutter mit beständiger Regelmäßigkeit und ließ ihr ihre Aufmerksamkeit in der Weise zuteil werden, wie es Dr. Baker geraten hatte.

Isabella war stets zugegen und bewunderte ihre Schwester im Stillen für deren Tatkraft. Es war ihr nicht möglich, sich der Mutter gegenüber in der gleichen Weise zu verhalten wie Madeleine es tat, doch half sie, wo sie konnte.

Sie bezog das Bett, wenn Madeleine Mutter aus dem Bett gehoben und sie behutsam zum Sessel am Fenster geleitet hatte.

Sie las Mutter vor, nachdem Madeleine sie geweckt hatte und während Madeleine sie wach hielt, ihr Tee einflößte und ihr das tiefe Atmen befahl.

Wenn Mutter dann von Hustenanfällen geschüttelt wurde, hielt sie im Lesen inne und reichte ihr Tücher, - nicht selten musste Lady Mary sich erbrechen von dem Husten -, und half im Anschluss, rasch alles frisch zu machen.

Die Mädchen wussten, dass die Besorgung dieser Aufgaben allein von ihnen abhing.

Der Vater, wohlwollend und bemüht, suchte die Mutter stets auf, wenn er im Hause verweilte, vermochte jedoch unglücklicherweise den strikten Anweisungen des Arztes nicht Folge zu leisten. Das Personal wagte es nicht, sich der Hausherrin zu nähern, geschweige denn ihr Befehle zu erteilen. Ferner gab es keinen Bediensteten, der für derart sensible Aufgaben ausersehen war. Indes gelang es Jules Dubois nicht, eine geeignete

Zofe für diese delikaten Dienste zu engagieren.

Ihnen zur Hand ging mit ebenso verlässlichem Tatgeist Margret. Die liebe, gute Margret. Mit unerschütterlichem Eifer und verlässlichem Tatgeist stand sie zur Seite und trug beständig Sorge dafür, dass stets frischer Kräutertee bereitstand. Ob es nun Thymian, Melisse, Minze oder Salbei war, stets hatte Margret eine heilende Tasse Tee zur Hand.

Sie hatte es sich zur Aufgabe gemacht, täglich in den ersten Stock hinaufzusteigen und den Raum zu belüften und die Temperatur konstant wohnlich zu halten. Hierzu scheuchte sie Sheehan hinauf und ließ ihn das Feuer im Kamin beaufsichtigen. Des Weiteren war sie stets darauf bedacht, getrockneten Lavendel und Thymian in großen Vasen aufzustellen.

Sie nahm die Wäsche entgegen und schrubbte sie am Waschtag wieder weiß und rein. Dabei war sie gewiss in Gedanken bei Colin und Carry, ihrem Sohn und ihrer Schwiegertochter, die sich aufgemacht hatten in die neue Welt ins ferne Amerika um ein neues Leben zu beginnen, mit dem Geld, dass Margret ihnen geschickt hatte.

Und die Bemühungen zeigten Wirkung. Lady Marys Zustand verbesserte sich in der Tat in durchaus erfreulicher Weise.

Wenn Vater heim kam von seinen Reisen, die ihn, wie er berichtete, zunächst nach Dublin und dann auch nach London geführt hatten, konnte er von Mal zu Mal Fortschritte der Genesung konstatieren.

Lady Mary war nun längere Zeit am Tag wach, auch gelang es ihr bereits sich mit etwas Unterstützung allein im Bett aufzurichten. Das Fieber war endlich gewichen und auch die drängenden Kopfschmerzen hatten an Heftigkeit verloren und waren nunmehr einigermaßen erträglich geworden.

Der Oktober ging auf seine letzten Tage zu und Oíche Shamhna[14] nahte.

Madeleine hegte eine innige Zuneigung zu den jahreszeitlichen Festlichkeiten.

Margret, treu der Tradition ihrer Vorfahren verbunden, pfleg-

---

[14] "Nacht von Samhain". Samhain ist ein altes keltisches Fest, das das Ende der Erntezeit und den Beginn des Winters markiert. Es wurde/wird am Abend des 31. Oktober gefeiert.

te die alten Bräuche mit tiefer Ehrfurcht.

Von Margret hatte Madeleine die Geschichten und Mythen der Festtage gelernt und liebte es, gemeinsam mit ihr die Ernte von Rüben und Kürbissen, die Sheehan aus dem Gemüsegarten hereingebracht hatte, einzukochen. Sie bereiteten haltbare Vorräte, welche sie durch die kalten Wintermonate begleiten sollten.

Während sie zusammen dies Werk verrichteten, erzählte Margret ihr hingebungsvoll von Jack Oldfield, einem listigen Burschen, der es gar vermochte, den Teufel höchstselbst hinters Licht zu führen.

Jedes Jahr höhlten sie auch einige Rüben und Kürbisse aus und schmückten damit Hof, Garten und Hauseingänge. Es wurden dann Kerzen hineingestellt, die den Garten auf zauberhafte Art vorwinterlich zierten.

Margret erzählte auch von dem Schabernack, den mancher in der Nacht vom 31. Oktober auf den ersten November trieb. Madeleine konnte sich das Vergnügen bildlich vorstellen, sie selbst indes durfte selbstverständlich nicht von Haus zu Haus ziehen und Streiche aushecken, wie es die Kinder in Margrets Geschichten taten.

Madeleine vermochte es leicht, sich den ehrwürdigen alten Pfarrer vorzustellen, der in jenem Dorf, in welchem Margret ihre Kindheit verlebt hatte, mit erhobenem Zeigefinger und grimmiger Miene von der Kanzel herab gepredigt hatte, dass die alten Bräuche der Vorfahren gegen die christlichen Lehren verstießen, wobei Margret bedauerlicherweise nicht zu sagen vermochte, wogegen die Bräuche verstießen. Sie offenbarte, dass sie wohl immer den Ruf der Kirchenglocken befolgt habe und andächtig zur Messe gegangen sei, gleichwohl sei vieles von dem, was dort gepredigt wurde, ihrem einfachen Verstand nicht zugänglich gewesen. Es waren wohl Gedanken und Lehren, die nur den vornehmen Ladies und Sirs verständlich waren, deren Häupter nicht allein zur Zierde auf ihren Hälsen ruhten, sondern zu höherem berufen schienen als jene des einfachen Volkes, dem sie sich zugehörig fühlte.

Als kurz nach Oíche Shamhna, Anfang November, Jules Dubois wieder einmal aus London heimkehrte, unternahm Andrew Cahill einen zweiten Anlauf. Er bat den Hausherrn, als dieser von seiner Visite aus Mrs. Dubois´ Schlafgemächern kam, um ein Gespräch.

„Gewiss hat es Zeit bis nach dem Dinner?" Mr. Dubois wirkte recht beschwingt. Offenbar hatte sich der Gesundheitszustand seiner Gemahlin im Vergleich zu seiner Abfahrt vor zwei Wochen verbessert.

„Wenn Sie womöglich jetzt kurz Zeit hätten? Ich beabsichtigte aufgrund des Umstands, dass morgen mein freier Tag ist, in einer Stunde nach Cork aufzubrechen", sprach Andrew Cahill lavierend.

„Nun, dann auf ein Wort in meinem Arbeitszimmer." Mr. Dubois schritt zielstrebig vor ihm her.

Andrew Cahill erachtete es als erstaunlich, welchen bemerkenswerten Wandel dieser Mann, während der Zeit seiner, Andrews, Anwesenheit im Hause Dubois genommen hatte.

Noch vor wenigen Wochen hatte er sich schweigsam, missgestimmt und schroff gezeigt, wenn er nicht, wie zumeist, durch Abwesenheit glänzte.

Seit einigen Wochen jedoch konnte man ihn auf das Trefflichste als zuvorkommend, tatkräftig und außerordentlich präsent bezeichnen. Seither fand er sowohl Zeit als auch Muße, sich den Angelegenheiten seiner Familie mit lobenswerter Aufmerksamkeit zu widmen. Andrew entschied jedoch, es wäre indes womöglich ungerecht, ihm zu unterstellen, diese löblichen Eigenschaften würden sein Wesen erst seit jüngster Zeit prägen. So war es durchaus denkbar, dass auch in vergangenen Tagen Zeiten solcher Umgänglichkeit und Hingabe existierten, von denen Andrew nichts wusste.. Er, der ihn erst seit kurzer Dauer kannte, hätte kaum die berechtigte Grundlage, über den Charakter und die Verhaltensweisen dieses Mannes in früheren Zeiten zu urteilen.

Mr. Dubois schloss die Tür sorgfältig hinter Andrew Cahill und trat an den Mahagonischreibtisch seines Zimmers. Er legte seine Fingerknöchel auf die glänzende Tischfläche und setzte sich dann bedächtig zurückgelehnt in den Sessel.

"Mr. Dubois", begann Andrew in gemessenem Ton. "Erlauben Sie mir, Ihnen mitzuteilen, dass ich eine Schwester habe, die derzeit in Cork verweilt. Sie ist noch recht jung, etwas älter als Ihre Töchter, und sie ist unlängst aus London hierher übergesiedelt. Die ehrenvolle Aufgabe ihrer Vormundschaft obliegt mir, und ich vermochte es nicht, sie für längere Zeit allein in der großen Stadt zu belassen." Er hielt inne, um die Reaktion seines Gegenübers abzuwägen.

„Ja?" Jules Dubois blickte ihn mit einer ausdruckslosen Miene an.

„Meine Schwester hat sich recht gut eingelebt, jedoch mangelt es ihr an Gesellschaft", fuhr er fort. „Sie liebt Theaterbesuche und Konzerte. Sie benötigt eine Freundin, die ihr zur Seite steht und sie begleitet."

Mr. Dubois' Gesichtsausdruck blieb undurchdringlich. „Sie denken also, dass meine Töchter hierfür in Betracht kämen?"

„Nun", erwiderte er. „Meine Überlegung war, dass Miss Madeleine möglicherweise zu jung für solche Unternehmungen sein könnte, doch Miss Isabella hätte vielleicht Freude daran, das Theater zu besuchen oder einer anderen Zerstreuung nachzugehen. Womöglich könnte dies eine günstige Verbindung sein."

„Ich werde diese Angelegenheit mit Mrs. Dubois besprechen und Ihnen morgen unseren Entschluss mitteilen," antwortete Mr. Dubois, sich erhebend. Das Gespräch war somit beendet.

Nach dem Abendmahl war Jules Dubois in merklich wohlerem Befinden. Die Reise von London gen Adhmaid House gestaltete sich bei den herrschenden Witterungsbedingungen und dem damit einhergehend elenden Zustand der Wege wahrlich wenig erfreulich.

Nunmehr jedoch verspürte er den Wunsch, erneut Mary aufzusuchen und einige kostbare Augenblicke in ihrer Gesellschaft zu verbringen.

Es war in der Tat erstaunlich, wie sehr sich ihr Zustand gebessert hatte.

282

Obwohl ihm stets gegenwärtig war, was Dr. Baker ihm eingehend erklärt hatte, so mangelte es ihm doch an der Befähigung, den ärztlichen Anweisungen nachzukommen.

Freilich war Dubois weder eine professionelle Krankenpflegerin noch eine dienstbare Zofe.

Doch zu seinem großen Glück hatte er zwei Töchter, die es offenbar zustande brachten, jene pflegerischen Maßnahmen umzusetzen.

Wie und auf welche Weise sie dies im Einzelnen vermochten, entging seiner genauen Kenntnis, und vielleicht war es auch besser so. Denn letztlich oblag es einem Gatten nicht, alles in den tiefgreifenden Einzelheiten zu wissen.

Es war jedoch unumstößlich und offenkundig, dass es ihnen gelang, Marys Zustand erheblich zu verbessern. Diese erfreuliche Entwicklung ließ sich keinesfalls leugnen

Er klopfte an und öffnete die Tür zu Marys Gemächern.

An ihrem Bett saß Martha, oder wie auch immer die Köchin heißen mochte. Ein befremdliches Bild bot sich ihm dar: Was, in aller Welt, hatte die Köchin an seiner Gattin Lager zu suchen? Mit einem unerbittlich strengen Blick bedachte er sie.

Martha erhob sich - obgleich ihres nicht unerheblichen Umfangs - mit einer für ihre Gestalt bemerkenswerten Behändigkeit und machte ehrerbietig einen tiefen Knicks.

Mary schlief.

„Mrs. Dubois hat soeben etwas Suppe zu sich genommen, nun ist sie ermüdet eingeschlafen. Ich wollte mich gerade zurückziehen", erklang die geflüsterte Erklärung der Köchin.

„So möge sie dies in der Tat tun", erwiderte er in dem ihm angemessen erscheinenden schroffen Ton. Schließlich war es unerlässlich, dass das Dienstpersonal in seinen Schranken gehalten wurde. Darüber hatte er keinerlei Zweifel.

Nachdem Martha - ja, nun war er sich über ihren Namen sicher - den Raum leise verlassen hatte, nahm er selbst den Platz auf dem Stuhl an Marys Bett ein.

Auf dem kleinen Tischchen neben ihr stand noch die Schale mit der Suppe, bei welcher er unzweifelhaft feststellen konnte, dass Mary nur einige wenige Löffel davon zu sich genommen hatte. Daneben erblickte er eine Tasse Tee. Jedoch keineswegs jener Tee, den er selbst gerne trang, sondern ein Gebräu, welches einen eigentümlichen Geruch verbreitete. Es gemahnte an Krankheiten.

Der Raum war matt erleuchtet von flackerndem Kerzenschein. Die Vorhänge standen offen, wie es Mary stets verlangte, und boten freien Blick auf die rabenschwarze Nacht.

Offenbar hatte Martha unlängst gelüftet, denn die Frische der Nachtluft hatte eine angenehme Kühle mit sich gebracht. Doch der Duft der Kräuter, die in verschiedenen Vasen im Raum standen, breitete sich bereits wieder aus.

„Du bist zu streng zu Margret...", hörte er plötzlich Marys flüsternde Stimme in die Schatten des Zimmers hinein. Ihre Augen blieben weiterhin geschlossen, als spräche sie im Halbschlaf.

Margret? Ja wahrlich, sie hieß Margret, sinnierte er flüchtig. Doch zu streng? „Vielmehr wundere ich mich, was die Köchin in deinem Schlafzimmer zu schaffen hat!", entgegnete er mit nicht geringer Vehemenz.

Mary öffnete ihre Augen nicht, doch ein feines Lächeln umspielte ihre blassen Lippen. „Margret kümmert sich sehr aufopferungsvoll um mich und geht den Mädchen zur Hand, wenn sie Hilfe benötigen", flüsterte Mary.

"Aber ... das ist doch kein Zustand, es ist doch lediglich die Köchin. So etwas hätte es in meinem Elternhaus niemals gegeben!", empörte sich Jules Dubois. "Sie mag dich versorgen, doch daran anschließend hat sie sich umgehend wieder in die Küche zurückzuziehen. Was maßt sie sich an, sich an dein Bett zu setzen?"

Seine Frau jedoch zeigte sich von seiner Erregung völlig unberührt. Mit einer sanften Stimme, die von Ermüdung gezeichnet war, entgegnete sie: "Ihr hattet damals Butler und Zofen." Das Sprechen schien ihr offensichtlich große Anstrengung zu bereiten.

„Was ist denn mit der Haushälterin? Ich finde es wirklich unpassend und gänzlich unangemessen, dass die Köchin hier herauf kommt", fuhr er fort, seinen Unmut über diese Sache kundzutun.

Mary jedoch antwortete nicht mehr. Ein gleichmäßiges und ruhiges Atmen zeugte davon, dass sie erneut in einen friedlichen Schlaf geglitten war.

Jules verharrte einige Zeit schweigend an ihrer Seite und betrachtete sie.

Gerade als er darüber nachdachte, dass es besser sei, sie schlafen zu lassen, vernahm er wieder ihr Flüstern. „Erzähl mir doch etwas ...“

Wovon sollte er erzählen? Von London? Gewiss nicht, denn es wäre unangebracht, die belastenden Geschehnisse der Stadt zu thematisieren. Und noch unangebrachter, sie mit seinen geschäftlichen Angelegenheiten zu behelligen. Solcherlei Dinge brauchten seine Gattin nicht zu interessieren. Auch das Wetter bot keinen erbaulichen Gesprächsstoff. Da kam ihm das kürzliche Gespräch mit dem Lehrer in den Sinn. Sollte er Mary damit behelligen? Mangels eines besseren Themas erschien es ihm schließlich vertretbar. „Der Lehrer ...“ begann er.

„Mr. Cahill“, sprach Mary leise.

„In der Tat, Mr. Cahill trug das Anliegen an mich heran, ein Gespräch mit mir zu führen.“ Er suchte nach Worten, während Mary schweigend horchte.

„Hm ...“, machte Mary nur, sie hatte offenkundig keine Kraft, sich weiter zu äußern.

„Mr. Cahill erwähnte, Isabella könnte geneigt sein, seiner Schwester Gesellschaft zu leisten, die sich in Cork noch nicht heimisch fühlt, und sie vielleicht ins Theater zu begleiten ...“ Er wartete ab, um ihre Reaktion abzuschätzen. Doch Mary rang ganz offensichtlich bereits heftig mit der Müdigkeit.

So sprach er weiter. „Nun, ich teilte ihm mit, dass ich diese Angelegenheit mit dir erörtern werde. Doch ist uns seine Schwester ganz und gar unbekannt und ob die Familie des Lehrers eine angemessene Gesellschaft für Isabella ist ... das bleibt ungewiss.“

„Sie pflegt mit niemandem sonst Gesellschaft ...“

„Das ist sicherlich ein zutreffender Punkt“, musste Jules einräumen. „Würdest du also deine Zustimmung erteilen?“ In nahezu jeglicher Angelegenheit, erschien es Jules Dubois nicht als erforderlich oder geboten, Mary nach ihrer Meinung zu fragen, jedoch wenn es um die Erziehung der Mädchen ging, dann mochte dies etwas anderes sein.

„Isabella würde sich auf diesem Wege vielleicht der Gelegenheit erfreuen, in angenehme Bekanntschaft zu treten, welche ihr Freude bereitet …“

„Doch bedarf sie dessen wirklich?“

„Einst wird die Zeit kommen … da es unumgänglich wird, dass sie Bekanntschaften schließt, … außerhalb des Elternhauses … Schließlich soll sie … auch einmal in die Ehe treten …“ Die Worte kamen Mary offensichtlich schwer über die Lippen.

„So befürwortest du dieses Unterfangen?“

„Es könnte von Vorteil für sie sein.“

„Wenn du dies also so erwägst …“

Sie schloss die Augen und schwieg.

„… erscheint es auch mir ratsam, den Versuch zu wagen.“

Tallwood Manor bei Haverhill, England November 1847

Die Feierlichkeiten zu Allerheiligen, welche Laurence Huton, wie alle christlichen Feiertage, im Kreise seiner Familie beging, waren unlängst vergangen, und auch jene kleine Feier zu Laurences und Madeleines vierundzwanzigstem Geburtstag war im Kreise der Familie begangen worden. Nun kehrte der übliche Alltag ein auf Tallwood Manor.

Es erschien Laurence in dieser Zeit besonders bedeutsam auf Tallwood Manor zu verweilen, da seine Schwester in, von denen er nicht wollte, dass sie mit ihnen allein stand. Sie würde schließlich ihre Entscheidung allein treffen müssen, doch immerhin besaß sie in ihm einen vertrauten Gesprächspartner.

Indes war auch er gehalten, Entscheidungen von erheblicher Tragweite zu fällen, die ihm indes nicht minder schwer fielen. Cara harrte seiner Antwort, und das bedeutende St. Vincent´s Hospital erwartete seine Ankunft binnen Wochenfrist oder, gleichwohl, seine Absage.

286

Während er lässig durch die trübe Novemberkälte über den Innenhof von Tallwood Manor schlenderte, die Hände in den Manteltaschen, den Kragen hochgeschlagen, in Richtung Stallungen, entschied er, dass er heute einen Entschluss fassen musste.

Er trat an eine der Seitentüren des größeren Stalles heran und schob den Riegel zur Seite. Er öffnete die knarrende Tür und trat ein. Drinnen war es beinahe behaglich, besonders, wenn man aus der ungemütlichen, klammen Kälte hereinkam.

Das Heu und das Stroh verströmten ihre Gerüche nach Wärme. Die Pferde, die hier gehalten wurden, wieherten leise und raschelten in Heu und Stroh. Man hörte das Scharren und Klappern ihrer Hufe auf den Steinen der Boxen und das Klappern und Knarren des Holzes, wenn sie ihre Stalltüren streiften.

Laurence war einem Ausritt für gewöhnlich keineswegs abgeneigt, indes war er heute aus einem anderen Grunde hier, wie bereits die vergangenen Wochen und Tage. In einer der Boxen, die derzeit leer stand, hatte eine der Hündinnen Welpen zur Welt gebracht. Diese waren nun bereits etwa zehn Wochen alt und begannen begierig, ihre Umgebung zu erkunden, obgleich sie noch immer auf rührende Weise entzückend waren.

Er hegte nicht dieselbe Zuneigung für sämtliche Hunderassen. Insbesondere die Jagdhunde Seiner Lordschaft fanden bei ihm wenig Anklang. Doch diese jungen Welpen besaßen eine besondere Wirkung auf ihn. Es war offenkundig, dass diese Hundekinder einstmals zu stattlichen, kräftigen und fordernden Tieren heranwachsen würden, die gleichermaßen wachsame Beschützer wie auch treue Begleiter wären. Keine einfältigen, lärmenden Treiber sollten sie werden, sondern verlässliche Hunde. Noch freilich waren sie nichts weiter als drollige, verspielte, schwarze Wollknäuel.

Laurence Vater hegte eine wahrhafte Leidenschaft für Hunde, jedoch nur für auserwählte Rassen und keine anderen. In hingebungsvoller Bemühung züchtete er diese Tiere sorgfältig, ließ sie von seinen Knechten ausbilden und handelte mit ihnen. Sie begleiteten ihn auf die Jagd, und es bereitete ihm großen

Genuss, stundenlang über die Tugenden und Vorzüge seiner geliebten Tiere zu parlieren.

All dies hingegen war Laurence´ Sache nicht. Er konnte stattdessen Stunden, Tage und Wochen damit zubringen und dafür aufwenden, eigenhändig ihre Erziehung und Ausbildung zu übernehmen.

Nun stand er an die Stalltür gelehnt und betrachtete die kleine Schar verspielter Welpen. Es waren fünf an der Zahl. Auf den ersten Blick mochten sie sich sehr ähneln, betrachtete man sie indes eingehender, so stellte man fest, wie sehr sie sich in ihren Wesensarten unterschieden.

Nach einer Weile stieß Laurence behutsam die Tür auf und ließ sich zu den Hunden nieder.

Die Mutterhündin hatte seine Präsenz seit geraumer Zeit in Gänze akzeptiert, und die Welpen liebten es sichtlich, sich voller Frohsinn um ihn zu tummeln, sobald er anwesend war.

Unter diesen kleinen, ausgelassenen Geschöpfen schien einer der Welpen eine besondere Vorliebe für ihn zu entwickeln. Dieser Welpe betrachtete Laurence stets mit einem prüfenden Blick, aus leicht geneigtem Kopf und von unten heraufschauend. Bald darauf hüpfte er freudig-enthusiastisch auf ihn zu. Diese Sympathie beruhte auf Gegenseitigkeit. Dieser Welpe hatte es Laurence besonders angetan. Er hatte trotz des braunschwarzen Felles ein weißes Pfötchen und einen feinen weißen Streifen nahe der Schnauze.

Er hatte an jenem Tag, als die Welpen zum ersten Mal mit ihm tobten, den Entschluss gefasst, dass er dieses Tier seinem Vater abtrotzen würde.

Er konnte sich lebhaft vorstellen, wie er diese kleine Hündin, mit nach Dublin nehmen würde, wie sie ein kleines Häuschen oder eine Stadtwohnung beziehen würden und er täglich seiner Tätigkeit am Hospital nachgehen würde, während Lizzy die Köchin, die er einzustellen gedachte, bis an den Rand ihrer Geduld treiben würde.

Nach getaner Arbeit, so träumte er weiter, würde er gemeinsam mit Lizzy - ein Name, der sich auf wunderbare Weise für das kleine Geschöpf zu eignen schien - durch die Straßen und

288

Gassen Dublins streifen. Gemeinsam würden sie die Stadt in all ihren Facetten erkunden, während er sich ein Leben als angesehener Mediziner aufbauen würde.

Er unterbrach sich selbst in seinem Gedankenspiel. Erneut war er jener Träumerei nachgehangen, die sich fortwährend in seinen Geist drängte.

In diesen Gedanken spiegelte sich nicht nur seine Zuneigung zu dem Welpen wider, sondern auch seine Sehnsucht nach einem selbstbestimmten Leben fern des väterlichen Einflusses, dies war ihm durchaus bewusst. Dublin bot in der Tat vielversprechende Möglichkeiten für einen jungen Mediziner von Stand. Die Entwicklung moderner Krankenhäuser machte Dublin zu einem attraktiven Ort für ambitionierte Ärzte. Es war ja jenes Leben, das er so inständig herbeisehnte, jene Vorstellung von Glück, die ihn verfolgte.

Doch wie, so fragte er sich, sollte er diesen Traum zur Wirklichkeit werden lassen? Wenn er diesen Weg beschritt, drohte ihm die Gefahr der Verstoßung durch seine eigene Familie. Die vertrautesten Freunde seiner Eltern würden ihm mit unversöhnlichem Zorn begegnen, und es war nicht ausgeschlossen, dass sie sich gar von seinen Eltern abwenden könnten.

Eliza, die ihm immer die wichtigste Vertraute gewesen war, würde durch solch einen Schritt in eine überaus schwierige Lage geraten, sollten sie weiterhin in Verbindung bleiben. Und konnte er es ertragen, auf Eliza zu verzichten, auf den Menschen, der für ihn stets das Wichtigste auf Erden gewesen war?

Der Preis für ein solches Glück erschien ihm unermesslich hoch – so hoch, dass er möglicherweise jenes ersehnte Glück nicht mehr als solches empfinden könnte.

Und letztlich, so erkannte er, hing alles in entscheidendem Maße davon ab, wie Eliza sich entschied.

Diese Entscheidung lag jenseits seines Einflusses, und er konnte und wollte keinen Einfluss darauf nehmen.

Sollte Eliza Tom ehelichen, würde jeglicher Kontakt zu ihm unmöglich werden, wenn er sich weigerte, Cara zu heiraten. Verhielte es sich jedoch so, dass Eliza sich gegen Tom entschied und auch er Cara nicht zur Frau nehmen würde, dann stünde ihnen beiden zweifelsohne der Bruch mit der Familie bevor.

Doch welch ungewisse Zukunft würde ihnen dann bevorstehen? Er selbst mochte vielleicht eigenständig Fuß fassen. Jedoch musste er sich durchaus fragen, welch entbehrungsreiches Leben seine Schwester als verstoßene Tochter zu erwarten hätte. Sollte er andererseits Cara ehelichen und Eliza sich gegen die Vermählung mit Tom entscheiden, so wäre ihre beiderseitige Situation abermals unhaltbar.

Gewiss sollte er seine Entscheidung unabhängig von seiner Schwester treffen, doch diese Vorstellung erschien ihm gänzlich unmöglich. Jene Entscheidung würde in jedem Fall zwangsläufig Einfluss auf den Entschluss von Eliza haben und ebenso umgekehrt. Diese wechselseitige Abhängigkeit ihrer beider Entscheidungen verstrickte ihn in einen unlösbaren Konflikt.

Wie sein Leben an der Seite von Cara aussehen würde, hatte er sich bereits zur Genüge ausgemalt und er konnte keineswegs behaupten, dass ihm dieser Gedanke zusagte.

Gleichwohl stellte es auch keine Perspektive dar, die ihn in Verzweiflung stürzen sollte. Denn – wie Seine Lordscahft unmissverständlich zu verstehen gegeben hatte, konnte er nach der Heirat tun und lassen, was er beliebte. Doch würde er nach dem Ehebund sein zuvor gegebenes Wort an Cara brechen, so wäre dies für sie über alle Maßen enttäuschend und führte unweigerlich zu einer Entzweiung, und so wiederum wollte er ebenfalls nicht leben.

Hinzu kam, dass die bloße Vorstellung, sein Ehrenwort später brechen zu müssen, ihn in große Gewissensnöte stürzte. Laurence wollte kein Versprechen geben, das er nicht auch wahren konnte, und ebenso wenig wollte er ein gegebenes Ehrenwort brechen. Sollte er sich also zur Heirat mit Cara entschließen, so müsste diese Entscheidung fest in dem Willen verankert sein, sein Wort zu halten. Doch gerade diese Entscheidung fiel ihm unsäglich schwer, wie er sich eingestehen musste.

Die bindende Konsequenz einer solchen Entscheidung bedeutete, seinen Lebenstraum, Arzt zu werden, aufzugeben. Er müsste sich ein für alle Mal von seinen Plänen abwenden, die medizinische Versorgung der unteren Gesellschaftsschichten zu verbessern. Und wer sollte sich dann dieser eminent wichtigen Aufgabe annehmen?

Wer kümmerte sich um das Wohl der Menschen in den elenden Slums und ärmlichen Vierteln der Städte? Wer bekümmerte sich um die Gesundheit der zahllosen Kinder armer Leute, die dahinschieden, ohne dass sich ihnen jemals ein Arzt zugewendet hatte? Und wer wäre er noch, was wäre sein Leben noch wert, wenn er seine Berufung nicht würde ausüben können?

Er wusste, dass ihm das Potenzial innewohnte, etwas von Bedeutung zu erreichen. Als Sohn eines Marquess besaß er gute Aussichten, auf die oberen Gesellschaftsschichten Einfluss auszuüben und dort tatsächlich Veränderungen zu bewirken. Doch all diese vielversprechenden Perspektiven würden zunichtegemacht, sollte seine Familie ihn verstoßen.

Wie er es auch drehte und wendete, der Weg schien ihm gänzlich ausweglos. In seiner Trübseligkeit wünschte er sich einen Ausweg. Just in diesem Moment näherte Lizzy sich ihm und stupste sanft mit ihrem weichen Köpfchen gegen seine Hand, als wollte sie ihn dazu ermuntern, die drückenden Gedanken beiseite zu schieben und stattdessen mit ihr zu spielen.

Er seufzte schwer. „Was weißt du schon, kleines Wollknäuel?"

Doch musste er schließlich, obgleich seiner düsteren Stimmung, ob dieser naiv-unschuldigen Geste lächeln.

Sie war zu drollig. Mit ihren großen, schwarzen Augen blickte sie ihn treuherzig an und schnappte mit ihren spitzen, winzigen Welpenzähnchen spielerisch nach seinen Fingern. Für einige Minuten vergaß Laurence seine schwerwiegenden Überlegungen, während er sich dem Spiel mit dem Hundewelpen hingab.

Trotz ihrer Winzigkeit zeigte sie sich ausgesprochen großspurig, als ahne sie wohl nicht, wie klein und unschuldig sie noch war. Es entlockte ihm ein Lächeln zu beobachten, wie dieser winzige Vierbeiner sich bereits aufspielte, als sei er ein gestandener, ausgewachsener Hund.

Schließlich ließ sich das kleine Wesen von ihm aufnehmen und in den Arm nehmen, um sanft gestreichelt zu werden. Er ließ seine Finger durch ihr glattes, weiches Fell gleiten und drückte sie zärtlich an sich. Unter dem weichen Pelz fühlte sie sich noch so zart und klein an, beinahe zerbrechlich.

Mit ihren tiefschwarzen Augen blickte sie ihn unverwandt und zugleich vertrauensvoll an, als könne sie in seine Seele blicken und all seine Sorgen verstehen.

„Ach Lizzy," flüsterte er. „Würde ich dich an meiner Seite wissen, so verschmerzte ich es vielleicht, nicht meiner ärztlichen Berufung folgen zu dürfen. Doch die Vorstellung, auf ewig von Eliza getrennt zu sein, dass ertrage ich gewiss nicht."

Angesichts der ausweglosen Umstände schien es das geringste Übel für ihn und Eliza zu sein, wenn er sich entschlösse, Cara zur heiraten. Selbst in dem Falle, dass Eliza von der Verbindung mit Tom letztlich absehen würde, bliebe ihm doch die Möglichkeit, selbst über den Fortbestand des Kontakts mit ihr zu entscheiden. Dies erschien als der einzige Weg, mit dem er die Fäden des Schicksals selbst in die Hand nehmen könnte, anstatt anderen die Macht zu überlassen, über sein und Elizas Geschicke zu bestimmen.

„Ja, meine liebe Lizzy, das Wichtigste ist doch, dass man die Zügel des Lebens selbst hält. Ist es nicht so, kleines Wollknäuel?" Mit zärtlicher Hand strich er über ihr weiches Fell. „Es wird sich eben ein Weg finden, meine Bestrebungen zu verwirklichen. So muss ich wohl den Weg ins Parlament wählen und als Politiker meine Ideale verfolgen. Das wird die liebe Cara wohl nicht verneinen können? Doch du musst mich begleiten. Den alten Marquess gilt es noch für unser Vorhaben zu gewinnen."

Adhmaid House, nahe Shannagarry, County Cork, Irland

Isabella hatte noch niemals eine Verabredung gehabt. Nun sollte sie die ihr gänzlich fremde Schwester von Mr. Cahill treffen und mit ihr die Gunst haben, einer musikalischen Darbietung in Cork beizuwohnen. Isabella war auch noch niemals zuvor in einem Konzert gewesen, und es schien ihr schier unbegreiflich, dass Mutter und Vater dies gestattet hatten. Doch hierrüber konnte sie in diesem Augenblick nicht grübeln, denn es stand die bedeutende Aufgabe bevor, eine angemessene Robe für diesen überaus festlichen Anlass zu wählen.

Sie war nicht völlig im Klaren darüber, ob sich inmitten all der regenden Aufregung auch ein Hauch von Freude verbarg. Doch ja, gewiss musste es so sein, denn ein inneres Streben, dieser Einladung Folge zu leisten, war unbestreitbar.

In zwei Stunden würde Sheehan sie mit der Kutsche in Begleitung von Miss Coughlan nach Cork zur Konzerthalle chauffieren. Ob Miss Coughlan wusste, wie man sich zu solch einem Anlass kleidete?

Wie konnte sich ein Leben auf einen Schlag derart verändern? Eben noch hatte ihr Leben einzig darin bestanden ihren Schwestern Gesellschaft zu leisten, ihre Lektionen zu studieren und die kranke Mutter zu umsorgen, und nun sollte sie nach Cork reisen, nur begleitet von Miss Coughlan, um eine bislang unbekannte Person zu treffen und ein Konzert zu besuchen. Ein Konzert! Wie oft hatte sie sich in Tagträumen ein solches Vergnügen ausgemalt. Musik kannte sie lediglich von den Stunden, in denen sie die Violine studierte. Doch Miss Henderson, ihre Lehrerin an der Violine, hatte ihr und Madeleine lebhafte Berichte von Konzerten in den illustren Städten London und Paris geliefert, an denen sie selbst konzertiert hatte. Miss Henderson sprach von gewaltigen Sälen, erleuchtet von der Pracht hunderter Kerzen und Kronleuchter, deren Licht sich in den Augen der Besucher brach. Die gepolsterten Sessel, glattgesessen von den vielen Connaisseuren, die darauf Platz genommen hatten. Balkone, von denen aus man eine prächtige Sicht genoss. Vorne fanden sich die Musiker auf der Bühne, und nicht etwa ein einzelner oder nur zwei, sondern ganze Orchester, die gemeinsam in melodischem Einklang spielten.

Wie betrüblich nur, dass Madeleine sie nicht begleiten konnte. Wie gerne hätte sie sie bei sich gehabt. Gemeinsam hätten sie später jene Augenblicke Revue passieren lassen und in Erinnerungen geschwelgt.

Unzweifelhaft würde Madeleine in der Lage sein, anregende Gespräche zu führen, fänden sie sich in der Gesellschaft von Mr. Cahill's Schwester. Doch nun würde es ihr selbst obliegen, in einen zerstreuenden und anregenden Gedankenaustausch zu gelangen – eine Unternehmung, die ihr gewiss nicht mühelos gelingen konnte, da dies ihren Wesen weit weniger entsprach als Madeleines, und da sie Miss Cahill zuvor niemals begegnet war.

Mr. Cahill hatte seine Schwester als freundlich und gesellig beschrieben. Sie sei im zarten Alter von Mitte zwanzig, und, so hatte er versichert, trotz der geringen Jahre Isabellas, welche kaum achtzehn Jahre zählte, sei zweifelsohne eine ungezwungene Konversation durchaus zu erwarten.

Als sie schließlich in der Kutsche Platz genommen hatte, ihr gegenüber saß Miss Coughlan, war die Aufregung schier unerträglich.

Immerhin hatte Miss Coughlan ihr geholfen, ein Kleid auszuwählen. So war sie sich wenigstens hinsichtlich ihrer Garderobe sicher, keinen schlechten Eindruck hinterlassen.

Die Fahrt schien ihr eine Ewigkeit zu dauern. Fast meinte sie, Sheehan müsse eine falsche Abzweigung genommen haben.

Immer weiter ging es über holprige Landstraßen, an brach liegenden Feldern vorbei und durch kleine Waldstücke hindurch, während die Sonne allmählich hinter dem Horizont verschwand und schließlich nur noch ein fahler Schein umgeben von rosa und grauen Tönen auszumachen war.

Der Wind zog durch die Ritzen des Kutschengehäuses und Isabella fror. Sie zog ihre Mantille fest um sich.

Auch Miss Coughlans Miene wirkte nicht, als würde ihr die Fahrt Vergnügen bereiten. Sie musste ebenfalls frieren. Miss Coughlan war indes keine sonderlich gesprächige Person und Isabella war in Gedanken längst in der Konzerthalle angelangt. So verlief die Fahrt sehr schweigsam.

Als Isabella sämtliche Knochen von dem Geruckel der Kutsche schmerzten und die Schatten der Nacht sich längst über die Landschaft gelegt hatten, erreichten sie die geschäftige Stadt Cork.

Nach der langen Reise über holprige Sandwege und unwegsame Pfade war die Fahrt über Corks Kopfsteinpflaster schon bedeutend angenehmer. So rumpelte die Kutsche wenigstens

294

nicht mehr durch tiefe Löcher und Furchen und über grobe Steine, von denen die Sandstraßen und Sandwege übersät waren.

Die Straßen waren vom fahlen Licht unzähliger Laternen nur dürftig beleuchtet, die milchige Lichtkegel auf das Kopfsteinpflaster warfen.

Für Isabella war Cork eine Stadt von unermesslicher Größe und schier überwältigender Geschäftigkeit, die in ihrer Vorstellungswelt keine Entsprechung fand. Gleichwohl hatte Madeleine ihr erzählt, dass Margret felsenfest behauptete, es gäbe Städte von weit unermesslicherer Ausdehnung, welche wesentlich mehr weltbürgerliche Bedeutung entfalteten. Isabella hegte Zweifel an dieser Behauptung, jedoch vermochte sie nicht mit Sicherheit zu bestimmen, ob zutraf, was Margret berichtete.

Es waren noch viele Bürger Corks unterwegs. Geschäftige Menschen und lärmende Kinder jeden Alters gaben dem nächtlichen Treiben eine eigenartige Lebendigkeit. Wieder und wieder vernahm Isabella die gedämpfte Stimme Sheehans, der mit höflicher, aber bestimmter Autorität die Passanten aufforderte, auszuweichen.

Isabella starrte gebannt aus dem Fenster um alles zu sehen, was es zu sehen gab. Es war ihr ein Rätsel, weshalb jene Kinder in der Dunkelheit allein in den Straßen umherstreiften. Hier und da konnte man in ärmliche Gewänder gehüllte Gestalten sehen, welche sich lethargisch an die Hauswände lehnten, als harrten sie auf etwas Ungewisses.

Viele der Kinder, deren Anblick sich ihr darbot, waren in kurzen Hosen und ohne jegliches Schuhwerk bei diesem unwirtlichen Wetter auf den Straßen unterwegs.

Insgesamt waren sie nur unzulänglich gegen die Kälte gekleidet, da sie keine Mäntel trugen, obwohl manche wenigstens Wolltücher um ihre Schultern geworfen hatten. Isabella empfand tiefe Beklemmung angesichts dieser trostlosen Szenen. Sie war insgeheim dankbar, dass ihr Dasein fern dieser Stadt verlief und sie somit nicht täglich mit solch drückendem Elend konfrontiert wurde.

Ein alter Mann, dem das harte Leben deutliche Spuren ins

Gesicht gegraben hatte, kämpfte sich ächzend und stöhnend über die Straße. Er trug zerschlissene Hosen und ein ausgefranstes Hemd, während er einen hölzernen Karren vor sich herschob, beladen mit einer schwarzen Last, die wohl Kohle war. Diese mühsame Unternehmung zwang Sheehan, die Pferde zu zügeln, bis der Mann mit seinem Karren die Straße überquert hatte.

Schließlich und endlich gelangten sie zur letzten Abbiegung, und Isabellas Herzschlag beschleunigte sich vor Aufregung ins Unermessliche. Voller gespannter Erwartung wippte sie mit ihren Zehen in den zierlichen Schuhen, ihre Vorfreude kaum zügelnd, erahnte sie doch die baldige Ankunft und das Ende der langen Reise.

Als sie näherkamen, sah Isabella, dass sich bereits eine beträchtliche Anzahl Menschen eingefunden hatte, gewiss, um den Einlass zu erwarten. Die Herren und Damen waren in ihrer besten Garderobe erschienen, Mäntel legten sich über elegante Kleider und prächtige Fracks, soweit Isabellas Blick dies erfassen konnte.

Sheehan ließ die Kutsche anhalten und sprang herab, um sogleich die Tür zu öffnen. Isabella ließ sich hinaushelfen und Miss Coughlan folgte ihr.

Isabella sah sich suchend um. Mr. Cahill hatte ihr zugesichert, er werde gemeinsam mit seiner Schwester auf ihre Ankunft warten. Sobald sie zueinander gefunden hätten, so hatte er geäußert, würde er sich verabschieden, da andere Verpflichtungen ihn an diesem Abend riefen. Da erblickte sie ihn bereits, in Begleitung einer ihr unbekannten Dame.

Gewiss, es musste seine Schwester sein. Auch Mr. Cahill hatte sie inzwischen ausgemacht und lenkte seine Schritte auf sie zu.

Mit steigender Neugier betrachtete Isabella die junge Dame, die in vertraulicher Nähe zu Mr. Cahill auf sie zu trat. Die Ähnlichkeit zwischen den beiden Geschwistern war nicht zu leugnen, gleichwohl Jane Cahill viel jüngeren Alters war. Zudem besaß sie eine so hinreißende Anmut und Schönheit, dass Isabella unweigerlich wie gebannt auf sie starrte. Sie musste sich beinahe zwingen, ihren Blick von der schönen Jane abzuwenden und sich Mr. Cahill zuzuwenden.

„Miss Isabella, darf ich Ihnen meine liebe Schwester Jane vorstellen?“

„Sehr erfreut.“ Isabella knickste höflich.

Nachdem sie einige Worte gewechselt hatten, stellte Mr. Cahill fest, dass es nun Zeit war, den Saal zu betreten. Auch die anderen Gäste begannen, sich gemächlich in Richtung des weit geöffneten Portals zu bewegen und verschwanden nach und nach im Inneren des prächtigen Gebäudes.

Sie verabschiedeten sich von Mr. Cahill und Isabella folgte Miss Jane in Richtung des Portals. Hinter Isabella folgte Miss Coughlan.

Beim Betreten des Foyers verschlug es Isabella regelrecht die Sprache.

Sie liefen über azurblaue Teppiche. Die strahlend weißen Wände waren kunstvoll mit goldenen Ornamenten verziert und erglänzten im Licht unzähliger Kerzenleuchter, die die Gänge und Flure in ein warmes, einladendes Licht tauchten.

Elegant gekleidete Herren in vornehmer Livree wiesen den eintreffenden Gästen den Weg zu ihren Plätzen, während sie zugleich Mäntel und Mantillen abnahmen und sorgsam verstauten. Miss Cahill bewegte sich in dieser Umgebung mit einer mühelosen Anmut, als wäre dies ihr zweites Zuhause.

Isabella indes folgte ihr eifrigen Schrittes, stets bedacht, ihre zeitweilige Führerin nicht aus den Augen zu verlieren. Anfangs drängten sich noch viele Menschen um Isabella, doch schon nach kurzer Zeit hatte sich die Menge zerstreut. Die Gäste hatten ihre Plätze auf den Rängen und in den Logen eingenommen und widmeten sich nun den letzten Vorbereitungen, um sich für die nächsten Stunden einzurichten.

Mit eleganter Routine wurden Gehröcke an den dafür vorgesehenen Haken aufgehängt und Spazierstöcke sorgsam beiseitegestellt. Damen und Herren bestellten Wein und Champagner, zückten Monokel und Operngläser, um aus dem besten Blickwinkel partizipieren zu können. Einige legten ihre Taschentücher in weiser Voraussicht griffbereit zur Seite oder arrangierten ihre Mäntel galant, um die Sitzhöhe zu erhöhen und somit einen ungehinderten Blick auf die Darbietung zu genießen.

Über all diesen Eindrücken hätte Isabella beinahe Jane Cahill aus den Augen verloren.

In diesem Augenblick legte Miss Jane ihre Hand auf Isabellas Schulter und bedeutete ihr, wo sie weitergehen sollte. Sie hatten Plätze auf einem der Balkone auf der rechten Seite. Von hier aus würden sie zweifellos einen exzellenten Blick auf die Bühne haben.

Isabella streifte ihre Mantille ab und wartete, bis Jane Cahill Platz nahm, dann vergewisserte sie sich, ob Miss Coughlan ebenfalls ihren Platz gefunden hätte, links von ihr, Jane hatte sich rechts von ihr niedergelassen und setzte sich ebenfalls. Die Stühle waren bequem. Der Saal glänzte im Licht der Kerzenleuchter und das Raunen der Stimmen vereinte sich zu einem ganz eigenen Konzert. Man hörte die Bänke unten klappern, jemanden sich schnäuzen, hier und da lachten Damen und Herren hell auf. Dann jedoch wurde das Raunen leiser und ebbte schließlich gänzlich ab.

Die vornehm gekleideten Herren, welche den Gästen zuvor behilflich gewesen waren, ihren jeweiligen Platz zu finden, machten sich nun daran, die Mehrzahl der Kerzenleuchter zu löschen, so dass der riesige Saal nur noch matt beleuchtet war. Zugleich öffnete sich der schwere blaue Vorhang und gab den Blick auf das Orchester auf der hell erleuchteten Bühne frei.

Isabella hielt den Atem an, überwältigt von der Erhabenheit des Augenblicks. Der Anblick war schier atemberaubend.

Es war jedoch nicht der Anblick allein, es war die Gesamtheit des Abends, die in all ihren Facetten berauschend und verzaubernd wirkte.

Sie bedachte Musiker für Musiker mit einem gründlichen Blick. Schwarz gewandet mit weißen Krägen, waren sie von eindrücklicher Eleganz und schienen aufs Höchste konzentriert.

Sie hielten ihre blank polierten, golden, teils auch schwarz glänzenden Instrumente.

Vorne links stand ein großer Konzertflügel. Der Pianist hatte die Hände auf die Knie gestützt und blickte ins Leere.

Isabella bemerkte in diesem Moment, dass sie voller Anspannung weit nach vorn gelehnt saß.

Sie korrigierte eilig ihre Haltung und richtete sich gerade auf. Sie sah zu Miss Coughlan.

Miss Coughlans Blick wirkte ebenfalls erwartungsvoll, doch sie saß kerzengerade und schien nur beiläufige Blicke zur Bühne zu senden. Sie lächelte höflich, als sie bemerkte, dass Isabella zu ihr sah.

Isabella wagte einen vorsichtigen Blick in Richtung Jane Cahill, die zu ihrer linken Seite saß. Zu ihrer Überraschung bemerkte sie, dass Jane sie ebenfalls ansah und wohl schon eine Weile betrachtet haben musste. Mit großer Wahrscheinlichkeit hatte sie beobachtet, wie gebannt Isabella vom Anblick des Orchesters gewesen war.

Ein Gefühl von Verlegenheit überkam Isabella und sie hätte im Erdboden versinken mögen. Doch Jane schien an diesem Moment der unverstellten Bewunderung keinen Anstoß genommen zu haben. Im Gegenteil, das Lächeln, das sie Isabella schenkte, war von einer entwaffnender Wärme und so ehrlich und freundlich, dass Isabella wie gebannt blieb und ihren Blick nicht von Jane Cahill zu lösen vermochte. Isabella spürte eine unerwartete Vertrautheit aufkeimen, welche die Ereignisse des Abends noch wundersamer erscheinen ließ. Schließlich konnte Isabella nicht anders, als Janes Lächeln zu erwidern.

Sie wurde durch das einsetzende Klatschen der Zuschauer aus ihren Gedanken gerissen und blickte zur Bühne. Der Dirigent betrat soeben seinen Podest. Er wandte sich den Besuchern zu und verbeugte sich tief, dann drehte er sich zum Orchester und vollkommene Stille trat ein.

Isabella war es, als hielte der Moment inne. Diese gespannte Stille, ein Hauch feierlicher Erwartung, jedoch wurde zunächst noch einmal durch das unvermeidliche Husten eines Zuschauers gebrochen, doch dann setzte die Musik ein, die den Raum von einem Augenblick auf den nächsten mit einem majestätischen Klang erfüllte.

Von Kindesbeinen an hatte Isabella die Musik geliebt. Sie selbst hatte unzählige Stunden an der Violine verbracht. Zahlreiche Stunden hatte sie entzückt dem Pianospiel ihrer Schwester gelauscht, doch was sich ihr hier darbot, war von unvergleichlicher Erhabenheit. Jedes Instrument spielte ein individuelles Stück, und doch verschmolzen alle Klänge zu einem vollkommenen Ganzen.

Es schien ihr fast unbegreiflich, dass sie so lange ohne den Genuss solcher Musik gelebt hatte. Die Musik ergriff sie mit einer Intensität, die sie bisher nicht gekannt hatte.

Jeder Ton, jede Melodie schien sie über ihre Sorgen und Gedanken hinweg zu heben, hinweg in eine Welt, in der nur noch die allumfassende Schönheit der Musik existierte.

Jane Cahills Freude auf das bevorstehende Konzert war groß. An diesem Abend sollten die Werke eines jungen, überaus erfolgreichen Pianisten aus Polen dargeboten werden, der sich jedoch vorwiegend in Frankreich aufhielt. Vor einigen Monaten hatte Jane einem Orchester lauschen dürfen, das seine Kompositionen spielte, und es hatte in der Tat alles übertroffen, was sie bis dahin gehört hatte.

Sobald Jane erfuhr, dass die Werke dieses außergewöhnlichen Künstlers aufgeführt wurden, sorgte sie ohne Zögern dafür, Billetts zu erwerben. Ihre Leidenschaft für seine Musik führte dazu, dass sie stets darüber Bescheid wusste, wenn Konzerte in ihrer näheren Umgebung stattfanden.

Seid sie jedoch in Cork lebte, hatte sie Mühe, jemanden zu finden, der sie begleitete. Andrew erbarmte sich ab und an und tat ihr den Gefallen, sie zu begleiten. Doch seine Zuneigung zur Musik konnte bei weitem nicht die Intensität und Leidenschaft erreichen, die Jane empfand. Andrew blieb stets unbeteiligt und betrachtete die Konzerte als Pflicht, liebevoll erfüllt, doch ohne dass die Klänge ihn berührten.

Will brauchte sie gar nicht erst zu fragen, er langweilte sich zu Tode, wie er stets aufs Neue zu betonen nicht müde wurde. Musik war seiner Ansicht nach zum Tanzen geschaffen, hatte jedoch gewiss keinen höheren Zweck.

Nun hatte Andrew ihr ans Herz gelegt, Miss Isabella Dubois, seine Schülerin, mit ins Konzert zu nehmen.

Sie hatte zunächst nicht gewusst, ob sie das für einen guten

300

Einfall halten sollte. Sie hatte so ihre Meinung über die feine Gesellschaft. Zwar konnte man mit den Damen dieser Schicht prächtige Feste feiern, miteinander tratschen und sich über die neueste Mode aus Paris austauschen, doch als Begleitung zu Konzerten taugten sie in Janes Augen wahrlich wenig. Die meisten Damen hatten irgendwann vor ihrem Debüt Klavierstunden erhalten und klimperten recht ordentlich die üblichen hübschen Melodien. Doch für die tiefere Bedeutung und den ästhetischen Wert der Musik der großen Komponisten ihrer Zeit hatten sie keinerlei Verständnis.

Wie sollten sie auch eine Künstlergeneration verstehen, deren Sorgen und Nöte sie nicht kannten, deren Lebenswelt ihnen so fremd war, als lebten sie auf einem anderen Planeten. Jane faszinierten diese Künstler. Sie hatte von Percy Bysshe Shelley alles gelesen, was sie in die Finger bekommen konnte und ebenso von John Keats und sie hatte sich Lektionen in der deutschen Sprache erteilen lassen, um die Gedichte von Heinrich Heine im Original lesen und verstehen zu können.

Sie hatte den Komponisten und Dirigenten Robert Schumann persönlich kennengelernt. Zwar war es keine besonders enge Bekanntschaft gewesen, doch hatte sie das Glück, ihn zumindest einmal von Angesicht zu Angesicht zu erleben. Für diesen denkwürdigen Anlass hatten sie und Andrew eigens eine Reise nach Deutschland unternommen, um einem Konzert beizuwohnen, welches Schumann höchstpersönlich dirigierte.

Dieses Ereignis war eines der bedeutsamsten in ihrem bisherigen Leben gewesen.

Und nun saß sie hier, neben diesem Mädchen. Andrew hatte ihr gesagt, sie sei gerade achtzehn Jahre alt.

Sie hatte das Ärgste befürchtet.

Einen Abend mit einem Mädchen, das sich über diese moderne Musik empören würde oder langweilen. Mit dem sie nicht über die Musik sprechen könnte, was den ganzen Abend fahl werden lassen würde. Diesen Abend, auf den sie sich so lange gefreut hatte. Da war es doch besser mit Andrew auszugehen, trotz seiner eigenen mangelnden Begeisterung für die Konzerte.

Bislang jedoch hatte Jane kaum Gelegenheit gehabt, sich eine fundierte Meinung über Miss Isabella zu bilden. Wie hätte sie auch? Schließlich hatte sie sie erst kurz kennengelernt und es hatte bislang kaum einen Austausch von Worten zwischen ihnen gegeben.

Dennoch konnte sie nicht umhin zu bemerken, dass Isabella Dubois anscheinend noch nicht oft die Gelegenheit gehabt hatte, ein Konzert zu erleben. Der Ausdruck in ihren Augen verriet ein vollkommenes Überwältigtsein von den Eindrücken, die auf sie einschlugen.

Diese Beobachtung ermöglichte es Jane, ihre bisherigen Befürchtungen, wenngleich vorsichtig, ein wenig zur Seite zu schieben. Jane ertappte sich dabei, Isabella Dubois regelrecht zu beobachten.

Dann wurde Jane aus ihren Gedanken gerissen. Das Konzert begann. Es war still. Natürlich, bis auf den unvermeidlichen Husten eines Zuschauers, der kurz die Stille durchbrach nun war es wieder still. Die Musik setzte ein. Doch als der Klang der Töne endlich Einzug hielt, sanken alle weiteren Überlegungen in den Hintergrund.

Jane, nun völlig von der Musik vereinnahmt, fand keine Gelegenheit mehr, weiteren Gedankenspielen nachzuhängen.

Sie starrte gebannt auf das Orchester während die Klänge sie gefangen nahmen. Sie spielten Chopins Konzert für Klavier und Orchester Nr. 1 in e-Moll, op. 11.

Der erste Satz, das allegro maestoso setzte mit einer Melodie ein, die Jane augenblicklich einnahm.

Ganze Minuten verstrichen, während Jane von der Musik vollkommen in ihren Bann gezogen wurde. Erst nach einiger Zeit erinnerte sie sich wieder ihrer Begleiterin und fühlte das Bedürfnis, einen verstohlenen Blick auf Isabella zu werfen, um zu sehen, ob die Musik bei ihr ebenso Anklang fand wie bei ihr selbst.

Doch zu Janes Verwunderung und Freude schien Isabella Dubois keineswegs gelangweilt zu sein. Auch die Möglichkeit, dass sie sich später über die moderne Musik empören würde, schien gänzlich unangebracht. Isabella wandte ihre Augen nicht ein-

302

mal für den Bruchteil einer Sekunde vom Orchester ab. Ihr Gesichtsausdruck zeigte unmissverständlich, dass sie von der Darbietung ebenso gefesselt war wie Jane selbst.

Jane betrachtete Isabella nun mit wachsender Faszination. Könnte diese junge Dame sie doch noch überraschen und sich als geeignete Begleitung für künftige Konzerte erweisen?

Isabella war überdies von einer bemerkenswerten Schönheit, wie Jane nun feststellte. Der matte, warme Schein der Kerzen schmeichelte ihrer Erscheinung und verlieh ihr eine fast märchenhafte Anmut. Das sanfte Schillern ihres kastanienfarbenen Haares ließ die silbernen Spangen im Haar beinahe unnötig erscheinen. Ihr Kleid, gefertigt aus blauer Seide und weißem Taft, mochte schlicht sein, doch es strahlte eine unaufdringliche Eleganz aus, die ihrer Trägerin vollkommen gerecht wurde.

Doch war es ihr Gesicht, das Janes Blick am meisten anzog. Ihre Haut war wie von Samt. Ihre ebenmäßige Nase fügte sich perfekt in das Profil ein und bildete mit Stirn, Mund und Kinn eine fein geschwungene Linie von natürlicher Schönheit. Am auffälligsten waren jedoch ihre großen, dunklen Augen, die unverwandt auf das Orchester gerichtet waren. Diese Augen strahlten eine ungewöhnliche Tiefe aus.

Jane riss ihren Blick von Isabella Dubois los und blickte ebenfalls zum Orchester, dessen Musik nun anschwoll zu einem raumfüllenden Crescendo und sie spürte eine sanfte Welle der Erleichterung und Hoffnung, dass sie in ihr eine Gleichgesinnte gefunden haben könnte. Eine Verbindung, die auf der gemeinsamen Liebe zur Musik beruhte.

Dann setzte das Klavierspiel ein. Sie lehnte sich zurück und schloss die Augen. Die Musik war so bezaubernd und so berauschend, dass sie alles um sich herum vergaß.

XIII.

„Eppur si mouve“
Galileo Galilei

La Rochelle, Frankreich, Dezember 1627

Das Wetter kündigte inzwischen den Winter an. Kahl ragten die
Baumkronen in den trüben Himmel. Die herbstlichen Stürme hatten die Wege in schlammige, rutschige Fährten verwandelt, auf
denen man nur mühsam voran kam.

Nun waren um La Rochelle herum tiefe Furchen in den Matsch
gefahren und getreten und auch um die Straßen und Wege herum
war der Boden in Morast und Schlick verwandelt, nachdem eine
30.000 Mann starke Armee von Richelieu hindurch getrieben und
vor La Rochelle in Stellung gebracht worden war.

Soweit das Auge sehen konnte, reichte das Lager aus Zelten
und Fuhrwerken.

Wahrlich, die Männer hatten bisher wenig Mühsal erlitten und
ließen sich nur allzu leicht von Spiel und Fusel aus der Ordnung
bringen. Doch Richelieus Spitzel, welche sich hinlänglich zu seinem Schutz bewährt hatten, vermeldeten ihm jede noch so gerin-
ge Verfehlung, jede geringste Form des Ungehorsams und selbst

die leiseste Anwandlung von entmutigtem Verhalten unverzüglich, sodass er sogleich mit eiserner Hand dagegen einschreiten konnte.

Richelieu hatte dabei keine einfache Aufgabe. Es war ihm aufgetragen worden, sein Heer gegen die eigenen Landsleute zu stimmen und diese Stimmung Tag für Tag aufrechtzuerhalten. Doch dieser Aufgabe war er wohl gewachsen und verstand die Kunst der Manipulation vortrefflich. Seit dem Jahr des Herrn 1625, als die Spannung zwischen Katholiken und Protestanten innerhalb Europas aufs Äußerste geschürt war, boten sich ihm die vorzüglichsten Voraussetzungen, den Hass wachsen und gedeihen zu lassen, um diesen zum Wohle seiner Politik zu nutzen.

Wie beinahe jeden Tag hatte er sich auch heute in seinen purpurnen Mantel gehüllt, in Kürass, Lederkoller und Stiefeln auf seinen Rappen geschwungen, um sich den Männern zu präsentieren.

Er wusste wohl, dass er sich den Männern als ein starker und unerschütterlicher königlicher Generalissimus präsentieren musste, dessen Autorität niemals in Zweifel gezogen werden durfte. Dies war ihm keine große Mühe. Der Kampf hatte eben erst begonnen! Über den Winter hinweg würden seine Truppen von allen Seiten ohne erhebliche Schwierigkeiten versorgt werden können, während in La Rochelle die Vorräte zusehends zur Neige gehen würden. Dann erst würde sich zeigen, wie fest der Protestant in seinem Glauben stand, wenn der Hunger an seine Tür klopfte. Unwillkürlich huschte ein Grinsen über die Lippen des Kardinals. Doch er zwang ihn sogleich zurück. Ein fester, ernsthafter Ausdruck brachte seine Würde und Macht weit besser zur Geltung als ein törichtes Grinsen, war es auch noch so verdient.[15]

---

[15] Kardinal Richelieu spielte eine zentrale Rolle im Belagerungskrieg von La Rochelle, welcher ein entscheidendes Ereignis im Rahmen der Hugenottenkriege in Frankreich war. Die Belagerung begann im Jahre 1627 und dauerte bis 1628. Richelieu führte die königlichen Truppen mit höchster Disziplin und Strategie, um die protestantische Hochburg zum Kapitulieren zu zwingen. Quelle: Anthony Lewis, Cardinal Richelieu and the making of France, 2000.

Verdun, Frankreich

Als ihm die schrecklichen Neuigkeiten zugetragen wurden, war er vor Entsetzen sprachlos. Es nötigte ihn, sich auf seinen Stuhl zu setzen, welcher sich glücklicherweise hinter ihm befand. Beim Niedersinken verspürte er ein Ziehen im Rücken.

„Vater, wir werden uns einiges einfallen lassen. Wir werden sie dort gewiss herausbekommen!", versuchte Gaspard seinem Vater Mut zuzusprechen.

Doch dem alten Mann fiel das Atmen schwer.

„Die Belagerung hat erst soeben ihren Anfang genommen. Vielleicht ist es möglich, mit dem Comte de la Mourette zu sprechen und er könnte seinen Einfluss geltend machen, um sie dort herauszuholen!"

„Ich will allein sein. Für den heutigen Tag ziehe ich mich zurück. Wir sprechen uns später." Mit diesen Worten erhob sich Jules Dubois mühsam und tat in gebückter Haltung seinen Weg zur Tür des Kontors.

Gaspard blickte seinem Vater mit unaussprechlicher Sorge nach.

Wie konnte dies geschehen? Nur kurz nach dem freudvollen Tage seiner Vermählung mit Jeanne diese schreckliche Nachricht! Sobald sich die Tür hinter dem alten Manne geschlossen hatte, begab er sich um den Schreibtisch seines Vaters und sank schwer auf den Sessel auf welchem noch soeben Jules Dubois gesessen hatte. Er stützte seinen Kopf in die Hände und die Ellenbogen auf die Platte des massiven Holztischs.

„Ihr möget nun gehen. Wir werden für heute das Werk ruhen lassen...", sprach er leise. Die Worte galten dem jungen Jean, der seine kaufmännische Lehre im Hause Dubois absolvierte und der die letzten Minuten unschlüssig und betreten im Raume gestanden hatte.

Gaspard war zutiefst dankbar und erleichtert, als auch Jean das

306

Kontor verlassen hatte. Er spürte wie die Tränen in ihm aufstiegen – eine Empfindung, die ihm allzu bekannt war. Er war gleichsam „zu Tränen geneigt". Dies missfiel ihm nicht so sehr, doch in solchen Momenten suchte er gern die Einsamkeit.

Nun offenbarten sich von neuem die längst verheilt geglaubten Wunden. Die Wunden, hervorgerufen durch den Verlust seines Zwillingsbruders.

Alains Todestag jährte sich in diesem Jahr zum sechsten Mal.

Und nun schien sich alles, was seinerzeit geschehen war, zu wiederholen.

Alain hatte sich für ein anderes Leben entschieden als der Vater. Er trachtete danach, als freier Protestant unter Gleichgesinnten zu leben und ließ sich bereits im Jahre 1620, im Alter von nur neunzehn Jahren, in Montauban nieder. Seine großen Vorbilder waren die Brüder Henri und Benjamin Rohan gewesen. Er stellte sich unter das Kommando von Jacques Nompar de Caumont, Duc de La Force und dessen beiden Söhne, den Maréchaux de camp, Henri und Jean, sowie unter den Befehl Francois de Béthune, Duc d´Orvals, um für den Protestantismus zu streiten.

Montauban war seinerzeit eine Bastion der Hugenotten gewesen, obgleich die verheißungsvollen Tage unter König Henry IV. bereits vergangen waren.

Nachdem Clairac von Juli bis August 1621 der Armee des Königs widerstanden hatte, hatte sich der König seinem eigentlichen Ziel zugewandt. Montauban! Diese Stadt war ihm ein beständiger Dorn im Auge gewesen, da sie einen Triumph über die Autorität des Königs ausstrahlte, dessen Wirkung weit über die Stadtgrenzen hinaus ging. Sie verkörperte das, was die Katholiken mit vor Angst schlotternden Knien „Staat im Staate" nannten. Montauban besaß eine eigene Akademie und Montauban hatte bereits zwei Belagerungen stand gehalten. So galt es seinerzeit, den Ruf der Unbesiegbarkeit zu tilgen. Der König konnte sich keinen weiteren

Misserfolg erlauben. Er musste ein Exempel statuieren und seine Autorität wiederherstellen. Dies war ein offenkundiges Geheimnis unter allen, die eines gewissen Bildungsstandes teilhaftig waren.

Gaspard hatte vortreffliche Lehrer genossen. Dies war ihm wohl bewusst. Sein Vater hingegen war nicht in den Genuss einer ordentlichen Bildung gelangt. Aufgrund dessen hatte Gaspard bei der Erziehung seiner Kinder besonderes Augenmerk auf deren Bildung gelegt und wusste, dass er weit mehr als sein Vater von all den Dingen verstand, die sich um ihn herum in Frankreich und Europa zutrugen.

Doch Montauban widerstand standhaft den Truppen des Königs. Vom 21. August bis zum 18. November hielt die Belagerung an, und der König kam keinen Schritt weiter.

Damals hatte die ganze Familie im Geiste mitgefiebert. Sie hatten jede kleinste Neuigkeit der Entwicklungen verfolgt und lebhaft erörtert. Damals war Thérese noch bei ihnen gewesen und hatte mit ihm, Gaspard, um den Bruder und seine Frau gebangt. Der König hatte all seine Kräfte aufgeboten, denn für ihn stand eine Menge auf dem Spiel. Die Vormachtstellung in Frankreich. Doch auch Montauban hatte alle Kräfte mobilisiert, denn für die Protestanten stand mindestens genauso viel auf dem Spiel. Es galt den Ruf der Unbesiegbarkeit, der Überlegenheit über die königliche Autorität zu verteidigen.

Schließlich erlag der Herzog von Maine seinen erlittenen Verletzungen und im königlichen Lager brach die Pest aus. Es blieben nur an die 4000 Soldaten am Leben und der König musste die Belagerung abbrechen. Ein kolossaler Schlag gegen seine Machtstellung. Und zudem hatten die Umstände der königlichen Niederlage keinen Zweifel gelassen, dass diese gottgewollt war.

Noch heute spürte Gaspard die innerliche Freude, das Triumphgefühl angesichts der damaligen Ereignisse.

Es war eine große Befriedigung gewesen, als sie auch die Nachricht erreichte, dass Luynes an den Röteln gestorben war und dass die katholischen Truppen schließlich vollkommen demoralisiert waren, während Montauban standgehalten hatte.

Doch schon damals hatte sich das Unglück von heute bereits angekündigt. Jene abscheulichen Worte würde Gaspard niemals vergessen, welche einst am Hofe zirkulierten: Die Stadt La Rochelle solle wohl vernichtet werden, denn, so verkündete man, sie sei ein Hort des Aufbegehrens, von dem aus die Fäden der Rebellion gesponnen würden. Die Stadt sei nicht zu brechen, außer durch Unglück von außen. Sie sei eine Kloake des Irrtums und des Lasters, eine Stätte voll gotteslästerlicher Handlungen und Undanks wider Gott und Seiner erhabenen Majestät.

Diese Heuchler! Wahrlich, ein jeder, der seinen Verstand zu Gebrauche wusste, erkannte, dass es dem König in Bezug auf die Hugenotten in keinster Weise um eine Verfehlung gegenüber Gott ging. Oh nein, es ging einzig um den unmäßigen Machtanspruch des Königs. Nur dieser Thronanspruch war es, was Louis und Richelieu im Auge hatten, wenn sie ihr Kriegsheer gegen die Protestanten entfesselten. Es war Richelieu wohl bekannt, dass es weit einfacher sei, einen einzigen Monarchen, begrenzt in seinem Verstand und leicht zu beeinflussen, zu kontrollieren, als eine Vielzahl von selbstsicheren, mutigen und in gewissem Grade gebildeten Aristokraten, denen wenigstens zu teilen klar war, dass der Protestantismus ihnen Freiheiten eröffnen konnte, welche die Rechte eines Richelieu, tief verborgen im königlichen Gefolgsmann, ihnen nimmer zugestehen würden.

Schließlich wurden gar Gassenhauer gesungen wie dieser: *„Hat Monpellier auch gute Ärzte, wir haben gute Chirurgen, um ihnen das Blut aus der Haut zu saugen. Zum Teufel mit den Hugenotten! Löscht sie aus, vernichtet wie, löscht sie aus! Demütigt das stolze Monpellier, stürzt Nimes in den Abgrund, dass Montauban im Winde verwehe, dass La Rochelle, der Rebell, unseren*

Rachezorn spüre wie ein Verräter.“

Und im folgenden Jahr verfiel die Lage in immer schrecklicheren Wirren. Einer nach dem anderen sahen sich die großen Anführer der Protestanten gezwungen, aufzugeben und zur katholischen Kirche zu rekonvertieren, um ihre militärischen Karrieren nicht aufs Spiel zu setzen und ihre hohen Ämter zu bewahren. Einzig der Herzog von Rohan kämpfte verbissen weiter um die Stellung zu halten, während die Truppen wieder auf Montauban marschierten. Der König verfolgte nun eine neue Strategie: Anstatt der direkten Belagerung, ließ er Montauban isolieren durch die Zerstörung und Unterwerfung der benachbarten Städte. Unter den Befehlen Ludwigs XIII. wurde in Negrepelisse und St. Antonin keinerlei Milde geübt, nein, die Einwohner wurden gnadenlos niedergemetzelt.

Und dann, ach, dann fiel Montauban! Doch wahrlich nicht auf jene Weise, dass die Soldaten des frommen Königs mordend und plündernd hindurchzogen. Stattdessen ward ein Friedensvertrag ausgehandelt, ein Kompromiss von faulster Natur. Man bestrebte sich, die Protestanten durch Geschenke und Versprechungen zur katholischen Seite herüberzuziehen. Dieser schändliche Vertrag, war in seiner Bitterkeit schlimmer als eine geschleifte Stadt. Wie nun all jene dahinliefen, mit ihren gesicherten Gaben und Errungenschaften. Es war nichts anderes als kläglich und erbärmlich.

Und Alain? Er hatte eine gute Stellung in der Armee erreicht. Er hatte in Montauban mit Élise eine Verlobung geschlossen.

Als der Vertrag unterzeichnet war, ließ man ihn vorsprechen. Wer er wäre, wer seine Familie sei, woher er käme und ob er abschwöre.

All dies wussten sie von Élise, die ihnen unter großen Vorkehrungen, damit weder sie noch die Botschaft den Spitzeln Richelieus in die Hände gerieten, eine Nachricht hatte zukommen lassen.

Zu jenem Zeitpunkt hatten sie Alain bereits auf eine Galeere verbracht.

Er hatte nichts preisgegeben, er war standhaft in seinem Glauben geblieben, er war nicht konvertiert.

Nie wieder hatten sie etwas von ihm vernommen. Sie ahnten, dass er wohl nicht mehr unter den Lebenden weilte. Die harte und erbarmungslose Galeere überlebte man nicht allzu lange und ein Mensch wie Alain schaffte es wohl kaum, auch nur eine Woche nicht den Zorn der Wachen auf sich zu ziehen.

Doch daran durfte Gaspard nicht denken. Diese Gedanken zerrissen ihm regelrecht die Brust.

Ob es allen Brüdern so erging? Oder nur Zwillingen? Das würde er womöglich nun herausfinden können, nun wo Emanuels Leben auf dem Spiel stand.

Er hatte bereits den Zwillingsbruder verloren und seine einzige Schwester.

Thérese hatte sich von ihnen abgewendet. Dabei wusste er selbstverständlich, dass sich Thérese in Wahrheit von Vater und Mutter abgewendet hatte, nicht von ihm, doch dadurch, dass er, wie es ihm bestimmt war, den Platz des Vaters einnahm, war ihr nichts anderes übrig geblieben, als sich gleichwohl von ihm abzukehren.

Nun griff das Schicksal wieder nach der Familie.

Ausgerechnet jetzt, nur drei Monate nach seiner Trauung.

Jeanne bedeutete ihm alles. Doch sie geheiratet zu haben war offenbar mehr als ihm an Freude zustehen sollte. Sogleich musste das Schicksal an anderer Stelle wieder zuschlagen und ihn mit unbarmherziger Wucht treffen.

Wenn es doch nur wahr wäre, was er Vater gesagt hatte, dass sie schon einen Weg finden würden, Emanuel aus La Rochelle herauszuholen und mit ihm Christine-Marlene seine Frau! Doch wie sollte ihnen das gelingen? Wie sollten sie an den Truppen des

Roten Teufels vorbei kommen? Wer sollte ihnen helfen? Sie setzten nur ihre eigene Sicherheit aufs Spiel, wenn sie in dieser Lage ihre eigene Religionszugehörigkeit offenbarten oder sich in irgendeiner Weise verdächtig machten.

Er wischte sich mit dem Handgelenk die Tränen weg, dabei stieg ihm der Geruch von Lavendel in die Nase, der noch an seinen Händen haftete, da er die heute eingetroffenen Lieferungen auf ihre Qualität geprüft hatte. Er lehnte sich zurück. Nach einer Weile erhob er sich. Heute würde er keinen Entschluss mehr fassen können. Er befand, es sei ratsam, erst einmal eine Nacht über all dies zu schlafen. Als er über den Hof zum Wohnhaus schritt, vernahm er das Kreischen der Möwen über sich. Er hob seinen Blick gen Himmel. Die weiß-grauen Vögel schwirrten eilig durcheinander. Der Wind frischte merklich auf und dunkle Wolken zogen über den Himmel. In gleicher Weise fühlte sich auch sein Inneres aufgewühlt.

Da erinnerte er sich, dass Monsieur Verde sie heute zu beehren gedachte. Gaspard spürte intuitiv, dass er an diesem Tage nicht imstande sein würde, diesem Besuch zu begegnen, obgleich er den alten Herrn überaus schätzte. Er war ein begnadeter Künstler, jedoch entsprachen seine Werke nicht dem herrschenden Geschmack von Adel und Königshaus, sodass er - vollkommen zu Unrecht - ein eher bescheidenes Dasein fristete. Nur diejenigen Künstler waren begehrt, die sich in den Darstellungen von Prunk und Pracht zu überbieten wussten. Die üppigen Reichtum, Gold und Glanz in Öl auf Leinwände schmierten und so den Lebensstil und das, was die Herrschenden lobpriesen bis zur Vollendung verherrlichten. Ganz im Geiste des Königshauses. Und sodann jene aufgequollenen, fettleibigen, einfältig wirkenden Frauendarstellungen! Welch abscheuliches Bild würde die Nachwelt von den Frauen und Damen jener Epoche erhalten! Sie könnten gar glauben, dass alle Herren solchen Geschmack hegten! Schauerlich!

Gaspard schätzte die schlichten Darstellungen Verdes. Diese waren auf vollkommene Weise anders denn alles, was sonst in jener Zeit an Kunst und Prunk geschaffen wurde. Sie waren präzise, von solch einfacher Gestalt gehalten. Mit wenigen Linien vermochte Verde in den Köpfen der Betrachter zu erschaffen, was andere mit Unmengen von Farben auf die Leinwand zu klatschen trachteten.

Verde widmete sich während dieser Zeit den Porträts seiner Familie. Er hatte bereits ein wunderschönes Portrait von Gaspards lieber Mutter geschaffen. Es brachte ihr ruhiges, stilles Wesen unübertrefflich zur Geltung.

Gerne wandte er seinen Blick auf dieses Bild, denn es brachte ihn zum Verweilen, zum Nachsinnen und Träumen, ganz im Gegensatz zu den Schöpfungen der populären Maler, welche den Betrachter zum Erschaudern und Stirnrunzeln anregten, während sich dieser, fragte was jenen Dargestellten widerfahren sein mochte, dass sie solch ein Abbild abgaben, und wo die groteske Übersteigerung ihren Anfang nahm und was dem tatsächlich Abgebildeten noch gerecht wurde.

Gaspard war fest überzeugt, dass die Bilder dieses großen und besonderen Künstlers dereinst jene Aufmerksamkeit erfahren würden, die sie wahrhaftig verdienten. Irgendwann, wenn die Menschen eines besseren Verständnisses fähig wären als heute.

Gaspard hatte seinen Vater dazu bewogen, Monsieur Verde zu beauftragen und keinen anderen, und bislang waren sowohl Vater als auch Mutter sehr zufrieden mit Verdes Arbeiten gewesen.

Als Nächstes beabsichtigte Gaspard, eine Ausstellung für Monsieur Verde zu planen und umzusetzen, um dessen Werke der Öffentlichkeit vorzustellen und ihm neue Bewunderer zu gewinnen.

Gerade ein unbekannter Künstler wie Verde bedurfte eines großherzigen Mäzens.

Jedoch erschien ihm der heutige Tag denkbar ungünstig für einen Besuch des alten Malers. Vater würde heute sicher nicht zur Verfügung stehen, daran bestand kein Zweifel. Oder konnte Gaspard gar selbst heute Modell stehen?

Gaspard wollte sich zusammennehmen und den Besuch durchstehen. Er konnte den alten Mann nicht so vor den Kopf stoßen, hatte dieser doch einen weiten Weg bis nach Verdun hinter sich gebracht. Nein, Gaspard musste sich erfrischen, und dann, um fünf Uhr, würde Verde wie stets pünktlich erscheinen.

La Rochelle, Frankreich, Oktober 1628

Richelieu wusste nicht recht, ob er tatsächlich hoffen konnte, dass dieser Feldzug schließlich siegreich enden würde – siegreich, selbstverständlich, für ihn und seine Bestrebungen, nicht jedoch für jene verfluchten, aufsässigen Hugenotten. Er lehnte sich in seinen Sessel zurück und zwirbelte kurz an seinem Bart, nur um sodann erneut mit den Fingernägeln auf die Tischplatte zu klopfen.

Dieses Feldlagerzelt diente ihm schon allzu lange als Behausung. Er sehnte sich zurück nach Paris, an den königlichen Hof. Dieses Leben im Feld entsprach nicht jenem eines Mannes, der es bis an die Spitze der Staatsmacht geschafft hatte. Besondere Umstände mochten besondere Lebenslagen rechtfertigen, jedoch keinesfalls auf Dauer. Es musste doch einmal ein Ende haben.

Monatelang schon blieben seine Angriffe gegen die Stadt vergebens. Die Überzeugungsarbeit, die er tagtäglich gegenüber seinen Truppen leisten musste, erwies sich mit jeder weiteren Stunde als schwieriger.

Längst band er nicht mehr nur sämtliche Finanzmittel des Staates für diesen Krieg, sondern auch sein privates Vermögen, was selbstverständlich nicht öffentlich bekannt werden durfte, ebenso

314

wenig wie öffentlich bekannt werden durfte, über welche privaten Reichtümer er eigentlich verfügte und woher sie stammten.

Und dennoch blieben bislang alle Angriffe erfolglos!

Doch seit einigen Tagen mehrten sich Hinweise, dass in der Stadt etwas vor sich ging. Etwas sehr erfreuliches, worauf er schon lange gewartet hatte.

Alles deutete darauf hin, dass sie nichts mehr zu beißen hatten.

In der Stadt wurden ganz offenbar immer mehr Hungertote verzeichnet. Richelieu rieb sich die Hände. Endlich.

Nicht dass es ihm besondere Freude bereitet hätte, wenn Menschen am Hunger krepierten, doch wer sich dem König widersetzte und damit auch ihm, Richelieu, der verdiente es nicht anders, und jeder einzelne verdammte Hugenotte in dieser verdammten Stadt hätte seit Monaten kapitulieren können.

Wenn sie es nicht anders gewollt hatten, dann mochten sie eben verrecken. Hauptsache, dieser elende Feldzug endete recht bald und dafür umso siegreicher.

Siegreich selbstverständlich für ihn.

Verdun, Frankreich, November 1628

„La Rochelle hat kapituliert!"

Gaspard Dubois hörte diese schrecklichen Worte. Sie hallten in seinem Kopf wider. Er ahnte das Schlimmste. Nur gut, dass Vater nicht zugegen war. Er würde es ihnen, Vater und Mutter, später in Ruhe beibringen können und müssen. „Was wisst Ihr noch zu berichten?" Er sah den Fremden voller tiefempfundener Sorge an.

„Ich komme gerade aus jener Gegend. Ich vermag Euch alles zu berichten, was es zu berichten gibt."

Gaspard bemerkte den heischenden Blick des Fremden, der wohl erkannt hatte, wie sehr ihm an Neuigkeiten gelegen war.

„Hier nehmt dies und berichtet, was Ihr wisset." Er warf dem Mann eine Münze zu, die dieser geschickt auffing, von beiden Seiten besah und mit zufriedenen Blick in seine Westentasche gleiten ließ.

„Sie hatten nichts mehr zu essen in der Stadt und mussten aufgeben. Allerdings waren es nicht mehr viele, die aufgaben."

„Sprecht nicht in Rätseln. Was soll das bedeuten?" Gaspard wurde zornig ob solcher verschwommenen Berichterstattung.

„Gemach, gemach, edler Herr. Ich bin weit gereist und muss erst einmal meine Gedanken ordnen ..."

Nun wurde Gaspard ungeduldig. Der Mann hoffte darauf, dass er ihm abermals weitere Münzen zuwerfen würde. Doch Gaspard gedachte nicht, sich solcherlei auszusetzen, hatte er doch den Burschen mehr als großzügig für seine Dienste belohnt.

„Von den ungefähr 23.000 Seelen sind noch etwa 5.400 am Leben", sprach der Mann mit belegter Stimme.

„Gütiger Himmel!", stöhnte Gaspard voller Entsetzen. Jegliche Freude schwand aus seinem Antlitz. Die glühende Hoffnung darauf, sein in den frühen Morgenstunden geborenes Töchterchen und seine geliebte Jeanne in deren Gemächern zu besuchen, um mit ihnen die erste Nacht zu Dritt zu verbringen, eine Freude, deren Aussicht ihn seit Monaten beseelte, war ihm von einem Augenblick auf den nächsten entrissen.

Verdun - 10 Jahre später - 15. April 1638

Es hatte damals Monate gedauert, bis die Familie Gewissheit erlangte.

Emanuel und Christine-Marlene waren dem Hungertod zum Opfer gefallen. Er hatte tatsächlich etwa 4/5 der Bevölkerung La Rochelles das Leben gekostet.

Gaspards Mutter hatte diesen Schicksalsschlag nicht ertragen.

Sie war wenige Wochen später erkrankt und kurz darauf ebenfalls von ihnen gegangen.

Gaspard ward in diesen Tagen oft von seinen Gedanken eingeholt und gezwungen, in Erinnerung an vergangene Zeiten zu verweilen, welche ihn und die Seinen so unerbittlich und hart getroffen hatten.

Er gedachte jener schicksalhaften Ereignisse, die ihm zuerst seinen Zwillingsbruder Alain, und nicht lange danach seine einzige Schwester genommen hatten.

Und nunmehr wanderten seine Gedanken zu eben jenen Begebenheiten, welche seinem Bruder Emanuel und seiner Mutter das Leben gekostet hatten.

Und er war nun gänzlich auf sich allein gestellt, da auch sein Vater Jules vor zehn Tagen das Zeitliche gesegnet hatte.

Gewiss, er hatte Weib und Kinder, dennoch lastete die Bürde des Familienoberhauptes schwer auf seinen Schultern. Er führte das Kontor und die kaufmännischen Geschäfte vornhin einhändig und ohne Beistand.

In den Jahren bis zu Emanuels Tod hatte Gaspard bereits den Großteil der Aufgaben mehr oder minder allein bewältigt, denn Vater hatte sich nach und nach aus den Geschäften zurückgezogen. Doch nun, wo Vater endgültig fort war, fühlte es sich dennoch ungemein anders an, als zur Zeit, da der väterliche Schatten doch noch über ihn wachte.

Gaspard klappte das Buch, in dem er alle Geschäfte aufführte und alle wichtigen Ereignisse eintrug, wie es schon sein Vater und Großvater Marand getan hatten, zu, und legte die Feder achtsam beiseite.

Er atmete tief durch.

Nun konnte er die Reise beginnen.

Gaspard nahm das Schreiben zur Hand, das auf dem Tisch gelegen hatte, und klappte es auf.

Er hatte diesen Brief bereits vor drei Monaten von seinem alten Freund Galilei aus Florenz erhalten.

Dieser hatte ihm mitgeteilt, dass es ihm schlecht gehe, er könne nun gar nicht mehr sehen. Er würde sich über Besuch sehr freuen, doch müsse zunächst die Genehmigung des örtlichen Inquisitors eingeholt werden.

Gaspard hatte seiner Absicht sogleich Folge leisten wollen, vermochte er doch die Reise mit profitablen Geschäften zu verknüpfen. Doch hatte sich das Einholen der notwendigen Erlaubnis lange hingezogen. Just in jener Zeit war Vater Jules schwer erkrankt, und Gaspard vermochte nicht von dessen Seite zu weichen. Nun jedoch war Vater verschieden, und Gaspard durfte endlich nach Florenz eilen, um seinen alten Freund zu besuchen.

Obgleich ihm noch immer die Genehmigung des ehrenwerten Inquisitors fehlte, hielt ihn nichts mehr auf, und er hegte die Zuversicht, jene Einwilligung vor Ort leichter zu erlangen.

Die Reise war ein Abenteuer sondergleichen.

Es ging fortwährend gen Süden.

Die Straßen waren selten gepflastert. Oft waren es einfache Sandspuren, durch die sich die Fuhrwerke und Gespanne von Ochsen und Pferden schleppen lassen mussten. Nicht selten waren die Straßen vom Frühlingsregen aufgeweicht.

Doch Gaspard genoss diese Reise in vollen Zügen. Und je weiter er gen Süden gelangte, desto lebendiger und wohler fühlte er sich. Die Hindernisse, die sich ihm in den Weg stellten, - ob es nun ein auf die Straße gekippter Baum war, der zunächst beiseite geschafft werden musste, oder ein Rad, das brach, ob es eine Kutsche war, die erst am darauffolgenden Tag aufbrach, oder ein überfülltes Gasthaus, - waren ihm einerlei. Sie verlängerten nur diese Zeit des Aufatmens und der Freiheit.

Sein Reiseweg begann in Verdun, im Osten Frankreichs. Um

nicht auch die Schweiz passieren zu müssen, was weitere Schwierigkeiten bedeutet hätte wegen der Grenzübertritte, nahm er die Route Richtung Lyon, Grenoble und Turin. Es ging durch weite Felder und dichte Wälder. An kleinen Ortschaften und Gewässern vorbei. Hier begegneten ihm freundliche Bauern. Die Kutscher waren hier besonders bedacht, da Reisende oft Wegelagerern zum Opfer fielen. Gelegentlich begegneten den Reisenden Marktfahrer, die von fernen Orten berichteten und seltene Waren feilboten. Nicht selten querten sie den Weg mit Hausierern, die mit ihren vollgeladenen Tragen von Haus zu Haus zogen.

Er durchquerte die sanften Hügel bei Lyon und gelangte schließlich – vorbei an Lyon - ins Rhône-Tal, wo kühle Flüsse und klare Seen das Land wie silbrige Bänder durchzogen. Des nachts wurde Halt gemacht und er kehrte in schlichten, oft überfüllten Gasthäusern ein um Rast zu machen, wo die Gäste Strohsäcke und Prügeleien um einen Schlafplatz zu dulden hatten.

In den oftmals überfüllten Stuben hörte Gaspard viele Lamentationen über die Kriege und die Pest, die das Land heimsuchten. Doch er selbst fühlte sich, als sei er auf einer Reise der Hoffnung, einer Flucht aus dem Gefängnis seiner bedrückenden Lage. Er war ein Kaufmann und doch so selten in seinem Leben gereist. Und dann die zermürbenden Kriege und Verfolgungen wider seine Glaubensbrüder. Die bedrückende Lage, in der die Familie jahrelang weilte, die Schwermut, Traurigkeit und tiefste Düsternis.

Ein Höhepunkt seiner Reise war das Erreichen der Stadt Turin.

Er betrat die Stadt durch eines der ehrwürdigen Tore, welche von mächtigen Mauern umgeben waren, die zum Schutze wider die Feinde errichtet waren. Die gewaltigen Festungsanlagen zeugten von der militärischen Stärke und strategischen Bedeutung der Stadt. Mit den dicken Mauern und kunstvollen Bastionen hielt die Stadt stand gegen Mächte, die Savoyen zu unterjochen suchten.

Mit großen Augen bestaunte er die Neu- und Umbauten, die Herzog Carlo Emanuele I. und seine Nachfahren hatten durchführen lassen.

Es war die prächtige Via Nuova, die ihn besonders lockte, diese Straße breiten und geraden Verlaufs, war gesäumt von vornehmen Häusern und stolzen Bauten. Die Straße verband auf harmonische Weise die imposantesten Plätze der Stadt und vermittelte ein Gefühl von Ordnung und Wohlstand.

In Turin verweilte er für zwei Tage.

Wandernd erkundete er die bezaubernden Straßen und gelangte zur Piazza Castello, wo er den mächtigen Palazzo Reale erblickte, der als Heimstatt der hochgeschätzten Herzoge von Savoyen in herrlichster Pracht erstrahlte. Der Palast, voller kunstvoller Fresken und goldener Zier, ließ selbst das Herz eines Reisenden wie Gaspard höher schlagen.

Doch nicht minder ehrfurchtsvoll ergriff ihn der Anblick der erhabenen Kirchenbauten, wie der San Lorenzo und der Cappella della Sindone.

In Cafés und Tavernen vernahm er hitzige Diskussionen, über Architektur, Politik und die Wissenschaften.

Hier, in den geschäftigen Märkten und in den Kunsthallen, fand Gaspard Lehre und Lebensfreude zugleich.

Seine Zeit in Turin verging im Fluge, doch als er von dannen zog und seine Reise gen Florenz fortsetzte, wusste Gaspard, dass ihm diese Stadt ewig in Erinnerung bleiben würde

Tag um Tag näherte er sich Florenz. Auf einmal konnte er die Natur wieder wahrnehmen. Er sah die üppig blühenden Sträucher und Bäume, die Wiesen und Felder, wie sie an ihm vorüberzogen.

Hier, am Fuße der Apenninen, hörte er das heitere Singen der Vögel und genoss die klare, warme Luft der Toskana.

Er erblickte den alles überspannenden strahlend blauen Himmel und spürte die warmen Sonnenstrahlen im Gesicht. Wie lange hatte er keine Zeit mehr zur Muße gehabt? Jahr um Jahr hatte er die Angelegenheiten der Familie bewältigt – ohne eine Pause, ohne ein Aufatmen. Nun jedoch verbrachte er die meiste Zeit der Reise damit, nichts anderes zu tun, als seine Mitreisenden zu beobachten, die herrliche Vielfalt der Natur in sich aufzunehmen und nachzudenken.

Nach 28 Tagen erreichte er am am 18. Mai Florenz. Vor ihm tat sich ein erhabener Anblick auf. In prunkvoller Schönheit erhob sich die Stadt über der Landschaft.

Die reifen Olivenhaine und Zypressen, die die Stadt umrahmten, hießen ihn willkommen. Die klare, warme Luft und die malerischen Hügel Florenz' zeichneten sich am Horizont ab.

Zunächst quartierte er sich in einem Gasthaus ein, stolz und ehrwürdig inmitten malerischer Gassen und beeindruckender Palazzi. Das Gasthaus war geschmückt mit Wandteppichen und groben Holzmöbeln.

Nach einer erholsamen Nacht und einem einfachen Morgenmahl – bestehend aus Brot, Käse und Wein – machte sich Gaspard am darauffolgenden Tag auf, den Inquisitor aufzusuchen. Die Vorstellung, jenen zu ersuchen, erfüllte ihn mit zwiespältigen Gefühlen. Doch war die Notwendigkeit unumgänglich und seine Entschlossenheit robust.

Die Wirtin des Gasthauses hatte ihm den Weg beschrieben. „Jedermann in Florenz kennt den Mann und seine Residenz", sprach sie mit einem Augenzwinkern.

Dennoch – Florenz war eine Stadt der verschlungenen Gassen.

Gaspard durchwanderte belebte Märkte und Plätze, sah die prächtigen Fassaden der Wohnhäuser und Kirchen, entlang der breiten, sonnendurchfluteten Straßen, die kunstvoll gepflastert und von hohen Häusern gesäumt waren. Doch nirgends verweilte er lange, sein Weg führte ihn weiter, dem beschriebenen Ziele zu.

Schließlich stand er vor dem Amtsgebäude des Inquisitors. Es war ein gewaltiger, düsterer Bau, imposant und ehrfurchtsgebietend. Die schwer verzierten Pforten schienen mehr ein Monument der Macht denn ein Zugang zu einem administrativen Gebäude.

Erst spät am Abend kehrte er zurück. Sein Unterfangen war gescheitert.

Der Inquisitor hatte ihn noch nicht einmal empfangen.

Er wusste nun nicht, was er tun sollte. Unverrichteter Dinge wollte er keinesfalls abreisen.

Am nächsten Morgen schrieb er an Galilei unter Schilderung der Sachlage.

Es dauerte eine ganze Woche, bis die Antwort eintraf.

Die Wirtin überreichte ihm das Schreiben, als er von einem Spaziergang durch die Stadt zurückkehrte.

Voller innerer Unruhe überflog er die Zeilen.

Francesco Barberini! Er sollte sich an Francesco Barberini wenden. Das war kein geringerer als der Neffe des Papstes Urban VIII. Und einer von drei Kardinälen, die anders als die übrigen Sieben, das Urteil gegen Galilei nicht unterzeichnet hatten.

Gaspard wollte nichts unversucht lassen. So suchte er wenige Tage später Francesco Barberini auf und - Gaspard konnte sein Glück kaum fassen -, Barberini öffnete ihm die Tür zur Villa Gioiella. Selbstverständlich nur sinngemäß.

„Einen guten Morgen wünsche ich." Gaspard blickte sich in dem großen Saal um. Das Sonnenlicht schien herein und wärmte durch die Fenster, obgleich die Uhr erst wenige Minuten nach der neunten Stunde anzeigte.

„Tretet ein. Es ist Euch gelungen, ich bin überaus erfreut."

Gaspard trat auf den großen Sessel am Fenster zu. Er fühlte sich am Ziel seiner Reise.

Galileo Galileis Blick war starr aus dem Fenster und in die Ferne gerichtet. „Nehmt Platz. Es verirren sich nicht oft Menschen in diese Hallen."

Gaspard konnte nicht ermessen, ob die Stimme des alten Mannes bitter oder nur trocken klang, weil er womöglich an diesem Tag zuvor noch kein Wort gesprochen hatte. Er schüttelte diesen Gedanken von sich. Was sollte er nützen. Gaspard war nun hier und sie würden sich gewiss so gut unterhalten, wie bei ihrem letzten Zusammentreffen vor vielen Jahren.

„Das kann ich schwerlich glauben. Ein Mann wie Ihr es seid muss doch zahlreiche Freunde und Verehrer haben, die ihn aufsuchen", entgegnete er verständnislos. Er setzte sich auf einen zweiten Sessel, der näher am Fenster und unweit seines Freundes stand.

Galilei erwiderte nichts. Sein Blick war düster und bekümmert.

„Wäre es mir möglich gewesen, ich wäre viel eher nach Florenz gereist. Ich wäre überdies auch viel öfter zu Besuch gekommen. Doch die Reise ist in der Tat eine lange. Und die Wege und Straßen zwischen Verdun und Florenz können keineswegs als bequem bezeichnet werden." Gaspard wollte dem dunklen Blick seines Gegenübers einen fröhlichen Ton entgegensetzen. Er konnte nicht umhin, festzustellen, dass er zutiefst betroffen war über die Schwermut, die ihm entgegenschlug. Wie konnte dies möglich sein. Dass ein Mann wie Galilei, der soviel wusste, so viel zu sagen hatte, der die Menschheit vorangebracht hatte, nun allein und verlassen, zurückgezogen, eingesperrt seine Tage als alten Mann verbrachte?

Gaspard ließ seinen Blick über den Garten schweifen, den er durch das Fenster erblickte.

An den Weinranken waren die Reben zu erkennen. Jedoch die einzelnen Trauben waren noch winzige Kügelchen. Viele Sträucher blühten bereits. Das Grün der Blätter war hell und frisch.

„Ihr habt einen hervorragenden Gärtner", bemerkte Gaspard. Im
nächsten Moment schalt er sich ob seiner unbedachten Rede.

„Nun, ich mag in dieselbe Richtung starren wie Ihr, lieber
Freund, doch dasselbe zu sehen vermag ich nicht. Ich will Euch
jedoch gerne glauben, dass Gepetto seine Arbeit zufriedenstel-
lend verrichtet. Ihr müsst indes nicht denken, dass Ihr jedes Wort
auf die Goldwaage legen müsst. Ich verfluche meine Torheit, meine Augen nicht genügend vor der Sonne geschützt zu haben. Ich
verfluche nicht den Freund, der meinen Garten lobt."

Gaspard entwich unwillkürlich ein Lächeln der Erleichterung, als
er zum ersten Mal seit seiner Ankunft ein Augenzwinkern im Gesicht seines Gastgebers entdeckte.

„Erzählt mir, wie es Eurem teuren Vater geht. Wie lange ist es
her, dass ich ihn traf?"

In diesem Moment öffnete sich die Tür und eine ältere Frau in
einem schlichten Gewand mit Schürze streckte ihren Kopf zur Tür
herein.

„Ja, bitte?" Galileo Galilei wandte seinen Kopf nicht zu ihr, sondern sprach vielmehr gegen das Fensterglas, hinter dem er saß.

„Darf ich einen Wein bringen? Oder Gebäck?"

„Sehr gerne, bringen Sie beides!", rief Galilei.

Die Frau verschwand.

„Wie freue, ich mich, dass ihr den Weg zu mir gefunden habt. Ich
hatte die Hoffnung, dass die Sturheit der Menschen irgendwo vor
Verdun endet und euch nicht erreicht hat, sodass mir zumindest
in Frankreich Freunde verblieben sind." Galilei lehnte den Kopf
zurück an die Sessellehne und atmete tief durch. Sein Blick war
nun viel gelöster als bei Gaspards Ankunft.

Gaspard betrachtete den alten Mann eine Weile schweigend. Er
hatte immer zu ihm aufgesehen, schon als Junge. Wie könnte er
sich jemals von ihm abwenden, wenn er doch einer der wenigen
war, die es wagten, die Stimme wider den allgegenwärtigen Irr-

sinn, den Wahnsinn der Menschheit, zu erheben. Er erschütterte ihn, dass es offenbar niemanden gab, der sich mehr hinter Galilei stellte.

Schließlich durchzuckte es ihn. War es so, wie er eingangs überlegt hatte? Hatte Galilei die Menschheit vorangebracht, oder war es nicht viel mehr so, dass er sie vorangebracht hätte haben können, wenn sie es zugelassen hätte?

Wie unendlich träge und verstockt die Menschen doch waren. Sie ließen sich zu Abertausenden niedermetzeln im Namen der zahlreichen Irrglauben, die Einzelne ihnen eintrichterten, und brachte ihnen ein Mensch einen Funken jener Erkenntnis, die sie zur Freiheit befähigen konnte, so wendeten sich von ihm ab und blieben lieber in ihrer erbärmlichen Lage verhaftet.

„Weil sie nicht anders können", sprach Galilei. „Sie können es nicht, denn in Freiheit zu leben ist das allerschwerste Los. Fortwährende Ungewissheit über richtig und falsch und niemanden, den man verantwortlich machen kann, außer sich selbst."

Gaspard blickte Galilei irritiert an. Offensichtlich sah der Alte zwar mit den Augen nichts, doch was Gaspard dachte, erkannte er umso besser. Schließlich fiel ihm wieder ein, dass Galilei eine Frage an ihn gerichtet hatte. „Nach meinem Vater habt Ihr Euch erkundigt?"

Nun kam die alte Frau mit einem Tablett herein.

Nachdem sie beiden Wein eingeschenkt, das Tablett mit dem Gebäck auf einen kleinen Glastisch nahe des Sessels des Gastgebers platziert und den Raum wieder verlassen hatte fuhr Gaspard fort. Er berichtete, dass der alte Jules vor wenigen Wochen dahingeschieden war und obwohl er es nicht beabsichtigt hatte, erzählte er sodann über die vergangenen Jahre seit dem Tod Emanuels.

Gaspard und Galileo tranken den hervorragenden Wein, aßen das köstliche Gebäck und sprachen, während Stunde um Stunde verging.

15. Juli 1638

Als Gaspard sich aus der Kutsche schwang, nahm er weit weniger als bei seinem Aufbruch von Verdun vor vielen Wochen seine schweren, müden Knochen wahr. Er spürte Kraft und er spürte Freude. Freude darüber, Jeanne wiederzusehen.

Noch bevor er dem Kutscher Anweisungen geben konnte, wie dieser mit dem Gepäck zu verfahren habe, das im Verlauf der Reise einen beträchtlichen Umfang angenommen hatte - besonders während seiner Zeit in Florenz -, nahm er ihre Anwesenheit wahr. Sie war aus der Haustür auf den Hof getreten und stand nun da. Schweigend. Der Blick unbestimmbar.

Er empfand plötzlich ein tiefes Bedauern darüber, dass sie die wunderbare Reise nicht mit ihm gemeinsam hatte unternehmen können und er spürte jenes Gefühl der Liebe für sie, welches er seit langem nicht mehr empfunden hatte.

In dem Moment kamen, - eines nach dem anderen -, vier Kinder durch die Tür und die Treppen hinabgestürmt. Sie brachten lautstark ihre Wiedersehensfreude zum Ausdruck und umringten sogleich voller Übermut seine Beine.

Jeanne-Hélène war mit ihren neun Jahren etwas ruhiger als ihre Geschwister, doch die dreijährige Marie-Louise stand ihren Brüdern Henry und Leon in ihrer Unbändigkeit in nichts nach. Dabei waren die Jungen bereits acht und fünf Jahre alt. Charles war nicht zu entdecken. Das Kleinste seiner Kinder hielt vermutlich seine Mittagsruhe.

Gaspard nahm seine Kinder in die Arme und empfand Glück.

„Lasst Vater doch erst herein", schalt Jeanne von ihrer erhöhten Position auf der Treppe herab.

„Lass sie nur. Es ist doch ein Glück, dass sie mich nicht längst vergessen haben!", entgegnete Gaspard lachend.

Zuletzt war Gaspard mit allen seinen Gütern und Habseligkeiten wohlbehalten im Hause angelangt.

„Kinder, die Mittagsstunde ist noch nicht vorüber. Auf, jeglicher gehe in sein Gemach", befahl Jeanne den Kindern.

Nachdem sie nach wenigen Augenblicken allein blieben, wandte sich Gaspard seiner Gemahlin zu und sprach: „Wie wohl ist mir, wieder bei dir zu sein." Er umfasste ihre Hände. Er konnte nicht behaupten, dass ihr Antlitz vor Freude über seine Worte strahlte. Vielmehr zeichnete sich ein Ausdruck der Irritation auf ihrem Gesicht ab.

„Es reut mich sehr, dich so lange verlassen zu haben. Dies soll nicht wieder geschehen."

Jeanne sah ihn nicht sehr überzeugt an. Aber sie ließ ihn ihre Hände nehmen.

„Ich beschwere mich nicht. Für einen Kaufmann bist du selten in der Fremde ..."

„Wie wunderbar wäre es gewesen, dich bei mir zu haben."

Nun schaute sie ihn milder an.

Er zog sie hin zu einer Bank und nahm dort Platz.

Sie setzte sich ihm zur Seite.

„Wahrlich, es war eine wunderbare Reise. Ich glaube, du wirst einen neuen Menschen in mir erkennen", sprach er lächelnd.

„Was willst du damit sagen?"

Mit geschicktem Griff zog er etwas aus seiner Westentasche und legte es ihr in die Hand.

Sie schaute erstaunt zu ihm, dann auf den Gegenstand in ihrer Hand. Es war ein Kästlein. Sie öffnete es. Darin lag eine goldene Brosche mit einem Türkis.

„Ich begehrte es, heute heimzukehren." Er sah sie liebevoll an.

„Ich danke dir", flüsterte sie.

Gaspard kannte seine Gemahlin wohl und wusste, dass der Dank weniger dem Geschenk galt, sondern vielmehr seinem

Wunsch, an diesem Tag heimzukehren, Denn dieser Tag war ihrer beider Tag, ihr gänzlich eigener Tag, nicht der Tag ihres Eheschlusses. Jener war der 29. September. Heute war der Tag, an welchem sie sich einst ihre Liebe gestanden, viele Jahre zuvor. Der Tag, an dem sie sich einander versprochen hatten. Als sie es bei der Hochzeit offiziell getan hatten, waren sie einander längst versprochen gewesen.

„Ich möchte dir ein neues Gelöbnis geben", sprach Gaspard.

Jeanne blickte ihm mit offenen Augen tief in die Seele.

„Ich begehre, dass wir neu beginnen. Wir wollen die vergangenen Zeiten hinter uns lassen und wieder zueinander finden. Und diesmal wird es umso herrlicher werden. Wir haben unsere Eltern zu Grabe getragen und unsere Kinder sind uns bereits geboren. Ein blühendes Gewerbe haben wir gleichfalls aufgebaut. Wir haben schon die größten Prüfungen bestanden und müssen nichts mehr erreichen, was wir nicht bereits erlangt haben. Nun können wir ganz unbeschwert neu anfangen."

„Das klingt wunderbar, Gaspard. Ich sehne mich sehr danach."

„Du sollst eine weitere Magd einstellen, die dir mit den Kindern zur Hand geht. Wir vermögen es uns nun zu leisten. Ich habe in Florenz neue Pläne ersonnen und neue Verbindungen geknüpft. Ich werde die ausgetretenen Wege meines Vaters zwar weiter nutzen, jedoch zudem neue beschreiten. Ich werde in den Seehandel eintreten. Und ich werde versuchen, meine Schwester Thérése aufzuspüren." Er holte Atem, bevor er weitersprach: „Zudem habe ich beschlossen, dass ich mit dir übereinstimme, hinsichtlich der religiösen Erziehung. Wir wollen unsere Kinder frei erziehen. Nicht wie mein Vater es tat. Sie sollen sich in Gottes Händen geborgen fühlen und nicht von Gottesfurcht bedrückt werden. Sie sollen der Wissenschaft zugänglich sein, ohne dass sie der Gedanke an den Teufel in Furcht versetzt."

328

XIV.

Tallwood Manor bei Haverhill, England, November 1847

Als Laurence an diesem Abend zurück in das elterliche Haus kehrte, mit dem Entschluss, seinem Vater noch heute seine Entscheidung bekannt zugeben, erwartete ihn eine freudige Überraschung. Sein Onkel Alexander war unangekündigt zu Besuch gerschienen.

Nach dem Dinner im Kreise der Familie fand er sich gemeinsam mit Alexander im Salon wieder.

Lady Catherine hatte sich aufgrund einer Migräneattacke in ihre Gemächer zurückgezogen und Seine Lordschaft erörterte mit John die Anschaffung einer neumodischen Maschine für die Bestellung der Felder. Wo Jacob sich herumtrieb konnte er nicht genau sagen. Sie waren somit unter sich.

„Nimmst du einen Sherry, Alexander?“, fragte er seinen Onkel, der gemächlich auf dem samtenen Sofa ruhte.

„Mit Freuden, Laurie.“ Alexander lächelte schelmisch. „Gesellst du dich zu mir? Es scheint, als hätten uns alle guten Geister verlassen!" Alexander blinzelte mit dem Blick eines abenteuerlustigen Seefahrers.

„Oh, wahrlich, keine guten Geister sind mehr zu erblicken!", rief Laurence mit gespieltem Erstaunen.

„Nur wir, der verwegene Onkel und sein armer Neffe."

Laurence setzte sich zu Alexander, in den Händen die versprochenen Gläser, und überreichte ihm eines davon. Sie nahmen jeweils einen Schluck von ihren Sherrys. Beide blickten eine Weile schweigend in das Feuer des Kamins.

Laurence fühlte sich wohl im Beisein seines Onkels. Ein Gefühl, das ihn selten beschlich. Zumeist fühlte er sich fehl am Platz. So empfand er es im Kreise seiner Familie und nicht anders war es ihm ergangen unter den Mitschülern in seinem Studium, allzeit begleitete ihn das Ahnen, nicht wirklich dazu zu gehören. Selbst in Paris und Dublin, wo er seine freie Entfaltung gefunden hatte, wollte die Empfindung des Außenseitertums nicht von ihm weichen. Ihm war bewusst, woher dies rührte. Es war dem Umstand geschuldet, dass er mit seinen Gedanken allein stand. Keiner der Kommilitonen verfolgte jene Erwägungen, die ihn zu seiner Studienwahl veranlasst hatten.

Jene suchten die Pfade ihrer Väter zu beschreiten, begierig darauf, sich einen Namen als renommierte Ärzte und Wissenschaftler zu machen. Sie strebten nach bahnbrechenden Entdeckungen in der Medizin, Pharmazie und allgemeinen Forschung, sie gierten nach Ruhm und Ehrung und sie trachteten danach, als Professoren geadelt zu werden und mit Titeln dekoriert zu sein. Ihr Ziel war es, wohlhabende Patienten zu behandeln, die im Gegenzug stattliche Honorare zu entrichten vermochten.

All dies hatte Laurence niemals sonderlich gefesselt. Er fand es ermüdend, nach Erfolgen zu suchen, wo jedermann bereits suchte und schürfte. Was für einen Reiz konnte es bieten, etwas zu erreichen, woran ohnehin alle arbeiteten?

Wo alle darauf hinarbeiteten, Fortschritte herbeizuführen, welche der Gesellschaftsschicht zugutekamen, der es ohnehin vergleichsweise wohl erging, blieb der überwiegende Teil des Volkes von diesen Innovationen ausgeschlossen oder litt sogar unter ihnen.

Er hatte mit nur einigen wenigen Studenten und Ärzten Bekanntschaft gemacht, welche er in dieser düsteren Einschätzung der ärzteschaftlichen Zunft zu exkulpieren vermochte. Wenn sie auch nicht die Bedürftigen der Gesellschaft im Blick hatten, so mochten ihre Anstrengungen, wie jene, die Sterblichkeit in den Hospitälern zu senken, doch letztlich allen zugute kommen.

Im Grunde konnte er es seinen Kollegen nicht zum Vorwurf machen, denn wer vermochte es schon, zu arbeiten, ohne seinen Lebensunterhalt zu bestreiten? In den verarmten Vierteln der Großstädte war kaum ein Penny zu verdienen. Es bedurfte politischer Maßnahmen, um daran etwas zu ändern. Doch dort fanden sich nur jene, die sich bereits im Übermaß mit allem Nötigen versorgt sahen. Es fehlten die Stimmen derer, die die dringlichsten Wandlungen benötigten.

„Ich vernahm, du erwägst eine Heirat mit Cara Cartwrite?", entriss Alexander Laurence seinen Gedanken.

Laurence bemühte sich, den Ton seines Onkels zu ergründen. Deutete dieser an, dass Alexander ahnte, wie schwer ihm diese Entscheidung fiel, dass sie in ihm einen tiefen Gewissenskonflikt hervorrief? Oder war es möglich, dass der selten anwesende Alexander von all dem nichts ahnte?

„Die Heirat ist beschlossene Sache, soweit mein Gedächtnis zurückreicht. Vor wenigen Wochen haben Lord Cartwrite und mein Vater uns eröffnet, dass sie eine baldige Eheschließung wünschen. Ich bat mir eine Frist zur Überlegung aus, doch am heutigen Abend beabsichtige ich, meinen Entschluss nunmehr bekanntzugeben."

Alexander fixierte ihn mit einer ernsten Mine. „Bevor du mich in deinen Entschluss einweihst: Was hat diese Bedenkzeit aus deiner Sicht erforderlich gemacht?"

Laurence konnte immer noch nicht ergründen, ob sein Onkel Einblicke in seinen inneren Konflikt hatte oder nicht. Doch plötzlich wurde ihm klar, dass dies vollkommen belanglos war. Er musste sich entscheiden, ob er mit seinem Onkel über das sprechen wollte, was ihn bewegte, oder nicht. Alexander war einer der wenigen Menschen, bei denen er sich nicht vollkommen fehl am Platze fühlte, auch ohne viele Worte zu wechseln. Nun saß er hier, ihm gegenüber, und hatte die Gelegenheit, unter vier Augen mit ihm zu sprechen. Wollte er sich davon abhängig machen, ob das Schicksal seinem Onkel eine Eingebung zuteilwerden ließ oder nicht? Ob Alexander mehr oder weniger hellseherisch war? Ob gar der Marquess ein Wort über seinen Sohn hatte fallen lassen, dessen unergründliche Sorgen ihm zu schaffen machten? Fürwahr, Unsinn! Er konnte jetzt offen mit ihm sprechen, wenn er dies wünschte.

Dies war die schicksalhafte Gelegenheit vor der Verkündung seines Entschlusses mit dem einen Familienmitglied - neben Eliza - zu sprechen, dessen Meinung ihn hierzu interessierte.

„Cara verlangt mir mein Wort ab, dass ich an ihrer Seite kein Arzt, sondern nur der Sohn des Marquess sein werde."

Alexander sah ihn eine Weile schweigend an. Dann sagte er: „Als ich in deinem Alter war, sogar etwas jünger, erwogen deine Großeltern meine Verheiratung. Ich sollte damals Eleonora Talbot ehelichen."

„Cousine Eleonora?", entfuhr es Laurence vor Erstaunen.

„Ganz recht, Cousine Eleonora. Sie war damals gerade sechzehn Jahre alt, ich einundzwanzig."

„Ihr habt nie geheiratet", stellte Laurence fest.

„In der Tat, und das aus gewichtigen Gründen. Heiraten, ich? Ich will ebenfalls offen mit dir sein. Damals bin ich bereits zur See gefahren, wie du weißt, bin ich schon mit 15 Jahren zur Royal Navi gegangen. 1818 bin ich mit Sir John Ross[16] zur Arktis Expedition aufgebrochen. Ich fuhr auf der HMS *Alexander*, wie du sicher bereits angenommen hast." Alexander grinste ver-schmitzt. „Dort machte ich die Bekanntschaft mit dem Neffen Sir John Ross´, James, meinem erbittersten Rivalen."

„Doch war ich nicht in dem Glauben, dass du und Sir Ross[17]

---

[16] Sir John Ross (1777-1856) war ein bedeutender britischer Entdecker und Militärangehöriger. Er unternahm zwischen 1818 und 1833 mehrere wichtige Expeditionen in die arktischen Regionen, mit dem Ziel, die Nordwestpassage zu finden.

[17] Sir James Clark Ross (1800-1862) war ein bedeutender britischer Mari-

in guter Bekanntschaft stehen?", äußerte Laurence mit einem
Funken Verwunderung.

„Freilich, das tun wir wohl. Jedoch mussten wir unser Hand-
werk mit der Leidenschaft eines Seefahrers betreiben, der Wett-
streit liegt uns im Blut." Alexander zwinkerte. „Und ehrlicher-
weise muss ich wohl zugeben, dass er ihn eines Tages gewonnen
haben wird. Und dies verdient, womit wir wieder beim Thema
wären. Jene Ehrentrophäen, die ich auf meinem Weg erlangte,
wären in der Tat einer Ehe wenig förderlich gewesen", sprach
Alexander mit einem schelmischen Lächeln, das sein Gesicht
erhellte.

Laurence blickte ihn amüsiert an. Das unbekümmerte Natu-
rell seines Onkels, das den Anschein erweckte, als sei das Leben ein einziges Spiel, erstaunte und faszinierte ihn. Sie hatten
doch denselben Ursprung, und doch schien Alexander von einer Lebensfreude durchdrungen, unfassbar charmant und von
einem unzähmbaren Geist.

„Sollte dir mein Leben nun als äußerst anziehend erscheinen,
so sei dir kundgetan, dass dieses Maß an Freiheit mit einem
hohen Preis erkauft wurde", fuhr Alexander fort, als habe er
Laurence´ Gedanken erahnt. „Das Schicksal fordert stets seine
Vergeltung und kümmert sich dabei wenig darum, wer den
Obolus entrichtet. Es verlangt nur unnachgiebig nach seinem
Recht." Mit diesen Worten, die nun eine durchaus ernstere
Gestalt annahmen, senkte Alexander den Blick und verharrte
in stiller Betrachtung des lodernden Feuers.

Laurence verharrte ebenfalls in wortlosem Nachdenken. Welche Geschehnisse mochten sich ereignet haben, die aus jener

neoffizier und Entdecker, bekannt für seine bemerkenswerten Reisen in
die Polarregionen. J. C. Ross trat im Alter von 12 Jahren in den Dienst
der Royal Navy ein und begleitete seinen Onkel Sir John Ross auf mehreren Arktisexpeditionen. Während einer Expedition entdeckte J. C.
Ross im Jahre 1831 den magnetischen Nordpol, ein entscheidendes Ereignis in der Geschichte der Polarforschung. James Clark Ross wurde
für seine Leistungen vielfach geehrt und 1844 zum Ritter geschlagen,
wodurch er den Titel „Sir" erhielt. Sir J. C. Ross verfasste detaillierte
Berichte über seine Expeditionen, insbesondere seine „A Voyage of Dis-
covery and Research to Southern and Antarctic Regions" (1847), die
seine Antarktisreise von 1839 bis 1843 beschreiben.

jungen Eleonora nun eine einsame und in Verbitterung ergraute Frau gemacht hatten, welche sich keiner besonderen Zuneigung seitens der Familie erfreute. Unwillkürlich stellte sich ihm der Gedanke ein, Alexander müsse sich glücklich schätzen, jener Verbindung damals entronnen zu sein, da Eleonora eine wahrhaftig bittere Person geworden war.

„Du denkst gewiss, ich könne glücklich sein, sie nicht geheiratet zu haben, weil sie eine verbitterte, unausstehliche Person ist?", sprach Alexander schließlich Laurence Gedanken aus. „Doch wisse, dass sie einst ganz anders war. Zum ersten Wiegenfeste deines Bruders John, als unsere Vereinigung noch festlich im Raume stand, erfreute sie uns mit ihrem Besuch. Sie war von Heiterkeit und wahrhaft liebreizend und organisierte mit Bedacht eine kleine, doch überaus entzückende Feier zu Johns Ehren."

„Dann hat sie die ausgeschlagene Heirat so verbittert?", fragte Laurence zögernd.

„Oh, mein lieber Laurie. Nicht ich war es, der die Heirat ausschlug", entgegnete Alexander mit gedämpfter Stimme. „In der Tat, ich war es nicht."

„Was geschah dann?", fragte Laurence, von einem Gefühl wachsender Neugierde getrieben.

„Cousine Eleonora hegte niemals wahre Zuneigung zu mir", gestand Alexander mit einem leisen Seufzen. „Ihre Sehnsucht richtete sich auf einen Gatten, der die Ehre besaß, im Parlament zu sitzen, einen Adelstitel zu tragen und ausgedehnte Ländereien zu beherrschen. Im Grunde erhoffte sie sich einen Mann wie deinen Vater", fügte er nach einer kleinen Pause stockend hinzu.

Laurence sah seinen Onkel mit einem Ausdruck tiefer Verwunderung an. Eine leise Ahnung zündete in seinem Innern. Prüfend fixierte er Alexander mit leicht zusammengezogenen Augenbrauen.

Etliche Augenblicke vermochte Alexander dem bohrenden Blick standzuhalten. Schließlich nickte er kaum merklich. „Ja, Laurie, so verhält es sich. Dir, mein kluger Neffe, kann ich wenig vormachen, doch bewahre dieses Geheimnis für dich. Eleo-

334

nora war innig verliebt in deinen Vater. Doch selbst die Heirat deines Vaters mit Catherine war ein Umstand, der sie wohl schmerzte, der jedoch noch nicht die bittere Person aus ihr geschaffen hat, die sie heute ist. Auch die Forderung unserer Eltern, eine Ehe mit mir einzugehen, brachte sie nicht um ihre Munterkeit. Sie selbst entschied, unser Bund solle nicht geschlossen werden – zu meiner großen Erleichterung, muss ich gestehen.

Damals wähnte ich mich begünstigt, der unerwünschten Heirat entgangen zu sein, und freute mich heimlich, dass man mir keine Schuld zuschreiben konnte, da es nicht mein Wille war, der sie ablehnte. Doch die Rechnung, von der ich sprach, fiel nach und nach ins Gewicht; eine Rechnung, die ich nicht kommen sah. Eleonora verblieb all die Jahre in ihrer Einsamkeit und ihre Enttäuschung ließ sie immer bitterer werden.“

„Aber...?“, stammelte Laurence, der die tieferen Bedeutungen der Worte seines Onkels noch nicht ganz fassen konnte.

„Die Anträge blieben aus, weil sie mich zurückgewiesen hatte, mich, der sie gar nicht heiraten wollte, sondern überhaupt nur in der Gewissheit, sie würde ausschlagen, einen Antrag gemacht hatte. Ich habe es mir leicht gemacht und sie hat dafür den Preis gezahlt.“

Laurence hatte längst erkannt, dass die Wahrheit der Worte Alexanders sich kaum leugnen ließ. Oftmals kamen Rechnungen, mit denen man nicht kalkuliert hatte, und sie trafen einen gerade dann, wenn man versuchte, sich auf leichtem Wege aus einem unliebsamen Schlinge zu befreien.

Stellte sein Entschluss einen Versuch dar, sich möglichst einfach aus einer Schlinge zu befreien? Nein, er wählte den schwierigen Weg, wenn er Cara sein Versprechen gab und sie heiratete. Es musste ihm dann jedoch auch gelingen, diesen Weg zu Ende zu gehen, und nicht selten hatte man auch einen Preis zu zahlen, wenn man den steinigen Weg wählte oder wenn man schlicht etwas übersehen hatte. Konnte ihm das drohen? Gewiss, mancher Punkt war ungeklärt, mancher Umstand unwägbar. „Ich werde ihr mein Ehrenwort geben, nicht mehr zu praktizieren, und ich werde sie heiraten", teilte er Alexander seinen

Entschluss mit.

Alexander sah ihn, kaum merklich nickend, an. Sein Blick verriet, dass er darüber nachsann, welche Für und Wider Laurence erwogen hatte. „Es muss für dich vergleichbar schwer sein, dieses Ehrenwort zu geben, wie es für mich schwer gewesen wäre, zu versprechen, dass ich die Seefahrerei aufgebe", sagte Alexander schließlich.

„Vermutlich", erwiderte Laurence.

„Ein solches Ehrenwort würde ich niemals halten können," sprach Alexander nach einer Weile des nachdenklichen Schweigens, während sein Blick prüfend auf Laurence ruhte. „Doch du, mein lieber Neffe, bist von einem anderen Schlag als ich. Dir wird es gelingen. Dessen bin ich gewiss."

„Ich kann mir kaum vorstellen, dass du ein Mann bist, der sein Wort brechen würde", entgegnete Laurence, sichtlich erstaunt über die Worte seines Onkels.

„Wahrhaftig, es mag sein, dass ich mein gegebenes Wort nicht bräche, doch ich würde ein solches Ehrenwort von vornherein nicht geben", antwortete Alexander mit einem verschmitzten Lächeln, das bald darauf einem ernsteren Ausdruck wich „Doch bist du dir im Klaren darüber, welchen Preis du dafür zu entrichten hast?"

„Wenn ich Cara heirate, bedeutet dies, den Arztberuf aufzugeben", erwiderte Laurence mit fester Stimme. „Heirate ich sie jedoch nicht, so ist der Preis der Bruch mit der Familie, der Verlust der Verbindung mit Eliza und möglicherweise werde ich dann niemals meine Ziele erreichen, da ein verstoßener Sohn eines Marquess wohl kaum die Möglichkeiten hat, auf politischer Ebene tätig zu werden."

Alexander dachte offenbar eine Weile über das Gesagte nach. „Nun, ich sehe, du hast dir deine Gedanken gemacht. Doch wenn ich dir den Rat deines Onkels geben darf ..."

Laurence blickte schlagartig auf. Er wollte unbedingt den Rat Alexanders hören. Der schien sich durch Laurence Reaktion aufgefordert zu fühlen, weiter zu sprechen. „Mein Rat ist: Verschiebe die Heirat um einige Monate und versuche dich solange als Arzt. Lebe wenigstens für einige Monate das Leben, das

336

du dir ersehnst. Du wirst besser befähigt sein, eine tragfähige Entscheidung zu treffen, wenn du aus eigenem Erleben erfahren hast, welche Last der Preis, den du zahlen musst, tatsächlich birgt."

Laurence nickte bedächtig, als die Worte seines Onkels in seinem Geiste widerhallten. Der Vorschlag Alexanders klang verlockend, jedoch führte er einen wesentlichen Haken mit sich. „Ich muss eine Entscheidung in den kommenden Tagen treffen. Weder Cara noch Seine Lordschaft werden einen Aufschub um mehrere Monate dulden."

„Verstehe." Alexander nickte, sein Blick zeugte von tiefem Nachdenken. „Nun, wenn dies der Fall ist ... unter solcher erpresserischen Dringlichkeit kann ein Mann keine wahrhaftige Entscheidung treffen. Er kann nur nachgeben oder gebrochen werden. Unter diesen Umständen solltest du mit aller Entschlossenheit deine Entscheidungsfreiheit einfordern. Gib dein Jawort, aber fordere ein, dass die Hochzeit erst in etwa einem Jahr stattfindet. Bis dahin lebe das Leben, das dein Herz begehrt. Und in diesem Zeitraum triffst du dann deine endgültige Entscheidung."

Laurence spürte die Sehnsucht in sich wie ein unauslöschliches Feuer. Die Zerrissenheit nagte an seiner Seele, und er fühlte sich gefangen in der Unfähigkeit, einen freien Entschluss zu fassen. Wie sehr wünschte er sich, wenigstens für eine kurze Spanne ein Leben nach seinen Wünschen zu führen. Doch vermochte er das wirklich? Welche Erklärung sollte er ihnen bieten, was seine Absichten für dieses Jahr betraf? Von einem Gefühl tiefer Verzweiflung ergriffen, lehnte er sich vor, barg sein Gesicht in den Händen und ließ seine Finger durch sein Haar gleiten. Der nagende Gedanke, Alexander könnte ihn nun für einen kläglichen Versager halten, setzte sich in ihm fest. Hier saß er nun, hilflos und zwiegespalten, unfähig, eine klare Entscheidung zu treffen. Und wie erbärmlich musste er in den Augen seines Onkels wirken, jetzt, wo er trotz dieses offenen und vertraulichen Gesprächs in seinen Überlegungen keinen Deut voran kam. Vielleicht hätte er sich das Gespräch besser erspart, dann hätte er sich nicht so unmöglich gemacht.

„So, Laurie, ich werde mich nun zur Ruhe begeben, da mich die Müdigkeit überwältigt. Wir werden uns morgen wiedersehen. Denk über meinen Rat nach, wirst du das tun?", brach Alexander das Schweigen mit einem Mal und erhob sich.

„Selbstverständlich werde ich darüber nachdenken. Ich danke dir aufrichtig, dass du dir die Zeit genommen hast." Er verfolgte mit seinem Blick, wie Alexander den Salon verließ, und als sich die Tür hinter ihm schloss, fühlte Laurence die Schwere der eigenen Müdigkeit, während er zugleich von einer zermürbenden Unruhe ergriffen war. Uneins, was er nun tun wollte, überlegte er, dass der Marquess bereits schlafen gegangen war und er ihn erst morgen nach dem Frühstück würde sprechen können.

Ende Band I

STAMMBAUM DER FAMILIE DUBOIS

ETIENNE + THERÉSE
20.4.1546   18.7.1569   3.6.1552
I
I
JULES + EUGÉNIÉ
1570-5.5.1638   25.5.1599   1582
I
I
GASPARD UND ALAIN   THERÉSE   EMANUEL
1601   1601- 1622   1604   1608 - 1638